背馍记

马腾驰 著

陕西新华出版

太白文艺出版社·西安

图书在版编目（CIP）数据

背馍记 / 马腾驰著. -- 西安：太白文艺出版社，
2020.1（2024.1重印）

ISBN 978-7-5513-1741-2

Ⅰ.①背… Ⅱ.①马… Ⅲ.①散文集—中国—当代
Ⅳ.①I267

中国版本图书馆CIP数据核字(2019)第264745号

背馍记

BEI MO JI

作　　者	马腾驰
责任编辑	李明婕　林　兰
封面设计	刘挺军
版式设计	董文秀
出版发行	太白文艺出版社
经　　销	新华书店
印　　刷	天津旭丰源印刷有限公司
开　　本	787mm×1092mm　1/16
字　　数	360千字
印　　张	25
版　　次	2020年1月第1版
印　　次	2024年1月第3次印刷
书　　号	ISBN 978-7-5513-1741-2
定　　价	65.00元

联系电话：029-81206800

出版社地址：西安市曲江新区登高路1388号（邮编：710061）

营销中心电话：029-87277748　029-87217872

贾平凹先生为作者题写书名

斯文

騰釗先生

丙申年四

六分平

序

马腾驰和他的散文

贾平凹

马腾驰把他近年来创作的散文，细心挑选后编成了《背馍记》，我愿意在这里为他说几句话。

马腾驰是陕西礼泉人，父亲当年教书，他和祖父母、母亲住在乡下，属于过去说的"一头沉"式家庭。这样的家庭，使他有了许多不同于别人的艰难经历与感受。后来，为解决农转非问题，腾驰随一家人去了铜川煤矿，在那里生活了十年。1993 年他放弃正式工作，放下他喜爱的文学创作，应聘到一家私有企业办公室工作，第二年去当产品销售员，五年间辗转三个省份，风餐露宿，艰辛备尝。

1998 年，他离开那家企业回到咸阳，又开始为一家人的生活下苦忙碌。重新拿起笔，已经是二十多年后了。这一切，对他来说是悲苦艰难的，是不幸的，而对于他的文学创作来说，却变成一笔沉甸甸的，别人不曾拥有的丰厚财富。

跟腾驰认识这些年，最直接的感受是，他人实在憨厚，实在憨厚之中又具有敏捷的才思。我曾经说过，腾驰是一个才华横溢的作家，是真朋友，我喜欢他，这不是虚妄之语，是我的真心话。

腾驰的散文，我是喜欢的，醇厚自然而又情深意浓，他的文字里，纯净温馨的气息时时在涌动。他的散文语言朴素大方，不做作，不故作高深，以真切贴心的笔触写他的过往之事，写他的痛切感受与深长情怀。他很多的乡土散文，不仅仅是昔日生活的一段记忆，更是挥之不去常常萦绕于胸间的悠长乡愁。读他的文章，人不由得要生发出许多的感慨来。散文《背馍》，能在网上引起那么大的反响，正是他亲身经历过的往事，一篇摇曳多姿而又滋味深长的短文，一下子戳到了几代人的痛处，故而引起强烈反响，使那么多人为之动容，为之倾倒。

本书中的《背粮》《我的老父亲》《土布包袱》《母亲做的棉鞋》《姨亲》《锅塌塌》《交公粮》《下锅菜》《背娃》与《坐席》等文章，都是写他老家礼泉大张寨的故事。过去了的痛切感受，饥困交加的岁月，在腾驰笔下写得扎实、深沉而多情，他写困苦不沉湎于困苦，说难场不怨恨难场，让人在读完文章之后，真正有所忆有所思。《秦岭看我》《石我》《捕鼠记》与《阿姑泉访梅》等散文，腾驰却换了另外一种手法，写得空灵、轻松愉快又风趣幽默，多了几分禅意与哲理，读这样的文字，可以感知他的思想境界与知识层次，可以看出他的才情。

从腾驰散文的腔调与透露出的气息可以看出，他一定细心琢磨并研究过古人讲的词不达意、得意忘形的表述方式，并下功夫磨炼过，不然，行文用语是达不到这个水准的。如何去寻找并有了自己的语言风格，在这方面，腾驰一直用心、努力，不断地学习与体会着。他还善于把关中方言运用到他的文字中去，美好地"冶炼"了的方言土语，为他的文章增色添彩不少，我手写我心，我口说我话，弃了艰难劳苦之态，这样的文章读来，能不让人快意舒适吗？

散文写作，首先需要形神凝聚，具有情感的重量与体积的支撑，方可体现其厚重与博大。同时，还需要作者具备重构日常生活的能力，自在，不露痕迹地将记叙、抒情与议论真实准确而又饱满性地融合为一体，文章就会鲜活生动起来，就会有不同一般的面目。其次，散文写作要求作者心散开去，心散就静，心静就放得开，就平和自然，就超乎物外，而往往这个时候，既可脚踏大地又可仰望星空，自由、自然而又超然放逸，便有了不加粉饰而真正能拨动读者心弦的真情吟唱。

我认为，腾驰的散文已达到一个比较高的水准，只是缺少宣传。若宣传跟上了，会弄出更大的名声与影响。我为他《背馍记》题写书名并说了这些话，也算是替他吆喝上一嗓子吧。他姓名中有三个马字，三匹马，就加快去跑吧，期待他有更多更好的作品问世。

2018 年 9 月 16 日

目录 contents

第一辑 心有沉香，何惧浮世

他是文学界闻名中外的作家，其作品瞻远气盈，积厚流光，记录了时代的足迹与当下人们的精神凤愿，深爱他的读者把他当作"文曲星"，奉之为心目中的神。生活中，他质朴随和，没有一点架子，亲切如邻家大哥，他就是——当代著名作家贾平凹先生。

第二辑　采一缕阳光，温暖红尘过往

听到这些话，我心里颇不平静。一扭头，屋正中高案上供着的佛像仍旧祥和安静地微笑着，散发出似乎时时都可以伸手触摸到的佛光。

第三辑 给心留一片宁静的地方

那片我深爱着的土地，仍在那片土地上躬身劳作着的父老乡亲，我，一个离开故乡好多年，人微言轻一无用处的游子，只能从内心深处为你们祈福，盼你们超常的辛苦付出，能够换来一个好日子。

第四辑　在心为志，唯你是念

　　人也一样，面对悲苦的生活，不悲观，不绝望，想开了，包容了很多的烦嚣与琐碎，咬着牙喘着粗气也要奋力前行。有了欢欣，不张狂不嚣张，抛开名缰利锁，多了前行与上进的力量。有了这样的心态，有了这样的情怀，人，不就活得纯粹了一些？不就提升了境界？不就接近并有了这梅一样的品格吗？

第五辑　追寻贤能，接引阳光

　　实事求是地报恩，脚踏实地地报恩，把报答别人和促进自己结合起来。
最好的方法是，努力地写东西、出作品、出名声。

第一辑

心有沉香，何惧浮世

　　他是文学界闻名中外的作家，其作品瞻远气盈，积厚流光，记录了时代的足迹与当下人们的精神风愿，深爱他的读者把他当作"文曲星"，奉之为心目中的神。生活中，他质朴随和，没有一点架子，亲切如邻家大哥，他就是——当代著名作家贾平凹先生。

拜访贾平凹先生

他是文学界闻名中外的作家，其作品瞻远气盈，积厚流光，记录了时代的足迹与当下人们的精神夙愿，深爱他的读者把他当作"文曲星"。生活中，他质朴随和，没有一点架子，亲切如邻家大哥，他就是——当代著名作家贾平凹。

日前去拜访先生，开得门来，先生就说："快往屋里走，我把杯子都洗好咧，白茶熬上了，先坐，坐下喝茶。"说话间，从案几上端起一盘火晶柿子，招呼着大家："快都捏着吃，这柿子甜得很！"同去的画家吴东辉问先生："贾老师，是老家的柿子？""不是，是蓝田秦岭山里的。"先生说着又去倒茶，"这茶是前段时间去福建时带回来的，是上好的十三年老白茶。"吴东辉说："一年茶，三年药哩！"先生接了话："七年是宝，十三年不得了！熬茶前，我在里边放了盐，喝着咋样？""清香！还有醇厚浑绵的味道！"我接先生话。

喝上茶，少不了要吸烟。我给先生递烟，他拿起桌子上自己的烟盒，抽出一根递给我："来我这了抽我的。"我给先生点烟，他说："你点你点。"我打着了火说："让我给先生点一次烟，以后就能给别人说，我给先生点过烟哩！"他听了我这话，侧头看了我一眼笑了："那好，你点！"他说着头偏向右侧，左手扶着我点火的右手点上烟。就在这一瞬间，同去的我的妻子廉秀芝咔嚓一声按下照相机快门，记录下了这一有趣的场景。先生深深地吸了一口烟说道："腾驰，你这是有事了才来，没事了不来。有事没事都要来哩！"我接先生话："您太忙，没事不敢来打扰，来了肯定会影响您！""朋友，打扰啥？不打扰！"先生轻言轻语地回答我。这时，我才对先生新当选中国作协副主席表示祝贺。他打趣地说："都是你支持的结果！"一屋子人大笑。我赶忙说："先生实至名归，众望所归！我不过是一个'钢粉''坚粉'，习主席在文艺工作座谈会上不是说过，您的作品他都读过吗？"先生接话："不敢不敢。"一脸的谦逊与真诚。

拜会先生，气氛轻松，让人在这冬日的严寒里如沐春风。咕嘟咕嘟煮着的白茶，此时更有滋味了，那馨香，也醉了先生满屋里各种神态的佛像……

贾平凹先生签名《贾平凹之谜》

2011年11月21日下午，著名作家孙见喜先生光临驰风轩。那天，西北风呼呼地吹着，冻得人在有暖气的房间里仍有几分寒意。先生的到来，蓬荜生辉，让人喜出望外，阴冷的天气好像也暖和了许多。

先生是著名作家、国学家，又是研究贾平凹先生的专家。我读过他的很多小说、散文与国学著作。喜爱先生，加之对著名作家贾平凹先生的敬佩，孙见喜先生的《贾平凹之谜》《鬼才贾平凹》这两本著作，我更是爱不释手，不知读了多少遍，书已被翻得破烂不堪。先生妙笔生花，生动而翔实地记叙了贾平凹先生的个性、爱好、身世、家史、婚恋家庭与文学生涯，还有诸多名篇的创作经过和重大获奖作品介绍。书中的章节内容我一清二楚，能说清某件事某个人在第几页第几行，不少精彩的段落都能背诵下来。

我手头上的这本《贾平凹之谜》，1991年8月由四川人民出版社第二次印刷出版。定价是五元。我在扉页上写着：1991年10月9日于北关邮局。这个北关是指铜川市北关，老同官县城旧址在北关，直到现在，北关都是铜川极其热闹和繁华的地方之一。我当时的工作单位——铜川市铝厂就在北关的雷家沟。那是一个礼拜天，我闲来无事，去北关转悠，在桥头邮局的报刊零售柜台买了这本书。

《鬼才贾平凹》，1994年9月由北岳文艺出版社出版。精装版定价是二十八元。这本书扉页上我这样写着：1995年11月25日于泉城济南解放路书店。那时，我在济南给一家企业当大区宣传部部长兼厂里的宣传部副部长，刚熟悉了昆明市场却被调到济南，心情很不好。灰暗的心情下，我抱着这本书看了起来，看着看着，被书中主人公贾平凹先生不屈不挠的奋斗精神深深打动，于是心活泛了，心情也随之好了起来。

读了孙见喜先生的书，我对先生佩服有加，他把贾平凹先生写得多么真实，多么生动，他的思想深度、才情与文笔让我对他好生崇敬。嗬，今天一下子见到了我从内心里崇拜的先生本人，你说，我能不高兴，能不激动吗？先生看到了我的激动。我如数家珍般说着书中的人物、故事与情节。先生显然也很高兴，笑眯眯地听着，不时地接话，平易近人，没有一点架子。先生说："这么有心的一个人，二十年里，把书从铜川带到咸阳，从济南带回咸阳，在咸阳又搬了多回家，一直保存着这两本书，难得！难得！"我请先生给这两本书签个名，他风趣地说："凭这份感情与用心，光签个名是打发不了你的！"他提起笔，在《贾平凹之谜》扉页，我写的购书记录、盖了名章的空隙处，用一、二、三段标示，随手写了下边的文字：

> 辛卯初冬，在咸阳见到二十年前的老读者马腾驰先生，令人十分欣喜，仿佛老朋友重逢，甚为激动。贾平凹说，人和人相逢命中是有定数的。今见腾驰先生，命中定数需二十年的春秋，是朱砂，早炼成长生不老药矣。
>
> 孙见喜记于2011年11月21日

在《鬼才贾平凹》一书的前环衬背面，先生写道：

> 近读孝经，知孔子在两千多年前，即对君臣父子、兄弟友邻等人伦有过精辟严密的论述。父慈子孝，君仁臣忠，四海之内皆兄

弟。今见咸阳作家马腾驰，谈文论道，知友谊长存，更持久的力量在于人文上的共鸣矣。

孙见喜　2011.11.21

　　先生细心，在文字后边落款名字上都按上了红指印。多好的文字，多深的情意，确实叫我感动！先生对一个素未谋面的读者这样认真！感谢孙先生，太珍贵了，这两本书我一定会好好珍藏。我连忙谢先生，并说："这两部书珍贵至极，是我们马家的传家宝了，以后会让我儿子马博接着保管好，再传下去的！"先生说："以后有了机会，平凹先生如能签个名，就更有意思了！"我回答先生："谢孙老师！您能给我写这些文字，特别难得，十分感谢您了！贾老师如能签个名，那就再好不过了！"没过多长时间，承蒙孙见喜先生关爱，把我介绍给了贾平凹先生。嗬，借拜访先生的机会，我把孙见喜先生在书前写了文字并已签名的《贾平凹之谜》与《鬼才贾平凹》两本书带上，请书中的主人公贾平凹先生签个名，那岂不是更好，更有意义吗？

　　要去贾平凹先生处了，真是奇怪了，我把偌大的一个办公室翻了一遍又一遍，弄了几回底朝天，就是找不着这两本书。这两本书仿佛跟我躲猫猫似的，而且还躲得很牢、很深，一下子就消失了。找不着书，我心里那个堵，那个难受呀……

　　每次去贾平凹先生处，我都要找找这两本书，可找不着就是找不着。失落，深深的失落啊！看得太稀贵，放得越牢实，越是找不着！前段时间，我偶然打开一个包找其他东西时，这两本书竟然就装在这个包里。踏破铁鞋无觅处，得来全不费功夫！好啦，找着了！高兴，不是一点点的高兴！

　　前几日，我又去拜见先生，拿着这两本书，给先生说了这两本书的由来，还有我找不着书的周折，先生看了孙见喜先生在书前写的文字，微笑着说："这是孙老师写的书，我签个啥名？不过，中间还有你说的这一段真切的故事，那我就签个名，留个纪念吧。"先生在《贾平凹之谜》书前，他和孙见喜先生合影照片下写道：腾驰先生留念。平凹 2016.12.29。在《鬼才贾平凹》一书扉页，我的购书文字左边，先生竖着签了他的名，写下了时间。

二十多年后，作者孙见喜先生和书中主人公贾平凹先生在两本书中以签名的形式碰面了，我好像看到，两位先生又一次见面，互相问好打招呼，相谈甚欢，还时不时打趣开玩笑哩。作者、作品中主人公各自以文字与签名的形式聚会于这两本书中，你说珍贵不珍贵？太珍贵、太难得了！

这正如贾平凹先生说的，人和人相逢命中是有定数的，能结识两位先生、两位大家，如果是命中定数的话，那么，这就是我人生之大幸事，是我人生道路上弥足珍贵的财富了！

刚从贾平凹先生那里回来两天，《老生》出版面世不足一年半，他的长篇小说新作《极花》又荣登首届中国长篇小说年度金榜并名列榜首。由衷地为先生高兴，祝福先生！

贾平凹先生书屋欣赏《吃鱼图》

那天去拜访贾平凹先生，闲谈之后，我们几人从一楼会客厅上到二楼的书房。同去的吴东辉先生端详起墙上的一幅画来，先生紧随上来开了灯，给我们说："前些天有人指定要我画的这《吃鱼图》，我把灯关了，暗处你们看，那盛鱼的盘子是不是金黄金黄的？这盘子是用金粉画上去的。一个爱吃鱼的人，要给他画一幅吃鱼图。"先生停顿了一下说，"其实，哪里是人吃鱼，是鱼吃人，我就画了个这。"

这《吃鱼图》落款为：十六 平凹。十六即二〇一六年。画的上半部分靠右侧先生落款：有福者好吃，好吃者吃鱼。下边是盛在金黄色盘子里烧熟的鱼。吴东辉先生是搞国画创作的画家，刚在楼下会客厅，他赠送了先生一幅国画《访松图》。他请先生批评，先生甚是欢喜，说的都是画作气格高、耐看、有味道之类的评语。末了，先生说："来！跟咱作品一起合个影，留个纪念。"先生邀请吴东辉与作品一起合影留念。

吴东辉是功底深厚的画家，他边看先生的这幅《吃鱼图》，边说："贾老师这幅画很有意趣，画面简洁，意味深长。"他从一个画家的角度，又从构图、意趣等方面评论着这幅画。

不是吗？你看，烧好的鱼在盘子里还大张着嘴，这一定是高明的厨师做的一道佳肴，就在鱼张嘴的一瞬间，大厨即完成从活鱼宰杀到烧熟，并装入盘子的一系列过程。你看，在做好的鱼身上，还撒了去腥的绿莹莹的香菜，新鲜得很，让人垂涎欲滴。鱼盛入金黄的盘子，寓意富贵有余，连年有余，再配上"有福者好吃，好吃者吃鱼"的题字，多妙！好吃鱼者，多有福气！

辞别先生回来的车上，吴东辉先生说："贾先生有深厚的文学底蕴与修养，有对人生深刻的洞悉和领悟能力，他的画配上他的字就是个天成。先生画作的思想内涵与笔墨味道，是值得反复玩味、慢慢欣赏的！"

在这雾霾不散，人们似乎都要抑郁了的时候，欣赏先生的美妙画作，实在是一件快乐并让人兴奋的事。

把花种在心里

那是一个冬日之下午，天出奇地冷，一只鸟，似被冻呆了一般，痴愣愣地立在窗外那灰褐色的树枝上，轰它嘘它，它也不理。桌上的手机嘀地响了一下，来了短信，我打开手机一看，是一位搞写作的朋友发来的。他知道我和贾平凹先生熟，恳求我找先生给他题写一个书名。

把朋友的事当自己的事办，我一直这样要求自己。于是，我立即联系先生，先生问我："你朋友人怎么样？出的什么书？和你关系怎么样？"我回答："人好。出散文集。和我关系不错！"先生很痛快地说："那你看着办，你带朋友来就行！"

嘿嘿，先生很给面子，我欢天喜地地给朋友打电话，告诉他这个喜讯，没说两句话，他电话就打不通了，打通也无人接听电话。我又发信息告诉他详情，几天，终不见他回信。怪了，这是哪门子的事？让人颇为疑惑。我把这事说给几位朋友听，他们问我那朋友是干什么的，该不是闲得呻唤吧？说我是把鸡毛当了令箭！

我承认我是这样的人，能给人帮忙就尽量帮，几回给人帮忙，我忙得不可开交，跑前跑后；找我帮忙的人，却清闲地抽着烟在那里神侃。为他的事让他去给人送个材料，他是极不情愿的样子，好像是给我办事一样，与他毫无关系似的。这些事，纯粹为朋友帮忙，又不为一毛钱的利益。唉，我这人，自己事后老埋怨自己，毛病，这真是毛病！可一遇到事，就又不由我，老毛病就又犯了。

也是巧得很，铜川的老同学要幅平凹先生的字，顺便还要题写个书名。好，太好了，及时雨，这下，一河水不就开了？先生那么忙，又给了我那么大的面子，最后没了下文，先生可能会说，这腾驰一天弄啥呢？闲得没事闹着玩呀？我知道先生不会那样想，也不会那么说，但我觉得会失信的。没了办事的准信，日后怎么去见先生？

那天去拜访先生，先生写完竖幅四尺的字，边找用于题写书名的宣纸，边问我："书名叫个啥？"我说："把花种在心里。""把花种在心里？"先生一字一字地轻声重复了一遍，说道："书名不能太长，长了不利于识记，我的书名一般都是两个字的。"我接先生话："贾老师，这是个诗集，您看不行的话，给改一下？""书名不错，就是长了点，算了，人家定了，就这么题吧。"先生又问："要横的还是竖的？"我说竖的。先生写完，铃上印，看着刚写好的书名说："我平时给人题写书名就这么宽一点。"他用手指比画了约十厘米的宽度，"你看，这刚题的书名，"他又用手指在题好的"把花种在心里"上比了个二十多厘米的宽度，"你看，这么大的尺幅，写出来成一幅小书法了！"

我们几个被先生逗笑了，先生看我们笑，也露出了很少有过的笑容。

从先生处拿回题写好的"把花种在心里"书名，朋友在扫描机上扫描后用于出书，他把这题写的书名，在装裱店里喷湿、压平，照了相，夹入镜框。先生题写的这书名，正如先生说的，就是一幅小书法作品。

"把花种在心里"六个字，力透纸背，厚重而灵动，粗犷而飘逸，凸显着魏碑的古拙与大气，没有深厚文化底蕴与文化修养的人，写不出对文字有这么深领悟的字来。

把花种在心里，赢得一世馨香。先生不就是把文学之花种在了心里，深深地扎下根，长出了参天之文学大树吗？那大树上开出了绚烂多姿的繁花，结出了一串串、一嘟噜一嘟噜丰赡奇艳、百品不厌与愈嚼愈香的文学圣果。

先生正如光明网评价的那样：

> 贾平凹是我国当代文坛屈指可数的文学奇才，被誉为"鬼才"。他是当代中国一位最具叛逆性、创造精神和广泛影响力的作家，也是当代中国可以进入世界文学史册的为数不多的著名文学家之一。

把花种在心里，就会赢得满怀的芬芳呢！

随和如邻家大哥的贾平凹先生

节前的12月29日下午。贾平凹先生家会客厅。先生和我们吃着他案几上秦岭山中的火晶柿子，品着先生熬煮时加了精盐的上好福建白茶。在这个冬日的暖阳天里拜会先生，是一件很让人欢喜的事情。

聊了一大会儿。"那咱上！"先生说。他说的上，就是上他二楼的工作室。上二楼，每个台阶两边都摆放着一个小古石狮子。前些年第一回到先生工作室，我上楼梯时分外小心，生怕撞倒了先生石狮阵里的哪一个小狮神。先生说："没事，上，石狮子给咱护路呢！"这"狮阵路"（我给起的名）走熟了，就能轻松地穿行而上。

先生拿出了宣纸，问我："要写啥？"我说："没有要求，写啥内容贾老师您定。"

先生去拿凳子背上搭着的宣纸时，转身给我说："娃上学有事你就给我说，我还认识几个人，我娃上学那阵子，就把我难为扎了，花钱不说，求人办事难得很！"听了先生这话，我心里一热。先生一天忙得跟啥一样，还惦记着我孩子上学的事！我忙说："感谢贾老师给孩子操心！"现如今娃们上个学，确实不是个容易的事，难得先生的一片关切之情。

我说："西安省里没有贾老师办不了的事。"先生看了我一眼，知我明白内情，是和他开玩笑呢。这句话是有故事的——先生出名后，老家很多人曾质朴地认为，在西安省，先生老家人把西安不叫西安城，也没有西安市一说，一直称西安为西安省。他们说，西安省里没有平凹办不了的事。好多事，真不是先生能办得了的，事办不成，有的老家人就生先生的气，说平凹成了名人，不给老家人办事了，等等。于是，就有了"像平凹那水平的人，在我们商洛用火车皮拉呢"之类的话。商洛人杰地灵，优秀人才辈出，这没错。但是，从有些人嘴里说出这样的话，明显是夹杂着不满情绪在里边。先生曾苦恼过，咱不就是一个弄文字的人，说句实话，能给人办个啥事嘛！

老家人不明就里，他们以为先生在西安啥事都能办，办不了事，是故意不给老家人帮忙。我今天提起这话题，先生轻轻地摇了两下头，脸上掠过一丝苦笑与无奈。

先生对故乡情深意厚，商山丹水养育了他，商洛和西安一起，成就了先生文学创作之路上流光溢彩的摩天大厦，是他锦绣文章的活水源头。

老家商洛，更是先生的乡愁地。他曾说过，老家的情丝是扯不断的，老家永远是他的精神家园。先生的那份挚爱与牵挂，那份回眸与叨念，可以从其作品里读出来很多很多——那不是一般的情意，那情意沉甸甸，如山一样厚重，如海一般辽阔，是风雨刮不走、时光销蚀不掉的，是钻石般纯真珍贵的赤子之情！

说话间，先生提笔濡墨，一幅四尺的竖幅书作就写完了。钤印时，先生右手大拇指顺势蘸了印泥，在平凹的平字顶上摁了一下，先生笑着说："做个防伪！"

写好的字，挂在了靠墙竖着的画板上：

清风出袖，明月入怀；俯仰有节，进退皆宽。

先生擦了下手，从案几旁拿出书画袋，用一块纤维很粗的布，用力擦了擦书画袋上印着的红色竖条块，是要把光滑的油墨擦一擦，他边擦边说：

　　"街上印我的书画袋，一个十块钱往出卖，原来我的名字是印上去的，这下我不印了，我写！"那神态是说，我看他造假的人这一下咋弄呀！说着，先生提笔在书画袋的红色竖条块上写下"贾平凹书"四个字。

　　旁边围着的我们忍不住笑，先生也跟着笑了起来，他那笑里，有一种得意，还夹杂着那么一丝丝的可爱。

　　这就是贾平凹先生，生活中随和有趣，普普通通，如质朴的邻家大哥。

贾平凹先生为我题书名

从去年下半年开始，对文学创作旧情难忘的我，再拾文学梦，把搁下二十多年的笔又拿了起来。重新写作，我选了诗歌为切入点，从前的写作，我也是以诗歌、散文，而后小说为顺序的。这次之所以还是以诗歌开首写作，我是为昂扬提振我之精神与士气，是为了融化消解掉我胸中之块垒与沉郁之气，也是为了顺笔，把已生锈多年的笔尖磨光磨利，好让我在诗意的氛围中进入后边的写作。

诗歌写了很短一段时间，我觉得精神与情绪不错，笔也顺了，旋即搁下诗歌，马上开始了散文写作。二十多年不曾动笔写过文学作品，在这段不算短的年月里，经历了人生太多的悲欢离合与辛酸苦辣，也许是积郁沉闷的时间太长，也许是心里装压的东西太多，写作起来很是轻松，速度出奇地快，几天就有一篇稿子出手。这一年里，我就像急着要下蛋的母鸡一样，脸涨得通红，那边下的蛋还没放凉，这边的新蛋就生了下来。回头一看，这生下的一个个并不怎么好看的蛋，放在担笼里，竟也有满满的一大笼子了。

每有作品在报刊或网上发表，就有热心的朋友问我："写了多少篇了？够出一本集子了吧？你和贾平凹老师熟，出书时，请贾老师给你题写一个书名多好！""抓紧，写得不少了，争取年底把书印出来，也是对你这一年写作的一个总结！要叫我说，不光让贾老师题书名，如果可能，再请贾老师写个序，评价一下你的文章，给你提出意见，指点指点，对你以后写作帮助就太大了！""书名就叫《背馍》，《背馍》在全国读者中产生的影响太大，叫《背馍》，读者一看就是你出的书！"

你看看，他们想得多细，替我把心操得多周到！《背馍》发表之后，全国有不少的读者朋友在网上留言，希望我把《背馍》和近期写的散文收集在一起，出一本集子，其中更有性子急的，要给自己和家人提前订购几本。朋友和读者们的真心鼓励，让我也来了精神，夜深人静无人打扰之时，一篇篇过，细心挑选了我个人认为还算满意的文章出来，整理在一起，这书稿有三十万字左右。大伙催促着，我也起了这心，那就迅速准备出版吧。

谁题写书名？就找贾平凹先生吧，朋友们几乎是异口同声了。先生以前曾给我说过："腾驰出书，要题书名就来，我题！"前些天，把挑选出来的稿子打印了出来，拿着这厚厚的一摞稿子，我们一家人去了先生工作室。

先生热情，每次去他那里，进了门，他少不了第一件事要倒茶，端起杯子刚喝上茶，他又忙着去拿吃的，挡不住先生："贾老师，喝着茶，吃的不用拿，不要麻烦了，每回来，都要给你添乱哩！""先慢慢喝上茶，没啥事，喝着茶吃着东西，添不了个啥乱！"先生边拿着吃的东西边说。不管什么时候，先生都是那么平易近人，那么谦和可亲。

我们和先生坐在他会客厅的桌子旁。桌上那块硕大的"凹"石蓝得发黑，明光锃亮。儿子马博第一次来先生处，他问先生："伯伯，桌子上这蓝黑色石头颜色特别好看，我敢不敢摸一下？"先生笑，下巴颏往上扬了一下，意思是可以。马博用手摸了一下，惊叹地说："伯伯，这石头摸上去感觉像是玉一样，这么漂亮，太珍贵了！"一旁的吴荣杰说："你伯伯是闻名世界的大作家，眼界高，他书房摆放的这些物件都有讲究，都有故事，每一件都是很有艺术价值的宝贝！""这块石头质地不仅特别好，它的形状也是你伯伯名字中的'凹'字！你伯伯当年名字中改成这个'凹'字时，是有深刻寓意与学问的！"两个孩子几乎同时"哦"出了声，惊呼："这样啊，我们今天在伯伯这儿看到原石了！""怪不得伯伯把它放在会客桌上，太有意义了！"

那天下午，我们和先生坐的时间很长，说起了先生新出的长篇小说《山本》，说起了先生以前的作品《浮躁》《废都》《秦腔》《高兴》《带灯》与《古炉》等，两个孩子也是先生的忠实粉丝，他们就自己读过作品后感兴趣的问题，一个个请教着先生，先生不厌其烦地回答着。我对两个孩子说："你俩这请教与问话真是非常详尽，比记者还要刨根问底！你们也没看你伯伯有没有时间回答你们的问题？"先生高兴了，心情好，笑着说："没事，叫娃问，娃感兴趣的问题叫娃问。他爸家法还大得不行，把娃们管得这么严？"我们被先生逗笑了，我们笑，先生也跟着笑了起来。

跟先生又聊起了我曾经待过的一个单位。我在那里前前后后干了五年，五年里真正是全身心投入，是劳了大力费了大神的，中间的一些经历与感受，让我难以忘记，我给先生讲了其中的根根结结，讲了其中的许多故事。先生抽着烟，只是静静地听着，我说完，他把手里的香烟在烟灰缸里弹了一下，随后，不慌不忙地谈了他的认识与看法。先生对我说的人和事知晓得不少，他当年也跟我在的那个单位打过好几次交道，他把他当时看到的什么情况，谁在场，谁说了什么话等许多的事情，都记得一清二楚。我不由得敬佩先生惊人的记忆力，那些曾经发生过的事情，已是二十多年前的事了。

一个下午很快过去了，我让马博把带来的书稿拿出来，并给先生说："贾老师，我把最近写的东西整理到一块了，谋思着出一本书，今天特地来拜访您，想请您给我题一个书名。"马博把那一厚沓稿子从提兜里拿了出来，竖起来，在桌上弄整齐，双手递给了先生。先生接过稿子说："稿子整理好啦？好，把一段时间写的东西归拢在一起，出本书也是一个总结，书名叫啥？""《背镆》。"我回答先生。"那咱走，到上边去！"我们跟着先生上了二楼，先生拿来四尺宣纸，三裁以后说道，"题书名纸不需要太大，这么大就算是大的了，你刚说书名叫《背馍》，不妥，你单个文章用这个名字很好，问题是书里不止这一篇，还有其他很多内容的文章，添一个'记'字，叫《背馍记》好一些！"先生以征询意见的目光看着我。

先生不愧是先生，不愧是大家，一语点醒梦中人，不用说，《背馍记》肯定比《背馍》更合适、更贴切。我急忙接先生话："贾老师这么一说，我一下子明白过来了，《背馍记》好，就用《背馍记》！"此时，先生已铺好了宣纸，毛笔正在墨盘里转着蘸墨，他问我："要横式的还是竖式的？""竖式的。"我回答了先生。只见"背馍记"三个字从先生笔下灿漫而出，他又蘸了一笔墨，落了"平凹题"的款。

也许是先生心情好，也许是书家常说的心发之后还要纸发、笔发、墨发、时发，五发都有了，写出的字就耐看，就好看。嗬，先生今天给我题写书名，"背馍记"这三个字，先生写得多么浑厚扎实，笔墨又是多么灵动俊逸。看着题写好的书名，我喜不自禁却不知说什么好，嘴里只是说了感谢的话。先生钤完印，用一块红褐色的布子擦了手，斜着头看案几上刚写完的书名，问我："腾驰，你看好着没有？"我，还有站在一旁的妻子与两个孩子都说好。我又从书法方面，从这本散文集的内容与风格上说了为什么好。先生笑着看我："腾驰行，说得又是行行，又是道道的！"先生厚爱，这个时候还不忘夸我一下，我有点不好意思了。和先生题写好的书名合了影留念，照片上的先生，有平时照片上难得一见的笑容。

离开先生书房时，我给先生说书稿校对完出版之前，我再拿来让他看一看，让他给把一下关，先生愉快地答应了："好，到时你拿来！"

先生题写的书名拿回来，印刷厂设计室人员立即扫描存底，他们已根据先生题写的书名开始设计封面了。我把先生题写的书名压平后，细心装入镜框，悬挂在我的驰风轩工作室里。

来驰风轩的朋友多，看了先生题写的"背馍记"三个字，不断有人发表高见。有人说："贾老师给你这书名题得确实好，质朴大气，沉稳雄强，你别说，你散文风格跟贾老师题的这书名还非常吻合呢！"还有较真的人，从我书架上取下贾老师自己题写书名的著作，拿在一起对比："你看，贾老师给他自己题写的书名都没有给你题写的这书名好！你还不信？不信，你过来看！"我笑了："如果真是你说的那样，那你知道这是为什么吗？"在场的他们一脸迷茫："为什么？我们真不知道。你说。""因为贾老师曾经说过，我是个真朋友，他喜欢我这样的真朋友，所以，他给我的书名就题写得好！""哎哟，这样啊！那就是贾老师把朋友的事看得比自己的事还重要！"他们兴致很高，说起了自己知道的先生的这般与那样的好，言语之中，是满满的尊崇与敬佩之情。

非常感谢先生！先生之为人为文，先生之精神品行与出众才华，都是我要不断虚心学习的。感谢先生！

斯 文

2018年8月3日，三伏天。太阳好似有着无尽热能的炽烈火球，使着性子散发出它的光与热。走在大街上仿佛就像走在火海里，瞬间，涌出的汗水就湿了浑身的衣服。脚下的水泥马路要烫透了鞋，脚被烧得生疼生疼。

天再热，事还得办。我的散文集《背馍记》正在出版前的先期准备中，著名作家贾平凹先生之前已题写过书名，书稿还在整理核对中，我又联系先生，想让先生给我的新书写个序言。

先生题写《背馍记》书名，对我来说是莫大的鼓励。那天，我把题写好的书名从先生处拿回来，朋友们齐聚驰风轩，都说先生的书名题写得如此这般地好。他们又发表高见了："如果再让先生给你写个序，就太好了！""先生是真正的大师，把你的文章点评点评，你也好不断地提高啊！""先生已题写书名，再能写序，意义就非同一般了！"

他们说的是有道理，但先生特别忙，他不光有负责的工作与许多推托不掉的社会活动，还要腾出时间搞创作。"咱不能吃饱了饭不知道丢碗呀！先生题写了书名，再去要求写序，怎么能开得了口？"我不好意思地说。陕西师范大学韩耀文副教授说："你的《背馍》背出了名声，贾平凹先生给你这本书定名为《背馍记》，又给你题了书名，序言不请先生写，请谁写？你去找先生，先生肯定会答应的。"他有心，还专程回他老家乾县买了十瓶酱辣子，让我去先生那里时给先生带上。

他们鼓动着我，也让我动了心。先生给《背馍记》题写了书名，若再能写序，对我来说那就是好事成双，就是天大的喜事了！踟蹰再三，便有了今天和先生联系这一桩事。

先生很快回我信息，让我晚上8点去他那儿。刚过一会儿，先生又发来信息："有变化。你下午来。我的活动调整到了晚上。"我和妻子带着《背馍记》的书稿匆忙赶到先生书房。见到先生，他很高兴。和先生一边喝着茶，一边聊着，我心里却一直想着请先生写序的事。于是，我拿出了书稿，鼓起勇气说出了想法。先生说："几年以前我就说过，不再给人写序。确实是没时间，写序，最起码要把原作细心看一遍，太占用时间了。你总不能不看文章，不负责任地去乱写吧？那肯定不行！"

跟我一同前去的妻子接了先生话："贾老师，我咋没听说过你不再写序的事呢？"她不了解文学方面的事，心直口快地就说出了这样的话。听她这话，先生被逗乐了："那时忘了给你马家发个通知，发个通知你就知道了！"先生诙谐。我说妻子："你这人！文学上的事不懂，还爱说话得不行！你说这话，叫贾老师咋样回答你？"先生不笑，还带着那么一点认真的口气说："没事，那人家确实不知道。我不是回答了人家嘛！"先生，仍是他平时一贯的那种沉稳与不动声色。先生的幽默，让我俩笑出了声。

先生呷了一口茶，说道："这几天，北京有个活动，我要去一趟，从北京回来后，省作协还有一大堆的事情要处理，你这书的序，只能放到下月初了。"什么？先生破例答应给《背馍记》写序了！哎哟哟，我的天，我的神呀！高兴得我不知如何是好，不知怎么样表达对先生的感谢！那一刻，我的表情一定是很灿烂很好看也很惶恐的。感激、感动，其中还夹杂着那么一丝的局促与不安。先生答应写序，我当然高兴得不得了，但要耽误先生宝贵的时间，又让我心生出许多的歉意来。我急忙说："谢谢贾老师！感谢贾老师！不急，不急，序言等半年，等一年，就是等几年，我都等呢！"先生笑："也要不了那么长时间。"他吸了一口烟，缓缓地接着说，"腾驰的散文已达到一个比较高的水准，只是缺少宣传，若宣传跟上了，会弄出大的名声与影响来！"我慌忙说："不行，不行！贾老师是鼓励我，提携我！几十年以来，我是读着贾老师的书一路走过来的，我要不断向您学习，多读书，不停地写，不断地练笔才是！"

正和先生说着话，门铃声响起，我去开了门。下午我们刚到先生处时，先生就说过，坊上要来几个人。另外，他一个乡党带着小孙子要来。"他说他给孙子教了几天，教会了一段话，要来给我说呢。"先生微笑着说。

进门来的是西安晚报社的一名记者和回坊上的一对孪生姐妹。她们三个拿出了先生新出的十几本长篇小说《山本》，让先生签名，还要给一名外国朋友写上英文名。先生说："这英文名字直接写上去，我的名字还用汉字。"他写下了英文名Dr.Sheldon Weinbaum，最后签上他的名字。孪生姐妹中的一个，又拿出了她自己在绢扇上画的花鸟画让先生指点。先生拿起绢扇认真地看着。这时门铃又响了，先生说："开门，我乡党领着孙子来了！"开了门，是先生的乡党两口子，以及他们的儿子和孙子，儿子胸前还挎着个照相机。一进门，那老先生就说："浩宇，快问贾爷爷好！把我教你的话，快学给你贾爷爷听！"两岁多的孩子看人多，紧张起来，背下的话全忘了。他们带来孩子的儿童读物，让先生在上边写上鼓励孩子的话。先生边写边开玩笑："你爷说，你背下一大段话要给我说，来了，啥也想不起来了，就会说个贾爷爷好。"一屋子的人都在笑。那孩子父亲手中的照相机快门咔嚓咔嚓地响着，闪光灯在闪烁。

先生写完，说："那咱上上边去！"意思是说上二楼。我想，先生上楼去写字，我和妻子就不上去了，在下边等着，没想到先生扭过头来对我俩说："腾驰，走，你俩也一起上。"大伙儿跟着先生一起上了楼，先生给那一对孪生姐妹拿来的绢扇上题了款。写完了字，先生问我："腾驰要写个啥呀？""不要，不要。贾老师，不要，不敢要！"我双手掌心朝外，左右摇动着以示不敢要。无功不受禄，先生的书法贵重，岂敢贸然接受。

先生手中的笔在砚台里蘸着墨，嘴里说着："斯文，还斯文得不行。"随之，他提笔在宣纸上写了上款"马腾驰先生"，又蘸了一笔墨，写下"斯文"两个大字，后边落了他的款：十八年　平凹。先生钤印时说："印有些大，就这样吧，穿个大靴子也好！"他把写好的字在案几上转了一下，侧了头去看那字，说道："腾驰拿上！"我不知如何是好，嘴里只能连声说着感谢先生的话。

回来的路上，妻子笑着说："还是贾老师爱你，给你先题了书名；他不给别人的书写序了，你今天过来请先生写，先生就答应了；又说你斯文，赠送了字。你了不起呀！""真心感谢先生！这么多年读先生的书，跟着先生学写作，先生的做人为文，一直是我敬重与崇拜的！先生说过，我人实在憨厚，是真朋友，喜欢我，那是在提携后进，是在鼓励我！我只有努力，不断地努力写作，才能对得起先生的扶持与厚爱！"

《背馍记》在准备出版的过程中，还有一段趣事。

几位作家朋友在一起聊天，其中一位说："马腾驰想请贾平凹老师给他的书题个书名哩。"一位自称是著名作家的人跟他顶上了："不可能给他题书名！绝对不可能的事！"结果，先生题了。过了一段时间，他们又重新聚在一起，那位朋友又说："我们给马腾驰说了，叫他请贾老师给他的书写个序。"那位著名作家仍旧有话："想都别想！连门都没有的事！"事后，有人把这些话说给我听。呵呵，这不，书名，先生题了；序言，先生答应写了。想到上边这档子事，我自个儿不由得笑了起来。"傻了！自己一个人呵呵笑开了，咋啦？"妻子问我。"不咋。"我回答妻子。

此时，太阳仍高挂在西边天际，也许是我心情好，天气似乎也不那么燥热了。

先生的字拿回来挂在我的驰风轩工作室，来我这儿的人多，一片赞叹之声。其中，有几个人叫我斯文先生，我不解并连忙阻止："哪里的话？怎么能，怎么敢跟斯文沾上边！"他们指着先生的字说："你看那字，贾老师不是说你斯文吗？""不对！先生是要求我好好学习，好好写作，要向斯文靠近！贾老师才是真正的斯文先生，是我永远要学习的大斯文先生！"我认真回答他们。

不是吗？你看，斯文两个字标准的解释：斯文，指文化或文人，亦指文雅。是呀，先生是大文人，是真正文雅的人。

第二辑

采一缕阳光，温暖红尘过往

听到这些话，我心里颇不平静。一扭头，屋正中高案上供着的佛像仍旧祥和安静地微笑着，散发出似乎时时都可以伸手触摸到的佛光。

背　馍

　　背馍这个词，完整的说法应该是背着馍当干粮，到离家远的学校去上学。单说背馍，现在的年轻人肯定弄不懂是什么意思。

　　那时候，农村孩子上学离家远，近的十几里，远的几十里甚至更远，不能在家吃饭，只能背着够一个星期吃的馍去上学了。

　　20世纪80年代初，我是从老家大张寨背馍去礼泉县城上的高中。

　　学生宿舍是大通铺，一个挨着一个铺着自己的铺盖。每个人头朝外，脚的那一方是墙，墙上有上一年级学生留下的挂馍的大木橛。木橛散失没有了，洞眼还在，就自己找来一短截木棍，削尖一头，砸进原来的那个眼里。把背馍的包挂在墙上，一是在高处，相对通风，二是防止老鼠偷吃。挂在墙上装馍的有黄帆布包，有土织布做的包，还有直接用包袱包着馍的，那五颜六色疙里疙瘩不同形状背馍的包，就在墙上挂了一长溜儿。

　　各人的家庭情况不同，背来的馍就不一样。那时，县北的经济状况较县南要好一些，县北的同学背来的锅盔馍就白，他们还带来家里自制的咸菜、辣酱之类的调味品。县南的我们背来的馍不但黑，还搅着玉米面，就馍的菜也少之又少。

　　一日三餐吃的都是干馍。学校灶上也卖八分钱一碗的汤面片，很少有人去买。那时，八分钱也不是一个小数目，来自农村的同学，舍不得吃，也没有钱去买一碗热乎乎的汤面片，滋润一下干得能冒出烟来的肠胃。

背馍记

　　背到学校的馍，到了夏天，没过几天就长出了长长的绿毛，心细的同学还掰碎了，晾晒一下，大部分的同学，用手拨拉掉长绿毛就吃开了。到了冬天，馍冻得坚如石块，掰也掰不开。记得有一次，中午吃馍时，两个同学起了争执，盛怒之下，其中一个把手里的干锅盔馍撇了过去，正好砸在对方的脸上，干硬的锅盔馍在脸上划出一道大大的血口子，血呼呼地往出冒。后来伤口好了，留下一道长长的疤痕，我们还跟那位同学开玩笑，说那是"馍伤"。

　　馍太干硬，只能用牙一点点地咬着吃，天寒地冻，学校一个小小的锅炉，几百个学生拿着碗去接开水，还没到跟前就没有水了。我记得，胡王村一个姓孙的同学跳上水池子，用力去压低水龙头，接了不到小半碗开水，结果受到了管灶人严厉的批评："没水就算了！胡弄啥呢！用那么大的劲去压水龙头，压坏了咋办？你能赔得起吗？"没有开水，只能干吃着馍，实在难以下咽了，就接了凉水喝上一口，把堵在喉咙口干硬得咽不下去的馍冲下去。

　　我和南坊镇的一个同学关系要好，他每星期从家里多带一份咸菜给我，使我心里对他充满了感激。

　　我无以回报，一个下午的课后，我步行到几里外的县城，用身上仅有的两毛三分钱在副食品商店买了辣子酱提回来送给他。他很不高兴地说："你这人咋是这！花那钱弄啥！那么生分？算了算了，买回来就买回来了，咱俩一起吃！"到了晚上，他让我一起吃，我说这是送给他的，借口嫌辣不吃。他坚决不依："别装了！我还不知道你爱吃辣子？快来，快来！一起吃！"那辣子酱，最终还是被我们俩一起吃了。为了还他的情，有一天，我买了两份汤面片，端回宿舍让他吃一碗，他说："唉！你呀！老记着那么一点小事。看来，你也确实是一个实诚人，让人跟你不成为好朋友都难！"我不好意思地说："没有啥还你的人情，以后真能混好了，这个情还是要还的！"

　　高中毕业，原本学习成绩不错的他却未能考上学回家了。过了好多年，我回礼泉，偶然在县城街道上碰见他，他自行车后边带着两个筐筐卖家里的苹果，两人相见，分外亲切，说了大半天的话。分别时，他装了一大袋苹果，非要让我带走。我说："我从外地回来，还要到兰州去办事，带着不方便，你快去卖！我坚决不要！"最后拗不过他，我只好拿了几个苹果在路上吃。那时没有电话，更没有如今的手机，各自为生活奔波着，分别后就失去了联系。后来，我托了好几个人找他，只知道他们一家去了南方打工。没有了联系方式，我的心里空荡荡的，很是失落。我还是要继续找他的，见了面，要好好地叙说叙说同学情，说起他每星期多带给我的那一份咸菜，要诚心地表示对他的感谢。

那时，很多学生娃背到学校的馍是家里的精细粮。家里的大人们想着娃们读书用脑，尽一切力量弄来麦面烙锅盔馍，怕拿的馍不好被同学们看不起、笑话，而他们往往在家里干着繁重的体力活，却吃着杂粮。每个星期，我都要回去背馍。每到了星期六，忙碌了一天地里活的母亲，还要在晚上紧张地给我准备一周要吃的馍。大铁锅，麦草火，厨房呛得人进不去，特别是连阴雨天，柴草湿，浓烟滚滚，母亲被呛得一声接一声地咳嗽着，被烟熏得睁不开眼睛，不断有泪水流下。

姨表妹晁煜在史德中学上学，她高三那一年秋天，连阴雨下个没完，道路泥泞不堪，踩下去是半腿的泥水。姨拄着棍子，穿着雨披，深一脚浅一脚赶到十几里外，给表妹送馍。穷苦艰难的生活，最容易激发一个人的斗志与精神，晁煜以优异的成绩考入北京的一所大学，毕业以后在北京参加了工作。她好学争气，业务能力强，工作干得风生水起。这么多年，姨父、姨母被她接去北京住，她还在西安给他们买了大房子并精心装修，一切都是非常地好。村里人说，晁煜是姨"送馍送出来的大学生"。

背馍上学，艰难困苦，但背馍上学的学子们却没有被艰辛困顿的生活压倒，他们反而更加拼命地学习，如饥似渴地汲取着知识的营养，走向社会后，往往具有坚忍不拔的耐力与坚强不屈的意志。背馍的经历，历练了他们应对困难境地的能力，使他们多了更多的坦然和从容，有了遇到艰难险阻也从容不迫的精神。

跟有过背馍经历的人闲时说起那段往事，他们都有很多的感慨，每个人都有一段不同于别人的艰辛的背馍故事。我们有一个共识，那就是，背馍的经历，使我们明白了一个道理：艰难困苦，玉汝于成。普通的我们，尽管没有多大成就，但通过不断地努力奋斗，使自己变成一片瓦一块砖而有益于这个社会。

背　粮

　　民国时期，位于关中平原上的老家——大张寨，粮食短缺，每年临近年关之际，各家各户的青壮年劳力，不得不外出搞粮。

　　当时，外出搞粮有两个地方，一个是南山秦岭，一个是北山五凤山与娄敬山，这两个地方人口少，土地宽，粮食相对宽余一些。老家人把去南山搞粮叫作背粮，把去北山搞粮称为换粮。村里人说的背粮或换粮，就是拿了土织布与衣服，去换取山里人的粮食。

　　南山秦岭，山大路险，搞下的粮只能背着回来，人们把它叫作南山背粮，为了突出一个"背"字，简称了背粮。北山五凤山与娄敬山一带较南山相对平缓，可以推地轱辘车子去，把换下的粮食推回来，称为北山换粮。老一辈人只要说起背粮或者换粮，村里人立马就明白，那是在说上南山还是去北山的事。老家人在许多事情上用词的准确与考究，让我常生惊叹。

　　南山背粮较北山换粮来说，要艰辛危险得多，不仅路途遥远，山大沟深，寸步难行，而且南山比北山里的人家住得更为分散，这个山头一家，那个山头一户。老家人背着土织布与衣服换粮，跑了这个山头的这家，人家不换，下了山，再爬到那个山头的那户人家去打问，在山里爬上爬下，颠来跑去多天，好不容易换够一个人能背动的两斗多粮食，才会出山，再走一百多里路回到大张寨。

　　祖父就去南山背过粮。

背馍记

那次背粮，可谓惊心动魄，虽然过去了很多年，祖父在世时，只要一说起背粮，仍然心有余悸，时常是半天没有言语，而后语气沉重地说："背粮？唉！那哪是背粮？那是拿命去换粮呢！背粮，能活着回来，就命大得不像啥了！"他说这话时，眼睛怔怔地看着一个方向，陷入了痛苦的回忆，表情凝重。这给小时候的我留下了难以磨灭的印象。直到今天，我每说起或想起祖父过去背粮的事，仿佛他仍坐在我们家——农村人叫作大房的厨房厅堂里，他似乎就在我的身旁，正给我说着他南山背粮的往事。

那年，已是冬日的农历十一月份，家里吃的粮没有多少了，下个月就是腊月，这一大家子的人，年怎么过啊？祖父带了几卷土织布与一包袱衣服，背了馍，顶着凛冽的西北风，出了大张寨村南城门口，踏上了去南山背粮之路。

一路上，祖父饿了，咬一口馍；渴了，在路过的村子讨口水喝。晚上，他在村头的破庙或人家的房檐下蜷缩一宿，天亮了继续赶一天的路，第三天一早到了南山脚下。

进山时，天就阴着，祖父在山里那些天，一直下着雪，山路窄陡崎岖，一步一滑，走路需手脚并用，往往要弯腰爬行。有时，为了防滑倒，不致摔入深不可测的深沟，他的手不由得要去抓旁边的荆刺与杂树枝，手往往被尖锐锋利的荆刺和杂树枝扎得稀烂。在南山的那些天，每天都行进在陡峭险峻的山路上，祖父手上的伤就没有好过。

祖父敲了山里这家的门，主家不要土布与衣服，不换粮食，他只能出了这家门，又翻山越岭去下一家。有一天晚上，祖父给主家说了好话，想借宿在人家杂屋房。这是一户做木活的人家，山里人憨厚，晚上，主家要祖父和他们家一起吃饭。祖父说，他还有带的馍，不吃他们的饭，能给一口热水喝就谢了。主家坚决不依，说："这么冷的风雪天，光吃干馍怎么行？就一顿家常饭嘛，一搭（方言，一起、一块儿）吃！"非要祖父和他们一起吃晚饭不可。

饭后，那家主人在生着火的厅堂做起了木匠活，点着的松明子噼里啪啦地响着，火苗一闪一闪地跳跃着。他和祖父聊起了天，问了各自的家里都有些什么人。聊了一会儿，说到了孩子，那位主家不满意儿子在山里参加的什么组织，一天到晚不着家，让他提心吊胆。烦愁闷郁的他提起斧子，在一根锯开的圆木头断面上，咣咣咣地狠狠敲了几下，嘴里嘟囔着、骂着："唉，我一天累死累活地干着这苦木匠活，全是白干。狗熊东西娃，一天不干正事，在外边都弄啥事呢，把我吓不死也要气死！"祖父说了宽慰他的话，俩人说得来，山里山外，聊了大半夜的话。

第二天一大早，祖父要走，那木匠主家还要祖父吃了早饭再走，临走时又给了祖父几斤玉米。祖父要把他带的土织布和衣服给他们留一些，以抵作饭钱、借宿钱与粮食钱。那木匠主家有点生气了："快走！快走！你从山外来换粮，可怜得跟啥一样，我要你那布和衣服干啥呀？我屋里也没有多余的粮食，有了，你直接从我屋里背上粮就回去了，就不用在这风雪天的山中再折腾了！"到最后，他硬是没要一寸布，没要一件衣服。

祖父每回说到背粮，就要说到这户人家，感念这位木匠主家对一个陌生的山外背粮人的恩惠。祖父说："啥时候都忘不了这户木匠主家！人家管了咱的住跟吃，还白给咱了几斤玉米！日子艰难，多少年都是猫吃糨糊——在嘴上挖抓呢，吃饭的问题把人搅缠住了。有机会，咱一定要还人家这个情！"

祖父踩着河中滑溜的石头，在蜿蜒缠绕如羊肠，两边全是悬崖绝壁、乱木杂树阻挡遮拦的小路上艰难地走过。用祖父自己的话说："那路哪是个路呀？是猴都走不过去的路！现在想起来，都后怕得很！"祖父就是在这大雪纷飞的南山中跋涉了二十多天，换下了两斗多粮食。他准备回家的那天，山里的雪下得更大了，穿山风搅和着大雪，呜呜地怪叫着，树木、小路、河流与大山全被大雪覆盖，满世界是混混沌沌一色的白。

返回的山路上，祖父碰上了邻村赵家村的赵老大，他个子大，身体结实。雪路上，有人不断摔倒，没有了力气爬起来，他把同村一个生了病的同伴背着的粮，扛在了他自己的肩上，一个人扛了近五斗粮，艰难地在山路上行走着。

祖父说，就在他们回来的山路上，眼睁睁地就看着有两个背粮人，一个在先一天早上，一个在第二天下午，从他身边，连人带背着的粮呼啦一下坠入山谷，背粮人掉入深谷后绝望的呼叫声，冰雪山路上其他背粮人"哎哟哟！""我的妈呀！""咦呀呀！不得了！这下咋弄啊！"的惊叫声，在空旷的雪山里回荡着。祖父颤着声说："那撕心裂肺、声嘶力竭的喊叫声，把人的胆能吓破，腿被吓软，半天不会走路了。"祖父停了会，又接着说，"在那样的山路上，人最直接的感觉就是害怕，实实在在地万分地害怕。就是想哭，却被吓得没有了眼泪！"

就是那个赵老大，在第三天翻越最后一座山时，也摔到了悬崖下。赵老大替他背粮的那个同伴，坐在冰雪山路上痛哭不止："我这回去，给人家的家人咋交代呀？跟我一起出来背粮了，中间还替我背了粮，这一下子人就没了！我也活不成了啊，回去怎么见人哪！"

祖父后来老说起这句话："背粮人把命撂到了南山里，连个尸首都找不到，成了孤魂野鬼。背粮，真是拿命去换粮呢！"

一路在山里，棱角尖利的石头，先是磨破了祖父的棉鞋，后来，烂得穿不到脚上，祖父是光着脚丫子，背着两斗玉米从南山上下来的。下了山，雪更大了。祖父说，那年的雪是多年未见过的大雪，是真正的大雪拥门，有两尺多厚。祖父就是在这大雪里光着脚，背着粮食，一百多里的路，一步一步往大张寨挪去。祖父说，到了最后，腿已不是自己的腿了，背上的粮食似有千斤重，每走一步，都喘着重重的粗气，都要豁出命往前走。他一步步机械地艰难往前挪着腿，多次跌倒在雪地里，用尽全身的力气再爬起来，心里只有一个念头：我要回家，我要把粮食背回家，一家人等着这粮食啊！

快到村口了，终于回来了，终于到家了！他可能是憋着的那一口气用尽了，背着粮的祖父扑通一下栽倒，就失去了知觉。他是被出村办事的人发现后，急忙叫来村里人，七手八脚抬回家的。祖父的腿和脚冻得红肿红肿，腿跟棉裤粘在了一起，家里人慌作一团，邻里街坊的人都跑过来看望，有人慌忙地说："快拿火烤！"有人急忙阻止："不敢！不敢！人脚冻成这样，火一烤，脚马上就掉了！赶紧给人把裤腿剪开，在冷被窝里慢慢地暖，叫腿脚缓过劲来。缓过来劲，就有知觉了！"祖父说，迷迷糊糊的他，只觉得炕边围着很多的人，他想着，到家了，这下到家了，死不了了，这腿脚怕是保不住了。随后，又昏迷过去。

祖父对背粮有刻骨铭心的记忆。我小时候，他给我讲过多次背粮的细节。他说："背粮是捡回了一条命，上辈子烧了高香，没让我摔死冻死在南山的雪地里，没冻掉我的腿和脚，这造化就太大了！"祖父长出了一口气，接着说，"老早我是水脚，雪地上背粮一场，脚变成了干脚，这脚不是一点干，一到冬天，就裂开了大大的口子，疼得挨不了地。"祖父每到了冬天，给脚上干裂开的血口子里放面粉，用偏方给伤口上滴滚烫的蓖麻油，疼得他龇牙咧嘴的。那个表情永远记在了我心间。

祖父一生历尽艰难，受了没粮食吃的苦，他一生勤劳有加，珍惜每一粒粮食。他常说："我大（爸）那时老给我说，丰年要防歉收年，要备好三年的粮食，小心年馑（方言，指荒年）来了！人，天天要吃饭哩，存粮备粮，一万个不敢马虎！"

长大后的我多次去南山秦岭，大家都在欣赏山中瑰丽的美景时，我的眼睛，不由自主地就要去看那山间小路。祖父在世时我还小，不知道也没问过，当年他是从秦岭哪个峪口进山的，又是从哪个峪口出来的。到了山里，我就在想，当年祖父是否从这里走过？这里是否留下过祖父背粮的足迹？有时，看到山上独独的一户人家，我就要顺着山路爬上去看看，到那家门口站站，想想这该不是祖父背粮时风雪夜落脚的，有恩于祖父，有恩于我们家的那户木匠人家？这个时候，我的心里充满着一种复杂而难以言说的感情。

平日，从文字、图片里看到秦岭，或是别人不经意间提到秦岭，我就下意识地想到了祖父南山背粮的那让人难忘的过去。

活人就要活得干帮硬正

中秋节回老家礼泉县大张寨。我打开锁着的家门，有稀稀疏疏的树叶落于院中，抬头望去，一颗红红的、长着很多刺，故乡人称之为"构桃桃"的果子，挂在金黄色的构树枝叶间，分外地鲜亮。

我扫了院中落叶，进屋点烛、上香，把先人的灵位恭恭敬敬地供祭起来，在他们灵位前虔诚地跪了下去。

这个空寂的院子是我们马家人的祖宅，从这个院子分出另过的马家人都叫它老屋。我是在老屋这个院子里出生并长大的，伫立院中，有了根存于土，灵魂回归了庙宇的许多感慨，诸多往事不禁涌上了心头。

祖父，一位一辈子没有离开过土地，熟记《三字经》《千字文》，能把《论语》一字不落背诵下来的老农，视读书为人生除过吃饭活命之外最大的事情，就爱供娃读书。他受尽了委屈，艰难困苦中把他唯一的儿子——我的父亲供入大学，使父亲成为中华人民共和国成立后，我们马家走出来的第一个大学生。父亲，从这个院子起步，背馍去十里外邻县的薛录镇读完小学、初中，再进入咸阳中学，而后于1960年考入西安外国语学院（现西安外国语大学），走向了外面的世界。

小时候，我看到祖父啥时候都在忙，没见他有过歇息的时候，干不完的农活永远在等着他。他像老黄牛一样，低头弓腰拉着重重的生活之犁铧全力前行。他的勤劳，他干活不松劲的韧性，在四村八乡是出了名的，人们送给他一个外号："闲不下"。

那一年冬日，祖父被派去邻县乾县的大墙公社，给生产队压榨菜籽油，生产队拉去菜籽榨了油，回来再按人头分给队里的社员。困难时期，粮食都非常紧张，菜油更是成了稀缺的东西。一年里，一大家子也分不了几斤油，家中来了重要客人，逢年过节，我们才能吃上漂着一点油花花、几乎是水煮了一样的饭菜。平日里，大家吃的多是杂粮，是很难见上油星的。

在大墙公社油坊，别的生产队去榨油的人，拿了自己队里的油，炸油饼、炸油条、炸馍片，放开吃，滋润一下长时间没有见过油水的肠胃。祖父带着冻得发硬的玉米面饼子，就着生葱充饥。油坊的人看不过去，说祖父："你这老汉！别的人炸油饼，你仔细，舍不得吃，这人都能想得通。你把你那一根葱用油燥（方言，炒）一下，当个就馍菜总可以吧？"

"不弄那事！马家西队几百口人看得起我，把我当个人派来榨油，我咋能忍心自个儿吃一队里人的油？那样干，我良心上下不去！"祖父一边啃着冷饼子就着生葱，一边回应着油坊人的话。消息传回队里，一队人唏嘘赞叹："老汉真是保国忠臣啊！"从此，祖父又多了"保国忠臣"这一个让我们全家人为之自豪的称号。

生产队种西瓜，西瓜成熟时要有人看守瓜园，队里要选派无私心、人品好的人去，祖父是必然的人选。一日，我去瓜园给祖父送饭，还没走到瓜园，侍弄瓜园的河南瓜客苏师傅就老远大声对我喊："正娃！让你爷给你摘一个西瓜吃一吃！"苏师傅是一个有文化的瓜客，他看我学习好，课余又在学画画，每次轮到他在我们家吃饭，他都要看我的作业本，连声夸奖我作业写得好。完后，站在那里，还要把挂在墙上我画的画看上半天，他曾学过画，能说出一二三的道道来。因为他对文化与书画的喜爱，进而喜爱上我。

走到瓜园西头的瓜庵，祖父正在瓜地忙着。"爷，苏师傅刚才给我说了，让你给我摘一个西瓜吃一吃！"看着瓜地的瓜蔓中，结了一地的绿皮花纹大西瓜，我确实想吃一顿西瓜解解馋。祖父瞪着我，严厉地说："啥？老苏叫我给你摘一个西瓜？他有啥权力说摘一个就摘一个？这是队里的西瓜。不可能的事！你赶紧往回走，在这儿待的工夫大了不好，免得旁人说闲话。"祖父以不容商量的口气把我赶了回去。那时，年纪尚小的我，在从瓜地往家走的路上气得眼泪直往下掉。

父亲大学毕业后当教师，祖父逢人就说："教书好。教书育人，跟经济不打交道，不会染上事，不会犯错！"祖父千叮咛万嘱咐父亲："国家把你从大学培养出来了，你把公家的事要真正当事干哩！公家的东西就是公家的东西，一丝一毫都不能沾！一张纸、一个粉笔头都不能拿！做人，就要做得清清白白，活得干帮硬正，不能叫人在背后指戳咱的脊梁骨，说咱的不是。"

我后来跟着父亲去他任教的学校上学，每次学生考试，都是教师自己刻蜡版，手印试卷。父亲每回都是节约着油墨，剩下的蜡纸与印试卷的纸张，一张不少地退回教务处。

校长在大会上表扬我父亲："几张蜡纸、空白纸，马老师都要退回来，这么高的觉悟，这么认真的人，是值得我们大家学习的！"父亲事后淡淡一笑："不值得表扬。东西再少，也是公家的，不能贪了变成自家的。"

父亲忠于职守，以学校为家，教学成绩优异，年年被评为优秀教师、教学能手与杰出教师。父亲教的学生走上工作岗位后，不少人成为优秀的人才，有的还走上重要的领导岗位。父亲每每说起他的学生，脸上都挂着骄傲的笑容。父亲一辈子一心扑在教学事业上，直到退休。他去世这么多年了，他的学生也都是六十多岁的人了，他们每次来看望我母亲，说到他们的马老师，仍然动容落泪，念念不忘老师对他们的好处。

父亲是一个十分珍惜时间的人，他不虚度一刻光阴。课余时间，他写了大量的教学论文、杂文与随笔等，刊发于全国各大报刊，有多篇作品被收录于各种作品集中。他还编著了思想政治工作专著，是陕西省哲学研究会会员、陕西省杂文学会会员。

我参加工作后，时时以祖父与父亲树立起的做人做事准则为标杆，不管是在宣传部当干事、当报纸编辑，还是后来当领导秘书、办公室主任以至经理，走到每一个单位，我内心时常警告自己：认真做人，精心做事，清正不贪，无愧于心。多少年过去了，无须自夸，每一个单位对我都有一个公正的评价。时间，是最好的裁判员，久远的时间，是最能看清一个人本质的。

可喜的是，我刚参加工作的儿子马博传承了我们家做人做事的准则，刚直正气，积极上进，任劳任怨，严格要求自己，全身心扑在了工作上。业余时间，他不辞辛苦，不计报酬，加班为单位撰写了大量的文字工作材料，赢得了好评。

清正守规，坚骨热肠，读书识礼，真诚待人，扎实做事，负重前行，不投机不取巧。做人，就要做得清清白白；活人，就要活得干帮硬正。我们马家这个没有烜赫一时的声势、没有华丽辞藻粉饰，平平常常但真真切切浸入我们骨血，变为每一代人切实行动的家风家教会传承下去的！

那天，我离开祖宅时从院中带回一抔土。这土中有先人的脚印，有他们历练出来的家族精神与风骨，会壮阔我们马家后人的胸怀，会扩大我们的眼界，会增加我们前行不竭的力量。我把这一抔土装入瓶中，置于客厅正中央的桌台子上，以便时时能看到它，以此告诫我和孩子们：不要忘了我们马家的家风家教，不要忘了滋养我们的根在哪里！

忆舅婆

一进家门，母亲就往我脸上看，这是母亲多年以来的习惯，她是看我瘦了没有，脸色好看不好看，以此推断我最近劳累着没有，身体好着没有。

近段时间，我一直忙于散文集《背馍记》的出版事情，人有点疲惫，尽管极力想装出一副精神的样子，但还是逃不过母亲的眼睛："你看，这一向忙书的事，人劳累着了，瘦了！书的事慢慢弄，甭把人给得太扎实了！"

坐定，我把《背馍记》的书稿递给母亲，想让母亲高兴高兴。坐在桌前的母亲欣喜地接过书稿，轻轻地摩挲着，脸上是从内心生出的欢喜："这么厚的一本哩！"看着书稿的封面，母亲念出了声："背馍记，平凹题。"母亲把那六个字盯着看了半会儿，接着说了："这是你贾老师给你写的书名，你看多好，多排场！你要真心向他学习，多问、多看，你写文章时就知道该咋写了！"

母亲翻过来翻过去地看着书稿，心疼地说："把我娃累的，眼泡肿着呢，写了这么厚的一本书，几十万的字，在手机上一个字一个字写，就一指宽个地方，多伤眼！把这本书弄完了就停一停，歇一歇，把人放松些。世上的那字，你能写完吗？"母亲停顿了一下，自己回答了自己，"写不完。哪能写完呀！"我接了母亲的话："写那么一点东西算个啥，人家那些先生们几十本地出书，要向先生们学习，我还得好好写，不停地写才对！""几十本出书，那是人家多半辈子，有的是一辈子写成的。你丢了二十多年了，才拾起来一年多时间，急不得，不敢拼死拼活地写！"母亲叮咛我。

前几天，礼泉官厅刘家修家谱，邀我写两幅字。礼泉是我的故乡，乡党的事不敢怠慢，我在红宣纸上写了汉高祖刘邦的《大风歌》一诗，另写了《论语》中"慎终追远，民德归厚"八个字的斗方以示祝贺。来我这儿的几个朋友见了这两幅字，热闹了起来，他们饶有兴致地说起他们家族与家谱的故事，有了很多热烈的话题。

也是因为这个话题，今日得空，我问起母亲有关我舅婆在世时的一些事。我知道，舅爷在我舅十七岁、我母亲五岁、姨一岁时离开了人世。他没有留下一张照片，我也无从知道他的容貌，母亲告知我，我舅爷的名字叫陈书院。

对舅婆的印象，我是深刻的，母亲长得很像舅婆，舅婆个子高，爱干净，头上啥时候都顶着个帕帕（方言，手帕），她是个说话做事干脆麻利的人。舅爷去世之后，是舅婆一个人拉扯大了三个儿女，她是受了大罪吃了大苦的人。生活的重压与磨难，使她不同于一般的农村老太婆，她为人善良，刚强正直，人生道路上的坎坷与失意，使她有了更多的从容不迫与坚韧不拔的精神。不幸、苦痛、艰辛和不平，所有的这一切，使舅婆在年轻时就虔诚地信了佛，她以此来宽慰自己。舅婆把许多的佛经背得滚瓜烂熟，她不只是记下，而是真懂了的。她常把佛经里的一句句话讲给信众们听。她讲佛经之宏旨大义，讲积德行善的益处。

因为良善刚正，又有不低的见识与好的口才，舅婆在舅家张则村有很高的威望。邻里之间有了是非，哪家有了矛盾，都会请舅婆去说事评理。舅婆处事公道，任何时候一碗水端平，她是只认理不认人的人，她说出的话与评出的理，可能输理的一方脑子一时转不过弯来，心里尽管不痛快，但也得接受，因为他们矛盾双方是心甘情愿请舅婆去评理的，因此无话可说，只能接受评判的结果。许多年里，许多事情的不断验证，证明了舅婆评判的正确，她在村人们心目中的威望越来越高了，被称为能公正处理大小矛盾的能行人。

舅家对门的一个小伙，招到邻县的一个工厂当工人。他从厂里参军，在部队表现突出，没几年就提拔成为干部。提干后，他要离婚，坚决不要在农村家里的媳妇。这个媳妇的公公去世早，她对婆婆十分孝顺，婆婆从心里也喜爱这媳妇。这当妈的，任凭怎么数说儿子，给儿子苦口婆心讲道理，儿子不听，就是要离婚。实在没有办法了，她请我舅婆去劝说。舅婆去后，从大道理说到小家庭，从孝道讲到在世上怎么样做人，一个上午，说得他回心转意，听了我舅婆的话，哭着把媳妇带到部队去了。舅婆，平息了村子里许多棘手的事，她善于化解矛盾，处事公正，为人真诚，建立起了她自己的人格魅力与崇高威望。

舅婆略通医术。平日，村里的大人、小娃有个头疼脑热的，她从院子里几棵不同的树上折几根树枝下来，或从地里的坎坎上扯回几把野草，熬成药水，或内服，或外洗，她用这些土方治病，往往手到病除，被众乡亲感激与敬重。

小时候，每到了过年、过会，我和姨家的表妹表弟一起去舅家，舅婆看我们几个外孙、外孙女来了，高兴地拿出一把长长的铜钥匙，开了老式板柜上的"E"字形铜锁子，揭开半幅可打开的柜盖，弯下腰，头伸进柜子里给我们每人抓出一把花生、几个核桃，这是舅婆锁在柜子里特意给我们留着的。拿了花生与核桃的我们，蹦蹦跳跳地去了院子里吃花生、砸核桃。在那个年代，这是我们这些娃娃们难得吃上的诱人的零食，让我们快活地大叫起来。舅婆站在屋门口，解下腰间系着的围裙，把它归拢在一起，攥住一头在手里，拍打了几下身上的尘土，她看着我们在院子里叽叽喳喳地嚷着、叫着、玩着，脸上是满满的舒心幸福的笑容。我们这些外甥们到了舅家，有舅婆、舅舅与舅妈的疼爱，还有舅家的表姐、表哥的呵护，往往是理直气壮的，是畅快而率性的。

　　我说这些我知道的舅婆的故事时，母亲认真地听着。我说完，她接了话："对，就是你说的那样，是你小时候经过的真实的事。"母亲又语气低沉地说，"你舅爷在我小时候早早就殁了，孤儿寡母的，唉！那些艰苦的日子，不知道一天天是咋过来的。你舅婆吃的那个苦、受的那个罪，三天三夜都说不完。"

　　"你们还小的时候，日子艰难，钱紧缺得很，实在没有能力给你舅婆多尽一些孝心。我记得咱一家子到了铜川那年，我跟你爸一起在焦坪矿邮局给你舅婆寄了五块钱。后来听你舅妈说，你舅婆在街道上和老太太们'掀花花'时，从兜里掏出用手帕包了几层的这五块钱，给人说，这是我绒娃（母亲的小名）从铜川给我寄回来的钱！"母亲略微停歇了一下，说道，"从那之后，咱屋里花钱的事一个接着一个，到你舅婆去世，日子上都没能翻过身来，给你舅婆再也没寄过几回钱。在你舅婆跟前，我没尽上孝啊！"母亲随后是一声长长的叹息，那长长的叹息声中有了许多的悲伤与无奈。而后，她没有了话语。

　　我记得很清楚，那年的正月，我们从铜川赶回老家大张寨。一家人正准备着给祖父过三周年的事，舅家突然来了人，说是舅婆病重了，我们慌忙放下手中忙着的活，赶到舅家时，舅婆已闭上了双眼。她是慢性气管炎导致的肺气肿，到了晚期无医可治。骨瘦如柴的舅婆，是在剧烈的咳嗽声中痛苦地离开人世的。

　　舅婆在村里人缘非常好，她下葬那天，冬日寒冷的村街上，站满了为她送葬的人。人们念叨着舅婆对他们的好，说着舅婆在世时做的这好事那好事，唏嘘感叹中，很多人抹着不断掉下的泪水。

　　舅婆的一生，如那个年代千千万万的普通老百姓一样，遭受了太多的磨难与不幸，经受了许许多多不为人知的悲苦艰辛，他们悄无声息地走了，回归了那片黄土地。他们没有过上好日子，没有享受过人间的清福。舅婆唯一得到的就是舅、母亲和姨对她的亲情的孝顺。那些年，我尽管还小但已到了懂事年龄，舅、母亲与姨对舅婆的好，对舅婆的孝顺，我是看在了眼里记在了心间的。后来，我长大成人去了舅家，村里人还在我跟前说起舅婆的好，说起她三个儿女的孝顺。

许多年里，我是不知道舅婆姓名的，母亲今日告诉我，舅婆大名叫寇清珍。一生信佛的舅婆，曾经有很多很好的经书，那些经书的封面上都写着她的名字，只可惜日子久了经书都损毁了。

"受苦受罪一生而又做好人一生的舅婆，佛祖会保佑她在天上一切安好！"我把这话说给母亲听。母亲说："对着呢！有神灵呢，你舅婆在天上啥都会好的！她听到咱娘儿俩念叨她、说她、想她，她会高兴的！"

背馍记

我的老父亲

父亲离开我们这么多年，多少次想写点关于父亲的文字，每回提起笔来，都是锥心般疼痛，未起笔先有泪水落下。我思绪纷乱，不知从何起笔，最终，不得不作罢。

父亲离开我们十一年后的今天，我终于能提起沉重如铁的笔，开始写这篇怀念父亲的文字。

这迟到的文字，是扒开我心上未曾结痂痊愈的伤口，让我苦痛的心再一次流血，就让这写父亲的文字伴随着血一起流淌吧。不然，苦痛的心会长久浸泡在灼人的碱水里。我虽然能笨拙地写两行文字，却没有一篇写父亲的文章，那是不能自恕的。

父亲马骢，1940年12月23日出生于礼泉县大张寨村一个贫寒的农家。我的祖父是一位有一点文化的普通农民，耕种着几亩薄地。他爱读书人，发誓要供养儿子上学，念书成人。

父亲六七岁的时候，背着高过他头顶许多的背篓，装满了麦草，带着冷馍，去邻县离家十多里地的薛禄镇上完小学。冬日，寒冷异常，墨盒里的墨汁冻上了，他无法写字，于是给墨盒里加了开水，呵着冻得红肿的手，在那庙宇改成的学校里读书上学。

日子艰难，家里买不起生火的火柴，祖母攥一把麦草去邻家对火。生活贫苦，卖了所有能值一点钱的东西，连酿醋后的醋糟，祖父也背到集市上去卖，换一点小钱，给他的儿子凑学费。村里和父亲一起上学的几个同学，都被家里叫了回来，贫穷的农家供不起孩子上学了。可是再艰难，祖父都咬着牙，老是一句话："就是饿肚子，砸锅卖铁，我也要把我娃供着上学！"

父亲上了咸阳中学，1960年顺利考入西安外国语学院俄语系。父亲考上大学，圆了祖父要把儿供养成人的梦。

父亲上大学那年，正是三年困难时期。学校供应的粮食不够吃，饿得腿发肿。宿舍在二楼，他没有力气上下楼，早上从宿舍下来，到了晚上睡觉时，才吃力地一个台阶一个台阶爬到二楼去。

学院组织学生去三原嵯峨山劳动，父亲和他的同学们都去了。他们负责给劳动现场送馒头，既是父亲高中同学又是大学同学的郭学志，每次主动要求抬筐子的后头。上山抬筐，重量会滑向后头，一般人不愿在后头抬，郭学志却每次主动要抬后头，他是为了给大衣里装几个馒头。抬完馒头，到了没人处，他偷偷把馒头塞给我父亲："马骎，我给你偷拿了几个馍，快吃，赶紧吃！"父亲边吃边流泪，一是为艰难饥饿的生活，二是为同学的一片真心实意。父亲一生都念着他同学的好处，直到父亲去世，他们都是亲如手足的兄弟。这么多年，我也认郭伯为亲人，逢年过节都要去看望他。

大学四年，父亲忍受着饥饿，以优异的成绩完成了所有学业。毕业分配时，管分配的老师对父亲说："你说你父亲没坐过火车，那好，就把你分到铁路系统去！"因为这一句话，父亲被分配到西安的一所铁路中学，成为一名外语教师。

我小时候，和祖父母、母亲还有两个弟弟在礼泉老家。父亲星期六回家，常给我们弟兄三个带回几本他从学校图书室借来的小人书，还有封面折叠包装、内为单页的美术作品。我记得单页中有杨之光的《矿山女工》、蔡亮的《延安火炬》，还有户县农民画，记忆最清晰的是刘志德的《老书记》与李凤兰的《春锄》。

父亲回家，还会带一些吃食，在困难时期，那是难得的美味。父亲先拿给祖父母让他们吃，他们舍不得吃，象征性地尝一下就给了我们。祖父常挂在嘴边的一句话是："快给娃们吃，娃们吃了长骨头长肉哩；我们老了，吃了长啥呀？"

父亲带回来的往往是一份炒面、几个素包子，我和弟弟一边有滋有味地吃着，一边翻看着小人书，吃完再把手指头在嘴里吮了，不浪费一点点油星星。我们不知道，那是父亲中午在学校的午餐，他是饿着肚子骑了一百多里路的自行车带回来的。年龄大一点的我，能看到父亲看着我们吃时脸上那种悲苦与无奈。

每到了星期六下午放学后，我都会从村里的学校急忙往家跑，到家门口，进院子先看地上有没有自行车的车轮印。有了，知道父亲回来了，欣喜地叫着爸，扑进屋内去。没有了车轮印，心里异常失落。有一次，看地上没车轮印，郁闷地进了屋门，却看见父亲正和祖父、祖母说着话，又让我十分地惊喜了。

父亲星期六回家，帮祖父忙两天农活。星期一凌晨，他又骑自行车赶往百里外西安的学校去给学生们上课。暑假，天大旱，地里的玉米旱得拧成了绳子，父亲腰里绑了绳，绳子的另一头由祖父和母亲拉着。父亲一手抓着这根系在腰间的绳子，另一手提了水桶从宝鸡峡西干渠陡峭的水泥板渠边下去，然后祖父和母亲在渠岸上边拉，父亲把水一桶桶从渠里提上来，再倒入渠岸上已干裂的玉米地里。我和弟弟在地里，一截一截挖了坑，用脸盆把水一段段地往地势较高的西边输送。

一个暑假，父亲的腰被绳索勒得稀烂，每次往腰上绑绳子，我能看到父亲脸上的肌肉都要抽搐几下。几次，父亲在光滑的渠边上摔倒，手里提着水桶却不松手，一个铁皮桶，在那个年代也是一件值钱的家当。等祖父和母亲把父亲拉到岸上来时，父亲的裤子湿透了，膝盖被水泥板磕出了血，休息一会儿，还得再干，龙王不顾人间，人只能拼上了命汲水浇苗自救了！

这是提水浇渠边的地，用最原始最苦累的办法从渠里提上水，倒进地里。远处的玉米地，以同样的方法把水从渠里提上来，倒入不大不小刚好装入架子车内箱的大铁皮汽油桶里。坑坑洼洼的土路上，父亲弓着腰拉着架子车，我和母亲在后边推着，拉到远处的地里去，给干旱的玉米苗浇水。

一天，已到吃中午饭时间，母亲说："算了！晌午饭时候到了，人没劲了，不拉了！"父亲坚持着要多拉一桶再回去吃饭。他又拉了一桶，我和母亲仍旧在车后推着，干了一个上午，我们已精疲力竭，又累又饿，三个人的步履沉重了起来。到了地头，父亲回身面朝架子车，两手反拉着架子车辕往前拽，想把架子车拽到合适位置。突然，装了满满一大桶水的汽油桶唰地往前滑落下来，把父亲仰面压在了下边。我和母亲慌忙去搬抬那汽油桶，几百斤的水桶纹丝不动，我和母亲几乎同时惊叫："快来人呀！把人压在水桶下啦！救命呀！快救命啊！"幸亏不远处还有干活的乡亲，大家慌忙跑了过来，七手八脚把水桶搬开，扶起了父亲。"别急！别急！先让人慢慢走走，看人伤着了没有。"大伙提醒着。父亲起来，慢慢地走了一小圈，又稍快走了几步，没有大碍。母亲这才哭着埋怨父亲："我说停下，不拉了！你心里眼里非要再拉一桶不可！你看看，差点犯下多大的错，惹下多大的祸！再弄下个三长两短，叫人咋活呀……"母亲边哭边说，父亲像一个做错事的孩子，愣愣地站在那里，一言不发。年纪尚小的我看着他们，眼泪无声地流着。

父亲教育我是非常严厉的。在我的记忆中，我没有看见父亲给过我好脸色，正吃着饭，我一句话没说好，坐在一旁的父亲一脚过来，就蹬倒了我。因为我的任性，父亲曾拿着绳要抽我，被祖父、祖母和母亲拦住，祖父训斥着父亲："那么小的一个娃，经得起你这么打？脾气要改一改！"小时候的我，一直惧怕父亲，见了他，不敢说一句话，就想跑得远远地躲开他。我曾对母亲说过："我爸对我有刻骨的仇恨呢！"母亲把话传给了父亲。后来母亲给我说，我父亲听了这话，半天沉默无语，而后郁闷地说："他是我的大儿子，我希望他能成才，我对他咋能有刻骨的仇恨呢？"他把"我对他咋能有刻骨的仇恨呢？"这句话自顾自地说了两遍。

上中学时就爱好文学的我，开始给报刊悄悄投稿。1984年7月10日《法制周报》发表了我的处女作言论稿《这不是主要原因》。父亲知道后，一惊，而后脸上露出了少见的笑容，那笑容是从内心发出的，舒心而灿烂，他说着："我正娃跟一般人不一样，有出息了！爱文学，就得好好地多读书、多留心生活，别人一笑而过的事，对你可能就是绝好的创作素材。要准备两个本子，一本是读书笔记，一本是生活笔记，坚持数年必有好处。三国时曹丕曾说过，盖文章，经国之大业，不朽之盛事。既然爱，你就尽力地去做，尽力了，就会有好的结果！"这是我长这么大以来，父亲对我态度最和善、话说得最多的一次。

我觉得，我在父亲面前长大了，以后有什么事可以给他说，可以和他商量了。后来，写了作品的初稿我都要拿给父亲看，他每次都认真地提出修改意见。父亲给我精心准备了一个发表作品的剪贴本，并郑重其事地在扉页上用毛笔竖写上曹丕的名言："经国之大业，不朽之盛事。"勉励我不断写作。这个剪贴本，这么多年以来，我一直细心地、完好地珍存着。

我每有作品发表，父亲都是十分地欣喜。他坐在桌前，先静静地看几遍，转过头来对我说："稿子发了，要认真地跟原稿对一对，看编辑改了什么地方，为什么要这样改，改了以后的好处在哪里。弄明白了，理解了，写作水平才能快速提高！"说完，拿了剪刀、糨糊，给我端端正正地贴在剪贴本上，并拿了毛笔在下边注明什么时间、发表在哪个报刊几版或多少页。贴好，写完，他还要把剪贴上去的文章再细细地看一遍，完后，才小心地收起，放入柜子里。在父亲的鼓励与指导下，我一篇篇作品发表着，第一个剪贴本用完后，又开始用第二本。

父亲对小时候的我异常严厉，对他的学生也是严厉有加。他几乎年年都是班主任，对调皮捣蛋的学生管得更严，再难管的学生见了父亲都害怕。父亲对他的学生严厉之后又循循善诱（我小时候是享受不到这待遇的），以至于他的学生既害怕他又喜爱他。

父亲带的班级学习成绩、各种活动与评比，每年都是全学校第一名，学生和他们的老师建立起了深厚的情谊。父亲也年年被授予优秀教师、教学能手等荣誉称号。学校缺什么老师，他就顶上空缺去带什么课，他先后教过外语、政治与语文等课程。带学生语文课时，他主编的《中学生作文选》与《语文基础知识》两本小册子成为其他中学教师和学生的抢手资料，那时风靡西安城。

父亲一点不浪费时间，是一个闲不住的人。他利用课余时间写了大量的言论、杂文与随笔等，刊发于《陕西日报》《西安晚报》《工人日报》等报刊，并收录于多种选集中。1987年，华夏出版社举办每五十年一次，只出一本书的"新中国的一日"征文活动。他们从一万三千多篇征文稿件中精选出了四百六十篇，于1988年出版了大型征文集《新中国的一日》，这其中收录了父亲的文章，编委会给父亲的祝词中说："您的文字将作为历史的见证，向世界、向后代展示今天的中国。人民和历史将感谢您。"其后在铜川，父亲和别人合著了《煤矿思想政治工作》专著，并长期担任《铜川矿工报》特约评论员，撰写了大量的评论员文章。《峻山人》《铜川矿务局人物志》等志书收录了父亲的事迹。

父亲在西安带的学生，毕业以后上山下乡去了陇县插队。他们逢年过节或回了西安探亲，都要来学校看望他们的老师，给父亲说说他们在陇县农村劳动与生活的情况。后来招工回城，上了班，他们还和原来一样，每隔一段时间，就来看望父亲。

十几年过去了，父亲已调往铜川矿务局工作。父亲的学生，从报纸上看到铜川煤矿职工生活艰难的报道，推选他们上中学时的班长郝三朝先去铜川探路，随后大家一起去看望老师。郝三朝到铜川后一路打听，先到了父亲原先的工作单位焦坪，听说父亲已调走，天已黑，没有了车，在焦坪住了一夜。第二天清晨，又搭车赶到父亲工作的铜川矿务局干部学校见到了父亲。郝三朝看到我们一家生活得很好，放心了。他回去后给同学们说明了情况。他们挂念着老师，几十个人一起，最后还是赶到铜川来探望我们一家。父亲感慨地说："当老师一场够了！你们毕业这么多年了，还不忘你们的老师，你们这种感人的情谊，我忘不掉！我谢谢你们！"学生们流泪："我们忘不掉马老师您对我们的好！"父亲的泪水也滚落而下。记得大唐芙蓉园刚建成开园，学生们又来接了父亲去游览。父亲有了万分的喜悦，高兴他的那么多学生，几十年里还一直惦记着他。

父亲从铜川矿务局退休后，我和妻子在咸阳给父母亲买了房，妻子负责装修房子。父亲说："房子简单装修一下就行，不要乱花钱！如果装修太奢华，我跟你妈就不过去！"我们依了父亲的意愿，他一辈子节俭，见不得乱花钱。2001年夏天，我们把父母亲从铜川接了过来。到了咸阳，回到故乡，和我们在一起，父亲很是高兴。跟他已相熟的邻居问他："你们搬来以前，老看见你闺女忙前忙后给你们收拾房子呢。"父亲说："那不是闺女，是我儿媳妇！"他又给别人说了我妻子的许多好处："我们没把她当儿媳妇看，当闺女看！她也没把我们当外人，当亲爸亲妈看！"邻居们感叹了："现时这样的儿媳妇太少了，你老先生还有老太太，真有福气！"父亲乐呵呵地说："谢谢你们！我们命好，真有福分哩！"

父亲每天把单元楼的楼梯一个台阶一个台阶扫下去，一直扫到单元门外，真是忙里忙外。父亲待人和善，邻居有个什么事，他能帮上忙的都乐于相助，一个单元楼的人都说老先生是个好人。父亲放下他退休后一直在外给党政干部讲的理论课，放下手头上的写作，专心地帮我照顾上初中的儿子马博。马博搬了过去，和爷爷奶奶住在一起，爷爱孙子，孙子爱爷，父亲给他的孙子一遍遍辅导着功课。做完了作业，爷孙俩有说不完的话。每天去上学，爷爷替孙子背着书包，爷孙俩边走边说着话，邻居们都羡慕夸赞这爷孙俩。

这美好的日子没持续几年。2005年腊月，快过春节的前几天，我陪父亲去洗澡，突然发现他的腹部胀大，我心猛地一紧，全身发凉，感觉大事不好，肯定是父亲几十年以前的肝病复发了，我要立即送他上医院，父亲坚持过了年再去。这个春节，我真正是在大悲大苦之中度过的，那几天，我才明白了什么叫度日如年！熬到正月初六，我陪父亲住进了医院。到了医院，做了各种各样的检查，真如我想的那样：肝硬化腹水晚期。医生告诉了我所有的实情，我知道了这个病的可怕后果。我对父亲隐瞒着病情，心里悲苦至极，在父亲跟前，我极力装出若无其事的样子，对父亲说："没有啥大问题，肠胃有点不好，是个小病，看看就好了！"话刚说完，我就借故出了病房，怕父亲看见我忍不住掉下来的眼泪！过年期间，病房里没有病人，也没有陪护的家属与探视病人的亲友，走到了空旷的楼道，我伤心的泪水唰唰地流。

父亲在咸阳住了一段时间医院，又转入西安的一家大医院，检查结果是一致的。到了西安住院，仍不见病情好转，不知是父亲有所察觉，还是他心里一直明白病情，也不想在我们面前捅破了这张纸。他开始动笔写《我这一生》，不长，也就是密密麻麻的十几页纸，他把他经过的大事简要地写了下来。这对一个肝硬化晚期，饱受疼痛、憋胀之苦，喘一口气都非常吃力的重度病人来说，不是一个小工作量。医院的医生都感叹地说道："这老先生真是坚强，一般的病人没有这个耐受度，没有这个毅力！"医生在我面前赞扬着父亲，我却心如刀绞。父亲以文字的形式记录了他一生走过的路，经历过的事。

父亲病情严重到已无法医治，不得不出院。回到咸阳的家里，我不知如何是好，我知道，一切药物对父亲已是无用。每隔几天，我拉父亲到中医学院的一个退休老教授开的门诊处去开几服中药，父亲强把那苦涩的黑乎乎的中药咽下去。开的中药里，有一味药物是女贞子，父亲说："等我病好了，给老家大张寨的院子栽上女贞树，女贞树全身都是药！"我心里悲苦，父亲这病情，是不可能回老家去栽女贞树了。中药吃了近一个月，父亲看病情仍无好转，就对我说："正娃，你说这咋办呀？"我的眼泪只能往肚子里流，不知用什么合适的语言来安慰父亲，言不由衷地对他说："中药慢，得有个过程，药慢慢才起效。您年龄大了，只要放宽心养病，药吃一吃，病会好起来的！"到了最后，父亲已处于弥留之际，他要了纸，费力地画出一个草图，让我制了匾给那位教授送去。父亲已病成这样，这匾这么个送法呀？他从昏迷中清醒过来，问我匾做好了没有，我只能说："匾正做着，要在木头上刻字，一时半会儿弄不好。"

父亲于2006年12月9日永远地离开了，我们在故乡大张寨安葬了父亲。父亲带着对这个世界的眷恋，带着对儿子们的一万个不舍，在病中痛苦逝去，使我心灵不得安宁。

父亲永远回到了生他养他的故乡，回到了故去的祖父母还有那么多先人、村里的长辈们中间。他不会寂寞的，他想回家转一转，故居的房子是他去世那年春天新盖的。我们会时常回老家，去那桃林掩映的墓地看他的。

父亲去世的第二年，我按照他的遗愿，在老家院子靠西墙处栽了三棵女贞树。三棵女贞树，代表我们弟兄三个守在老家院子里，父亲回到家，看到这三棵树，也就看到了我们。代表我们三个人的女贞树是会和父亲说说话的。

如今，这三棵女贞树早已越过院子的高墙，长成大树了。每次回老家给父亲上完坟后，我们弟兄三个都要在这三棵树下逗留一会，把树下面的小枝剪一剪，以使它们长得更高；把树下的杂草一一拔掉，再给树浇浇水。女贞树是父亲想要栽的树，我们和这三棵树，就有了不同一般的情感。

写了这么长的文字，我不知道都写了些什么，只是把这一刻想到的父亲生活中的一些小片段与小细节和盘托出。我没有超人的文采，没有感人至深的华丽文字，人笨文拙的我只能以这样的文字写一写我心目中质朴平凡而又杰出伟大的父亲，只能以这平实的叙述伴随着我心灵的伤口上流淌着的血，写一点我对父亲的念想。

世上的事就是这样，这一辈人送走上一辈人。谁不希望自己的父母能长命百岁，但谁也不可能长命百岁之后再来一个长命百岁。生老病死，不就是人生的四个阶段吗？谁能逃脱得了呢？谁也逃脱不了。既然这样，就得看开、放下，放下哀愁，放下悲苦，面对生活，活出精神，活出风采，活出一个有担当意识，有责任感，能负重前行弯腰爬坡，上对得住天对得住先人，中对得起世人，下对得起自己，足以示范后人，普通而坚强的，可以大写的真正意义上的人。我这是给自己开药方，以使我从长期的沉闷苦痛中解脱出来，勇敢地面对风雨雷电、严寒冰霜、荆棘藤蔓而坚定地前行。

写了这些文字给我故去的父亲，以安我心，也祝盼父亲在天国安好。

这文字写好后，我会回老家大张寨时在父亲坟头焚香以告，也好让他知道我们对他的思念，让他知道，我们努力地活着。

六百五十元钱的伤痛旧事

有了六百五十元钱的伤痛经历，多年过去了，直到现在，我对六、五这样的数字都很敏感：六元五角，六十五元，六千五百元，六万五千元等关于钱的数目，以至于六月五日，六点零五分这样的时日，我从内心深处都有一种不吉祥不美好的感觉。自己时常还劝慰自己，不是那回事，何必当真呢，跟数字没有多大关系呀。但是，对六、五这两个数字，心理上的阴影仍旧是挥之不去。

20世纪70年代初，父亲在西安一所铁路中学任教。那是一个夏天，他领学生从华阴农场学农后放暑假回老家大张寨。他在礼泉县城买了两袋化肥，让顺车捎到村口。他借了村头人家的一辆架子车，把两袋化肥拉回家。就在忙碌的一瞬间，那个装有六百五十元公款，还有一些票据的黑皮包被他不经意地放在了架子车上。化肥拉回了家，父亲大惊失色：黑皮包不见了！

父亲记得很清楚，他从卡车往架子车上倒化肥时，黑包还在手上，化肥倒上架子车，给架子车上放包时，他心里还想着没事的，就在村口，离家这么近，还能丢了不成，怎么偏偏就丢了啊？！

父亲急忙去村口打问，几个路过的村民说，他们才走过来，没有看见。父亲又问了附近的几户人家，还是没有人知道。这时，在村街南边自家门口摇着纺车在纺线的一个老太太问父亲："得是一个黑皮包包？"父亲急忙回答了就是，她指向斜对门那一家，悄声说："那家女人拾回去了，你快去要！"旁边纳鞋底的两个妇女也接话："我们看见她那会儿拾了包，慌慌张张地跑步拿回家去了！你去问时，别说是我们说的！"

父亲赶到那家去问。那女的红着脸慌张而结巴着说："没见你的包，没见你的包呢。"父亲说："这是公款，丢了给单位不好交代，弄不好要开除了我。你还给我，我也不亏待你，我会拿出钱来感谢你的！"父亲以近乎哀求的口气说了一大堆的好话，那妇人脸更红了，就是说她没拾那包。

父亲无奈地回了家，这消息一下子吓蒙了一家人。六百五十元！在20世纪70年代初，那是多么大的数字啊！

祖父找了好几拨人当中间人，去捡拾了包的那家人家里说情。无非是说，都是一个村里的人，那是人家单位的公款，那么大的数字，你不还，那一家人就活不成啦！你若还了包，他们是懂礼数的人家，会给你感谢费的，等等。去说情的人，一拨一拨，均无功而返。

天塌了下来，一家人陷入巨大的忧苦愁闷之中。那时，生产队的一个工日也就是八分钱，一家人一年分百十斤粮，哪里够吃？我们弟兄三个年龄尚小，每年队里的分红不但一分钱拿不上，反倒要拿出钱来给队里补差价。父亲少得可怜的工资根本应付不了一家人的吃饭问题，一下子丢了六百五十元钱，那是多么大多么吓人的数字，那是要人命的巨款啊！

沉闷得要憋死人的气氛笼罩在家里。我那时九岁，两个弟弟分别是六岁、三岁。已经懂事的我，不敢待在家里，那痛苦无助的气氛让我站没有站的地方，坐没有坐的地方。一个人跑去了村外，愣愣地看那长得快一人高的玉米，看那树上喳喳叫着的鸟儿，看那地上飞快跑过的蚂蚁。晴朗的天空，在我眼里没有了明亮，只觉得天地灰蒙蒙一片，似阴雨天一样让人难受。

有一次我去后院，父亲一个人愣愣地站在枣树旁，仰头盯着西边洋槐树上的枝叶。看我来了，他默不作声地走出了后院。到了今天，我都清晰地记得父亲那天脸上愁苦的表情。

老家大张寨村里那些好心的老太太给祖母出主意：拿了鸡蛋，画上人的脸，写上那家拾钱人的名字，放在锅里煮；还有人说用麦草编成人的样子，给它贴上有那家人名字的字条，用火烧了等诅咒的方法。那都是迷信的说法，于事无补。

祖父安慰父亲并说给全家人听："钱丢了，也没办法了，丢了就丢了。给人家单位如实说，不要让单位以为是咱贪污了，开除了咱。钱咱紧一紧，给人家还！也不怕，守得青山在，不怕没柴烧。"

本来就十分穷苦的日子，还要再紧一紧，那是雪上加霜呀，家里的日子越发苦难了，玉米面也常常是吃了上顿没下顿。小弟常饿得哭，村街上来了卖柿子的，一毛钱十个，小弟想吃一个，母亲没钱买，小弟哭，母亲也跟着哭。

痛苦的日子就这样过着。那时，我恨自己怎么不快快长大，长大了，我就能挣钱为家里添把力了，就能让我们一家人过上好日子，活出个人样来。

后来，我们一家人到了城里。一家人努力工作，辛苦打拼，日子一天天好了起来。那户拾了钱的人家，不断传来遭了这个或那个横事，日子也没见过得好到哪里去。听到这些话，我心里颇不平静。一扭头，屋正中高案上供着的佛像仍旧祥和安静地微笑着，散发出时时都似乎可以伸手触摸到的佛光。

烟　事

我是抽烟的，抽烟诸多的不好，我懂。

20世纪80年代末期，我参加工作后，先是在一家企业宣传部当干事，后调入厂部办公室当秘书。厂里迎来送往，招待少不了烟酒。招待烟都是上档次的好烟，我记得那时玉溪是很好的香烟品牌了。有个别关系好的烟民侧身进了我办公室，谄媚着笑，讪讪地说："给弄盒烟，让咱也抽一回好烟，在人面前扎个势，你看行不？"给了他一包烟，像鸡鸽食般点头谢过，一溜烟地出了门，急着品好烟的滋味，到人面前显摆去了。

烟嘛，有什么好抽的？那时，我老笑话抽烟人，啥把人难场得非要抽烟不可。对烟，我没有一点兴趣，有时被别人撺掇着抽了烟，也是一根没抽完就掐灭了，呛得人受不了。

1994年春，我去了昆明，任一家企业驻云南办事处的主任。有彩云之南之称的云南，瑰丽多姿的是它的民族风情与那方让人沉醉而忘情的山水。云南是香烟的王国、云烟的故乡。年底，烟厂给一家杂志社送了不少的白皮香烟，杂志社社长特意要转送我两大箱香烟。"不要！不要！我不抽烟，送来也是浪费，你送给别的抽烟人好了。"我一再推辞不要。社长热情："这是烟厂的内供烟，好着呢，你不抽可以送朋友嘛！"从烟厂出来的内部白皮烟，带着一种神秘色彩，在那个年代是很惹人、很抢手的紧俏货。不抽烟的我，在昆明当地，返回陕西开会时，一盒盒、一条条送了人，赢得了身边一大帮抽烟朋友和同事的欢喜，直呼我是好人，够意思。

离开云南后我又去了山东、湖南。1998年上半年从湖南返回陕西时，我一直是不抽烟的。回到陕西，几个人开始合作弄点事，其中一个戴着眼镜、精瘦精瘦的合伙朋友烟是一根接着一根抽，烟瘾实在了得！他每次抽烟都递给我一根平时他抽的中华烟，而且还非常热情地给我点着火。那时，我闹着玩，一根烟断断续续地抽半天，有时，点着的烟放在烟灰缸上，忙了别的事，燃尽的烟如蚯蚓般弯曲在烟灰缸中，倒是看着有趣。一根烟完了，也就不再想抽烟的事了。

合作的事情还在运行中，外部的烦心事一个接着一个，折腾得人心绪不宁，有时候真不知道如何是好，手中的烟不知不觉就点上了。他们抽烟的人老是笑我拿烟的姿势与抽烟的动作跟抽烟人不一样，显得十分笨拙与可笑。

在我们家，祖父、父亲都是不抽烟的。到我们这一辈，我抽上了烟，坏了家里的规矩，心里老有一种自责感。母亲给我说，父亲曾在她跟前忧虑地说："你看正娃，以前不抽烟嘛，快四十岁的人，怎么就抽上了烟？"父亲叹息着，而后自己宽慰自己，"唉！娃一天烦心事太多，见的人又多，见谁都得求，光给人家递烟，自己不抽也不好看。遇到了委屈，不想给旁人说，也就只能以烟解愁闷了。事把娃逼的，也不能全怪了娃。"我能感觉到父母那种心疼儿子又无可奈何的复杂心情。

2005年春节前几天，父亲突然生病，我一下子慌了神，不知如何是好，本能地立即要送他去医院。父亲忧郁地说："过年哩！娃们都回来了，我住在医院里多不好！春节不去！年过后再说！"父亲态度很坚决。我知道，我的两个弟弟两家人分别要从西安、铜川赶回咸阳父母处来过年。父亲不想过年时住进医院，让一家人牵肠挂肚，过不了一个好年。

我感到悲苦之灾要来了，父亲年轻时曾得过急性肝炎，说是痊愈了，这么多年，他一直很健康，也让我们觉得他好了。现在看到了父亲膨胀起来的腹部，肯定是肝上的老毛病复发了！那个春节，我们一家人是在极度沉闷忧愁与惶恐不安中度过的。春节那几天，每天我都找理由走出小区大门，站在马路边看忙着走亲戚的人们，茫然不知所措的我，以苦呛至极的烟麻醉着自己。

正月初六，我陪着父亲住进了医院。过年，其他病人都回家了，住院部空荡荡的，只有我们父子俩。在父亲面前，我极力装出一副无关紧要的样子，不敢显露出一丝的惊恐与慌张。夜里父亲睡着了，我悄悄走出病房，一个人站在住院部的卫生间里，眼泪哗哗地流。医生告诉了我所有的实情，我明白，父亲这一关，怕是难过去了。

泪，止不住地流。烟，一根一根地抽。我责骂着自己，怎么这么粗心，怎么这么大意，为了所谓的事业，一天忙得昏天黑地，为了那一文不名的所谓的事业，有什么意思？有什么意义？父亲发病，咋就没提前发现，高度重视呢？冬天，我去父母亲那里，看父亲脸色不好，问他是不是身体不舒服，他十分刚强地说："我身体好好的，啥问题都没有！你的事紧要，你快放心忙你的事！我好着哩！"父亲对医院一直是忌讳与畏惧的，怕医院给你小病大治，怕搅得一家人不安宁，怕耽误儿子们的工作。父亲从几十年前那次病后，身体一直很好，他本能地认为，小病扛一扛就过去了，人自身对疾病的抵抗自愈能力是很强的。几十年间，他没住过医院，感冒发烧、头疼脑热，不治自己就好了。别的人，没事都要去医院检查，没病都要养病，他说："我有公费医疗，我不沾国家那个光！沾那个光有什么好处？浪费资源，耽搁时间，损公害己！"

年前的冬天，母亲几次劝父亲："我看你人瘦了，你怕娃们忙，我陪你，咱上医院去看看？"父亲太要强也太固执，到了最后，他几乎是以训斥的口气跟母亲说："你再别说这话了，你这是没病给我寻病哩。我好好的，到医院去看啥？"

这是母亲后来说给我的事情，我手中的烟燃着，眼泪在眼眶里直打转。

父亲从咸阳的医院转入西安的大医院，打了许多的针，不知吃了多少苦涩、难以下咽的药物，终究未能挣脱病魔之利爪。父亲的病，不是心脑血管之类的病，人处于糊涂或昏迷的状态，说走就走了。父亲是在十分清醒中永远地离开了我们。

父亲在世时，我总觉得，有父亲在保护着我，有了什么事，我可以和父亲商量，父亲可以给我出主意，可以给我壮胆。父亲这一走，悲痛至极的我，看那太阳都是灰色的，对什么事都打不起精神。作为长子的我，觉得一下子似乎被推到天上，推到风口浪尖，父亲挑着的这副大家庭的担子，一下子沉甸甸地压在了我肩上。

那一段时间里，手里的烟一根还未吸完，就拿出了第二根准备着。满屋的烟雾包围着我，望着在空中慢慢舒展，盘旋周转，不断变幻着形象的烟雾，如兽如鬼又似神仙。我感觉到，烟能祛悲，烟能止痛，袅袅升腾着的烟雾熏烤着我流血的伤口，丝丝缕缕的烟气平复着我的悲苦之心。烟熏火燎中，大梦已醒，我看到世事如落花，浮世颠沛劳顿，哪里又能得来一场期许已久的清欢？

父亲一生不动烟，却因为得了肝病六十七岁就走了。我心里就有了一个想法，烟能要命，父亲不抽烟，却因为肝病走了。无须找什么理由，也不是悲观厌世，我自认为，人的命数命中是有定数的，与烟，又有多大的关系？细数谁抽烟活了多高的寿数，再说谁不抽烟短寿，才活了几十岁就走了，那没有意思，也不需为自己抽烟找出理由与根据来。想抽烟就抽吧，看着那烟头上若仙子一般飘升起来而有了婷婷之姿态的烟雾，谁又能说这抽烟的时刻不是人生长途中一个可以喘口气的歇息点？那就让心灵似茶叶遇到热水后，刹那间活泛舒展开来，悠闲地绽放一会儿吧。

父亲走后很长一段时间里，我都难以从伤痛里解脱出来。每有朋友们聚会，别人天南海北、上下五千年地聊着，我只是默默地坐在一旁抽闷烟，以至于他们说我在老父亲走后性格都变了，跟以前判若两人。

我在苦痛沉闷中抽着烟，开始自己给自己松解心锁：人一生下来，谁不是朝着死亡的终点走去，谁又能逃脱得了？生老病死，谁能左右得了？死者长已矣，生者当努力。父亲走了，把年迈的母亲留给了我们，我下边还有两个弟弟，他们各自还都有一个小家，一大家人不能散了啊！活着的我们还得勇敢地站起来，把母亲照顾孝敬好，把小家，把这个大家庭，把自己的事打理好，活得坚强一些，精彩一些，方能告慰父亲在天之灵！

父亲去世以后，母亲从伤痛之中慢慢走了出来，精神头也好了起来，身子骨逐渐硬朗。我和两个弟弟说："父亲不在了，我们弟兄三个必须把母亲照料好。三个小家庭，把各自的家经管好，该办的事不但要办，而且还要办得很好，这才能让去世的父亲放心！"我把烟蒂重重地摁灭在烟灰缸里，又说了一句："大家都努力地往前走吧！"

父亲去世这么多年，没有了父亲作为依靠，我们做什么事更是认真用心，家里很多事情得到很好的处理。父亲活着时十分喜爱的他的三个孙子，都听话懂事，不管是在工作岗位上的，还是上着学的，都严格要求着自己，争气上进，让人有了很多的安慰。

那一天，看仓央嘉措的诗，其中有一段：那一夜，我听了一宿梵唱，不为参悟，只为寻你的一丝气息。那是仓央嘉措蹉跎苦痛于凡尘与佛的世界里的一种感悟与追寻。

身为凡夫俗子的我，在人生这条道上，寻觅着的生活的一丝气息又是什么呢？

世上绝大多数的人都是小人物，不可能干出惊天动地的大事件来，也不可能有什么丰功伟绩。我就是这绝大多数人中普通得不能再普通的一个小人物。既然风尘仆仆地活在这个世上，浩叹人生苦短又有何用？只能不抱怨、不萦怀、不沉溺、不迷恋，但求无愧于天，无愧于地，无愧于人，也算做到了一个平凡普通的真正意义上的人了。

手中的烟抽完了，去烟盒里摸烟，没了烟；去柜子里拿，柜子里也没有了烟。

抽烟，也是个事呢。没有烟了，那我得下楼去买了。

回家的路

　　20世纪七八十年代，不管是从西安还是从咸阳回老家礼泉县大张寨村，西安到兰州这条国道，现在人们简称的西兰路，是非走不可的。

　　1976年下半年，我随父亲在其任教的西安一所铁路学校上学。从大张寨去西安，再从西安回大张寨，我们常在西兰路上奔波着。

　　那时，从礼泉县到西安也就那么几班长途汽车。从大张寨到西安，先要赶十几里坑坑洼洼的土路到县城，才能搭上去西安的汽车。不光不方便，在当时，价格不低的车票，两个人来来回回也不是一笔小数目。那时，我们弟兄三个年龄尚小，上面还有年迈的祖父母，农业社大锅饭，家里常常为吃饭的问题发愁。这从大张寨到西安往返的车费，可就成了一个大问题。

　　父亲一咬牙，凑钱买了一辆自行车，来回骑自行车。他算了一笔账，两个人不坐车省下的钱，很快就可换回买自行车的钱。

　　初始，父亲用自行车带我走几十里路先到兴平，把自行车放在兴平县（现兴平市）粮食局工作的同学那里。然后，再带我从兴平坐火车到西安，为的是省下车票钱——父亲在铁路系统工作，凭工作证是可以免票的。跑了一段时间，走这一路要绕很长的路，费很大的周折，我们最终放弃了这条线路。

　　其后很长时间，我们从大张寨到礼泉，上西兰路，过礼泉药王洞、兴平店张镇、双照镇、咸阳市再到西安市这条道。常常是父亲骑着自行车，车后架一侧带行李，另一侧带我，风里来雨里去地奔波在这条路上。

走西兰路，从西安回大张寨，这一路是慢上坡，不要说自行车后带着我和行李，就是单人骑着车走，那也绝不是一件轻松的事。坐在车后的我，每次都缩着身子，极力想减轻自己的重量，让父亲骑车不要那么费劲。幼小的我，幻想着如果有了轻功，自己能架在空中，只是轻轻地担在后座上，父亲骑车就能轻松一点，那该多好。坐在自行车后架上的我，看不到父亲吃力蹬车前行的面部表情，只能看到他后脑勺顺着脖子流下的汗水和湿透了的后背。

当时的西兰路，比现在单幅的路面还窄了不少，路面坑坑洼洼，没有如今这般平整顺畅。路两边，是用水泥粘铺了碎石子的路面，我们为了躲避过往车辆，自行车骑上去后就像是在蹦蹦地跳，整个人摇摆得似乎随时都会倒下。穿过咸阳，沿路北上，要过头道塬和二道塬，上这两个塬要爬两个大陡坡，头道坡更陡，行人走着都显得吃力。到了这里，我和父亲下了自行车，父亲弓着腰在前边推车子，我在后边推车后架，一步步往上走。到了二道塬，再骑上车子，一路向西艰难地往回骑。

那一年的一个下午，礼泉老家给父亲拍来电报，只有三个字：母病危。父亲知道这病危的含意，祖母病重一段时间了，家里怕父亲突然接受不了这一打击，故意称为病危。接到电报的父亲面色冷峻，给学校请了假，对我只说了："快！收拾东西，马上回！"即刻，父亲骑着自行车，带我踏上了回家的路。

我们从西安出发时已是下午6点多了，未到咸阳，天已大黑。那一路是摸着黑走的，对面不时有开着大灯的卡车从我们面前呼啸而过，从远远地亮着灯一直到从我们身边唰地飞驰而走。那个时间段里，刺眼的车灯使父亲什么也看不见，完全凭感觉骑着车。车一过，马上又陷入了更深的黑暗中，缓好半天，人的眼睛才又恢复到正常。坐在车后架的我不敢吱声，只能用最恶毒的话在心里咒骂着这些开着远光大灯一路飞驰而过的卡车。也许有了那时深刻的记忆，以至现在，夜里开车，我都十分注意切换车灯，不要影响了对面的来车和行人。

我记得很清楚，天黑，自行车难骑。那晚，我和父亲跌跌撞撞赶回大张寨时，已是凌晨2点多钟了。

忙完了祖母的丧事，父亲骑自行车带着我返回西安。在这条路上，我们父子俩又奔波了好几年。

后来，我们一家人到了铜川，再没有了在西兰路上的往返辛劳。又过了多年，我从铜川调到咸阳，父亲从铜川退休后也回到了咸阳。回老家大张寨，我又开始跑西兰路这一线了。但这个时候，来回都是自己开车，每次开车走上这条路，我就不由得想起父亲弓着腰骑车带我往返于这条路上的艰辛场景，心里泛起阵阵苦涩的滋味，不由得有眼泪流下。

西兰路上，我真正开车载父亲回老家大张寨只有一次，那也是最后一次。我曾经多次设想过，我开车带着父亲，在这条路上慢慢地走一走，停下车，让父亲看看他曾经用自行车带着我走过多次的这条路。但由于各种原因，再没有机会了。

我开车带父亲最后一次回大张寨的路上，看着路旁熟悉的景物，想起父亲用自行车带着我在这条路上往返奔波的过去，怎么也控制不住自己的情绪。我边开着车边流着眼泪，泪水几次挡住了我的视线，怕父亲看见，我把车停向路一边，装着下车看车的侧旁有什么问题，悄悄地擦了眼泪。

那时病重的父亲坐在我后排的座位上，离开医院时已是半昏迷状态。也许他知道，这是他要永远地回老家了，也许是回光返照吧，上了车后，他分外清醒，人一下子精神了，坐得直直的，睁大了眼睛看着窗外。一路上自言自语着："出了咸阳了。""到双照了。""正过店张呢。""到了礼泉。""这是新时乡。"进村子时，他脸上带着微笑说道："回到大张寨了！"我的大哥和二哥站在街口等着接我父亲，一家人抬着他进家门时，他还笑着伸出手和我两个哥轻轻握手，进家门躺在床上不到二十分钟，父亲一脸安详平和，永远地走了。回到了故乡，他是那样地从容，那样地淡定。

那一刻，我不禁失声痛哭……

回家的路，父亲从这儿回家了，永远地回到了生他养他的那片故土。

每每踏上西兰路，走上回故乡的路，我的心情都是复杂而沉重的。不管走得多么远，离开了故乡多么久，灵魂深处难以忘怀、长久惦念于心的是故乡那一方土地。故乡，我的祖祖辈辈长眠于此。故乡，是我出生成长，滋养了我精神，赐予了我前行力量的地方。

逢年过节，我都要从西兰路回大张寨，看望我的故乡的亲人们。回家的路，是最亲切的，是永远要走下去的。

土布包袱

说起土布包袱，如今已没有人用了，它慢慢地淡出人们的视野，渐渐地被社会遗忘了。

过去在农村，包袱是大有用场的，它担当了大包与小包的多种功能。出门背铺盖卷，外出带换洗的衣服，媳妇回娘家带东西，学生娃们背馍上学等都要用上大小不等的包袱。他们把包袱背在肩上，或是挎在胳膊弯，拎起来就上了路，方便而实用。

那时，农村用的包袱，都是用土织布做成的。一块缝制在一起的方正土布铺平了，把要带的东西往这土布中间一放，提起两个对角，用力绑紧，把东西包裹捆扎在里边，就成了能背能挎的行李包袱。粗笨硕大的东西，大都用花布包袱；吃的或是精细的物件，同锅案上洗碗的抹布一样，用没染过色的本色白土布。白土布，没有用颜色浸染过，首先，是心理上的感觉，它不会污染了吃的东西与精细的物件；其次，是看上去也清洁干净，学生娃们上学背馍，就是用的这种白土布包袱。

20世纪70年代末期，我十三岁时随父亲去他在西安教书的学校上学。户口在农村的我没有粮本上供应的粮食，我是从老家大张寨带着粮去上学的。

当时背粮背面，我们用的是那种蓝颜色方形的大包袱。背一土布口袋的面粉，少说也有八十斤。我们先要从老家大张寨村折腾到十几里外的礼泉县长途汽车站，然后坐车到西安三桥镇，下车后离学校还有七八里的路程。这一袋面，不好搬动，稍不留意就会给人身上沾满白色的面粉。把它用包袱包了，首先，不会给人身上弄上面粉；其次，方便背在或扛在肩上，利于搬动。

每次去西安的学校，我和父母一起用包袱包着一袋面粉，用架子车先拉到县长途汽车站。等我和父亲上了车，母亲再把架子车拉回家去。那时候，长途汽车停车点是固定的，其他任何的地方，都坚决不给停车，西安三桥镇街道南边的西兰路最西头是长途汽车的固定停车点，这里没有公共汽车，是个前不着村后不着店的地方。

我和父亲把包袱从车上卸下来，站在路边，等着往东去的拉架子车的人。不管架子车上装着重物还是空车，父亲就急忙上去给人家说好话，意思是我们把包着面粉的包袱放在架子车上，并替人家把车拉上。难说话的，即使空着架子车，也不让放。每次被人拒绝，我都能看到父亲脸上那种极不自然、极为窘迫难堪的表情，无奈之下，还得等下一辆路过的架子车。终于等着了一辆，人家让放了，父亲抢过架子车车辕，替人家拉着架子车，边走还边给人家说着感激的话。走了一段路，架子车主人到了目的地，父亲只能把包着面粉的包袱放下来再等下一辆架子车，一截路一截路地往前挪动。

能碰上架子车，并且碰上让放包袱的架子车，这还算是运气好，有时候下了长途汽车，我们在那里等了大半天的时间，竟没有一辆路过的架子车。这时，无奈的父亲只能把那沉重的包袱先是背在背上走一会儿，累得不行了又换着扛在肩上。他满脸的汗水，七八里的路，一步步吃力地往前走着，走一截路歇一会儿，艰难地往学校的方向走去。背不动包袱的我内心苦闷，只能无助地跟在父亲身后。

常常离学校还有一里多路时，正是学生放学的时候，熙熙攘攘、成群结队的学生从学校大门里拥出来。父亲背着这蓝色土花布包袱，从一个挨着一个、拥挤着往前走的学生中间穿过，那么多学生齐刷刷的目光盯了过来，似乎看天外来客。那时候，城里人用的是从商店买来的各种质地大小不同的包，没有人用这种土花布包袱。到了城里，土花布包袱就特别地扎眼，背着这土花布包袱，仿佛就告诉了人们：我们是从农村来的，背的是从农村带来的不知什么笨重的东西。那么多学生异样的眼神，那怪怪地看着我们的表情，使跟在父亲后边的我十分赧颜与自卑，那利箭一般射过来的目光与看不起我们的神态，深深地刺痛了我的心！父亲背着重重的包袱，流着汗水的脸上，也是一种难以表述的复杂表情。

一次，我端着用土布包袱从老家背来的面粉去压面房换面条。排了长长的队，好不容易到了我跟前，我把盛着面粉的盆子递了进去，压面房一位戴着眼镜的工作人员接过面盆一看，就从窗口哐当一声推摔了出来，面粉扑扑地在面盆里飞扬着。他说："在哪儿弄的这面粉？怎么这么黑？端走！不换！"脸红而窘迫至极的我，端着面盆逃也似的离开了压面房。

老家的祖父母、母亲，还有两个弟弟，连这黑面也吃不上，他们在家吃的全是玉米面、高粱米与红薯等杂粮。而他们把仅有的麦子磨成了面粉，给我和父亲带来了，当时，粮食不是一点紧缺，是十分地紧缺。农村人磨面，几乎是不留麸子，恨不得把麦子都磨成了面粉，这面粉能不黑吗？

我把面粉端了回来，嗫嚅地给父亲说了一句："人家嫌面黑，不给换。"父亲怔了一下，短暂地沉默后，揭起了床上的铺盖，在床板上放上案板，和了面，自己开始擀面。那顿饭从开始做一直到最后吃完，父亲没有说一句话。我端着碗，吃着父亲擀的面条，不断有泪水滴落进碗里。

从那以后，我们再也没有去压面房换过面条，那是第一次，也是最后一次。就这面，我和父亲也很少吃，吃面是有次数的，是用来改善生活的。平时，我和父亲吃的都是杂粮。每到晚上，父亲多打些搅团，除过晚饭吃的以外，把剩下的搅团平摊在案板上，第二天早上，再把摊在案板上的搅团切成小块，在开水锅里加热，放了辣椒面和盐吃。中午，我们吃的是高粱米与玉米糁，还有被人们称作"钢丝绳"——没下锅之前缠绕在一起，如乱钢丝一样干硬，下锅后就成了短节节的吃食，就是纯玉米面饸饹。搅团、高粱米、玉米糁与玉米面饸饹，常常吃得我心里发酸发苦，胃里非常地难受。

在那个我还不甚明了世事的小小年龄，我对土布包袱是敏感的，是抵触甚至是反感的。土布包袱背的面粉，人家不让往他的架子车上放；背着土布包袱进学校时那么多异样的目光与瞧不起我们的神态；土布包袱背来的面粉，因为黑，人家不给换面条而把面盆推搡出了窗口。这些事让我进而简单幼稚地认为，是因为土布包袱的难看与不洋气，使我局促和自卑，使我灰头土脸，给我贴上了一个身份的标签。

土布包袱给我的心里留下一道深重压抑的阴影。在这道深重压抑的阴影里，我想，只有努力，只有奋力冲出这阴影，才能面对阳光。因为家在农村，因为贫穷使我们低微，使我们被人看不起，使我们不得不吞咽下辛酸苦辣的诸般滋味，使我的心灵在那个年龄受了深深的创伤。我默默地告诫自己并下了天大的决心，发誓要把这苦水化为蜜水，把这刺人的荆棘变为芬芳的鲜花。我明白，我别无选择，我唯一的出路就是读书，没黑没明更加刻苦更加拼了命地读书。只有这样，我才能改变自己的身份，改变自己的命运，才能出人头地，才能抛却卑微与贫贱，才能活出个光鲜的人样来。

后来，年长了的我才明白，土布包袱何罪之有，它不过是那个年代农村人出行必备的一个包裹东西的用具罢了。最根本的是，通过一个土布包袱，我看到了横亘在农村与城市之间诸多巨大的差异；也是通过一个土布包袱，幼小敏感的我真切地体味了人世间的冷暖，明白了什么叫作悲苦灰暗的日子。

许多年过去了，时代变迁，经过了后来艰苦的奋斗与不息的拼搏，我跟大家一样，终于迎来了好日子。

也许因为自己从社会最底层走来，也许因为在那个时候遭受了很多的白眼与不平，到现在，在我的潜意识里，在我的思想深处，不管什么时候看到了可怜的人，看到遇到困难与灾祸而过得不如意的人，我从来不会看不起他们，心里反倒充满了对他们的同情与悲悯。道义上，我永远是站在他们一边的，希望他们能克服困难，过上正常人的生活；实际行动上，我尽自己最大的可能给他们帮助与支持。因为我知晓，人生之路艰辛坎坷，大家都不容易，困顿艰难的日子我亲身经历过，我是清楚的，我是懂得的。

一晃四十多年过去了，父亲离开我们也有十一个年头了，每次想起父亲当年带我上学时的可怜境况，我的眼里就有泪。每次开车路过西兰路上当年那个长途汽车停靠点，我都不由自主地要放慢车速，多看周围两眼。好多次，我从西兰路拐进去，通过三桥街道东口，往北穿过铁道桥下，先到早已不存在了的那个压面房旧址看一看，再到我曾随父亲上学的学校不远处，停车下来，站在那里，静静地望着当年我上学时的学校大门口。好几次，我仿佛又看到父亲背着那沉重的蓝色土花布包袱，幼小的我跟在父亲身后，从如潮水一般涌出的学生中间走过，进了学校大门……

猛地一激灵，清醒了的我知道，那是意念里又回到了从前。而现实中，我的眼前，只有不断驶过的车辆和路上匆匆走过的行人。

多次来这里，我是为了提醒自己，任何时候，都不要忘记用土布包袱背粮背面的那段艰辛岁月。

母亲做的棉鞋

这个时节，正是北方的冬日。寒冷的天气，冻得高耸的楼房与路旁的大树都似乎矮小了许多。冷得缩着脖子的人们，个子也仿佛比平常低了不少。年近八十岁的母亲，冒着凛冽的西北风，穿过几条街给我买回了六双鞋垫。

母亲说："如今人们都穿皮鞋，不透气。你是汗脚，鞋里边一天到晚都是湿的。妈给你买的这鞋垫是吸汗的，勤换着，甭叫脚在鞋里受罪。"母亲停顿了一下，而后叹了口气，幽幽地说，"现在这棉皮鞋，哪有过去做的棉窝窝好呀。棉窝窝不光暖和，还透气。社会进步了，棉窝窝不时兴，没人做了。就是做了，也没人穿了。"母亲说的棉窝窝，就是手工做的棉鞋，她的话语里，有一种对过去时光的怀念，母亲肯定想起了过去她做给我们的棉窝窝。

拿回母亲买的鞋垫，换到鞋里，穿上鞋子，脚顿时干爽舒服了许多。这是老母亲跑了大老远的路给我买的鞋垫，垫在鞋里，一股暖意从脚底升起，弥漫了全身。

小时候，在老家大张寨，打我记事起，从早到晚，母亲都永远不停地忙碌着。白天去地里参加劳动，晚上是忙也忙不完的针线活。每到了冬天，母亲要准备来年春天织布用的线。冬夜，母亲在四处透风、如冰窖一般寒冷透骨的房间里摇着纺车纺线。多少个晚上，我都是在母亲嗡嗡的纺线声中进入了梦乡。

不知睡了多长时间，一睁开眼睛，迷迷糊糊地看到，煤油灯灯光映照出母亲纺线的影子在墙上晃动着，母亲没睡，还在纺着线。我起来解完手，冻得牙齿直打架，慌忙钻入被窝，母亲叮咛我盖好了被子快去睡。她搓了搓冻得僵硬的双手，一声接一声打着呵欠，纺车仍在她手下不停地摇动着。我又沉沉地睡去，第二天早上起床时，母亲还在纺着线。那时候，我不知道母亲睡了没有，睡了多长时间。

祖父祖母，还有我们弟兄三个一大家子一年四季的衣服、鞋袜，还有我们背着的书包与平时用的包袱，都是母亲一个冬天摇着纺车纺出来的线织成的。到第二年春天，她把纺出的线经了布，用老式脚踏织布机哐当哐当一梭子一梭子织成布，再经过浆洗之后，亲手给家里每人做了衣服与布织用品。

除了全家穿用以外，母亲还拿上剩下不多的布，和村里的人一起，在冬天凌晨三点多钟步行几十里去兴平县（现兴平市）店张镇换棉花，常常到了深夜，她才背着换下的棉花返回大张寨。换回的棉花织成布，再用布去换棉花，赚取其中少得可怜的加工费补贴家用。

母亲会裁缝，给我们做的衣服与鞋子，在当时的农村应该是最时兴与漂亮的。因为母亲的裁缝手艺好，后来到了大队缝纫厂做工。一直到现在，同村的许多人还说起，他们小时候是穿着我母亲做的衣服长大的，他们从内心里感激着母亲。

十三岁那年，我随父亲去他在西安教书的学校上学。到了西安，我的穿着一下子就露出了村相，跟同学们一比，马上显出了不齐整与贫寒，没有在老家时优越与自豪的感觉。我记得很清楚，就在那个秋天，父亲给我买了一双塑料底的布鞋，那时把这种鞋叫作板鞋。这双板鞋，被我一直穿在脚上，穿脏了，就等到星期六晚上，换上母亲给我做的土布鞋，把这双板鞋洗了，放到学校传达室烧开水的锅炉房烘烤干，到了星期一早上上学时，脱下土布鞋，再把这板鞋穿上。

到了冬天，母亲给我和父亲做了棉鞋。这棉鞋，是母亲千针万线做成的，我知道做鞋时纳鞋底的不易。每回纳鞋底，母亲手指上戴着顶针，用力把带着线的针顶过坚硬的鞋底，针穿过厚厚的鞋底时只露出了一截短短的针头，母亲用牙去咬那露出的针头，等针咬拽出来后，再用手捏住针，把长长的线拉过来，反复如此，母亲就是这样一针一针艰难地把鞋底纳出来的。后来，年龄大了的母亲牙不好，我总想，都是那时候纳鞋底用牙咬针，严重地伤了牙，才落下的病根。

母亲做的棉鞋鞋底是用白布打成的褙子，用上边的方法一针针纳出来的。鞋面用的是黑灯芯绒绒布，鞋口是只容脚斜放进去然后再穿上的一脚蹬的样式。鞋口四周与脚面正中一直通到鞋顶头凸出的边棱，母亲用黑线细心地锁了边，并带了细碎的花纹，这就是农村人都穿的，叫作棉窝窝的棉鞋。父亲穿了母亲做的棉鞋，给学生们上课，忙着学校的事。我不穿，嫌难看。我当时的同学，都是厂里的子弟，穿着买来的压了气眼、穿系着鞋带，在当时很轻便时尚的棉布鞋。年少、不谙世事却有着虚荣心的我觉得，穿着这棉窝窝，走在他们中间，是那么突兀而不合时宜，显得十分地扎眼难看。

那个年代的冬天，天好像分外地冷。穿着单板鞋去上课，教室里没有暖气，给我上课的一位女老师看见了，当着我的面对父亲说："马老师，你儿子穿着单布鞋上课，这么冷的天，肯定冻得受不了。你得赶紧给孩子买双棉鞋穿上。"父亲回答这位老师的话迟疑而犹豫："棉鞋有，年轻娃不听话，嫌不利索，不穿。"到了今天，我都理解父亲没把话说完而不说了的后边的话："他嫌做的棉鞋不好看。"这是父亲给我留的面子。艰难困苦的日子，家又在贫穷的农村，一大家子人吃饱肚子都是个大问题，钱来之不易，一分钱都要掰成几瓣花，买一双棉鞋谈何容易。

我的父亲，一个贫寒的知识分子，他只能无奈地以这样的话回应那位老师的关心，而又最大限度地不给我难堪。看着父亲脚上穿着母亲做的棉鞋，还有他在当时被人们称作朴素的穿着——朴素在那个年代，实际上就是破旧的代名词，我怎么能不懂。幼小的我，内心是发了誓的，等长大以后，下苦，就是下天大的苦，干别人看不上不愿干的再脏再累的事，也一定要在经济上翻过身来，改变这贫穷窘迫的日子。

那几年，每到了冬天，我的脚都被冻得红肿，到了晚上洗脚，双脚伸进热水盆里，钻心般疼痛而又十分瘙痒，那个难受的滋味，到了今天，我都记忆犹新。

也是从那时候起，有了强烈的虚荣心又十分自卑的我，内心总有一种莫名的情绪与意识：我来自农村，家贫，跟别人不一样，我一定要改变这一切。在这样的气氛与环境下，我不愿见人，没有多余的话。也许，我寡言少语，不愿抛头露面，喜欢独来独往的性格，就是那时开始形成的吧。朦朦胧胧与不完全正确的意念里，因为一双棉鞋而坚定了一个并不怎么远大辉煌的信念，那就是因为穷苦而买不起和别人一样的一双棉鞋，我下了狠心要花比别人多千倍万倍的力气去努力，下苦功拼了命地学习，只有改变了自己的身份，改变了自己的命运，才可能在不远的将来，跟我周围的同学一样，活得不那么自卑，活得有点尊严，活得像个人。

不管是那时的学习，还是后来走上工作岗位，在我的潜意识里悄悄地种下了一颗种子并膨大发芽，这颗种子就是不管干什么事，我都会全力以赴，全身心投入去做事，尽最大的可能取得一个好的结果。我的这种性格，被当时的同学还有后来的同事高评为不服输的脾气与咬透铁的狠劲。

尽管我在不同的岗位与工作单位没有虚度年华，没有丢人而取得了微小的成绩，但我明白，过去了的那些事情，取得的那些所谓的成绩，根本算不了什么。我实实在在地要求自己，在以后的人生道路上，普通而平凡的我，只有不断地奋力前行，继续、更好地做一个真诚、善良、乐于助人、积极向前、学有所成、学有所用的人。这样，才会对这个社会有所补益，有所奉献，才能做一个无愧于我心，无愧于这个时代的人。

母亲当年做的棉鞋，我好面子不穿，那是发生在那个特殊的年代，是在我少不更事的年龄。现在想起来，我内心是不安的，是惭愧的，我是有愧于母亲的。母亲对我这个儿子的呵护通过细密的针线缝进了那棉鞋里，而我却辜负慢待了母亲的一片爱心！我真切诚恳地给母亲道歉：对不起您，母亲！

母亲年龄大了，做不成针线活了，也做不成棉鞋了，但是，母亲当年给我做的棉鞋，永远地存放在了我心上，无形地穿在了我脚上。这鞋，它会抵御寒冷，会护着我的脚不被冻伤、不被划伤，不会使我的脚受了委屈。

这么多年，每到了冬天，我常会下意识地去看我的脚。我老觉得，我脚上就穿着母亲给我做的棉窝窝。有了这个意识与思想，我想不管春夏秋冬，不管前行的路上有多少风雨险阻，不管遇到多么大的不平与坎坷，我都会走正、走稳、走好脚下这条路，从容而坚定地面对明天。因为，我的心上存放着母亲做给我的浸满深情的棉鞋。

姨 亲

　　姨比母亲小五岁，今年七十二岁。母亲、姨父和姨都健康精神，让我们无比欢欣。

　　母亲和姨在娘家兄弟姊妹三人，舅父为长。舅父去世多年，只剩下了母亲和姨她们姐妹俩，她们的关系更亲近了。

　　外祖父去世早，外婆拉扯三个儿女长大。舅父十二三岁就挑起家庭生活的重担，学了钉锅的手艺，开始养家糊口。稍大一些，他一个人挑了钉锅的担子，从礼泉一路向西，经过乾县、永寿、彬县、长武，进入平凉再到兰州，而后一直沿河西走廊西去，途经武威、张掖、敦煌，边走边找钉锅的活。孤儿寡母的日子，更多的是艰辛与泪水。母亲和姨，从小除对外婆十分听话孝顺以外，对舅父不是一般地尊重。长兄如父，我舅父从小就担起家的重任，小时候我去舅父家，能看出来，舅父、母亲和姨对外婆特别好，也能看出来，母亲和姨从内心对舅父那份真切的敬重。

　　我小时候，姨来我们家，她拿来大小的吃喝，都先让给我祖父母，对老人的好，祖父母常挂在嘴边夸给外人。粮食短缺的年代，姨家里也不宽裕，她每次来我们家，都要蒸一锅馍背来，我们弟兄三个光葫芦，不大不小的年龄，正是能吃饭的时候。姨来了，打开包就把馍全倒在案板上。那时的农村，是有计较的，客人拿来的东西不能全留下，要带一些回去，叫作回礼。如果不回礼，就是挖了来往的路，不走庭（不来往）了。每次，祖父母总是说："要回礼，不然犯忌讳哩！"姨说："自己家人，犯啥忌讳呢？你们两个老人年龄大了，光吃玉米面咋行？下边还有这三个，正是长身子能吃饭的岁数，馍都留下！"祖父母一脸的感动，却说不出一句话来。

日子过得艰难，锅灶上没了抹布，姨从她家里拿来。锅铲前边磨得只剩铜钱大一点，实在无法用了，姨从家里拿来。拆洗被褥没有大铁盆，姨拉了架子车送来。有一年的冬天，姨来了，家里门锁着。她从邻家口中得知我母亲去浇地了。她赶到村外的地里，帮我母亲浇了一天的地。一不小心，她滑进地头的水渠里，一双棉鞋、半个裤腿湿透了，天冷，等浇完地回到家，姨的裤腿与鞋上结了厚厚的一层冰。

那时，大队要求每家每年都交一头猪，不交，就要扣少得可怜的口粮。我们家养的猪太瘦小，一身的红毛，老是长不大，拉到县里几次没交上，眼看过年了，年前不交，扣口粮就是铁定的事了。那年头，人都没有什么吃的，养肥一头猪，谈何容易！

事情火急，姨知悉了消息，二话没说，第二天一早，拉了她家里正喂着的猪去县里交，以此给我们家顶任务。表妹平利也就是三岁多一点，坐在架子车车厢前边。腊月天，天寒地冻，那天走时，天阴沉沉的，似扣了一口大铁锅在头顶，到了县里的生猪收购站，人特别多，大家都是赶着年前要交猪顶任务的。不一会儿，天下起了大雪，姨交完猪，雪已经一尺多厚了，她拉着表妹，一步一喘气地赶了十几里地，路过大张寨村时，把交猪票送到我们家里来。

睡在架子车车厢里年幼的表妹被冻得失去了知觉，半天叫不醒，祖父母难过内疚得说不出话来，母亲哭，姨哭，已懂一点事的我也在一旁哭。在炕上暖和好大一会儿的表妹终于苏醒过来，一家人这才放下心来。祖父颤着声说："娃醒了就好！娃醒了就好！把娃冻出个啥问题来，可咋办呀！咱怎么能担得起这么大的责任！"祖父转过头，又对我说："正娃，你记着，啥时候都不要忘记你姨一家对咱的好！"直至今天，祖父说话时的那个神态、那个语气，我都记得清清楚楚。姨一家的好，我是永远不会忘记的。

就是这个表妹平利，长大后刻苦用功，大学考入北京并在北京成家立业，工作干得十分出色，我从内心替她高兴自豪的同时，老觉得欠她一份情，那么小的年龄，本不该让她为我们家承受如此大的磨难。

年龄稍大时我开始上学，姨父和姨时常来家里，关心询问我的学习。我课余时间学美术，有一年的春节前，在外教书的父亲放寒假回家，他让我用道林纸画了一幅竖条的《喜上眉梢》画，我跑着给姨家送去。姨接了画，高兴得跟什么似的，立刻打了糨糊，贴在屋子正面墙上中心的位置，喜悦地看了半天。邻里亲戚来家里了，姨父和姨就喜滋滋地给他们夸："这是我正娃画的！你看，你看多好！那么大个娃，把那喜鹊、把那梅花画得跟活的一样！"那时候，不知道姨父和姨是因为爱我而夸我，他们高兴喜欢，我也觉得自己了不起了，现在想来，那不就是一幅笨拙的儿童画吗？

我们长大成人后，我一直记着祖父曾经说给我的那句话，我不会忘记姨父和姨的好。每次见了他们分外地亲，我都不由自主地要说说姨一家在困难时期对我们的帮助，把那些往事的细节讲一讲，而往往没讲完，姨就打断了我的话："正娃，不说过去的事了，那时候日子艰难，姨能做个啥事？娃老是把那些事记在心里。"母亲说："娃把他姨对他们的好记着，是应该的，不能忘了。困难时，都艰难，都不容易，你那时候日子也好不到哪里去，时常惦记着我们一家艰难，上边有两个老人，底下还有三个娃，老怕我跟娃的日子过不到人前去。"母亲说着眼里有泪，一旁的我眼圈发红。母亲又说："几个娃老在我跟前说他姨的好，我说，对着呢，你们不要忘记了你姨一家对咱们的好。"

姨父和姨每次来家里，我非常高兴，尽量想让他们吃点好的，想孝敬孝敬他们，以表达我的心意，后边几次，他们到了母亲那里坚决不让告诉我，他们老是给母亲说："娃忙，再别打扰娃了。我们来把你看一看，你身体只要好，比啥都强，我们也就放心了。"为此，我埋怨过母亲："姨父和姨来了要给我说哩，好让我也尽尽孝心。不给我说怎么行？"母亲接我话："你姨父跟你姨把我挡得定定的，不让我打电话给你说。"唉，姨父和姨，他们这些老人啊，啥时候都是替娃们着想，怕我忙，怕打扰我，怕给我添麻烦。他们这样做，让我心里有了更多的愧疚与不安。

这十多年里，姨父和姨随我表妹在北京生活，身体硬朗，精神很好，他们年龄大了，仍闲不住，帮表妹带孩子，收拾家务，让表妹和爱人能专心工作，取得好的业绩。

姨对我们的好，使我常常想起舅父、母亲和姨从小失去了父亲，他们和外祖母相依为命，在悲苦与艰难的环境下长大，他们兄弟姊妹的感情较一般的家庭更紧密、更亲近、更无私。他们的这种亲情让我真切地感动与敬佩，使我不由得学习了他们，也使我更懂得珍视亲情，进而对这个社会上帮助过我们的所有人充满着感激与感恩之心。

此时，已是北国的初冬，阴冷了多日的天气终于放晴，太阳暖暖地照着，我面朝姨父和姨在北京的方向，愿他们身体康健，喜乐平安，也祝表妹一家一切安好。

舌尖上的手术

1994年，我长驻昆明市。我工作的企业在那里设立了办事处，我当主任。说是主任，名衔挺大的，其实，手下也就恓惶地管了两个人。办事处负责企业产品在云南省的宣传与销售工作。

办事处设在北京路上的国防科工委招待所，离昆明火车站不远。出了火车站正对着的就是北京路，前行最多五百米，在路的右侧就是这家招待所，正对着昆明市有名的南窑商场。

昆明市的四川人特别多，满街的四川话，时不时就让你觉得如同在四川的某个城市。火车站提货处更是被三轮车川军包围着。那时，我常去车站提货，完后又要给市内的客户送货，经常要让他们帮忙拉货，自然就跟他们熟悉了起来。你往跟前一走，他们就哗的一下围了上来，用四川话说着："老熟人了嘛，我去我去嚷。"为了不得罪人，我说："轮着去，今天你去，明天就叫他了。"于是，皆大欢喜。

那天下午，我跟一个拉货的川军约好，让他明天一早5点到办事处拉二十箱货并送我到长途汽车站，我要赶早6点的长途车去给曲靖市送货。

第二天，我们早早就到了车站，川军跟我一起把货扛上车顶、绑好。6点一到，我随车去了曲靖市。一路上，我人在车里，心却在车顶，心想：可不敢掉了一箱货，一箱货价值四千多元呢，丢了谁能赔得起？车转来转去，不断盘旋在长满了橘子树的山上，每过一个弯，我都要急忙从车窗里伸出头往车后看是否把货甩了下去。沿路停车下人，如有人要到车顶去拿东西，我都要跟下车去看看，生怕别人卸走了我的货。

就这么一路折腾着到了曲靖，快下午两点了。我慌忙雇三轮车把货物送到客户库房，拿了收货单，掉头一路小跑赶回长途汽车站赶下午3点最后一趟回昆明的班车，不然，就得住在曲靖，住一晚，那是要拿钱说话的。我气喘吁吁，连颠带跑地到车站上了车，已是满头大汗。这时一颗悬着的心才放回了肚子里，今天回昆明没问题了。车一开，因为没了来时带着货物的负担，我才有了看看车外景致的心思：曲靖的市容市貌，还有出了城后，红土地上特有的不同于陕西地界上的自然风光。

晚上8点多我回到昆明，一天没吃没喝，前肚皮已紧紧地贴着了后脊梁，肚子连咕咕叫的力气都没有了。搞销售就是这样，饥一顿饱一顿。回到住地后，我叫了住在一个楼上，同是来自咸阳搞销售的朋友史仁立去吃饭。他笑着问："你这是要吃消夜呀？"我说："好我的神呢，还休闲地吃啥消夜，整得跟熊一样，才从曲靖送货回来，一天没吃一口饭，快把人饿瓜了。"

云南街边的小吃摊通常把蔬菜摆在那儿，一根竹竿头上挑着一个电灯泡，斜插在摆着的一大堆当样品的蔬菜上边，你看上哪样点哪样就好。我俩坐在小吃摊的小桌旁，我要了一碗米线，摊主麻利地端了上来，没吃几口，大事不好！我突然觉得咬碎了薄玻璃片，嘴里是要命地疼，往出一吐，全是混着血的玻璃碴子。吓坏了我，也吓坏了摊主，史仁立一惊，喝问摊主："咋回事？饭里有啥东西？咋把人吃成了这样？"摊主惊恐中结结巴巴地说："刚才那个竹竿上的灯泡打了，换上了一个新的，我把掉在菜里的碎灯泡片细心拣了，可能没拣净，混到菜里进了饭里去了。"他慌忙端来凉水让我漱口，问是否去医院。我又吐了一口混着玻璃碴子的血水，摇摇手说："算了！不去！去医院不花你一大笔钱，你能走得了？人吃的东西，以后要特别注意，不然会出大事的！"摊主连连点着头，一脸的愧疚。米线不吃了，我们回到住地，我只是用牙刷刷了口腔，也没当回事。那时，我还年轻，不知道害怕，这事也就这么平平常常地过去了。第二天天一亮，又忙产品销售的事去了。

好像到了年底，我感觉舌头上有个硬点，春节回到铜川的父母处无意说了一句，母亲紧张地叫我张开嘴来看，她说："快去医院看一看。""没事，没事。"我以若无其事的口气安慰着母亲，我知道，这是那一晚吃米线招下的祸，肯定是玻璃碴子留在了舌头里引起的增生。

正月初六返回了昆明市，我又开始了新一年的工作。父亲每次来信，都要说母亲操心着我舌头上长的东西，叮咛要当心，快去医院看一看，不敢不当一回事。我回信说舌头上的那硬点还是那样，不用担心，但真实的情况是，这个硬点在慢慢变大。

1995年下半年，我被所在的企业派往山东市场，那时，心情很不好。新地方要熟悉市场，要走访客户，要忙更多的事情，把舌头上硬点的事早抛到九霄云外去了。那一年，舌头上那个硬点变成了小疙瘩，继续在变大。

到了1996年，我又被莫名其妙地派往湖南市场。又是一个我不熟悉的新市场，又得重新开始忙碌，父母和妻子一家人，也一直担心着我舌头上那个不好的东西。可是不管有什么不快，不能耽误了工作。我在湖南的一年，湖南市场销售额名次从全国倒数第三四名跃居全国前五名。这一年，我忙前忙后，东奔西跑，舌头上那事儿哪里顾得上。家里人一直操心着我，电话里、信件上，每回都要问我舌头上那个疙瘩怎么样了。

时间飞快地到了1997年夏天，舌头上的那个东西似乎长得特别快，忽地一下就像杏核一样大了，吃饭喝水都有了阻挡的感觉。我给史仁立说了，中医大夫出身的他说："我成天给你说，你不当一回事，贵贱（方言，无论如何）再不敢拖了！赶紧上医院！"这确实成了一件大事了。我用手摸着舌头上的大疙瘩，内心也紧张起来，当即跟他一起去了湖南有名的湘雅医院口腔科。

　　给我看病的是一个脸色冷峻，英俊如电影《人生》中的高加林一样的男医生，但他比高加林的脸色要白许多，看上去不到四十岁的样子。他问了情况，检查完后平静地对我说："我不能给你下这是良性还是恶性的定论，治疗方法就是不管好坏，立即割除了再说。完后以切除物做活检，再看结果。要做，就去办手续，马上做。"史仁立看着我，以眼神征求我的意见，我长出了一口气说："大夫说了，那就做。"打了麻药，护士用手术钳夹住了我的舌头，是怕手术中舌头回缩，我只听到刀子唑唑地在舌头上划过的声音。血流得很多，几卷卫生纸擦不及，当中医大夫的史仁立看得不忍，退出了门诊手术室。

　　舌头上的手术很快做完了，"高加林"大夫人精干，技术过硬，手术做得很利索。术后，他对我说："说是个小手术，实际上也不是个小手术。我把范围做得大、做得干净，不管良性、恶性，这样做了好，手术缝合了十一针。"他接着说："就这样了，活检报告一个星期后来拿。"

　　唉，手术后一个星期，我才真正懂得了什么叫度日如年。我忍受着麻药散去后的剧痛，每天只能以稀粥和一点煮烂的汤面条充饥。远离了家乡，手术后结果未卜，我的内心十分焦灼苦闷，不能说话，只能用笔在纸上与人交流。不能说话了才知道，人的一天，其实要说许多许多的话，而那许许多多的话，其实有百分之九十，说得好听一点是无关痛痒的话，说得不好听一点，那就是废话。我做了手术，暂时变成了哑巴，才有了这真切的体会。我又想，现实生活中真正的哑巴该是多么地小瞧了正常人，他们肯定心里想着，你们能说话的正常人一天说那么多废话干吗呀？累不累呀？有了长期无语的历练与修持，我想，一旦他们真开口说话了，他们的话一定很少、很精练，是没有废话的。我不由得又想到了八大山人，不对路的人要跟他说话，他会递上去一块牌子，上面写着两个字：哑巴。八大山人独特的身世与人生际遇，他是有话不想说的。想着这些，我自己不禁在疼痛苦闷之中有了笑容。

这中间，株洲市医药公司一位跟我个人关系很好的经理来了长沙，我不能说话，只是努力地朝他笑了一下，身边的人说了我手术的情况，并说在等活检结果。他开导我："我给你说，就算是癌，也不怕，没事！我老家的谁谁就是癌症……"听了他这所谓劝导的话，我实在不高兴，谁愿意得癌症后又不怕呢？就像贾平凹老师说过，他生病住院时，一个人去医院看他并安慰他："听说你病了，我一路上心里都难过得很，古话说得对：自古才子多短命。现在看来，这话没错呀……"贾平凹老师事后说："我还想活，他说的这话，我真不爱听。"从那以后，除过业务上的事，我跟那位经理没有了多余的话。

一个星期终于熬过去了。史仁立说："光拿一张化验单，你就不要去了，让我一个人去。"我知道他怕是有了不好的结果。"好坏就两个结果。走，咱一起拿结果去。"说是这么说，其实，我内心是十分纠结、紧张与害怕的。

"出现浸润弥漫性病变。"我俩一进医院化验室，那位管化验单子的女大夫就把结果递到我手里。我头轰的一下就蒙了，大脑一片空白。懂一点医学知识的我知道，这就是癌症。我长出了一口气，脑子急速地回转着，有什么办法？就这么回事啦？这一辈子，也就这么完了吗？我失神地看着那化验单，眼睛挪到化验单上边，去看姓名那一栏：焦茹娥。不是我的，应该是个女的。我急忙说："大夫，这不是我的化验单。"她接过单子瞥了一眼，放在桌子一边，问我："那你的名字是？"我报上名字，她说："还没从电脑上打印出来，你等一下。"她开了电脑，吱吱响着的打印机一停下，她把化验单抽出来递给了我。我先急急地去看化验单上名字，没错，是我。化验单上的结果是："组织边缘清晰，属于异物引起之增生赘物。"

好我的天神呀！这真是生死瞬间急速的交会转换，一边是艳阳高照微风和煦、莺歌燕舞柳暗花明，一边是黑云压城、阴风怒号、鬼哭狼嚎群魔乱舞。我一下子精神了起来，示意史仁立赶快一起去感谢那个给我做手术的"高加林"大夫。见到他，史仁立替我给他说了许多感谢的话。不能说话的我，在旁边只是一个劲地给大夫笑，笑得那么真诚，笑得幅度那么大，伤口竟一点也没觉得疼。

回来的路上，我是一路高唱着歌回来的——那不是用嘴唱，而是用心在唱，我看着街上的人都那么亲切，像看见了家里的人一样。看那大楼，看那街道，包括那电线杆，都是那么顺眼，都好像是具有了灵气的艺术品一般。

伤好后，我以更大的热情去做当时的工作，直到现在，我都努力做着自己认为应该做而且必须做好的事情。尽管我对当时把我派往湖南这件事是有满腹怨气的，但老天开恩，我觉得，我是另活了一生，我能不珍惜人生仅有一次的生命，能不珍惜人世间这美好的生活吗？万万珍惜！我时常提醒并告诫着自己。

后来回到家，我把在湖南舌头上做手术的事说给家人听，一家人吓得不轻，埋怨我做手术那么大的事不告诉家里人，自己悄没声息地就在外地做了，真是要把人吓死呀！母亲更是眼泪顺着眼角的皱纹流淌而下，她平复了情绪，颤巍巍地走过去给她供着的佛像上香，嘴里念叨着："我娃不容易，南来北去地把罪受扎了。娃本本分分活人，把给人家干着的事啥时候都当自己屋里的事干，我娃待人厚道，把事做得长远，佛能看到，佛能看到，佛把我娃照顾着哩！我佛慈善，阿弥陀佛！佛保我娃啥都好，佛保我一家人啥都好。"母亲虔诚地给佛像跪了下去。

我去扶起母亲，那一刻，我的泪水不禁簌簌而下。

那些年，我抛却了我的爱

低微卑贱的人生，一晃，我就走过了大半的路程。回头看看，实在没有弄下什么能在人面前言说，让自己挺直了腰杆也自豪一回的事来，心里颇为凄凉。

我不到三十岁就意外地脱离了体制，如空中孤独飞着的一只鸟，自己寻觅食物吃，唯一庆幸的是没有饿死，也没有被那鹰、雕一类的猛禽叨去饱了它们的胃腹。困难也罢，艰辛也好，总算是活了下来，其间的坎坷不平与悲苦屈辱，心里明了便是，一个小如蝼蚁一样的平民后代，天下如我这样不容易甚或比我更可怜卑微的小人物何其多也，我又有什么可以多说的？

不过，活着，我心未死，不想如行尸走肉一般苟且地活着。除过为有一口饭吃奔波劳顿外，我也许有那么一点基因遗传，也许是骨子里的一份喜欢，从小对文字、文学有一种深深的仰慕与看重，正是有了这精神上的向往与指引，使我没有沉沦为一个活着的死人，有了耸瞻震旦（出自贾平凹书法作品，耸起肩膀看太阳），有了看那明亮如夜之眼的月亮，看那满天星斗，看那灯火阑珊诸般景象时，心底涌起的波澜。人生于我，还有那么一点亮色闪烁，还有一个梦在颤颤地做着。

中华人民共和国成立以前，大祖父在县上执事，有一份显赫的文人差事。二祖父通文墨，且画得一笔乡间农人喜欢的好画。祖父虽是种了一辈子地的农民，但是知晓天文地理，知道哪一日月亏月盈，看了天象就知几日天气好坏，他还写得一手沉静内敛、勃发着雄强之气的毛笔字。艰窘困顿的日子，一家人多年为吃饱肚子而奔波，祖父写得不多的毛笔字，没有保存下来，实为憾事一桩。祖父常说："半部《论语》治天下哩。"他不光是把《论语》背得滚瓜烂熟，而且常把那文言文翻译成了陕西话，讲给村里爱听的人们。《三字经》《千字文》等，祖父说那些是启蒙的文课，老生常谈的东西，他倒背如流，往往就脱口而出：《论语》有言，如此这般，等等。祖父对《三国演义》更是了然于胸，时常说着就有了书面语——曹大喜（曹操非常高兴），紧跟其后就背出一大段书上的文字来。他因此被村上人称为"活字典"。祖父在土地上辛劳了一生，他从骨血里爱文化，爱供娃读书，受了多大的艰难与委屈，不吭一声全都埋在了心底。他省吃俭用，历尽艰难，倔强地、一门心思地供我父亲上学。父亲不负祖父厚望，从西安外语学院毕业，当了一所铁路中学的教师。

父亲大学学的是俄语专业，毕业后，中苏关系恶化，父亲重新回到外院，又学了一年的英语，返回学校教学生英语。其后，又因学校缺政治与语文课老师，他又改教这两门课程。在更长的时间里，他当班主任并教学生语文。任教期间，他的学生不仅语文基础强，作文更是了得，在全西安市是大有名气的。经父亲修改的学生作文，还有父亲教我的那些语文基础知识，我都能背诵并熟记。学校的作文课，老师常以我的作文为范文，在班里朗读并传到了其他班级。父亲有多篇作品发表，他的作品被收录于多种选集中。陕西杂文学会成立，父亲和我有幸一起成为首届会员，被报纸上高抬为"杂坛父子兵"。老家礼泉出版的礼泉名人录《嵕山人》，我和父亲双双入选。

参加工作前，我在陕西的《法制周报》、上海的《电影故事》与贵州的《青年时代》等报刊发表了文章，因为有了这些所谓的作品，参加工作以后多受领导器重，顺风顺水地做了与文字有关的工作，先是当宣传部干事、报纸编辑，后当秘书与办公室主任。现在想起来那时的领导真是廉洁，不抽你一支烟，不喝你一口酒，这样的人才要用，安排去干什么事，一句话就把秤定了，就把你推上了你喜欢的工作岗位，惜才、爱才之心真切。

那一段时间，我除了在报刊、电台发表了大量的消息、通讯与专访，撰写了许多大型的工作总结与经验材料外，业余时间创作的杂文与散文收拢在一起出了两本小册子《跋涉者的足迹》《山的呼唤》，还有发表的诗歌，足可以出一本诗集。《少年文史报》在一版，《新闻三昧》在封二，《铜川文艺》以专题形式配发照片分别做了介绍，《礼泉县志》也将著名评论家阎纲先生对我文学创作的评价文字收录进县志。时间过得真快呀，这是我三十岁以前所谓的成绩了，之所以羞愧汗颜地说出来，是为了说明，当年我是多么地钟情，多么地喜爱文学。这是其后漫长时光里我如撕裂般痛苦着无法写作，而交代出的一个引子，现在想起那些事，仿佛昨日才发生的一样。掐指一算，时光已悄悄转过去二十多个年头了。

1992年年底，我背了一大包发表作品的剪贴本、出版的书与获奖证书，从煤城铜川去古都咸阳一家有名的企业应聘。冬日一早，我从铜川坐上一走三摇晃、咯吱响着声、车窗也关不上的长途汽车，那时车走的是老路，出铜川，过耀县（现为铜川市耀州区）、富平，从瓦头坡下来，穿过三原与泾阳到咸阳。路差车烂，尘土飞扬，汽车摇晃到咸阳已是中午12点多了，在乐育路外贸大楼旁边的厕所里，我洗了满脸的灰尘，那水冰凉得冻僵了手指，划拉到脸上如刀刮一样生疼。下午去应聘，我是奔着搞文字工作去的，正是有了这些作品撑脸面，在招聘人员激动兴奋的话语中，我没有悬念地就被聘用了。跨进这个特殊的企业后，现实并不是那么回事，应聘来的人多，说走就走的人也多，在吵吵嚷嚷的工作环境里，我觉得自己是在云上飘着，又像在海里被波浪撕扯着没有了方向。

那时，心里惊恐极了，我这是自己砸了"铁饭碗"，一不小心就把自己逼上了绝路。20世纪90年代初期，"铁饭碗"还是人活命的依靠，失去了工作，是多么可怕的事情。年近而立，遇到这档子事，哪里又能用一句简单的恐惧焦灼之类的话概括得了？那真正是一种说不清、茫然无助，没有了未来的恐慌。妻子随我来到咸阳，也丢掉了她的"铁饭碗"，看着两岁多的儿子马博在地上跑来跑去，孩子小，不懂大人的事，巨大的不安袭上我的心头：靠什么养活孩子长大？我们夫妻俩将来老了吃什么呀？夜里常做噩梦，梦里常是混不下去回了原单位，原单位的领导铁青着脸不让回去，我独自地坐在那里，望着窗外雷家沟南边的频山流泪。梦里惊醒，少不了长吁短叹到天明。

煎熬中，1994年春节过后，我踏上了外出搞经销之路。到了无处不飞花的春城昆明，山茶花开得正艳，天高而蓝，街上的树分外绿、花格外俏，整座城市比其他城市明净了许多。好是好，可我哪里又有什么心思赏看那花呀、草呀！在云南平常得不能再平常的香蕉树、杧果树、菠萝蜜树，我看了如同北方的苹果树、梨树、枣树、核桃树一样，没有一丝的兴致与好奇心，心里只是想着：往后去，一家人的生活怎么办？后半生的生活依靠什么？

七彩云南确实是一个美丽的地方，她的明丽，她的多彩，她婀娜的丰姿与平和恬静的气息和味道，让人心静而神安，这里使人能放下，是人心灵能平复安妥下来的地方。云南，不仅是她美如水彩画一样明亮柔和的色调，使你不由得要赞叹她，而且叫人欣喜感动的是这里多民族人们的质朴诚恳与守信热情。很快，我就投入到工作中去，没搞过产品经销的我，虚心向当地医药公司的经理和营销人员学习，他们待人厚道，不欺不诈，我一家一家拜访，真正虚心地听取他们对产品销售的意见和建议。从省会昆明到其他市、州、县，跑个不停，为了营销，我全身心地沉入奔走在这块红土地上。

那时，我白天跑市场、找客户、送货，到了晚上研读市场营销与广告策划的书籍，做笔记，细细体味其中的玄妙。针对产品销售情况，我自己动手写广告文案，编辑印制了《探秘》《大视觉》《装着多少个神仙？》等多期宣传小报，详尽介绍产品，小报在昆明、曲靖、玉溪、大理、保山与西双版纳等地广泛散发，并随产品一起走向销售柜台。通过一年的努力，云南的产品销量按人均比例在全国市场仅次于北京市，把其他市场远远地甩在了身后。我创作的那些广告文案被企业的全国各市场使用，编印的小报只是换上地址后直接翻印，在全国市场广为散发。

云南地区，成了产品在全国销售的一面旗帜。《陕西日报》记者来云南采访，以专稿形式刊发于该报一版的报道，从头到尾都是在夸我怎么辛苦地拓展产品边疆市场，如何具有市场营销才华，又是怎么舍小家一心一意搞工作。这是事实，无须自夸与吹嘘，敬业诚信，吃苦担当，任何地方任何时候，我对自己的工作从来没松过一丝劲。不甘落于人后，不想被人指摘是我的性格。就说在云南吧，一年里，我只有厂里开会时回过一次家，照顾不上老人，把家撇给了妻子，她担起了上有老下有小的全部家庭责任，让我心里好生愧疚与不安。其间，我唯一的姑姑去世，岳父离世，家里人为了不影响我工作，也没告诉我，春节回到咸阳才知这一连串的噩耗，我不禁泪如雨下。家里人知道我干什么事都认真，不想打扰我，而于我，这是多大的不孝！

在云南期间，《陕西日报》又发了远在咸阳的厂里的新闻，说什么人尽其才，要把好钢使在刀刃上，马腾驰原在厂部办公室工作，后搞销售多么地出色与杰出，有营销思想，有营销才能，等等。看后我自己都笑了，我心里明白一切。我一时成了这家企业的红人，我明白那是天在助我，我也知道，手中的这支笔功不可没。

在云南搞营销，我写的都是广告方面的内容，不免有时瞅着手中的笔愣上半天，这笔就只能写些给企业换钱的文字吗？记得那一天，我骑着自行车送货回来，从昆明翠湖公园边经过。冬日里，全国各地许多人赶来看红嘴鸥，我也不由自主地把自行车靠在身边，站在那里看了半天，感慨心酸一下子涌上心头，想到了我喜爱的文学，想到为了吃饭，为了养家糊口，我不得不先放下了喜欢的文字，忽然就悲从心起。赶回住地，自己念叨着："这是为了啥？为了啥呀？多长时间都没动笔写过稿子，笔尖结了痂，那桌上的墨水瓶都要飞出苍蝇来了。今天啥也不弄，啥也不管了，我得写篇东西。"把手里急着要办的事放下，我拿起笔来，写了篇《红嘴鸥，红嘴鸥》的散文，没过几天，这篇稿子就在一家报纸副刊发表了。不少人给报社写信、打电话，夸赞我写的文字好，写得深情之类的。报社将这些消息反馈给我并鼓励我多写些东西，我越发地伤心悲哀，为了一家人有饭吃，为了活命，我只能忍痛把自己的爱好放在一边了。那天心情特别不好，有一种想哭的感觉。

在云南待了一年半，企业又把我派往山东，有话给我：到孔孟之乡去修行一下。山东待半年，再把我派往湖南市场，又有话说给了我：到伟人的故乡接受一下熏陶与教育。我如木偶一样被人拨弄来拨弄去，心如死灰，无以言对。在湖南一待又是两年半，地方不同，辛苦忙碌经销产品的日子是一样的。其后，我毅然决然地离开了那家企业，又从事了很长时间中医药行业。

搞中医药行业，我把中医大学的教材通读了很多遍，做了深入仔细的学习笔记，又买了大量的中药书籍来，一本本啃，学习掌握中医的基础知识与治病机理。同时，我广泛地收集民间秘方与灵验单方，体味其中用药治病的哲理智慧。一套厚如城墙上的砖一样的《中药大辞典》由新翻旧，由旧翻烂，终于对中医、中药有了那么一点点体会。后来，我和中医大夫讨论起中医中药来，不被认为是外行。我也学会了开中药方剂，病人拿处方去抓药，倒是效果明显，吃药治好了病。这期间，为了拓展市场，我每年两次北上内蒙古，多年走东北，下四川、广西，奔赴安徽，出差如同家常便饭一样，市场有了急事说走就走，中午还无事在家吃饭，下午上了班就突然飞奔去了机场，晚上到了吉林才打电话告诉家人，我已到了外地。

所有这些，让我心不得安宁而往往神不守舍；所有这些，仅仅是为了混口饭吃。

叙说如此琐碎详尽的人生经历，是说给自己听的。那些年为生活所迫，实属无奈之举，但我也有自己的致命伤，这个致命伤就是：弄啥就心无旁骛，撇开一切羁绊，一门心思非要把它弄好不可。可正是这个原因，才使我远离了自己钟爱的文学，内心纠结与苦痛不可与外人道，不可与外人道也！只有自己明白其中的滋味，别人是体味不到的。

唉，人生就是这样，前边的路是黑的，谁又能知晓自己的明天是个什么样子呢？说命运要掌握在自己手里，那是一厢情愿的话，是不可全信的，是精神鼓励的话，是成功人士说给困苦无望的人听的！试看看周围的人，又有几个人真正能把命运掌握在自己手里？也罢，那些年，我虽然远离了文学，但是我没有离开生活，我记下了那些产品销售人员艰苦而有另外一种生活方式的特殊历程，我记下了那些生意场上不同省份、不同性格与不同人生命运的人，我熟知了他们。很多的人物和朋友，到了今天，他们仿佛还鲜活地站在我面前。

有了多年对神秘玄妙的中医的学习与感悟，感受深厚博大的中医药学文化，使我懂得了阴阳五行学说与辨证施治的准则，进而对大的层面上，混沌与模糊科学理论有了些微的领悟，笔下写出几味中药就能医好病，让人内心多了几分喜悦。这样的收获，是那些年严酷的现实逼迫的，从另外一个层面上说，是上帝给了我麦草时没有忘记给我几枝饱满的麦穗，感谢上帝！锅底燃烧了麦草，又有了上帝恩赐给我的麦粒加工后的面粉的清香，那就让我细细地品味，慢慢地咀嚼吧。

是牛，一顿草料之后，也得静静地反刍一阵子呢，而于我，那么长时间走南闯北、自西向东在外奔波的阅历，又自认为咽下生活中那么多辛酸苦辣咸的"饭食"，够我反刍多年，够我好好写一些东西出来了。那就看自己悟性的高低，看自己勤奋的程度了，再到最后，就看自己的造化了。

离开文学创作阵营，那些年我抛却了我的爱，哪头长了？哪头又短了？真说不来，只能让时间去回答了。

笔墨往事

2006年，父亲去世那年，大姐拿出大祖父很多年前写的曾祖父的灵牌，放在了父亲的灵牌旁。

曾祖父的灵牌一直被大姐珍藏着。以前，大姐从没提起过，我也无从见过。灵牌是一个不足一尺长、三寸宽，可以抽拉的薄薄的小木盒。用时将木盒抽开，不用了，合上木盒保存起来。木盒外面光滑平整，时间久远了，盒面已变得黝黑。

木盒里是木材被劈开之后那种未经刨平打磨的原始质地，许多年过去了，那木质还是亮亮的白色，木纹清晰。大祖父写在灵牌上的毛笔字直到现在仍乌黑发亮。大祖父在劈开的不平整的木板上写字，如同在平整的白纸上书写，看不出笔画因木板不平整而露出的虚线，那字如同刀刻斧凿一般写上去，手上功夫了得！灵牌上的毛笔字骨力挺健，灵秀端庄，书体老辣，颇具柳公权楷体字的风姿神韵，让人叫绝。这是我目前看到的我们马家人最早的毛笔字、最早的书法了。

民国时期的一个冬季，大伯马骏在西安求学，因家贫交不上学费，万般无奈之际，他提笔给时任中国国民党六届中央执行委员、陕西省主席的孙蔚如写了封信，信中陈述了一个农家子弟交不上学费的窘境，希望得到资助。孙蔚如主席看到大伯的信后对身边人说，这个学生毛笔字写得这么好，信写得文采飞扬，非一般人物，他要见见这个学生。

大伯按约定时间去了省政府，那天恰巧孙蔚如有急事外出，他告诉身边人，让这个叫马骏的学生来后稍等，他办完事即回来。在等待之时，孙蔚如身边人说起了孙主席赞赏大伯的那些话。过了一会儿，孙蔚如回到办公室，他摘去了戴在头上的皮帽子，光头上冒着热气（想来那时孙蔚如的办公室并不暖和呢）。他和大伯谈了一个多小时的话，从家里都有什么人，说到学业怎么样，等等，又夸奖了大伯的毛笔字，说信写得如何好，鼓励大伯安心上学，有什么事就给他写信。

大伯告别时，孙蔚如让手下人给了大伯五十块银圆。这一下子解了大伯的燃眉之急，真可谓雪中送炭。大伯高兴异常，给礼泉老家的祖父写了一封家信，其中有一段话是这样说的："隔壁先儿（人名）给人拉长工，一年到头，仅得三块现洋，你孩儿一封信得洋半百。"大伯学业有成，他常常念起孙蔚如主席的好处，不忘那五十块现洋对他的巨大帮助。村里的老人还时常说起大伯漂亮的毛笔字，说起大伯过人的文采，也把大伯给我祖父信中那段话口口相传了下来。

20世纪70年代末，父亲马骏那时还在西安的一所铁路中学教书。因为书读得多，他经常帮助老家许多人解决一些政策上的问题，代笔帮别人申述其受到的不公平待遇。父亲用一支笔，解决了老家许多人悬而未决、困扰多年的大问题。他赢得了人们的尊敬。老家人自豪地说："咱人一支笔、一封信就解决问题哩！"父亲去世多年了，我回到村里，村里人还会拿出他们精心保存着的父亲写的书信让我看（父亲在外工作，常以书信形式问候村里的父老乡亲），他们以能收藏我父亲的书信、以能收藏我父亲的毛笔字为荣。

也许是受家庭环境影响，也许是父亲对我的严格要求，从小学到高中，办黑板报、画墙报，都是我的强项。稍稍长大了，父亲又指导我开始临摹《九成宫醴泉铭》《汉张迁碑》《汉曹全碑》《兰亭序》等字帖，使我的毛笔字有了那么一点功底。

几十年来，我学书临帖，写点小文章，笔墨之事都未敢停顿；也因为能写点小文章，写个字，浪得了一点虚名。年初，《中国书画报》刊登了我的书法创作简介，并刊登有我的书法作品。山东一读者看到报纸后，通过报社要了我的手机号码，发来一短信："马老师，极爱您的书法，我欲求四尺字一幅，不知润格费是多少？"我回短信："谢谢厚爱！请告地址。"咱这小人物，字又写得不好，什么润格费不润格费的，不就是幅字，算什么呀！给他寄了资料并随信寄去一幅四尺字。他收到信后，即汇来大数额的润格费。我一惊，收款之日即把钱按原地址给退了回去。

唐代著名书法家张怀瓘有言："文则数言，乃成其意；书则一字，已见其心。"清代著名书法家傅山也曾说："作字先做人，人奇字自古。"我总认为，作文也好，书法也罢，首先自己应该是一个大写的、顶天立地的人。人格、人品高尚了、纯粹了，心正了，神正了，文才能正，书才能正，作品才能有风骨、有精神，人们才能喜爱你的作品，才能和你打交道，才愿意和你打交道。

秉承家风，多做善事，好好读书，好好做人。我们家几辈人没有高官名士，没有富贾巨商，仅以读书、笔墨之事处世立身。那好，就让我不断地磨砺手中这支笔，以这支笔回报人生、回报社会吧。

读书与写字

自打记事起，写的一手好毛笔字的父亲，用毛笔在硬纸片上写上字，让我一个个认，这可以说就是我最早接触的书法了。

稍长，我在老家大张寨上了小学，父亲先给我拿回来《九成宫醴泉铭》字帖，让我临摹。父亲给我规定了每天课余的三件任务：一篇大字，一篇小字，一篇日记。这三件任务，我从小学一直坚持到了初中。我现在老在想，我之所以字写得还能看过眼，还能涂鸦写点小文章，多亏那时练下的这点"童子功"，受益不浅。

参加工作后，我在铜川矿务局焦坪煤矿从事文字工作，不久进入铜川矿工报社工作。在报社工作时，我有幸认识了著名作家路遥老师。后来，我在铜川铝厂报社任编辑时，路遥老师在铜川矿务局挂职，任矿务局党委宣传部副部长。为了找一个安静的搞创作的环境，他选择了陈家山煤矿职工医院，全身心地投入长篇小说《平凡的世界》的创作中。其间，他给我题写"勤奋"二字，给《铜川铝厂报》留下了"站在时代的前列"的题词。

路遥写他的名字，是极有特点的："遥"字坐的"车"往前伸得很长，让"路"字坐在了"遥"字伸出的"车"上。"路遥"两个字放在一起，动感十足，仿佛漫漫长路上飞驰向前的军阵，壮阔雄健。路遥的字如同他的为人、如同他的文学作品一样沉雄大气、苍茫开阔而又不失飘逸灵动。路遥英年早逝，巨星陨落，让人痛惜不已。他走了这么多年，没事了，我都要拿出他写给我的字看看，缅怀他、学习他，更想起了和他在一起的许多往事。

记得我在铜川铝厂办公室当秘书时，著名书画家吴三大、石宪章等来厂里慰问，我和厂工会主席等一起负责接待。因为我喜爱书法，从头到尾，整整一天时间，我一直站在他们旁边，看他们如何用笔，如何书写。吴三大先生、石宪章先生知道我也练书法，书写时一边写着字，一边给我讲着：这一笔应该怎样怎样处理，那一画应该怎样怎样安顿才好看。近距离地向大家学习，让我受益匪浅。

那天下午，活动临结束时，吴三大先生送给我一幅五尺横幅的书法作品：骏马腾驰。写完，他笑眯眯地跟我开玩笑："这是我自己拟的词，把你的名字带进去了。骏马腾驰，四个'马'字，连同后边款上的腾驰两个'马'字，一幅字上六个'马'字，不好写呢！马腾驰先生，你看咋样？""好得很！吴老师写得真好，真心感谢吴老师！"我连忙表示感谢。石宪章先生给我题写了一幅四尺竖幅的书房名：德馨村。又赠了我一幅四尺条屏的书法作品。后来，我出版第二部作品集《山的呼唤》时，石宪章先生不仅给我题写了书名，同时还送了我一幅"腾驰"两字竖幅的四尺榜书书法。另外，他还送了我一幅四尺条屏的唐诗书作。这些书法精品，我专门请了高级装裱师精心装裱，镶嵌入镜框，珍藏在我的书房里。

1992年，我到咸阳一家公司办公室工作，多次接待了著名作家陈忠实老师。1993年7月5日，他又一次来到公司，刚一坐定，他就从随身带的包里，拿出了6月份刚出版的第一版本的长篇小说《白鹿原》。先生戴上老花镜，在书的扉页写下了"马腾驰先生雅正"七个苍劲有力的大字，并签上他的名字。我诚惶诚恐地给陈忠实老师递上了我的第一部杂文集《跋涉者的足迹》，请陈老师批评。他仔细地看了书的目录，又看了几篇文章后，随即在大三十二开日记本上给我密密麻麻地写了一页评论文字，其中有这样几句话让我记忆深刻："跋涉者到达理想目标的最重要之点，就是在几乎绝望的境况下决不绝望，重新获得继续跋涉的勇气和自信。"先生真切的文字，对我的厚爱与鼓励之情，让我感动不已。

著名秦腔表演艺术家任哲中先生曾给我父亲和我书写过四尺竖幅的正反手两幅"虎"字书法。斯人已逝，物是人非，但先生《周仁回府》中周仁那苍凉悲怆、慷慨沉郁之声仍然回荡在城市的高楼大厦与农村的田间地头。先生的书法气象不凡，气韵独具，沉厚雄肆中具有一种别情怀抱、神韵高标的美感。深圳有一陕西籍老板平时极喜爱任哲中先生的秦腔戏，多次联系我，欲出高价拿走先生的正反手两幅"虎"字书法。我不会那么爱钱，我能把先生送我的字变成一堆花花绿绿的钞票吗？不会，绝对不可能的事！

这么多年来，喜欢写点文字的我，在闲暇放松之时，也会提起毛笔来写写字。客观地说，我的字写得不是多么好，但是，还是有那么多人找上门来要我的字，让我常常觉得是他们错爱了。写作是我专心从事的事业，天生愚钝的我自认为，文学创作与书法是一个永无止境的艰辛征程，要想取得一点进展，要想有气象，只有闷着头，多读书，读杂书，"腹有诗书"了，文学创作也好，书法也罢，才会"气自华"，才会有看头，才会有味道，才会有人喜欢。

不敢懈怠

驰风轩是我的斋号名。

驰风轩斋号出自一前辈诗人之对联："腾云蹄踏五岳；驰风尾扫六合。"驰风轩斋号印章与我的名章均出自河北治印大家朱墨恬先生之手，先生刊治的印章古朴苍劲中透着灵动俊逸之气。几位篆刻高手与书界同道雅集驰风轩，见了我的印章，都夸朱先生铁笔咬石，生动绝妙，治印功夫了得。

我的拙字一幅幅走向社会，驰风轩里有了不少关于字的故事，有趣，乐和。

在一家大医院外科工作的辛大夫，充满书生气，对书画异常地钟爱。经过别人介绍，他来到驰风轩，手里拎着四条好烟，要我"赐"他一幅字。我说："香烟不要，字我给你写。"他以为我不要香烟，要钱。他掏出身上的钱数了两遍："我身上带的钱不多，只有五百六十块钱，这十块钱不给你，我回去打车用。"他一手拿着数好的五百六十块钱，一手拿着十块钱与身份证说："五百六十块钱肯定不够，我给你打欠条，我把身份证押你这儿，明天我再来赎。"

看他认真而又拘谨的样子，我笑出了声，写完字，我既不要他的香烟，也不要他的钱。这个辛大夫激动了起来，竟说："我们医院的人叫我'辛一刀'，你要住院开刀，还有你的亲戚朋友要开刀动手术，你找我！没问题！"我哭笑不得："好好，有事找你，有事找你。"临走时，他又重复了一遍："你要住院开刀动手术就来找我。"唉，真正的书呆子一个。没病多好，我和亲戚朋友谁愿意开刀动手术呀！这话，谁愿意听？唉，他是个好人，也是个老实人。

在一家大型超市上班的小李，父亲出了车祸，长期卧病在床，母亲身体不好，家里还要供一个上大学的弟弟，生活异常艰难。超市的负责人知道他这种情况后，对他颇为照顾。小李知恩图报，努力上进，工作干得十分出众。他知道这位领导喜爱字画，就托熟人拿着钱找上门来，要我一幅字，准备送给他们领导。"要什么钱？除给你们领导的字外，另送你一幅四尺'自强不息'的字！希望你努力，改变困苦的生活！"我说着话，两幅字写好，小李满脸的感激。小李走后，坐在驰风轩里，我心里满是帮助了别人而特有的那种惬意与快乐。

上星期，我多年的老朋友张志峰抱来一个自己珍藏多年的宝贝古董——汉代瓦罐，非要送给我："你放下，你写字时，这汉罐会给你带来灵气。"这老朋友人仗义，事业做得很大，是位名声显赫的人物。他跟我是多年肝胆相照的朋友，就因为他办事从我这儿拿了几幅字，他硬要送我汉罐："兄弟，你说，咱弟兄们图个啥？就图个高兴！你给希望工程、社会教育福利基金会，还有那么多单位都捐赠了书法作品。平时，人家开口要你的字，你不讲条件，提笔就写，你跟谁要过钱？这汉罐是老哥我的心意，拿上！你知道我是个脸黑脾气大的人，你再推让，就把老哥我逗躁了！"他硬是放下汉罐，转身就走了。

这汉罐，现在就在我驰风轩书斋里的工作台前。汉罐幽幽的，似乎蕴藏着很多久远的、神秘的故事；汉罐静静的，包含浸润着古时工匠——伟大的艺术家们的眼神与体温，散发着地下千年漫漫黑夜中沉思与修炼的大境界。我自认为，汉罐是一个充满灵性的智者，是一个有真实生命的仙人。案前创作，汉罐无言，却给了我灵性与超越自我的力量，让我觉得下笔如有神助。

　　前几日，一位朋友要了我的一幅字去办事，事成之后，非要坐一坐。饭局上，酒意渐浓时，有朋友半认真半开玩笑地对我说："现在，有那么多人要你的字，是这，你以后叫夫人把印章提上，谁要字时，叫他找夫人盖章，别人也就不好意思白拿你的字了！"

　　"是吗？这是个好办法！咱也不免俗，咱也得生活！谁要字趁早要，印章还在我手上，到时夫人把印章收了，就不由我了，我就没办法啦！那时候，要字就得拿钱喽！"我酒喝得有点高了，开起了玩笑，"现在是不要钱拿我的字，等将来字更值钱了，你肯定会偷着乐，你看，白拿的字，现在值这么多钱！我那时咋没多要他几幅字呢！"酒桌上笑声一片。

　　生活就这样继续着，日子就这样一天天过着。我每每在驰风轩里看书写作，临帖练字累了，歇息下来，就想起过去许多事情。我的祖父，一个地地道道的农民，却熟读四书五经，《三字经》《论语》等倒背如流，说话时常引经据典，知识渊博深厚，是农民中的"高级知识分子"。有一年过年时，祖父在家里写对联，跟在礼泉县当绅士的大祖父（我祖父最小，在他们弟兄仨中行三）一起来的同事，看到祖父写的字颜筋柳骨，笔墨凝重，功底深厚，气象雍容。于是，他恭恭敬敬地给祖父鞠了一个九十度的躬，嘴里连连说着："先生的字写得好！先生真是大书法家！"

　　"咱是个啥虫虫嘛，人家在县里执事的人，给咱行这么大的礼！"祖父常常说起因为字好，因为有一点文化，他这个地位卑微的庄稼汉赢得了社会上层人士的尊敬。

　　父亲是大学生，写的一手好字，他曾多次参加书法大赛并获奖。他用毛笔写给故乡人的书信，很多人都完好地保存着。2006年12月9日，父亲去世，我们回到了老家大张寨安葬父亲。乡亲们都拿出父亲写给他们的书信，一是看父亲前些年写给他们的书信内容，缅怀父亲；二是给村里的孩子们展示父亲的书法。著名画家、"野风画派"创始人张朝翔先生1986年8月7日给父亲画的国画画像《马老师》就挂在驰风轩的墙上。我可以感觉出来，不管是我读书写作时，还是提起毛笔写字时，父亲都默默地看着我，用眼神鼓励着我。面对父亲，我不敢懈怠，笔下不敢不用心。

脚 伤

就在我推开饭店玻璃门的一刹那，那高过头顶很多的大玻璃门连同厚重的铁门框，伴着咣里咣当的巨响声一同倒了下来。

巨大的加厚玻璃在我面前破碎时，开放出一大团夹杂着一丝丝绿并透射出煞白色的玻璃花。那花非常炫目，带着尖利的棱角，哗的一下怒放开来，又唰地败落下去。

那一刻，我有点眩晕，大脑一片空白。

固定玻璃的粗大横铁杠，重重地砸在我左脚上。猛然的重击，我感觉不到疼，只是觉得脚一下子冰凉发麻，失去了知觉。

玻璃门倒地的声响太大，引得饭店满大厅的食客皆朝这边望了过来。饭店老板赶过来，说道："往里走，你去吃你的饭。"我接了他的话："吓死人了！门砸着我脚了！"那老板好像不满意地说："那你说，咋办？""咋办？办法多得很！要不要我给你说一说？"我看了老板一眼，冷冷地回敬了他一句，经营场所因为设备设施等原因出现伤害顾客的事情，那是有法可依的。

那老板听了我的话，不再言语，开始叫员工收拾破碎的玻璃。我也不想跟他多说其他的话，便拖着不灵便的左脚迈过了横铁杠与玻璃碎块，一瘸一拐地上了二楼包间。我说了刚才惊险的一幕，大伙儿忙来看我的左脚，脚开始肿胀起来，他们要去寻那老板说事，被我拦了："算了！跟那老板说啥呀？让他给看病？唉，不说了！只是他刚才那话说得呛人，让人很不舒服！"饭后，我强忍着疼痛回了家。

一进家门，妻子看我脚似面包一般肿得老高，慌了，让我赶紧上医院。"疼是疼得钻心，我能忍住，应该不是骨折，如果是骨折，那人就根本受不了了！"我不想去医院，这样回答了妻子。她慌忙从冰箱里拿出冰块，立即给我冷敷上。冷敷了两个多小时，又抹了活络油，脚疼得没地方放，咋样放都是疼，一个晚上疼得人难以入睡。

我又冷敷了两天，再用热水浸泡，间或抹着活络油，但伤脚越发肿胀，到了第五天红肿得发亮，又起了小娃拳头般大的一个水疱。从开始，妻子就喊着上医院，我想歇息几天就好了。唉，这下，受伤的脚不光红肿，疼得叫人难忍，又起了这么大一个水疱，我也有点心虚了。我不想去医院，但又不能拖着，折中一下，于是我就到离家不远的社区门诊。社区门诊大夫看了伤脚，让我动了动脚指头，又问了我受伤以后的情况。她把脚上的大水疱挑破，敷了药。"挂几天针！"大夫面无表情地说。妻子连忙接话："挂！挂！都成这样子了，给多挂几天！"

桌上的台灯离床也就一两步远，搁平时，我走过去关个台灯算个什么事呀？现在就这一两步，我干看着就是走不过去。吃的药片掉在地上，蹦了几蹦，故意逗我玩儿似的，蹦到一米开外。脚疼得厉害，我没办法挪动脚步去捡拾，只能盯着那白药片无可奈何地叹息着。

我不敢多喝水，喝多了去卫生间是个大问题。

下床，伤脚挨地那一下，脚上仿佛有千斤的重量，轻轻挨了地，会有万分的疼痛立即反射过来，疼得人浑身的汗，一向忍耐度很强的我，似乎也受不了那种刻骨铭心的疼。在社区门诊，妻子扶着我费了好大的劲一蹦一跳到了卫生间门口，我自个儿进了门，好不容易挪到便池跟前，受伤的脚疼得不敢挨地，皮带半天解不开，越是急，越是解不开，尿越是憋得慌。唉！这脚一受伤，咋这么艰难？跟正常人不一样了，平时再简单不过的事，当下，却成了大麻烦事啦！

其间，医生出身、与我几十年朋友关系的史仁立来看我："你这人太固执！叫你去拍个片子，你就是不去，拍片子没骨折，人就放心了，真骨折了，就得按骨折的办法治疗才对！"他又叮嘱我，不要长时间坐凳子，多躺，把脚垫高，晚上睡觉也一样，把脚垫高利于血液循环，能好得快一些。我照着他说的办了。

那些天，不知怎么搞的，小腿肚子也抽得生疼，有一朋友手机微信问我伤情怎么样，我回他："脚不是个东西也就算了，这小腿肚子也跟着不正经起来，它又开始抽哪门子的筋？大夫说了，我脚没放好，要把脚放高一些才对。"他回我微信："怎么没放好？总不能把个臭脚一天到晚抱在怀里吧？"他是在故意打趣。"嘿嘿，还得遵医嘱嘛！"我在回他微信的文字后边，加了一个抓狂的表情。

几位朋友看我痛苦不堪的样子，说咱不能吃了哑巴亏，找饭店去，经营场所给顾客造成伤害是要负责、是要赔偿的。其中一位说了他朋友在一家宾馆滑倒受伤，老板只给三百元赔偿，并说："要了拿上；不要，这三百元也没有，你爱咋弄弄去！"老板太硬气，这人不服，打了官司，最后给赔了五万元。"我不是为了这五万元，我是要给他普法，让他懂得尊重消费者，让他明白，啥事都是有规矩的！"当事人后来说了这一番话。

我笑笑，这些我懂。那天，我也给门砸了我脚的那家饭店老板说了，办法多得很。算了，还是那句老话，得饶人处且饶人，这一劫不知让我又躲过去多大的灾祸呢。那天，如果大玻璃门倒下，顶上的铁横杠，还有那破碎的玻璃砸在了我头上，或是里边有顾客刚好走到倒下的门跟前，那后果你想想该有多么可怕！这是不幸中的万幸了。世上的好多事，说不清道不明，都有定数的；事情过去了，自己的伤慢慢看、慢慢养吧，其他话咱不说了。

打了半个月的点滴，我躺在病床上，静静地看那药液一滴一滴地往下滴。这个时候，人往往就想得很多。几十年没住过院，没打过吊瓶，是这只伤脚把我撂倒在了病床上，疼痛不适中，不由得就想得多了。

正常的时日，我们如果说起平安，那是多么庸俗，谁去说它呀，真说起了，那也是老和尚念经——有口无心，没有真情，以至于年轻人也懒得去听你啰唆"平安是福"那句老掉牙的话。

著名画家陈丹青多年乘机往返美国与中国，他的深刻感受是，美国人把飞机叫作"空中巴士"，乘机的他们，脸上是一种长期习惯飞行生活的冷漠表情。人类乘坐这种在空中飞行的交通工具时，心里是什么念头？他们知道这一切意味着孤单、恐惧、疏离与死亡，因而没有了自信心。也就是说，把自己的生命交给了这个交通工具，是平安到达目的地，还是一去不复返，只有上帝知道。他们的冷漠表情，恰恰是恐惧的另外一种表情，祈望一路平安，飞机平安在目的地着陆。

国内，除过一些常常坐飞机或火车出行在路上的人，大部分人是没有这种感觉的。在机场，他们常常是炫耀抑或喜气洋洋地打电话："我现在在机场，马上就要登机了，电话挂了！"

这是特地告知人们，他要坐飞机了，按说，通话与登机是毫无关系的。谁也不知道这是否是一场有去无回的旅行，尽管飞机的出事率在所有交通工具中是最低的，但是，有飞行，就有空难，这是不争的事实。

我也想明白了，小时候在老家大张寨，祖父每晚看见我们都回了家，会长舒一口气说："娃们都回来了，这就好！这就好！关上门，今日一天就平安过去了！"那时，真不理解，也不明白祖父说的"今日一天就平安过去了"这句话的深意与分量是多么重。

我坐在桌前写文章，受伤的左脚又疼了起来。我知道，这是因为脚一直放在地上，下垂时间长了。唉，不能把脚抱在怀里，但是，把它放高，确实舒服了很多，少了疼痛的感觉。

人一舒服，就忘记了引起你不舒服的部位。这时，我才明白，人身上任何一个器官，都是不能出现问题的。因为平时的健康，我们往往忽视了它们的存在。这时，我是多么地感谢我的眼睛、鼻子、嘴巴、耳朵，感谢我的大脑，感谢我的五脏六腑，感谢我的四肢百骸，它们为了我不知疲倦地工作着，而我几乎忘记了它们的好处与它们付出的辛劳。我从内心感激它们，在这里，我双手合十，给它们鞠躬，真诚地对它们致以敬意。一个人的身体器官在身体中如此，一个个体的人在现实生活中何尝不是如此？人一旦平安舒适惯了，也就没有或缺失了对整个社会的疼痛感。

人们求佛拜佛，希冀佛赐予自己和家人平安喜乐。这平安在先，有平安，才有喜乐；没有平安，又哪来的喜乐？持续了近三个月的脚伤，让我明白平安喜乐、平安健康，这是多么珍贵与重要的事情。

史仁立后来给我说："你这脚伤持续了这么长时间，最起码是骨裂，伤筋动骨一百天，你看，时间熬到了，好啦！你这人确实不是一点皮实，放一般人绝对受不了，绝对熬不过来的！"他是在表扬中批评我呢。

我笑。那天，冬日的太阳明媚而温暖。

叶绿柿正红

书案上放有一枚柿子树叶。来的人，大都是侍弄艺术与喜爱文字的人，好奇的他们拿起柿树叶瞧瞧，反倒不认识了，先入为主地以为是什么珍稀树种的叶子，纷纷问起我："这是什么树叶子？"

"这是巴西热带雨林的一种珍贵树木的叶子，特别名贵的药材，比黄金还值钱。"我故意兜起圈子，卖开关子。

"不对，唬人呢！这是柿子树叶。"他们仔细看了，又拿去比对我挂在墙上的那束柿子上带着的叶子，而后认了出来，自己先呵呵笑起来。

"不认识柿树叶子，还要问我，那我只能把它的来路说得远一点，试试你们的眼力！"

"把人还蒙住了！当成是啥名贵树的叶子。是从老家大张寨带回来的？"其中有人问我。

"大张寨带回来的。"我点头。

"肯定是大张寨的柿树叶子，带着感情呢，要不然，一片柿树叶，不会这么珍贵地放在书案上。"他们认真地说。

挂在墙上那幅字顶上带着枝叶的一束柿子，是前几日我回老家大张寨时，从家门口的树上折下来的。那柿子树，是多年前的一个春天，我靠村街栽的。一棵刚栽上去的小苗子，被邻居的农用车撞断，没活成；剩下的这一棵，已长得跟成人胳膊一般粗了。前几年，柿子树就开始结上了繁繁密密的柿子，二嫂说："这树上结的柿子是硬柿子，能做柿饼。村里有人摘了，在屋里学着做柿饼哩！""摘让摘去，柿子多得很，那也不是啥值钱的东西，做成柿饼能放，慢慢吃！"我笑着说。

柿子树，北方再平常不过的一种果树，有一块扎根的土地，不管是干坎土塄，还是贫瘠无肥的崖畔，都能成活生长，没人管它，过许多年，自个儿就能长成很大的树。它耐旱，不需施肥打药，不需经管，悄无声息地长大，不知不觉中就结开柿子了。

柿子，对我们家来说，是有苦涩故事、有很深情结的果实。过去，不知道因为什么，村里很少有柿子树，不像今日，一街两行都以柿子树做景观树，到处都是。柿子秋天熟了，如挂了一树的红灯笼，煞是好看。柿子这些年不卖钱，又吃不了几个，村人每家门口都栽柿子树，为的是个吉祥，图的就是红红的柿子掩映在绿叶间的那个喜庆劲儿。

小时候，柿子树少有，柿子也就成了稀缺货，金贵得要拿钱去买。那个时候，正是经济困难时期，号称米粮川的关中道上，不要说细粮，就是杂粮玉米面也不够吃。一次，对面的四婆看我手捧着玉米面馍吃，盯着我，一直看着我吃完，把馍花倒进了嘴里。后来，她给我母亲说："你看正娃那么碎个娃，把那玉米面馍大口大口吃，到了最后把手里的馍花都倒到了嘴里。那么粗扎难吃的馍，娃咋咽得下去呢？把娃可怜的！唉，各家都一样，就这玉米面馍，吃不了几顿也就没了。这艰难困苦的日子，你说啥时候才是个头呀？"四婆流泪，母亲更是泪如雨下。

一天，村街上来了一个挑担子卖柿子的，柿子一毛钱十个。小弟党娃只有六岁，皮包骨头的他在柿子担子旁看了半天，回家叫母亲给他买个柿子吃。母亲没钱买，他饿得连大声哭的力气都没有，如猫一样用细喵的声气哭着。小弟哭，母亲也跟着哭。到现在，我们弟兄们和母亲围坐在一起，说闲话撞到这个话题时，母亲还自责流泪："那时候，过的啥光景日子？我给我娃连一个柿子都买不起！妈如今一想起来，心里都难过得很。"在机场工作、已四十多岁的小弟宽慰母亲："妈，咋能怪你？那时候穷，不是一点点穷！真正没钱，不是你不给我买！我长大懂事了，知道是妈没钱，我哪里能怪妈呀……"话没说完，他已泪流满面。一旁的我们，眼泪也跟着流下。

那段叫人伤痛难忘的日子熬过去了，我们弟兄仁都长大成人，先后参加工作，好日子终于来了。

也许是没钱买一个柿子的往事创伤太深，以至于现在，我对其他名贵的水果都没有什么感觉，再名贵也不过就是水果罢了，没有什么稀罕。可是，每当听人说起或者想到、看到柿子，我的心里都会泛起一种复杂而特殊的情感。

正是有了这一段往事，我在已多年无人住的老家门前与院里，除过了却父亲的心愿栽的三棵女贞树外，只在门前与院中栽了四棵柿子树。当年买不起柿子，而今栽上柿子树，不是为了吃，而是为了告诉自己，不要忘记过去苦难的时光，抑或是对困难时期缺少的东西的一种补偿吧。那时候，我的心里只有一个念头：这柿子树，我要栽，而且一定要多栽几棵。

柿子润肺和胃，健脾涩肠，生津止血。《尔雅》称其具有其他树木不具备的七德：寿、多阴、无鸟窠、无虫蛀、霜叶窠玩、嘉实可啖、落叶肥大可以临书。这多好！柿树之七德，人亦可师可学矣。《左传》言，大贤大德之人有九德：度、莫、明、类、长、君、顺、比、文。"树德兰在畹，立节柏有心"。我就认为，柿子树也是树木中的贤能者！

柿子树有七德，而做个贤者必备九德。我想，这七加九，就是十六德了。十六，多称心的数字，就是一路顺啊！我手植于故乡大张寨的柿子树七德的顾盼生辉，使我不要忘记了过去那艰难困苦的日子；《左传》中贤者九德的领引召唤，使我的内心一下子丰盈宽阔了起来。

看来，老家大张寨这柿子树栽得好啊！

　　我拿起书案上的柿树叶，细细地看了看，又扭头去看那挂在墙上的柿子，柿叶墨绿，那柿子正红得耀目呢。

交公粮

交公粮，已成为一个渐行渐远的故事。

昨日，我无意间看到一张老照片，照片上是20世纪七八十年代一个炎热的夏天，很多农民戴着草帽在粮站排队交公粮的场景。看着照片，心头不由得一震，小时在老家大张寨，那交公粮的往事，那其中的细节，瞬间被勾了起来。交公粮，仿佛昨日发生的事情一样，怎么忘得了？

那时我还小，交公粮是生产队统一安排了去交的，我没有很深的印象。等我长大了一些，农村土地承包到户后，交公粮就成了各家各户自己要去办的事。

20世纪80年代初，那一年，我十七岁。夏天忙罢，又到了要交公粮的时候，先一天下午，在场里收晾晒的麦子时，我给祖父提出要求，明天，我带两个弟弟去县里交公粮。那年，大弟小正十四岁，小弟党娃十一岁。年龄大了的祖父迟疑了半天，没有应答，终了他说："叫这么小的三个娃拉两辆那么重的架子车去县里交粮，咋能让人放得下心呀？"祖父长叹了一声，语气沉重，"唉！我年纪大了，拉不动架子车了，这公粮又必须交，不叫娃去，又有啥办法？"祖父年迈，父亲在西安的学校里教书回不来。母亲身单力薄，不可能拉着架子车去交公粮。十七岁的我，觉得自己已长大，这个担子该我挑起来了，我能领着两个弟弟去完成这任务。

第二天一早，不到5点，如火球一般燃烧着的太阳就急急地蹦出了地面，大清早，天气异常闷热。我们把一袋袋的麦子从屋里扛了出来，装在两辆架子车上，然后用绳子扎紧捆牢。忙完这一切，我们已是满身的汗水。我拉着一辆架子车在前，大弟拉着一辆架子车随后，小弟在大弟的架子车后边推着。我们弟兄三个，弯腰拉着、推着重重的两辆架子车出了大张寨北门口，上了宝鸡峡西干渠渠岸，往县城方向赶去。

我拉着沉重的架子车，在坑洼不平的渠岸上艰难前行。第一次领两个弟弟，拉着两辆装满粮食的重架子车去县城交粮，我的心里是忐忑的，是不安的，还夹杂着那么一丝担心与害怕。重车，路上的安全，种种因素都要操心。今日去了，粮是否能交上？交不上还得再拉回来，瘦小的我们到了下午，是否还有力气把这重车再拉回来？

边想边走着，我们过韩家村，又过了王官村，再往前走一大段路，到了上备战路的坡底下。这上备战路的坡，坡度近四十五度，窄窄的、坑坑洼洼的渠岸路，左边是水满着的干渠，右边是七八米高的土塄。要把装满粮食的架子车从这陡坡下拉到坡顶去，是一件很危险的事。右边紧挨着的是没有丝毫避让之地的土塄，左边是黄泥水满着急速奔流着的大渠。这大渠，四五米深的渠沿，是用水泥斜着打起来的，经泥水长期冲刷过，极其地光滑，光光的渠边，没有任何可以挖抓攀缘的东西，多少人掉下去后，大都没有上来。多年来，光大张寨一个村子，就有几十个人被淹死在了这渠里。

我是知道这一切的，心里是恐惧与担心的。在坡底下，气喘吁吁的我们弟兄三个休息了一会儿。我对两个弟弟说："这坡太陡，咱得拿着劲儿上去，不敢有一点闪失。两个架子车，咱一个个上，我在前边驾辕拉，你俩一人用肩膀顶一个架子车轱辘，要死死顶住，啥时候都不敢松了肩膀。来，咱上！"我拉着架子车，身体前弓着，脚蹬着地面，人几乎平挨着了陡坡的地面。两个弟弟用肩膀顶着车轱辘，那是用人当了垫车子的石头啊！我们一步一流汗，步步艰难，咬着牙，装满粮食的重架子车一点一点地往上慢慢挪动着。我用尽了全身的力气往坡顶上拉，两个弟弟用肩膀顶着车轱辘拼了命地硬往坡头上顶，终于把两辆装满公粮的架子车拉了上来。到了坡顶的备战路上，我们弟兄三个面色苍白，急促地喘着气，瘫坐在了地上，半天站不起来。

这么多年过去了，有时想起、说起这事，或是开车回老家路过这里，我的心就抽得发疼，泪水不由自主地就充满了眼眶。

歇息了一会儿，我们拉着两辆架子车又上路了，没走多远，我拉的架子车右轱辘被一颗石子顶了一下，外胎脱离了车圈箍，弹跳了出来，立马走不成了，我们一下子傻了眼。正愁怎么办时，和我们同一个队里、我叫大哥的管儿，骑自行车路过这里，他停下自行车，过来看了看，说："架子车气打得太硬，这是滚圈了，把气放了，外胎再装上去，把气另外打上就好了。"把气放了，外胎重装上，把气再打上？前不着村后不着店的地方，到哪里去找气管子呀？事情逼到这个份上，猛然就有了法子：去在县印刷厂工作的大哥那里借。我立即让大弟小正跑去借气管子。这里，距县城还有五六里地，拉了一路车，刚玩着命上了陡坡还没缓过劲的他飞跑着去了。他也知道，耽误了时间，交粮人多，队排得太长，人家到点下班，我们交不上粮，这么重的粮食车子还得往回拉，那麻烦可就大了。

大弟小正拿回了气管子，放了那弹出来的车轱辘内胎里的气，把外胎装上，再重新打好气，拉上架子车继续赶路。我们到了县粮站，人山人海，队排得很长很长，顶着烈日，好不容易到了跟前，还好，验上了。粮站验粮的人只冷冰冰地说了五个字："去！上风车去！"早上走时，祖父就叮咛，拉屋里最干净最好的麦子，去了就要能交上，别叫娃可怜地拉去交不上，再拉了回来。一旁，许多没验上粮的农人，唉声叹气，一脸的沮丧，嘴里嘟囔着："这不把人整死了？好我的爷呢！这么重的车子，咋样拉来，还得咋样拉回去！这不是要人命嘛！唉！"

上风车，我是知道那个不好受的滋味的，没办法，粮交上了，总比没交上再拉回去强。一袋又一袋，扛了百十斤重的粮食，沿着一个个台阶，上到近五米高的风车顶上去，那真不是一件容易的事。两个弟弟年龄小，我让一个看着堆在地上的粮食，一个去风车底下，照看风车吹后流下去的麦子。我开始一袋一袋往风车上边扛，从早上到现在，没有吃一口饭，没有喝一口水，天闷热得像点着了一样，人好似在烈火中被炙烤着。我扛着仿佛比平时重了许多的一袋粮，踩在风车铁板台阶上，那台阶，烫得人脚生疼生疼。全身的衣服早已湿得透透的，头发梢上都有汗水往下滴，脸上的汗水流进眼睛里，蜇得人半天睁不开眼。到了最后几趟，我腿发软，腰打战，人几近虚脱，不抓紧旁边的铁栏杆，说倒，就会唰地倒下去。

我终于把麦子全扛了上去，粮食过了风车后，我们把风车底下吹过的麦子又一袋一袋重新装了起来，装好后过磅秤，再拉到粮库里去。粮库里是一个个近二十米高、一尺多宽的厚板子，板子每隔一尺钉上一个横木杠，为的是人扛了粮食，走在上边不会打滑。这钉了横木杠的一块块长木板从粮库底端斜靠在堆积如山的麦子上，一直通到粮仓顶上去。交粮的人都一样，在库房地面上先解开系口袋的绳子，然后用手捏紧粮袋口并扛起粮食，踩着这一块块木板一步步上到粮库顶上去。到了顶上，大家手一松，一袋粮食哗地就从肩上全倒在了麦堆上，瞬间就看不见人，只见一股股从口袋里倾泻而出的麦子，粮库里到处弥漫飞扬着热腾腾的麦子散发出来的那种强烈刺鼻的味道，把人呛得喘不过气来。

好不容易忙完了，我们拿了一张证明交了公粮的单子，这公粮就算是交了。从一早折腾到现在，让人终于松了一口气。结束了重体力的劳作，我们站在没有一丝风的大太阳底下，休息一会儿，竟然也觉得是一种享受。此时，我们弟兄三个，像刚从水池里爬上来的一样，头发被汗水浸成一绺儿一绺儿趴在头顶，衣服紧紧地贴在身上。又累又饿的我们，身上没有多余的钱，只是在粮站外卖水的地方，一人买了一杯放了糖精的凉开水。喝完水，我们又去印刷厂给大哥还了气管子。完后，疲惫至极又渴又饿的我们，才拖着沉重得如灌了铅一样的双腿，拉着架子车出了县城，往大张寨的家里赶。

此时，已是下午两三点了，那已稍稍偏西的太阳正毒正火辣着，天太热，人太劳累，加之没吃没喝，大弟小正突然上吐下泻，人非常难受。一路上，连讨一口水喝的地方都没有，我只能让小弟拉了大弟拉的那一辆架子车，让大弟躺在我拉的这一辆架子车上，没命地往回跑。那时，我们年龄小也不懂，到后来年龄大了，才知道大弟那是中暑了。中暑，那是一件多么可怕的事情，处置不及时，那是会要人命的。当时，我们也没有任何的办法，只是想着快点把他拉回家，拉回家就有水喝，就有饭吃了。现在，我想起当时的那一幕，还是十分地后怕。

交公粮，已成为历史。交公粮，也成为我心中一个磨灭不掉的记忆。祖父在世时常说的一句话是："孝敬父母不怕天，纳了粮儿不怕官。"我听后有了许多的感慨，不由得想起我们弟兄三个过去交公粮时的不易与艰难。

拾　麦

　　小时候在老家大张寨，拾麦是割麦之后少不了的一个重要事项。

　　得了空的壮劳力，稍微懂点事的娃娃和年龄大了的老人，都会提着担笼，在割完麦子的麦茬地里，低头弯腰，捡拾那些零星散落的麦穗。悬挂在天空中、白晃晃一动不动的太阳，照得地里的麦茬子泛着耀眼的光，似白银一样忽忽闪闪地亮着。拾麦人黝黑的脸庞上，挂满串串汗珠。

　　拾麦，之所以说它是麦收之后的一个重要事项，是因为那时粮食紧缺得厉害，人们多半年都在为吃饭发愁，饱受没粮吃之苦的老家人，是不会让每一颗都浸泡着滴滴汗水、每一颗都显得弥足珍贵的麦粒随便就遗落在地里的。

　　生产队割完麦子，先是要用带长铁齿的大铁耙搂一遍，然后还要用小竹耙子搂，搂完后还要组织人力再去捡拾一次，过了这几道手续，麦子就算收完了，这时，才允许个人进地去拾麦。

　　拾麦，就是将不带麦秆的麦穗直接拾进担笼里。麦穗下带了长短不等麦秆的，需要人们把麦穗的一端对齐，从麦穗下攥住捏在手里，等拾够一大把时，从麦穗下拽出几枝麦秆，朝着紧挨着一嘟噜麦穗的下方转几圈，把这一把麦子拧紧别住，这就是拾好的一把麦了。拾得多了，把带麦穗的这一端一把把整齐地码放在担笼里，这样不占地方，担笼里也能多放些拾下的麦子。一把把麦穗紧紧地簇拥在一起，仿佛有了灵性似的睁着眼睛，细细长长伸出的麦芒，恰似美丽而修长的睫毛一般，看上去竟有几分美丽与妖娆。

火辣辣的大毒日头，晒得人喉咙直冒烟，汗水淋漓而出，湿透了的衣裳紧紧地贴在身上。拾麦子人的手，还有脚腕，被锋利的麦茬子戳出一个个血点，这血点一见汗水，蜇得人烧疼烧疼的。但是，因为有了这些拾下来的麦子，因为有了这些小小的收获，所有的热和疼，全都忘记了，内心反倒生出许多的欢喜来，脸上的笑容也灿烂了很多。此时，太阳仿佛也不那么毒辣了，麦茬地散发出的那股干辣刺鼻的味道，好像也不那么呛人了。

记得从六七岁开始，每年麦收后，我就提着那个用细竹篾子编成，被红漆刷过好多回，叫作提货笼笼的小长方形笼子，跟着大人们去地里拾麦，年年夏天如此，直到我十三岁离开老家。

我喜欢拾麦，包括秋天在收完玉米的玉米地里拾玉米。那时，尽管年龄还小，但是，我的心里有一个最简单的想法：从地里拾回麦子，一砸，脱了麦壳，用簸箕一簸，就留下了白白黄黄看着都可爱的麦粒。这麦粒磨了面，就能吃上大白面蒸馍，就可以吃上调了油泼辣子看着就馋人的面条。你说，这拾麦，难道不是一件美好而又吸引人的好事吗？

每年夏天拾麦，我都是专注且有感觉的。说专注，那是真正的心无旁骛，细心地从麦茬地里盯着走过，视线所及的地方，不会让一个麦穗漏网。说起拾麦子有感觉，还带有那么一丝神秘色彩，也许是神关照眷顾着我，也许是拾麦子的运气好吧，每次，我去哪一块地里，去哪一个地方，哪里散遗的麦子就多，麦穗就大，麦就拾得多。村子里年龄大的老人常夸我："这娃是个福蛋蛋，会拾麦，走到啥地方麦都拾得快、拾得多，长大了会有出息哩！"

小时候拾麦，我不愿和小伙伴们结伴去。不愿结伴去，那是有原因的，我心里也是打了小九九的：一是怕他们贪玩，耽误了拾麦子的宝贵时间；二是我拾麦子一担笼还未满，立马就要跑着回家，让祖母迅速砸了，弄出净麦粒来，立马就能看自己拾了多少净麦子，跟那些小伙伴在一起，肯定就不那么方便说走就走了。

　　那个时候，我还是个毛头孩子。孩子毕竟是孩子，还没拾够一笼子，提着半笼子麦子就慌里慌张地往家跑，还没进家门，我就大声喊祖母："婆！我把麦拾回来了！快，快赶紧给我砸出来，叫我看看我这一回拾了多少麦子！"小脚的祖母，听到我的叫喊，不管忙着什么，当即放下手里的活儿，欢喜地用常系在腰间的围裙擦着手，踩着碎步从屋里走到院子里来。

　　祖母把我拾回的麦子倒在盖红薯窖的石板上，盘腿坐在旁边，一边用棒槌咣咣咣地砸着，一边说："快去，婆把开水给你在案上凉着哩，快去喝！唉，你看这五黄六月的天，把我孙子娃热成啥了！"祖母的话语里，满是心疼。麦子砸好后，祖母用簸箕一下一下簸出净麦，倒入搪瓷碗，有大半碗的样子。她不停地表扬夸奖着我，那是为了满足她孙子，一个孩子小小的虚荣表功之心："快看，快看快看，这么多呢！磨成了面，能蒸三四个大白馍！我孙子娃乖得很，不大一会儿工夫，就拾了这么多的麦！"受了祖母夸赞的我，水也不喝了，提了笼子又向村外飞奔而去。

　　现在想起来都好笑，一晌时间里，我中间要单独往家跑一回。老家大张寨村子大，庄稼地离村子特别远，最远的四畛地跟乾县大墙乡挨着，有六七里地的路程，这中间来回跑一趟，需要多长时间？祖母要砸，要簸，弄出净麦子，这中间又要耽误多少时间？但在那时，为了能马上看到自己的劳动成果，为了能马上看到祖母欣喜的笑容并得到她的表扬与鼓励，我什么也不去想，也不会想，只是这样一个来回又一个来回地跑着。

　　拾麦，已成为一个久远的难以忘却的记忆。虽然过去几十年了，但它就像昨日发生的事情一般。那似火球一样燃烧着的太阳，那一大片一大片明晃晃闪着亮光的麦茬地，那如雨点般挥洒的汗水，那干热空气中弥漫着的新收麦子和新碾出麦秸的独特味道，还有祖母在石板上用棒槌砸麦子时的咣咣声，那些真切的场景，时常出现在我梦中。我多次从梦中惊醒，坐在黑暗的房间的床边，呆呆地想着老家大张寨，想着过去那些艰难困苦的日子，想着已过世几十年的祖父母，想着离开我们已十二年的父亲，不禁流下泪水。

如今，老家大张寨已多年不种麦子，人们改种了苹果、桃子与梨子等经济作物。在老家，我想重温一次旧梦，再拾一次麦子，回味回味过去那个让人难忘的不平凡岁月，看来是没有机会了。

在儿子婚礼上的讲话

在这个美好时刻，在马博、吴荣杰婚礼庆典这个庄严热烈的现场，社会各方贤达与亲朋好友——各位尊贵的宾客，能在百忙之中出席两个孩子的婚礼仪式，你看，他们是多么喜气，多么自豪。在这里，我代表我们全家，当然也包括两个孩子，对各位的到来，表示衷心的感谢与真诚的敬意！

两个孩子希望婚庆典礼活动热烈而简短，他们怕耽误了各位宝贵的时间，儿子只给我短短三分钟的讲话时间。我不知道，我的讲话是该短一点还是长一点？请问在座的各位，我是讲长一点，还是短一点？好，我听到了大家要讲长一点的回答。那好，先不管儿子事前说的只能讲三分钟的时间限制，听大家的，我就展开讲，讲长一点。

下面，我讲三点，讲三个感谢：

第一个感谢，是感谢给予我们家帮助的所有贵人。在过去的几十年里，不管是我经常说到的老家大张寨，还是我们家从大张寨搬到铜川，在铜川待了十六年后，又从铜川再搬到咸阳，一路走来，我们在风雨交加与泥泞不堪的困境中跋涉过，人生的悲苦艰辛与坎坷不平经受过。每每在我们手足无措，在我们困苦无助的时候，就会有人举起并撑开大伞，为我们遮风挡雨；就会有温暖有力的大手伸过来，拉我们走出悲戚迷惘之境，扶我们走上平坦顺畅之途。这些人是谁？这些人是我们家的贵人。这些贵人现在在哪里？这些贵人，就在这个庆典仪式的现场，就是你们。

两个孩子认识、恋爱并决定走进婚姻殿堂的这两三年里，我们夫妻俩多次告诉孩子，要永怀感恩之心，不能忘记我们家与我们生命中的贵人。在此，我代表我们全家给您鞠躬致谢了！

第二个感谢，是感谢吴荣杰的父母培养了一个优秀的女儿。今年春节假期，我和马博的母亲与吴荣杰的父母相聚。闲聊中，吴荣杰的父亲说："咱们都是普通老百姓，不是达官贵人，也不是土豪富翁，但我知足，我知足的是，我有一双懂事的儿女，这就够了！"听了他的话，我点头称是，并回答了他的话："我也有一双儿女！"她父亲一愣，以不解的眼神看着我，我只有一个儿子，他是知道的，哪里又来了一个女儿？他疑惑地问我："你也有一双儿女？"我肯定地接了他的话："是的！我也有一双儿女！难道吴荣杰不是我的女儿吗？！"吴荣杰的父亲点头认可："是，是，是我的女儿，也是你的女儿！"

吴荣杰聪慧漂亮、知书达理、贤淑俭朴、工作勤勉、吃苦耐劳，大学期间就光荣地成为学生党员，所学英语专业通过了八级考试。毕业以后，又考取了高中英语教师资格证书，许多原本英语成绩较差的学生，在她的教导下一跃成为尖子生，赢得了学校和家长们的好评。马博有幸认识吴荣杰并与她结为夫妻，这是马博的荣幸，也是我们马家的荣幸。马博小时候，我为生活所迫，长年在外奔波，缺少对孩子的关爱与教育。这么多年，我是内疚的，也是问心有愧的，可是，孩子懂得他父亲的不易与无奈，在学习与生活中严格要求自己，在社会转型、道德滑坡，美好的信念被不少人丢弃，一些年轻的孩子缺乏进取心与奋斗精神的情况下，马博能保持一颗清净纯正与努力进取之心，不断地读书，努力上进，让我多么高兴，多么欣慰！现在好啦，又有了优秀的吴荣杰的帮助，我相信马博，我相信吴荣杰，他们俩结婚以后会更加严格地要求自己，互爱、互敬、互帮、互学，继续读好书，读好社会这本大书，做一个对社会对国家有用的人，做一个对家庭有责任感的人，共同创造未来美好的新生活。

第三个感谢，是感谢给了马博、吴荣杰继续前进力量的人们。马博、吴荣杰缔结良缘，我们家多了一个儿媳，多了一个女儿，马氏家族迎来了一个新的转折点，这是多么盛大又让我们家欢欣鼓舞的一件大喜事。家有喜事，贵宾、亲人们前来贺喜并见证他们的婚礼，给他们带来笑容，带来满满的祝福，这些贵宾与亲人，是给两个孩子带来继续前进力量的人们，都是神的使者。我在这里，代表两个孩子对大家表示深深的感谢！并盼各位以后继续对他们多加关照、多加扶持。谢谢各位！

今天是4月22日，前边的4，代表了事事如意；后边的22，2与2相加是4，又是一个事事如意。事事如意，这不是喜事成双了吗？4月22日，4与后边的两个2相加是8，又是一个人人期望的吉祥数字8，多好！今天同时是农历三月初七，三生万物，七为起，我要起！3与7相加又为10，寓意为十全十美。你看看，多么吉祥如意的日子！多么叫人喜悦的日子！这是上帝的眷顾，这是神的旨意啊！

最后，特别感谢从上海、浙江、山东、湖北与云南等外省市远道而来，专程参加马博、吴荣杰婚礼的亲朋好友们。

好！我的讲话完毕！谢谢大家！

第三辑

给心留一片宁静的地方

　　那片我深爱着的土地，仍在那片土地上躬身劳作着的父老乡亲，我，一个离开故乡好多年，人微言轻一无用处的游子，只能从内心深处为你们祈福，盼你们超常的辛苦付出，能够换来一个好日子。

背　娃

　　不管是背弟弟，还是背妹妹，背的都是娃，大娃照看小娃，在推行独生子女政策以前，是再平常不过的一件事了。那个年代过来的人，只要不是家里的老小，谁没有过背娃的经历？

　　20世纪六七十年代的关中农村，生活困难，那时候的大人们，最大的事情是，想办法要让一家人填饱肚子，他们为生计发愁着、奔波着。在老家大张寨，男女劳力每天都要去生产队上工，得了空，男的编了席或者草圈去集市上换一点小钱。女的纺线织布换棉花，赚取廉价的加工费以贴补家用。因为大人们忙，所以常常安排了孩子们中的老大照顾弟弟、妹妹，这老大就成了小大人，担当起了一份和幼小的年龄不相称的责任。

　　兄弟姊妹们多，只能大娃带小娃，小娃带更小的娃。大带小，窘迫艰难的生活，使哥哥、姐姐们早早坚强自立起来，艰辛苦涩的生活，历练得他们没有了骄娇二气，反倒硬棒而成熟。那背上背着的尚不懂事的小弟弟或小妹妹，似乎受了多个孩子的困苦生活与艰窘环境的影响，没有把自己当宝贝，当稀欠娃，他们乖乖地趴在哥哥、姐姐的背上，睁着圆溜溜的大眼睛，无论哥哥、姐姐背着他们走到哪里，只是静静地看着周围的一切，不吱一声，很少见过有唠叨生事爱哭爱闹的。

　　背上背着娃的哥哥、姐姐们，不仅要看管弟妹，在家里，还要给忙着地里活的父母亲做饭。他们人站在锅台跟前，个头儿还没有锅台高，只好搬了小板凳过来，站上去才能够着锅台。刚开始学着做饭时，说是做饭，实际上就是把玉米面粉或玉米糁，还有红薯块下在锅里，在灶膛里点着火，一会儿拉着风箱，一会儿站在凳子上，还像煞有介事地去锅里搅一搅。年幼的他们，没有力气搅动一大锅的饭食，又掌握不住水的多少，做出的饭不是太稠就是太稀，常常红薯块沉入锅底已焦煳，上面的饭还生着。大人们从地里回来，吃着这半生不熟还夹杂着焦煳味道的饭，着实难以下咽，嘴里却说："我娃能行，照管了娃，还给我们把饭都做好了！乖得很！乖得很！"后背上还背着弟弟、妹妹，忙得一脸黑灰夹杂着汗水的哥哥、姐姐们得到大人们的表扬，露出了灿烂的笑容。

毕竟还是孩子，有了空闲就跑去村街上玩，哥哥、姐姐们背上还背着弟弟、妹妹。有时玩得兴起，哥哥、姐姐们把他们从背上放下来，让坐在一边，时间一长，受到冷落的弟弟、妹妹也有哭的时候，哥哥、姐姐们慌忙放下正玩着的游戏，跑过去哄他们，把他们又重新背在自己的背上。

背上背着的弟弟、妹妹们，有时不吭一声，哧溜溜、扑哧哧地就给哥姐的后背上撒上一大泡尿、拉上一摊屎，哥哥、姐姐们后背上突然感觉热乎乎的，慌忙把他们放下来，他们在哥姐后背上已干净利落地尿完拉完了，哥哥、姐姐们赶紧给他们擦了屁股，才去收拾自己被弄脏了的衣服。

说起这段往事，跟我20世纪80年代末期就在铜川认识，又先后都调到了咸阳，相识相交几十年的朋友卫堂，半天没有言语。他就坐在我对面。一旁另外一个多年的朋友，抽着烟，静静地听着。

卫堂的过去，我是熟悉的，老家在北山里，他就是哥哥背着长大的娃。他父亲去世早，那时他只有十岁，还有一个七岁的弟弟。两个兄长一个比一个大三岁，大哥那年十六岁。这个突然失去父亲的家，天似乎一下子塌了下来，悲苦无助，艰辛而困苦，孤儿寡母的日子天天都有愁，日日都有泪。

平时话语就少，背着卫堂长大的大哥，家庭生活的重担不由分说就压在了他肩上。父亲去世后，他更没有多余的话，只是默默地不停点地干着家内家外的活儿。夏天，他戴着一顶草帽，把草帽檐压得很低很低，别人几乎看不到他的眼睛；时令进入深秋，别人早就不戴草帽了，他还戴着草帽，草帽檐仍旧压得低低的。村里有人说："那娃好像一年四季都戴着草帽，我都想不起来他长啥模样了！"也有人长叹一声说："唉！娃小小年纪就没了爸，短缺了精神，他又是家里的老大，你知道娃心里有多苦有多痛？他上面有一个瘦弱的老妈，下边还有三个小兄弟，你说娃能不愁肠吗？"

卫堂的大哥在农村默默干了两年后，到了参军的年龄，去了新疆当兵。到了部队里，他积极上进，吃苦能干，闲暇之时拼命地读书学习，很快他就被提了干，一步步干起来，后来成了师职干部。就是这位大哥，把三个弟弟供养成人，帮他们成婚成家，对三个弟弟，他尽了父亲应尽的责任。这些事儿，卫堂这些年来多次给我说过，他说的其中许多的细节与过程，比这更详尽、更感人。

"我弟兄三个，是大哥背着长大的。母亲曾经给我说过，那年冬天，雪下得很大很紧，父亲去外地搞粮，不在家。舅家有了急事，母亲背上背着重重的背篓，六岁的大哥背着我，我是被用粗布条绑在大哥背上的，后边跟着三岁的二哥，在白茫茫的大雪之中，沿着陡峭崎岖的山路去我舅家。

"严寒的天气，人几乎要冻僵了。山路陡峭，六岁的大哥背着一岁的我，一会儿俯蹲着双手扶地，一会儿沿着窄窄的山道弯腰碎步前行，小小的大哥变换着各种姿势，滑倒了，努力保护着背上的我，生怕摔到我。山路难行，一个多小时的艰难行进，才到舅家。后来我长大了，母亲说，当时六岁的大哥浑身沾的都是雪，累得满脸通红，汗水像断了线的珠子一样，不断地往下滚落着。

"父亲去世以后，是大哥撑起了这个家，照应着我们三个兄弟成人，大嫂进门以后，也把我们几个当亲弟弟看，她给我们弟兄几个做了多年饭，做了多年的衣服。长兄如父、长嫂如母，我们弟兄三个，给哥说什么呀？给嫂说什么呀？感激感恩等的话语，那是多么苍白无力。用什么话，也不能表达我们对大哥、大嫂深厚真切的感念之情。我们现在这个大家庭里，不光我们弟兄三个，还有我们三个的媳妇，我们对大哥、大嫂，都像对待父母亲一样真心地尊敬他们，真心地顺从他们！

"逢年过节，或是因为其他事，我们弟兄四个聚在一起，话很少的大哥坐在那儿，他没有话，我们弟兄三个跟大哥一样，也是没有多余话的人。沉默寡言的弟兄四个，坐在那里抽着烟，偶尔谁有了一两句话，也是问什么答什么。那场景，是我们家才有的场景，那是过去那种悲苦压抑的生活造成的。小时候，我们是没有爸的娃，跟别人不一样，我们什么时候脸上有过笑容？什么时候有过欢乐？到了现在，我们弟兄四个坐在一起，无言而坐，只有我们兄弟们懂得其中的缘由。尽管我们坐在一起没有多余的话，但是，那个过程、那个场景，却是非同一般地亲切。那无声的交流中知道了兄弟们诸事安好，日子都能过到人前去，相聚相见了，就什么都有了！大哥在，主心骨就在，我们内心是踏实的，我们是十分喜悦与高兴的！"

也许是这背娃的话题撞着了卫堂的伤心处，不善言辞的他，第一次连续着说了这么多的话，他说这些话时语气低沉，眼圈发红。

听卫堂讲这一段往事，我的眼泪在眼眶里几次要流出来。这泪，是为卫堂过去受的那个苦，还是为他们弟兄们间那深厚的情？抑或是为我们这一代人经历过的背弟弟背妹妹，统称背娃的那段苦涩记忆？还是为那个时候，我们吃不饱肚子的艰难困苦的日子？有，都有啊！

短暂的沉默之后，旁边另一位多年的朋友说："这是卫堂家大哥背着他们长大，供养他们成人，他们尊敬大哥，把大哥当长辈看的感人事儿。我舅家表哥与表弟之间真实的事情，就不是这样了，我学给你们听听！"

我给他俩的茶杯里斟上了茶。我的这位朋友说开了："我表哥也是背着我表弟长大的，表弟在我舅家是老小，都叫他老碎。小时候，我每次去舅家，都见表哥背着老碎，用布袋绳子把老碎在自己的脊背上绑着。老碎长大，去县城住校上高中，在家里种地的我表哥，风里来雨里去，给他送了两年的馍。用老碎自己的话说：'我把我妈烙的、我哥送的馍白吃了，学没考上，最后还是回家修理地球（戏称，指种地）了！'就是这个老碎，因为和我表哥争庄基地地界，把我表哥打得满脸是血，打成了轻微脑震荡，在床上躺了多日。我就想不通，他对他哥咋就能下得了手？"这位朋友十分不解。

"就在今年夏天，这老碎因为一件小事，得罪了一个地痞'歪娃'，这'歪娃'领了一大帮文了身的闲人，带了刀、棍找到老碎门上来算账，那阵势是来拼命的。听到信儿，我表哥连颠带跑地从家里赶过去，站在这一群地痞流氓面前，把身材单薄的老碎挡在了身后。他跟他们讲开了理，你想想，'歪娃'领来的这一帮地痞流氓是来讲理的？他们二话不说，劈头盖脸对我表哥就是一顿狂砍乱打，他头上、身上被砍了几刀，血流如注，肋骨也被打断了几根。看我表哥被打得不轻，那伙人如鸟兽一样散去。噢，这中间还有啥事情？你们肯定想不到，那伙人打我表哥时，老碎得了空早就逃得没了人影儿。我表哥，是被村里人送到县医院抢救去的！

"我表哥重伤住院抢救。后来，派出所处理了那一帮地痞流氓。就是这老碎，给谁说，谁都不相信，他没有去医院看过他哥一回，也没有掏过一分钱的医药费！

"我表哥住了几个月院，出院回到村子。每到了阴雨天，伤口处就隐隐作痛。老碎明知这一切，却跟没事人一样，村街上见了他哥看都不看一眼，理也不理。

"村里人看不下去了，在我表哥跟前骂老碎：'老碎是你背着长大的，平日里你处处让着他，你为护他伤成这样，住院他不看一回，医药费他不拿一分钱，伤后你落下一身的毛病，他对你还跟仇人一样！我看，老碎的良心是叫狗吃了！不行了，你去法院告老碎，让他赔你的医药费、护理费，还有所有的费用。'你猜我表哥听了这话咋说的：'都是亲兄弟，不砍了我，肯定就要砍老碎！我不是'歪娃'的仇人，他们砍我打我，手还下得轻，真要逮住老碎，那还不要了他的命？唉，上法院告老碎，那不让人笑话死了，说他哥把他兄弟告到法庭上去了！不说了，不说了，一个娘所生，打断骨头连着筋，谁让我是他哥呢！'"我这位朋友讲完了他表哥与表弟的故事。

坐在我对面的卫堂，听着这事，他那端在手中的茶杯一直在空中举着，可以看出来，那茶杯在他手里抖动着，有几次茶水都洒了出来。他眼里有火，气愤至极地说："这老碎还是个人吗？还是个人吗？忘恩负义、狼心狗肺的东西！他还有脸活在这世上？他哪里还有啥脸活在这世上？！"

唉！我长叹了一口气，接了他的话："背娃，哥背大了弟，弟可以不认哥，哥却永远记着手足情。比起父子情，这手足之情有了太多太多的亲情背负！背娃，背的是一代人的艰辛，背的是承上启下的责任，背的是一段沉重的历史，背的是一段难以忘怀的岁月啊！"心情沉郁的我，长舒了一口气，接着说："实行独生子女政策前，大多数的人都经历过背娃——背弟弟背妹妹的艰难和辛酸，如今的独生子女，谁能知道其中的滋味？谁又能体会到其中的亲情呀？现在放开了二胎，家里有了老小，老大也许会懂得照顾弟弟或妹妹，但是，他们体会不到，肯定体会不到我们背弟弟背妹妹——背娃的那种遭际与情怀，体会不到我们经受过的那些艰难的日子！"

"哥背弟弟妹妹，姐背弟弟妹妹，都是哥和姐背大的娃。被背大的娃，就不能忘了背大自己的哥和姐！"卫堂语气沉缓地说，"背娃，有太多沉甸甸的亲情，有太多叫人难忘的故事！啥时候，我都不会忘记背大我、供养了我成人的大哥！"

卫堂似在给我俩说，又似在自言自语，他的面部表情庄重而严肃。

坐　席

在故乡礼泉，过红白喜事，人们把待客的饭菜叫作席面，客人去吃席面，称之为坐席。

过红白喜事，主家除了要忙其他的事项，最重要的一件事就是准备席面。过事的前三天，主家就请来自己村里或周围村子的乡间名厨，一起商量如何安排待客的席面。

那厨师，找了空的整条烟盒打开，撕去边上伸出来的几个角，展开铺平。他嘴里叼着烟，眯缝着眼睛，从耳朵上取下别着的圆珠笔，一边和主家算着客人的多少、席面的厚薄，一边在那展开的空烟盒背面白纸上，一项项写着要采买之菜蔬的斤两。在这空烟盒上列清单，一是因为在农村找一张大一点的纸不那么方便，二是因为这空烟盒纸质硬扎，耐揉搓。第二天，主家拿了这清单去蔬菜市场买菜，进东家，走西家，清单拿来拿去不会折烂了。再则，这硬纸页面大，放在采买的一大堆菜蔬上，可随时拿来核对数目。

菜蔬买了回来，乡厨在过事的前一天上午，早早提着锅案上要用的刀刀叉叉就到了。这时，主家请来执事的客人——执客，挖坑立杆，已把帐篷搭了起来。过事的三连锅锅头也已盘好，这三连锅锅头是用胡基砌垒的，外边用短麦秸和泥，已泥过，还湿着。几个大案板，在三连锅锅头旁边也已支停当，租来的锅案上的用具，也一应俱全地准备妥了。

乡厨跟执客大都是熟人，执客这时就和乡厨开起了玩笑："盘的三连锅锅头才试过，利火得很！案板给你洗得光亮，碟子碗一摞摞洗过摆好啦，就看你这席面做得好不好，看人能不能吃。""做得好不好，是给人吃的，不是给你吃的！"这乡间名厨故意板着脸，话里已骂了这挑衅的执客。"嘿嘿！做得不好，我吃不吃不要紧，看坐席的不骂死你鬼熊！"执客打着哈哈，不再斗嘴，去忙他的事了。

帮厨的执客们在乡厨的指挥下，各忙各的事，红案剁肉，白案起面，都一齐上了手，顿时，案板上响起一片叮叮当当的切菜声。乡厨很自信地掌了勺，开始烹、炸、煎、蒸，这一系列烹饪的技术活，当然就是他的事了。

中午是一锅汤面片，一人端一碗吃了。过去，城里来的人对这汤面片赞不绝口，说在城里找遍所有的地方，也吃不上这么香的汤面片，在自己家里不管咋样用心做，就是做不出这个特殊的味道。晚饭，来的客人们坐席，这晚上的席面，比较简单，就几个菜，主食是馍。

第二天一早，是正式过事的时日。红事是浇汤面，执客们早早先吃过，就等着客人来，一起招待来客。白事是豆腐汤，做好的几大锅豆腐汤，突突地冒着热气，馍已馏热，执客和客人们一起吃过，各自去忙各自的事。

中午坐席，根据亲戚辈分高低与长幼尊卑，决定坐席的先后次序。老家人对这坐席的先后次序是很讲究的，不能乱了，否则会惹事的，该先坐席的晚坐了，火气大的就会喊叫起来："你这席是咋安顿的？把我当没当人？这明显就是看不起我，是故意给我弄难看呢！这席，我不坐了！回！"如果亲戚和主家原先有矛盾的，也可能因为这事而牵扯出过去的恩恩怨怨来。此时，众人慌忙上去劝说客人，拦挡主家，过事的总管也在不断地赔着笑脸和不是，说千错万错都是他的错，是他没把心操上，把事没弄好。出现了这场面，总管是十分难堪的，会被认为是水平差，事过得不浑全，烂包了。过事千头万绪，坐席这一块，不管哪一个当总管，都分外地操心。

亲戚们坐完席，接下来该轮到村里的情客们坐席。情客，意思是行情的客人，简称为情客。情客，不会在现场等着坐席，都在自己家里等着。过事的执客中，专门安排有一个职位：叫客，就是到了饭时，专门叫情客们来坐席的差事。叫客拿着名单，一家一户去请情客，他们或是站在情客的家门口，或是进了院子，这厢大声喊着大爷、二伯、三叔、四哥，走呀，坐席去！这是低辈叫客在请高辈的情客。那边叫着狗娃、毛蛋、狮子、碎熊，快走，坐席，并要笑着："还不赶紧走，非要叫我来跑一趟。哎，我就问你，你得是看我的姿势哩？"一听这话，肯定这叫客是高辈分，是气壮地给低辈情客们说话的口气。

坐席还在进行中，情客们是一个村子里的，都是邻家，边吃边聊着。那时候，一张桌子只有一个酒壶，这壶口上扣着一个指甲盖大的酒盅，先由本桌上的长者或者要紧客人开始，自斟自饮，逆时针转着往下传，不善饮酒者，可以将酒壶交给下家，旁人并不勉强。席上，也有好斗者，划拳行令，要一见高低。

坐席已近尾声，这时，乡厨不那么忙了，拿出主家给的烟，点着一根，手里端一个已被茶锈浸得黑黄、泡着浓茶的大杯子，走到正坐席的人们中间，笑着问："菜味道咋样？"大部分的人说着好着呢、做得好、味道不错之类好听的话，相熟的情客就打开了话匣子："还问味道咋样？你没尝尝，看你做的这菜人吃得成？就这手艺？胆大得很，还敢出来给人做厨？"乡厨知道这是故意跟他逗乐："筷子抄得就没停，还说味道不行！快好好吃你的菜，蔫蔫的，再别胡皮干（方言，爱多嘴）了！"说完，端着杯子，笑着离开。

待完情客，最后，乡厨和全部执事，还有主家一家人才坐席。

席已待毕。执事的先拆了帐篷，昨日盘起的三连锅锅头，锅底下这两天火就没停过，锅头外边的麦草秸泥早已被烘烤干，这当口，这已无用的锅头被砸掉，把那破碎的胡基块清理到大门外边去。清洗后的案板与锅碗瓢盆，专门叫人给人家送还回去。末了，大家伙儿打扫了院子的前前后后。主家的红事或白事，就算真正过完了。

这场景，是多年以前的事。这几年，老家大张寨和周围村子一样，兴起了服务队，把席面全包给了他们。你光说你待多少席面，什么样的标准，剩下的采买原料、做厨及一切用具，包括服务员在内，所有席面上的事情，他们全包办了，吃饭时，总管只需喊一声开席就行。这服务队好是好，但是，少了过去那种不光忙活了自家户里人，甚至还要请动大半个巷子的邻家来帮忙的忙活劲，少了那种亲密互助的气氛，少了那份通过一个重大活动联络与加深了的亲情与乡情。

时代变迁，农村的青壮年都去城里打工了，已空巢的农村，现实情况是，过红白喜事没有了年轻人，没有了帮忙的执客，用服务队也是无奈之举，也是没有办法的办法。

如今坐席，缺少了过去坐席的那种感觉，缺少了那种情意与那种不是舌尖上的味道，那味道是内心深处里一种难以诉说出的滋味，让人不由得有了那么一丝淡淡的惆怅与失落。

秋日之老屋

老家大张寨。秋日，寂寥的村街。

打开锁着的家门，飘落于院子里的黄叶，孤寂地堆积在地上，见有人进来，那黄叶，有几片轻轻地翻飞了一两下，发出沙沙的声响。我弯腰拾起一片落叶，拿在手里，端详着。

马家人老多辈在这里演绎着耕读传家的故事。

过去的多少年间，读书声琅琅，"文窗上的功夫不敢荒"之家训犹在耳畔回响。吆喝着吱吱咛咛的马车，劳作不息，"地种三年亲如母"，感动人心、勉励后辈之热语，叫人怎能忘却脚下这方土地的宽厚与仁慈？

这个老屋门前曾响起过密集的枪声，二祖父与祖父弟兄俩和土匪进行过殊死搏斗。

不惹事，出了事不怕事，对邪恶无良的事敢拼着命上的家风，使我们懂得了什么叫英雄豪气，什么叫赴汤蹈火，什么叫义无反顾。马家人，人老多辈与人为善，扶危济困，其中许多的故事使我们懂得了什么是守规诚善，什么是一个大写的人。马家的家风，使我们的基因里多了几分刚正，多了几分做人的胆气。

马家的家规，一代代人遵守着，履行着，使这个家在其内部有了准则与行为规范。

家训、家风、家规，幻化为这个家族不断进取之精神力量，这种精神力

量传承浸入我们的血液之中，使我们这些离开故乡，或者仍留在故乡的后人们不敢懈怠，不敢迟疑，不敢放慢前行的脚步。

大年初六回到大张寨

　　老家，是故乡礼泉县那个叫大张寨的村子。大张寨三个字，是深入我骨髓里的记忆，是我的胎记，是我生命密码的组合之地。不管走到了哪里，大张寨是我改变不了的身份。

　　我是大张寨人。在大张寨，我有过眼泪，有过欢笑；有过在烈日下光着膀子、穿个大裤头抬水灌黄鼠的快乐时光；有过雪地里躲在麦草垛后，拉着绳子用筛子扣雀儿的大气儿不敢出；有过在长竹竿头上用一根马尾巴的长毛结个套，慢慢伸到树上套住吱吱狂叫着的知了后的惊喜；也有月夜，就在巷口这棵老槐树下听大人们讲鬼故事，听完不敢回家的窘迫……

　　那时过年，是全村老少一个盛大的节日。过了腊八节，年来了，人们就糊涂了，平时一分钱舍不得花，腊八一过，就不管了，过年了嘛，花！腊月二十三开始，大扫除，蒸年馍，村上杀猪，那猪被杀时的嚎叫声，让孩子们感觉到，年真正地来了。

　　大年三十的肉泡馍。大年初一穿上新衣服，端起浇汤面，孩子们欢喜的脸上写着：过年真好。初二过了，就盘算着去舅家、姑家、姨家，看能吃上什么好东西。这时，大人们又忙活开了，很快，十几米高的秋千立在了村中央。老家人把立起秋千叫扶秋。扶起的秋千，年轻人在上边翻飞着，娃娃们瞅着了空隙，摇摇晃晃地站在上边玩一玩。过年一直到正月三十，燎过了慌慌，年才算是真正过完了。

那时，物资贫乏，生活艰难，但人们却很快乐，年过得隆重而有意义。过年，光是满村街站着、穿得干干净净有说有笑的乡里乡亲，就让人觉得热闹，让人觉得这就是过年。

这些年，没有了对年的期盼，没有了过去过年时的那个热闹场景。大年初六回到大张寨，村街上空空荡荡，少见人影，即使家里有人的人家，也都关着门。村里，一片寂寞，没有了生气，没有了活力，没有了年的味道。

不能简单地说过去的生活、过去的年就好，也不能说现在这样的状况就正常，许多事情，不是一两句话就能说得明白的。

回到老家，不管怎么说，见到了亲人，亲人间那种亲情、那种关切，让人感动和喜悦。

年好，过年好。不管怎么说，是年，给了亲人间不同平时节日的意义，因为年的隆重，大家才能热烈地团聚在一起。

下锅菜

小时候，在老家大张寨，人们说的下锅菜，不是指白菜和青菜之类拿来下锅的蔬菜。那时候，粮食紧缺，一年到头，有好几个月连杂粮都不够吃，平常更是难得见上油腥，这下锅菜，只有在吃面的时候才能吃上。

老家说的下锅菜，是把几根葱、几根蒜苗或者一小撮韭菜切碎了，在带着长长木把的燣菜铁勺里放少许油，把它伸进燃烧着柴草的灶膛里，等油热了，从灶膛里抽端出铁勺，把切好的葱、蒜苗或韭菜放进热油铁勺里，用筷子搅一搅，再伸进灶膛里去，如此一两次，铁勺里的菜就熟了。小铁勺里，最多也就是核桃那么大一点菜，倒进一大家子人都要吃的稀汤面面锅里去，再搅匀。这燣菜铁勺做成的那一点点菜，就是下锅菜。

现在，我都常常惊叹老家人用词的准确与自知之明，叫燣下锅菜而不是炒下锅菜，这少得可怜的下锅菜是燣熟的，燣，是放了少得可怜的几滴油，在燣菜铁勺里焙烤熟的。在这里，用燣字是多么的准确贴切，用炒字不光不准确，原本就贫穷艰难的日子，岂不是虚张声势？哪里敢用一个"炒"字来充大呀。

那时日，我们年龄小，一年到头以玉米面与红薯为主食，上顿下顿都是玉米面做成的各种饭食：玉米糁子、玉米面搅团、玉米面饸饹。早上去学校，怀里揣的不是锅塌塌（玉米面难成形，只能厚厚地平摊于箅子上蒸熟的发糕），就是冰凉的红薯。许多天里，能吃上一顿有下锅菜的面，对我们这些小娃娃们来说，那真是一件欢天喜地的事情。

麦面太稀贵，一年吃几次面，我都记得清清楚楚。母亲擀了面，每回做的都是汤面，临给锅里下面时，她总是说："咱吃汤面，汤面好，汤面能'乱饭'，我娃就能吃饱！"母亲说的汤面能"乱饭"，意思是有了面汤的浸泡与搅和，锅里的面就会膨胀增大，变得多一些。现在想想，就是那一点点面，能乱个啥饭，能变得多到哪里去呀！但是在那个时候，人们心理上感觉汤面能"乱饭"，能多吃一点，如果吃干捞面，没有了汤汤水水，那是不够一家人吃的。

母亲把燣好的下锅菜倒进汤面锅里，用勺在锅里搅和的时候，那下锅菜的爨香味，就一下子扑鼻而来了，馋得我们恨不得立马就盛了面去吃。怕浪费，母亲让我和弟弟拿了锅塌塌馍，去擦那燣过下锅菜的铁勺，把铁勺里边的油沾到锅塌塌上再吃了。松散，没有筋丝的锅塌塌，在铁勺里散碎开，成了粒状。弟弟口搭在燣菜铁勺边沿上，把那散开成粒状的锅塌塌馍花倒进嘴里去，嘴边经常染上一圈的黑。有时，他也会因为铁勺太烫而烧着嘴唇，嘘嘘地吸溜着。那沾了一点点油星星的锅塌塌碎粒馍，倒是比平时好吃许多。

有下锅菜的面，是那个年代饭食里最深刻最美好的记忆了。一碗面里，漂着星星点点的下锅菜，一点点咬着吃，慢慢地吃，是为了细细地享受那面香，是为了深刻体味下锅菜里带有烧着了的柴火味道的油香滋味。那几星星漂浮在汤面碗里的下锅菜，从端起碗开始吃面就舍不得吃，到了一碗面剩下最后一口汤时，才与那一口汤一起喝下去，为的是一碗面从开始吃到最后，都能享受到下锅菜的香味。

在那个困难的时期，不光粮食紧张，油更是稀缺，一年难得吃上麦面，更难得见上一点油花花，因而，我对那个时候的下锅菜，记忆是十分深刻而难忘的。这么多年过去了，生活发生了天翻地覆的变化，老家农村，早已没有了烟熏火燎而变得乌黑的燣菜铁勺。平日里，都是在炒瓢或是锅里炒菜，年轻人根本不知道在灶膛里用燎菜铁勺燎出来的下锅菜是什么滋味。时光更替，下锅菜这个词很少有人提起了，它已从老家人的话语里淡出，慢慢地消失了。

正因为我是从那段艰难悲苦的日子里走过来的，因而我是忘不了下锅菜的，更忘不了那一段让人刻骨铭心的苦难岁月。就是到了现在，我和许多同龄人一样，没有剩饭的习惯，家里有吃不完的饭菜，不会倒掉，而要放到下顿热了吃。节约，这倒不是经济条件不允许，也不是故意做作与矫情，只是受过艰难的我们，骨子里的一种自觉行为，是完全的下意识，是由不得人的一个习惯。

多年前，我在一家全国著名的企业办公室工作，老板有好多亿的资产，是海内外出名的人物。一次，老板请一位有着很高身份的重要客人吃饭，我安排了饭局并作陪。席上，老板去夹凉粉，凉粉太光太软，掉在了饭桌上，他用筷子去夹，夹了几次没有夹起来。这时，他放下筷子，伸出手捏了起来，神态自若地放进了嘴里。一桌人愕然，几乎同时去看他。我却很平静，我知道他是真节俭，不是有意做给谁看。

夏天，他跟我们一起吃西瓜，别人常常只吃了上边的红瓤，底下还有那么一大截好好的西瓜瓤就扔掉了。他不光吃完了红瓤子，还把那瓜皮吃下去一层，他边吃还边给周围的人说，这瓜皮是西瓜翠衣，是中药，吃了对人多么多么好。他常挂在嘴边的一句话是："书到用时方恨少，事非经过不知难。你们不知道啊，一文钱难倒英雄汉！"他的节约与俭朴，我从内心是赞赏与敬佩的。

不要铺张浪费，这一直是我的行事准则。喊"光盘行动"之前的许多年里，我在外边请别人吃饭，剩下的饭菜我打包；别人请我，剩下的饭菜，我让他们打包带回去。大手大脚，浑弄疯整的人，是富豪，即使是大富豪，我也会瞧不起他，跟他断了往来。不是一路人，没有共同的言语，待在一起大家都不自在、都不舒服，还不如各走各的路，各忙各的事好。

　　写下锅菜，不是诉苦，不是炫耀我们这一代人多么不容易，不是装老成来显摆我们经受了多么大的困苦，而是告诫自己要记住那段苦日子，不要忘本，不要忘记过去，也使自己什么时候都清醒着：我从哪里来？要到哪里去？我能给这个社会，能给这个社会的人们做些什么贡献？我的心里也有一个小小的愿望，希望后辈们记住，曾经有一种菜叫下锅菜，曾经有一种生活叫艰辛悲苦。这篇小文字，如能使他们有些许的思考，增加一丝进取力量的话，那该是一件多么美好的事情！

锅塌塌

　　说起锅塌塌，年青一代人，还有外地人，是不大懂的，不明白锅塌塌说的是什么。

　　20世纪六七十年代，锅塌塌，那是关中道上农村人主要的吃食。

　　玉米面性散，无筋丝，做馍时难以成形，老家人只能把这玉米面用水搅和成稠糊状，厚厚地摊在箅子上，上锅蒸熟，然后切成块，凉凉，放入馍笼里，吃时，自己去拿。这蒸出来的玉米面厚饼，说它是发糕也好，叫它玉米面馍也行，老家大张寨人叫它锅塌塌。

　　小时候，我对麦子是熟知的。关中道上，它和玉米是最主要的两种农作物。"要吃白坨坨，麦种泥窝窝。"每年农历九月初，大人们常常在连绵不绝的秋雨中收获玉米，然后播种麦子。这时，天已有了寒意，年龄大了的老人已穿上棉衣。到第二年春天，我和小伙伴们相约提着担笼去已返青的麦田里挖野菜。再一转眼，就到了农历五月，麦子成熟，大地一片金黄，在布谷鸟"算黄算割"的鸣叫声中，农人们在像点着了熊熊天火一般闷热难耐的麦地里挥汗抢收，割了麦子随即拉到场里，碾场、扬麦、晒麦，到了最后入囤归仓，如龙口夺食般分秒必争。三夏大忙所有的辛劳，我是了然于胸的。

　　在我的记忆里，生产队收回的麦子，是要先交公粮的，剩下的，队里才会按工分的多少分给各家各户。父亲在外工作，我们弟兄三个年龄尚小，只有祖父和母亲挣下少得可怜的一点工分，大锅饭的体制与劳动效率的低下，有劳力的人家分的麦子也不多，我们家老是短款户，分的麦子更是少之又少了。

麦子十分稀缺，每天吃上一顿面，那是想也不敢想的一件事。那时还小的我，觉得麦子好是好，有了它，就能吃上白面馍，就能吃上擀面条，就能吃上麦面做出来的各种面食。但是，这仅仅只是一种认知罢了。平时难得吃上麦面，我潜意识里觉得，麦子离我们很近，又离我们很远。说句老实话，我对它没有了亲切温暖的感觉。

关中的玉米，夏种秋收，生长周期短，产量高。一年中大多数的时间，老家人吃的都是玉米面做的各种饭食：锅塌塌、搅团、玉米糁子与玉米面糊糊，还有玉米面饸饹，就的也是用辣子醋水调了的凉搅团，另外，夹杂了红薯等杂粮。

这玉米面做出的锅塌塌，刚从锅里蒸出来时，还有着黏性，可以一口接一口咬着吃。等到干了以后，上边的一层皮会爹起来，其内非常松散，咬一口，就会一小块一小块地夹杂着大小不等的颗粒掉下来。吃时，必须一手拿着吃，另一只手掬成簸箕状接着，不然会掉落一地。玉米面搅团，被人们叫作"哄上坡"，意思是吃完后上一道坡，人就没了劲儿。锅塌塌、玉米面饸饹，还有所有的玉米面制品，都是吃了不顶饥的，吃完一会儿就会饿，这些东西天天吃会胃灼烧，会有酸水往上泛，很是难受。

记得小时候，一次，我和祖父去乾县王乐镇买粮，从大张寨到王乐镇有二十多里的路程。那是个腊月天，早上，天还黑着，非常寒冷，我和祖父带了当干粮的锅塌塌就上了路。祖父用架子车拉着我，早早赶到王乐镇。一条街道上，竟然没有一个来跟集的人，祖父疑惑地说："今天是逢集的日子，这集上咋就没有一个人呢？"他拉着坐在架子车上的我，转了几个来回，街上空荡荡的，只有几个路过的行人，也没见一个籴粮的。

无奈的祖父，把架子车车辕挨地停在了街边。我在车厢前边坐着，坐在车辕上的祖父一脸的忧郁，好长时间，他没有一句话。这时，已饥肠辘辘的我告诉祖父说肚子饿。祖父从布兜里拿出了锅塌塌，递给我一块，他也拿了一块吃着，用另一只手接着掉下来的小馍块与馍花。吃完了锅塌塌，他把手里接的馍花倒进了嘴里，木讷地望着远处的街口。

突然，一个扛着袋子的中年人从旁边的小巷子里走了出来，祖父慌忙上前去打问那人是不是籴粮的。那人没接话，只是噌地一下，把口袋从肩上放到地上，解开系口袋的绳子，让祖父看。没错，是籴粮的。祖父从那口袋里抓了一把玉米放在手心，另一只手划拉着，看那玉米的好坏，他又给嘴里撂了一颗玉米粒，用牙咬了，试那玉米的干湿程度。

那人只是警惕地看着四周，而不管正看着他口袋里玉米的祖父。猛地，他不知道发现了什么，飞快地收起口袋，两手一抓，口袋就上了肩，飞也似的走了。祖父一愣，跟在他身后大声追问："哎！哎！你这人咋是这？我正看着你的玉米，我要买呢！"那人不但不接话，连头也不回一下，扛着口袋，几乎是半跑着消失在旁边那条巷子里。祖父朝街道东边一望，那边远远地走过来了几个人，祖父似乎说给我，又似乎在自言自语："那个卖粮的，肯定知道远处过来的那几个人是市管会的，吓得赶紧跑了！"

那个时候，市场还没放开，跟集的市场被称作黑市，市管会（市场管理委员会，相当于今日的工商局）抓住私下卖粮食的，没有多余的话，全部没收！那个籴粮人，一定是看见了市管会那几个人过来了，故而慌里慌张地逃走了。

我和祖父在街上转来转去，又在街中心的路边等了好半天，集市上还是没有一个人，也没有一个籴粮的。早上来时天就阴沉沉的，这时，天上飘起了雪花，祖父"唉"了一声，而后长长地叹了口气，沮丧地给我说："正娃，看来今儿个这集上是买不下粮了。天这会儿下起了雪，时间不早了，咱回！"家里仅剩的那一点玉米，也快断顿了，今日来王乐镇，连一粒粮也没买下。回来的路上，祖父心情抑郁，惆怅而忧虑的他拖着沉重的脚步，只管拉着架子车往前走。

快到大墙公社，雪更大了，坑坑洼洼的土路上已积了厚厚一层雪，坐在架子车上的我非要换祖父坐架子车，我来拉他，祖父拗不过我，坐在了架子车上。瘦小而身子单薄的我给肩上搭了辕绳，弯着腰拉上架子车就走，雪地里车轱辘不把滑，车辕左右急速摆动着，难以扶住。脚下，一走一滑，在王乐镇街上吃的那块不顶饿的锅塌塌早就消化掉了，我的肚子咕咕地叫着，身上没有一点劲，架子车没拉几步，我就一头栽倒在路上，脸上身上沾满了雪。

祖父慌忙从架子车上下来扶我，给我清理并拍打着脸上与身上的雪，心疼地说："你看看！你看看！把我孙子绊了这么一大跤，爷说不让你拉，你非要拉！快上架子车去，快上去！爷拉你！嘻！这一跤，把我孙子绊得不轻！"他心里很不好受地连着说了好几句"都怪爷"。

我又坐到了架子车上，到了大墙，过了周南村，那雪更大了，西北风呜呜地刮着，此时，天已黑下来好几个时辰了。风硬雪大的夜路上，祖父深一脚浅一脚地拉我往回走，架子车上坐着的我又冷又饿，从布兜里取出了冻得硬如坚石的锅塌塌，一点点咬着吃，那尖利如刀的风吹得我脸和两个耳朵生疼生疼，冻僵了的手快拿不住那锅塌塌了。

我们一家人吃着锅塌塌的日子，吃着玉米面做成的各种饭食的困难日子，就这样一天一天煎熬地往前过着。

小弟党娃年龄小，上一年级的他，从村里学校回家吃饭。回到家，看见吃的馍还是锅塌塌，吃的饭不是玉米糁子、搅团，就是玉米面饸饹，一哭眼泡就发肿的他说："咋还是吃的这呀？再就没啥吃的了？我吃不下去！"他哭，母亲也跟着哭。没有多余话的祖父把碗一搁，长吁短叹着，他悲怆地说："长年吃的锅塌塌馍，吃的玉米面做的这饭，能怪了娃尖馋挑食？咱大人，上顿下顿吃这饭都招不住，都难以下口，还不要说碎碎的一个娃，娃咋能吃下去？娃咋能受得了？"他沉默片刻，又端起了碗，语气沉重地说："这日子过的！这苦日子，啥时候才能熬出个头呀？"

小弟缺乏营养，饿得皮包骨头，也给饿成了小胃口，多年过去了，一直都饭量小，人清瘦。母亲到了现在还时常说："党娃小时，把娃饿得肋骨都能数得清，裆都抽了起来，没有了屁股蛋。那时候日子过成了啥光景？娃小时候没吃上，到了如今都那么瘦！"母亲面对小弟，叮咛着："如今啥都有了，妈给你说，你这么瘦的，把吃饭一定要当个事哩！吃上饭，人就有劲，就有精神，就能胖起来！"

几十年过去了，锅塌塌早已从人们日常的饭桌上消失了，没有人再去做它、吃它。玉米面做成的各种饭食与红薯等杂粮，也早已退居其次，成了人们调剂饮食用来保健的食品。好起来的日子，人们厌倦了大鱼大肉，又嫌精细的白米白面缺少粗纤维，为了养生和健康，有意地去多吃玉米面饭食与其他的杂粮。对玉米面等杂粮，我的肠胃往往会本能地把抵触与抗拒的意识传递给大脑，也可能肠胃是有记忆的，它是记了仇的。

那个年代，我们为了活命，不得不多年吃玉米面锅塌塌等杂粮，严重地刺激与伤害了肠胃，故而对它有了抵触与抗拒之情。常听跟我年龄一般大，有过相同经历的人，说他不吃某某东西而有了这样的话："小时候吃伤了，见了就害怕。"他们大概跟我说的是一回事吧。

吃杂粮，利于人的身体，我不会因为肠胃的抵触与抗拒而不吃，我会有意去多吃。杂粮毕竟有它诸多的好处，这是其一。另外，从内心里，我也是真心地为了提醒与告诫自己：不要忘记小时候在老家大张寨吃锅塌塌的那段艰辛悲苦的困顿日子。在物质极大丰富、舒适无忧的美好日子里我不能忘了本，不能被纸醉金迷、灯红酒绿的奢靡生活蒙蔽双眼而丧失进取心与奋力前行的动力与精神。

在外边饭店吃饭，点菜人都有意多点了搅团、饸饹与窝窝头之类的杂粮饭菜。这个时候，就有人开始讲多吃杂粮会有如此这般的妙处，我静静地听他们说着讲着，不由得就想到了难以下咽的锅塌塌，常发了愣而被他们叫了："咋不见动筷子呢，菜上来了，这是凉拌搅团，那个是酸辣饸饹，你看那饸饹调得多好！看着都香！快吃，快吃呀！"

"好，快吃！快吃！"回过神来的我拿起了筷子，那筷子，在我手里打着战。

礼泉浇汤烙面

"快吃，快吃呀！汤正煎火（方言，指食物很热），快趁热吃！"

"甭放筷子，娃正给你端着面呢！"

"尝汤味道好着没有？不行把汤再重调一下？"

"吃，快吃！没吃几碗嘛！来，来来，把这两碗再吃了……"

这是家里来了客人，主人在旁边招呼着客人吃浇汤烙面。主人十分殷切，生怕怠慢了客人，使客人没有吃好。

晚辈的孩子，负责从灶台把一碗碗浇好汤的烙面端到餐桌上来。几碗吃过，客人头上已有轻微的汗冒出，忙活着吃桌上那么多碗热乎鲜香的烙面，只是以"嗯""汤美""味道好很"等简短的话作答。等吃完浇汤烙面，客人已是大汗淋漓，通身舒坦，用手摩挲着鼓起来的肚皮，嘴里夸赞着："汤好，烙面香，吃饱吃好啦！"

主人这下才露出满意的笑容，朝屋内喊着娃们的名字，让快过来收拾桌子，把茶泡好端来。

在故乡礼泉县，家里过重大的事，或是来了尊贵的客人，浇汤烙面是必备的早餐。喜欢面食的礼泉人说："早上这一顿浇汤烙面就把人吃饱了，中午的菜吃不了个啥！"你看看，早上这一顿浇汤烙面，比中午坐席还要打紧。

做出上好的浇汤烙面，这绝对是一件繁杂而又有技术含量的事。

首先，要准备好烙面。这烙面，要选礼泉出产的上好的冬小麦，加工成精细面粉。礼泉位于渭河之北的塬上，小麦生长期长，日照时间充足，面粉有麦子的真香味，筋韧性好。做烙面，用这面粉，调和成稀糊状的面汁。这面汁的稀稠一定得把握好，不稀不稠刚好，至于怎么个不稀不稠，那全凭自己的经验。

和好的面汁，用勺子盛取，平摊于下边有麦草燃着的鏊子上。麦草性柔，烧火恒温且持续时间长，是最适宜做烙面的燃料。摊于鏊子上的面汁要刮得平展，面汁不可太多，太多烙面会厚，浇汤时汤料味难入进去。亦不可太少，太少摊出的烙面太薄，吃时，汤浇上去会无了形，就全然没有了吃烙面的趣味。鏊子上摊着的烙面，必须掌握好火候，不可太干，也不能太软，要的就是那个分寸，那个恰到好处。烙，这个字在此时最紧要，要把握好时间与火候，要摊好烙面，凭的就是第六感，这时，就是显示摊烙面人真本事的时候了。

烙面摊好了，用长叶马刀切成比韭叶还要窄的细面，一小把一小把卷起来备用。吃时，这一小把就是一碗，也就是两三筷头的样子，一个人吃十多碗二十碗，是很平常的事。

有了好烙面，这浇汤烙面要用的汤就十分重要了。礼泉人的浇汤烙面，是有大讲究的。浇汤烙面，浇汤两字在先，烙面已做好，不存在问题，把它排在后边，让浇汤顶了头，从这，你就知道汤在这道吃食中的地位有多么重要了。

做烙面的汤，精选上好的桂皮、八角、白芷、香薷、白胡椒、茴香、花椒等十多种大料调和，按不同比例做成调料包。汤好坏，就全在这调料的拿捏之中，就像中医药方的不传之秘在计量上一样。治病用什么中药，大凡有经验的中医都知晓，但是，用多少量最好，这才是绝活，才是不传之秘。礼泉人有多年累积的经验，按自个儿感觉（注意，这里还是感觉！）的量取了调料，用净布缝成如碗口一样大的调料包，放入一大锅土鸡汤里长时间熬制。那香醋，也要单独熬了，最后再加入。浇汤烙面熬汤，这熬字里边学问大着呢，多少礼泉人多少年来都在琢磨着这调料，琢磨着这个熬字。

浇汤烙面的臊子必须有三样东西：一是炒好的土猪肉，肉要有肥有瘦，太肥了腻，太瘦了柴，必须瘦肉多而有少许的肥肉，这肉要炒得偏干一些，方有嚼头，炒好的肉盛入盆内备用。二是把鸡蛋在锅内摊成薄如蝉翼的饼子，再切成小似半个指甲盖大的菱形块放大碗里备用。三是蒜苗，亦可用韭菜替代，但最好还是用蒜苗。蒜苗要用土蒜苗，土蒜苗釅（方言，气味香）且提味，将其切碎，放入碟内备用。

加入了各种特制调料的汤在锅里咕嘟咕嘟地滚着，熬汤一定要用大铁锅，不可用钢精锅之类的器皿，用铁锅才能保证汤的正味。锅大汤多，方可吃上好的浇汤烙面。汤熬好了，再把提前炒好的土猪肉放入锅内，继续熬，以使肉香充分浸入汤内，随后给锅里的汤上撒入已备好的菱形鸡蛋饼与土蒜苗，放了一小把烙面的碗已摆成一排，再将滚烫的汤浇入每个碗内。

夏日，直接浇入汤即可食用。冬日天冷，用锅里的热汤冒一到两次，使面热汤煎，吃着热乎。浇这一下很重要，干燥的烙面一见热汤，立马在碗里活泛滋润了起来。碗里，清清的汤上漂着黄黄的小菱形鸡蛋饼，绿绿的是土蒜苗，还有那隐约上下浮动着的炒干了的土猪肉，这浇汤烙面那个香，那个馋人，不是用语言能形容得了的。此时，只有一个字：吃！好，赶紧吃，放开了肚皮吃吧，一碗、两碗、三碗……棒小伙，有过一顿吃六十八碗的纪录。呵呵，那是个例，好吃切不可模仿，管不住自己吃出了问题，那可就不是我的事了。

我有一个外地的朋友，听说礼泉浇汤烙面好吃，就买了烙面，回家后，像正常下面一样下了锅去煮，结果化成了一团粥。他来问我："礼泉浇汤烙面是个啥嘛！你还说好吃？"我笑了他半天。浇汤烙面，是要用精心熬好的汤来浇的。浇，记住，是要用好汤浇着吃的。我给他传授了吃法，他回去做了，第二天见了我，直夸浇汤烙面是如何如何好吃，从这以后他吃上了瘾，一家人没事就在家做了吃。我说："你做的还不是正宗的浇汤烙面，要吃正宗的，还得去礼泉。"

在礼泉，往往一家吃浇汤烙面，一村人都闻得着那个香味。那汤，实在诱人，让人远远地闻了，不由得就有口水流下。

浇汤烙面，那是老少咸宜、四季咸宜，只有礼泉本地人方能体味这鼎沸共餐的美食。喜欢吃辣的我，碗上漂了一层一口气吹不透的辣油，那种酣畅淋漓的感觉，哪有什么美好生动的词语能形容概括得了！

礼泉浇汤烙面如今成了名面，成了非物质文化遗产项目。礼泉人爱吃浇汤烙面，并以浇汤烙面在别的地方人跟前自诩自夸。外地人说起什么面好吃，他们往往头一拧，一副不屑的样子："那是个啥面嘛！哪能吃？我礼泉的浇汤烙面，那才真真切切地叫个面，那才叫把面吃出了艺术水平！啥？你没吃过浇汤烙面？没吃过，那再别胡扑扇了，一边儿凉快去！浇汤烙面的美，不给你娃说，给你娃说了，你娃也不懂！"

礼泉人自豪有礼泉人的道理，浇汤烙面有其独一无二的饮食文化。浇汤烙面太恋家，一走出礼泉就没有了那个味道。有礼泉的能行人在北京、上海、西安等地开了店，这人是礼泉的厨师，也是做烙面的高手，可是，不管怎么费心劳神，都弄不出在礼泉的那个味道，连他们自己都丧气不已：这就怪了，怎么回事？问题到底出在哪里？后来大家一致的意见是：没有礼泉的水，那汤永远熬不出来那个味儿。礼泉古称醴泉，有"天降甘露，地出醴泉"之说，礼泉的水质非常好，也最适宜做浇汤烙面。

唉！好吃的礼泉浇汤烙面呀，你怎么如此固守故土，怎么如此留恋唐太宗昭陵脚下这一方土地呀！浇汤烙面，你只能在礼泉这个地方，让礼泉人独享这一份让人垂涎欲滴的美食，即使是离你不远的西安人，也只能开着车去礼泉吃一顿吗？

这也是没有办法的事，谁让它是礼泉浇汤烙面呀！

有几个朋友约好和我去礼泉吃浇汤烙面。走，去礼泉吃去！我是礼泉人，我请客！

豆腐脑吧

小时候，在老家大张寨，常听到卖豆腐脑的人在村口一声长长的吆喝："豆——腐——脑——吧——"他喊出的每个字，中间的音调都拉得很长，到了后边的那个"吧"，不光音调拉得更长，而且音调更加响亮，临结束时，还带着如硬钩一样急速回收的腔调。

他吆喝声里那个"吧"字如硬钩一样急速回收的腔调还没喊完，我们这些娃娃们就被他勾得有口水要流下，立马放下手里当枪使的木棍与各种杂七杂八玩着的东西，各自跑回家去，缠着大人们要买一碗喷香馋人的豆腐脑。

那时也怪得很，卖豆腐脑的人那一嗓子悠长而具有抑扬顿挫感，且拿捏得恰到好处的"豆腐脑吧"刚一喊出声来，那豆香味、油泼辣子的香味、大料调和与蒜水的爨香味，好像同时也就跟着那喊声快速地传递过来了。

不大一会儿，卖豆腐脑的人肯定就担着担子过来了，他担的那担子，窄窄的、薄薄的，十分柔韧，已被他使得明光锃亮。担子一头是厚棉外套包裹着用来保温的豆腐脑缸；另一头是特制的两层木箱，下边是放着一摞摞碗的箱子，箱子上边是一个大的方形木盘，其上搁置着装得与碗口齐了的油泼辣子、多种大料调料熬制成的调和水、黄豆炒熟后压成的碎末，还有嫩绿的香菜、蒜泥与精盐之类的作料。他微弯着腰，担着担子，迈着碎步悠悠然地走了过来，那担子在他肩上，上下大幅度地晃动着，豆腐缸、放碗与调料水的木箱，有节奏地碰撞出吱咛吱咛、叮叮当当的响动声，而各种装满大碗的调料水，不曾有一点点抛洒出来。我那时觉得，这卖豆腐脑的光挑担子这一手，就很了得呢。

卖豆腐脑的人放下担子，把带来的小马扎打开，坐了上去，小孩子马上就围了一大圈。吃豆腐脑的，或是用他带来的碗，或是从自家拿来了碗。他把豆腐脑缸上边有三道竖棱的木盖子推开一半，用金灿灿的平底黄铜铲子，去缸内一铲铲挖出豆腐脑，每一铲子挖出的一片片豆腐脑放到了碗里，都颤颤地跳跃着，豆香味扑鼻而来，紧接着，他给刚盛出的豆腐脑，放上红红的辣子与有着不同香味的调和水等调料。白嫩光滑的豆腐脑，红艳艳的辣子与各种不同香味的调和水，不光颜色美妙，从吃豆腐脑人那丰富表情中就可以看出来，那滋味十分地受活（方言，舒服的意思）。

这当口，更多的孩子眼巴巴地站在一旁看着，不远处，还有大人没钱给买、委屈得眼里噙满泪水的孩子。豆腐脑，一毛五分钱一碗，一毛五分钱现在说来，算个什么呀？但是，在那个贫穷的年代，在那个时候的农村，一毛五分钱可真不是一个小数目，一毛五分钱也是从土坷垃（方言，土块）里艰难刨出来的，也非常来之不易。一毛五分钱，它可以买好多的盐，让一家人吃上很长的时间啊！

就是那个当年站在豆腐脑担子不远处，大人没钱给买豆腐脑而眼里噙满泪水的孩子，前几日，他到我这儿来了。我俩喝茶闲聊，说东道西，无意间说起豆腐脑的旧事，他感慨地说："小时候家穷，买不起一碗豆腐脑，你是站在一边眼巴巴地看着别人吃的孩子，我是那个站在不远处流眼泪的娃娃。想想那时候，日子是多么恓惶艰难，生活是多么窘迫困顿。一毛五分钱，大人拿不出来就是拿不出来，有啥办法？啥办法也没有。把这些事说给如今的孩子们听，谁信呀？唉！"他长长地叹了口气，接着说："艰难的日子、贫寒的家庭与困苦的遭际，使我们这一帮孩子，从内心里记住了那个苦、那个难！长大了的我们，能吃别人吃不了的苦，能受别人受不了的罪，竭尽全力去弄事，要改变悲苦艰难的生活。社会变迁，有了好的机遇、好的环境，加上咱们不停歇地努力，到了今天，一切都改变了，我们跟大家一样，真正过上了好日子。"

他点着一根烟，思绪似乎又回到了过去，回到了大张寨："小时候，老家好多好多的事都忘不了，年龄越大，过去的事记得越清楚，对老家的感情就越深越重。我们在那里出生，在那里成长，在那里有过眼泪，也有过欢笑。老家是根，我们是从那里生根发芽而长成的一棵树，这树，不管到了哪里，枝叶都朝着根的方向。没事了，我常想，老家村子里弥漫着的那种特殊气息，那里的一句乡间俚语，都是那么亲切，那么叫人难忘！不念想老家大张寨，不念想那里的父老乡亲，由得了人吗？"他用力吸了一口烟，而后若有所思地说，"咋说呢？前些天，台湾著名诗人余光中老先生不在了，大家因为怀念他，到处都在说的一个词就是乡愁。乡愁，我说了这么多，这是不是咱们的一种乡愁呢？"

一直认真听着他深情地述说，这时，我接了他的话："是乡愁，是真真切切的乡愁。乡愁是啥呀？你说乡愁是对过去时光的一种回忆与怀恋，或者说是一个反思也好；你说一切的乡愁形而上都是文化的乡愁也罢。游子羁旅，乡愁往往如潮水般奔涌而来，能不触动我们的心弦而使我们有万般的感慨？有啊，肯定有万般感慨啊！"

我给他的茶杯里斟上了新茶，又接着说："我觉得，不管是谁的乡愁，都是跟着谁的影子，走到哪里，乡愁就跟着谁走到了哪里！"

"不管是谁的乡愁，都是跟着谁的影子，走到哪里，乡愁就跟着谁走到了哪里！"他一字一字地重复了我这句话，而后说，"人有感而发，有了真情，说出来的话，就跟平常不一样，往往富含了哲理，咋就有了像诗一样的语言呢？"

"你这是在夸我，还是在表扬你自己呢？"我说这话，似乎在接他的话，又似乎在自言自语。

　　而后是短暂的沉默。

　　"豆——腐——脑——呃——"不知因为什么，我下意识地学了一声当年卖豆腐脑的人那句吆喝，声音大而响亮。

　　这一声吆喝，好像一下子让我们又回到了过去，回到了那个时候的老家大张寨。他一愣，之后，半天谁也没有了言语。他默默地端起茶杯。我看到，他的眼角有泪。

屈原馍

端午节，千百年来各个地方的人们以自己不同的方式，纪念伟大的爱国诗人屈原。在我的老家大张寨，端午节前，各家各户都要做一种特殊的馍：屈原馍。做出的屈原馍，娘家，要给出嫁的女儿送；舅舅，要送给外甥。做屈原馍，送屈原馍，是老家每个家庭端午节前一个隆重而又有仪式感的重大活动。

屈原馍，时间长了，口口相传过程中转了音，又叫"曲链馍""趣莲馍"，还有叫作"趣联馍"的，不一而足。大家心里都清楚，它真正的名字是屈原馍。

端午节前是农历的芒种节气，老家人有"四月芒种不搭镰，五月芒种不见田"的说法，是说芒种如果在农历四月，麦子没有成熟，还不能收割。芒种在农历五月，麦子已经收割完，地里不见了田禾。端午节前，农人用十二分的艰辛与滚滚而下的汗水，将麦子收打碾晒完毕。刚松了一口气的他们，急忙用新打下的麦子磨了面，要用这新麦面做屈原馍。

每年端午节前几天，村街上就会响起邻村那位挎着篮子，个子不高，驼了背且眼睛很小的老汉的吆喝声："雄黄——香药——醪糟曲！"他那吆喝声，音调高亢而悠长，抑扬顿挫，富有旋律与节奏感，如唱出的歌儿一样动听。我们这些娃娃们，从大人们口中，从大杏树繁茂枝叶里亮出黄澄澄颜色、叫人看着就想流口水的杏子上，从驼背老汉卖雄黄卖香药卖醪糟曲的叫卖声中已经明白，端午节，真真正正地来了。

忙了麦收，劳累得又黑又瘦的母亲们掐着指头算日子，她们要赶在端午节之前做出屈原馍，要给外孙、外甥送到家里去。你别说，做屈原馍，这是所有母亲暗地里比赛手艺的时候。每个人都拿着劲，十分细心而认真地忙活开了。

案上的新麦面发好后，先揉成一团，再揉光，用锅案上的湿抹布盖严醒面。面醒好后，再反复地揉，面揉得越好，揉得越到位，做出来的馍就越有味道，越好吃。母亲们拿来了做屈原馍要用的剪刀、棍棍叉叉与新梳子等工具，把揉好的面搓成大拇指一样粗的圆条，再切成可围绕小娃手腕一圈的长度。这屈原馍做成后，小娃们要能戴在手腕上，要让他们记住，这是在过端午节，是怀念屈原的时日。

母亲们把切好的圆条面围成圈，这圆圈里侧是光滑的，圈的外侧要做成锯齿形、三角形或者葵花形等形状。手巧的母亲，也有直接在圆圈上做了蝎、蛇、蜈蚣等"五毒"动物形状的。屈原馍做好啦，一个个放入大铁锅去烙，翻这馍时要分外小心，不能散了架，不能变了形，否则，烙出的馍就没有形状，就难看了。嘿哟，烙好的屈原馍刚一出锅，就有迫不及待的毛猴娃们急忙戴在了手腕上，他们常被烫得哇哇直叫却半天取不下来，只能慌忙掰开、弄断屈原馍才取了下来。他们甩着被烫疼了的手腕，吸溜着气说："把我手腕烧得疼！烧得疼很！"一旁的母亲既心疼又生气地骂道："鬼熊娃！还没凉透，就急着给手上戴，不烧你个碎子娃烧谁呀？"

各家的屈原馍已烙好，村街上玩耍的娃娃们，每人手腕上都戴着屈原馍，还同时戴了用意为驱五毒的五色花花绳。他们信心满满地对比着，看谁家母亲做的屈原馍好看，看谁家母亲拧的五色花花绳漂亮。玩够、疯够了的他们，肚子这个时候也饿了，马上取下手腕上的屈原馍，有滋有味地嚼开了。这新麦面做成的馍，闻着都香喷喷地馋人。回了家，他们往往还要把谁家的屈原馍做的是什么形状，谁家的馍做得多么多么好看，一五一十地告诉自己的母亲。母亲们如果从自家娃的嘴里听到其他的娃娃们夸自己做的屈原馍好看，她们的脸上就会浮现并滑过一丝别人觉察不到的自豪与满足感。

这个时候，你快看呀，端午节前的乡间土路上，不时就有三三两两的母亲、舅舅走过，他们是给外孙、外甥去送屈原馍的，他们还带有烙屈原馍时烙的硬面饦饦馍。家里有杏树的人家，还会带上刚从树上采摘下来的一大兜新鲜大黄杏，喜滋滋乐颠颠地去了女儿家或外甥家。这一行为，被老家人叫作看端午，或称之为追节。

看端午，端午节去看外孙或外甥，这好理解。叫追节，这其中有了很明显很强烈的意味：端午节送屈原馍只能提前，绝不能推后。这一方面表露出追思怀念屈原时日急迫；另一方面，毒五月来了，看外孙看外甥的时间要抢先，是万万不可推后并耽误了的。

地处关中腹地的老家礼泉不出产米。过端午节，一是没有米，二是因为也没有钱去买米。于是，我们就没有包粽子与吃粽子的习惯。没有米，老家是出产优质麦子的，老家人看重与厚爱麦子，天生对麦子就有一种真诚特殊的膜拜与尊崇。在老家，过年过节与婚丧嫁娶等重大的事项，哪一样事能离得了送馍？过事送馍，过大事，亲戚们还都要送大可盈尺或大如面盆般的礼馍。端午节，这么重大的节日，当然少不了要以麦面为原料，精心制作出用来祭祀与怀念屈原的屈原馍了。

老家做的屈原馍，是极为讲究、颇有用意的。这屈原馍，其一为了祭祀屈原，其二是要顺利平安地度过毒五月。屈原馍被做成"五毒"形，吃了"五毒"，以毒攻毒，驱散驱除了五毒，毒五月不就平安地过去了吗？

另外，屈原馍外边做成锯齿形，寓意是要锯切掉、驱除掉一切的不吉利与晦气；三角形有其独有的稳定性，代表一家人平平安安而又幸福美满。至于说屈原馍做成葵花形，那更是有了美好的愿景，你想想，葵花，任何时候不都是面朝太阳？任何时候不都是把太阳放在心上？是呀，面朝太阳，心上有太阳，生活不就变得亮堂，不就辉煌灿烂了吗？

今年的端午节又快到了，老家大张寨的亲人们肯定已开始做屈原馍了。四畛地里半人多高、秆粗如小拇指的艾，每年都长得很好呢。回老家，连吃带拿屈原馍，再把四畛地那上好的艾捎些回来，对我这个漂泊在外的游子来说，这个端午节就有了浓浓的故乡的味道。你说，这该是一件多么让人高兴的事。

辣子这道菜

陕西人，把辣椒一律叫辣子。

"辣子要多还是少？"面馆老板问要吃扯面的小姑娘。

"多！辣子少，吃着没味儿！"小姑娘接话。

"老板，给咱来一个大碗油泼棍棍面，辣子要多！"刚进门的一个小伙子喊着。

"好嘞！小碗扯面、大碗棍棍面，油泼，辣子要多！"老板"好嘞"声小，是回应小姑娘与刚进门小伙子的话，后半部分的话音调明显高了，那是说给厨房里的厨师听的。老板话还没完，厨师在里边就接了话，意思是知道了。

这面条，是用陕西出产的上好面粉做的。厨师在饭前几个小时就忙活开了，和面、搭盐、醒面、揉面，反复地揉面，揉好后搓成三寸多长、大拇指一般粗的条儿，再给这条儿抹了油，置于案板上。这会儿正是饭口，根据食客的要求，分别做了棍棍面、扯面、干拌面与臊子面等面食出来。不用说，陕西人做的面食，非常地道，非常好吃。

单说这油泼面，不管是棍棍面、扯面，都是要用油泼了的。不同的面，从下了青菜与小黄豆芽的大铁锅里捞到大个儿的老碗里，在面上放了精盐、味精、鸡精、香醋，还有出味的葱花与姜末，然后，放上一大勺子的红辣子面，要辣子稍微多一点的，还要加一勺，像小姑娘和小伙子要多放辣子的，还会再给满满地挖一勺。这时，厨师端起旁边火上正滚沸着的农家菜油炒瓢，朝那放了各种调料的面浇上去，滚烫的热油发出吱啦吱啦的声响，随着一团白色雾气散开，混合着各种调料的香味，特别是辣子面经热油泼后独特的辣香味，被彻底地痛快淋漓地激发了出来。这难以拒绝的香味，一下子弥漫了整个屋子，闻着，就叫人想动筷子。

端上来的这一碗面，绿的是青菜，黄的是豆芽，红的是辣子，有爱吃酸的，再加倒了香醋。面要搅好，要不断地搅，把面高高挑起来，让每一根面都跟空气接触，让辣子与各种调料都能调拌到每一根面上去。这样，调出的面才会精神、才会舒展、才会香。你看那碗里的面，已被辣子染得红红的，看着就香得不行。来，吃，快吃呀！面吸溜到嘴里，嚼了，面香、辣子与各种调料的香，浓郁热烈地刺激着味蕾。这不仅仅是一碗饱腹的面了，这是陕西人把面食做到妙处时，一场视觉与味觉的盛宴。吃面的食客吸溜着，满头大汗，浑身舒坦，吃完了面，碗里边还是辣子染出的一层红。这时，吃面者擦着汗，满意地说话了："面好！辣子美！"

陕西出产优质的秦椒，也叫线线辣子，它以皮薄、肉厚、籽小、色泽红亮与香味浓郁闻名。这秦椒富含多种维生素、芳香油、脂肪、蛋白质、钙、磷与铁等营养成分。陕西人喜辣、食辣，是有历史有渊源的，有流传下来的话语为证。这话语前两句是："八百里秦川风云激荡，三千万秦人怒吼秦腔。"这是在说秦地秦人秦腔，说的是秦人的脾性。后两句话是："有一碗粘面喜气洋洋，没有辣子嘟嘟囔囔。"秦人喜面食，喜食辣子，有了面没有辣子，那是要不高兴、有意见的。这是在说秦人的饮食习惯。

小时，在老家大张寨，人们吃面少不了要多多地放辣子，还时常见大人们左手端着碗，手下夹一个馍，右手用筷子抄了碗里刚生腌的青辣子，一口辣子一口馍。这生腌的青辣子，是把青辣子洗净，用刀切成短截，拿盐先腌一会儿，然后再倒上自家酿制的粮食醋，在碗里一调，那青辣子原汁原味的辣香味与醋香味混合在了一起，一个馍完了，半碗的生拌青辣子也见了底，真个是好。那碗底余下的辣子醋水水，有了青辣子味、醋味与盐味，辣辣的、酸酸的、咸咸的，用馍蘸了吃，味道也出奇地香。也有人直接咬了青辣子，蘸着盐就馍吃的，还有"辣子蘸盐，强如过年"这句高抬辣子的话。青辣子成熟的时节这样吃，一年中大部分的时间，油泼辣子绝对唱的是主角，老家人每顿饭是离不了的。家里来了客人，吃饭时几个碟子，作为一道菜，少不了要上一碟汪汪的油泼辣子。

也许是基因遗传，也许是在这喜辣食辣的环境中长大，我是吃辣子的，而且吃得很厉害。

记得儿子三四岁的时候，不经意间，我给妻子讲了过去在老家的故事："小时去县城，从县城回来，路过韩家村渠边的一小块辣子地时，我偷摘了一把青辣子，回家后用盐拌醋调了，就馍吃，一小碗青辣子让我给吃完了，那个香呀，到现在都忘不了！"说者无心，听者有意。过了一段时间，说其他事又无意间扯起了这件事，这次我说我摘了一把青辣子，一旁的儿子坚决地说："不是摘，是偷，你上次说是偷的！"妻子慌忙打圆场："你爸上回说错了，是摘的！""不！这次说错了，上次说得对，是偷！"儿子不依不饶，弄得我和妻子面面相觑，不知该如何是好。从没偷过什么，就偷摘过一把青辣子，不能给孩子留下一个他爸是偷辣子贼的印象。现在孩子大了，跟他说起过去的这桩事，是偷是摘已不再争辩，父子间更多的是笑声。

后来，因工作关系，我曾在云南、湖南与山东待过近五年时间，又去过全国许多的地方。云南人是吃辣的，山东人不吃辣，湖南人特别喜食辣椒，用湖南人的话说："冇得辣椒，怎么呷得下饭？"长沙的夏天十分潮湿闷热，一天早上我去吃米粉，看见湖南人称之为细妹子的一个小姑娘，把半小碗干辣椒面倒进她的米粉碗里，她没事似的吃完米粉，连那红红的辣子汤也喝了，吃完起身而去。陕西人和湖南人，到底谁更能吃辣？我也曾和我隔壁的一个长沙本地朋友比赛过吃辣椒。他是一位老兵，我们拿来最辣的青辣子比赛，不让吃别的东西，只允许用青辣子蘸盐吃。我先用这方法一口气吃了五根大个儿的青辣子吓住了他，他弃权了，比赛以我的胜利而结束。那时年轻，我争强好胜，才有了这个比赛吃辣子的小往事。

一方水土养一方人，一方水土塑造一方人的性格。陕西八大怪也有"辣子是一道菜"的说法。有道是："油泼辣子一道菜，蘸馍拌菜调粘面，嘴巴一抹嫽得太。"在外地人看来这是一怪，可对陕西本地人来说，吃一口辣子，周身的毛孔会舒张开来，精神为之一振。又吃一口辣子，热汗奔涌，激情风扬开来。再吃一口辣子，他们敢于站起来，面对各种悲欢离合，面对各种艰难困苦，面对世间的各种不平与邪恶。

他们看似生、冷、噌（方言，指人性情暴倔，说话态度生硬）、倔，实则像那辣子一样，外冷内热，内心有可以燃烧起来的熊熊烈火，他们性格火暴，不屈不挠，以豁出命的精神，去追求公平正义，去追求人世间的真理。从古到今，梳理一下历史，陕西这个地方，讲述了多少辉煌灿烂、威武雄壮的故事，又有多少伟大的事件左右了中国历史的进程。在这方土地上涌现、走出过多少名留青史的杰出人物，又有多少个敢把天戳个窟窿的陕西愣娃顶天立地，抛头颅洒热血，大义凛然，抒写了一曲曲惊天地泣鬼神的英雄史诗。

"嗨呀呀！哎呀呀！……"号称挣破头，高亢激昂、慷慨悲歌、热耳酸心，具有天地人间之雄强精神、悠远而又厚重的大秦腔吼唱了起来。

这边的巷子里，一位老太太在家门口，正专心地剁着一案板的辣子，她要把辣子腌了存放起来，那辣子的辣香味扑鼻而来，弥漫了整个巷子。

在陕西，辣子，是陕西人的一道菜，是一道真正的硬菜。

背馍记

洋柿子泡馍

老家人，直至现在，都把肥皂、蜡烛、搪瓷盆子与西红柿等外来的东西称为洋碱、洋蜡、洋瓷盆子和洋柿子等。

我说的洋柿子泡馍，如果叫成西红柿泡馍，肯定没错，这是人们平常的叫法，完全正确。可就怪得很，正如一个人的小名叫惯了，突然改成官名，不习惯了不说，有时反倒觉得他不是他了。洋柿子泡馍，若要说成西红柿泡馍，就断无当年那特殊的味道与记忆了，仿佛吃的不是洋柿子泡馍，而是吃了别的东西。好，为了那难以忘怀的味道与记忆，我还是按老的称呼叫吧，叫洋柿子泡馍更妥帖。

在老家，对小时候吃的喝的，人的味蕾往往会留存下永远抹不去的记忆。就说这洋柿子泡馍，前些年，一礼泉小伙留洋国外，领回来一位金色头发、非常漂亮的俄罗斯姑娘，后来，他们在北京成了家。这个俄罗斯姑娘聪明伶俐，把陕西话说得滴溜溜转，对礼泉的乡风乡俗乡情，还有餐饮习惯也了如指掌，变成了一位正儿八经的礼泉媳妇。一日，这礼泉小伙嘴里寡淡无味，突然想吃老家的洋柿子泡馍，他叫洋媳妇去做了。没等两分钟，这洋媳妇就麻利地端出来了。你猜她是怎么做的？她把整个儿的西红柿洗干净，放进一个大碗里，又在其中放了一个馒头，最后给碗里加满开水。礼泉小伙一看端上的洋柿子泡馍，惊讶地说："我的天！婆啊，这是你做的洋柿子泡馍？你给咱整下的这一大碗东西咋吃呀！"洋媳妇一脸无辜："我不是婆！

这不就是洋柿子泡馍吗？你又没有给我说过，也没有教过礼泉洋柿子泡馍咋做呀。"礼泉小伙接话："对，你不是我婆，你是我婆娘！罢，罢，我来做，你看着我怎么做，跟着我学吧！"

这洋柿子泡馍，说来太简单了，放洋柿子炒了，加水煮沸，成了浓浓的洋柿子汤，在其上漂了葱花与蒜苗等提鲜的东西，是蒸馍就直接泡进去吃，是饼子之类的硬面馍，可用洋柿子汤冒一下，让硬面馍变软后再吃。如果打进去一个鸡蛋，变成了洋柿子鸡蛋泡馍，那味道自然会更鲜美，更好吃。

过去在老家大张寨，洋柿子泡馍不是随便想吃就能吃上的。宝鸡峡灌溉渠修到礼泉之前，这里属于渭河以北旱塬地带，靠天吃饭，一年打下的粮食都不够吃，蔬菜更成了稀罕之物。我记得很清楚，隔几天，村街上就会有乾县下程村的人来卖菜，下程村有井水浇灌，能种各种蔬菜。人们在下程村卖菜的跟前买二分钱的韭菜，或者买两根葱，回家用铁勺燎后就当了下锅菜。洋柿子，在当时是真正的精细菜，价格高，很少有人买。如有人买了，一定是为了改善一下生活。不用问，十有八九都是准备做一顿洋柿子泡馍来吃。

那个时候没有如今的反季节蔬菜，全都是时令新鲜蔬菜，是长够了时日的纯正绿色蔬菜。就说那洋柿子，自然成熟后摘下来，灿烂干净的红色中带着一丝黄，掰开柿子，哎呀呀，你快看，内瓤上有一层薄薄的白颜色，那是西红柿自然成熟后形成的糖分，咬一口，酸酸甜甜的味道，一下子就浸满口腔，真是醉人呀！你想想，用这纯正天然的洋柿子做出来的洋柿子汤，尽管泡的是锅塌塌等杂粮馍，但洋柿子特殊的清香味，还是让许久没见过星星点点油水的肠胃，被好好地滋润与犒劳了一回。那泡进去的杂粮馍因为洋柿子汤的美味，不仅不那么难吃了，反倒有了一种非同一般的好滋味。吃完馍，喝了碗里最后一口洋柿子汤，抹一把嘴，不由得要长长地"哎"了一声出来，这一声是对洋柿子泡馍美好滋味的深深赞叹，也是对刚才口腹享受之后的一个悠长回味。

前几天，我跟西安来的几个朋友聊起了小时候吃洋柿子泡馍的事，几个人不由得都咂吧起嘴。那种唇齿留香的味道，使大家有了许多的话题："小时候，洋柿子泡馍那个香啊！现在怪了，不管怎么样用心去做，就是做不出过去的那个味道！""那时，吃一顿洋柿子泡馍跟过年一样，过了几天，舌头在嘴里还要动一动，仿佛要回味一下那个香味呢！""唉，那是刘秀逃亡路上喝麦仁的感觉！贫穷时期，吃不上喝不上，啥都紧缺，稍微好吃一点的东西就觉得香得不行！""家里穷得叮当响，不是说假话，小时候，我真没吃过洋柿子泡馍，家里没油炒，也没钱买洋柿子呀！"老家乾县，现在陕西师范大学工作的韩耀文副教授最后接了话，他说这话时，表情凝重，语气沉缓。

洋柿子泡馍，多么普通的一道饭食，对于我们这些从那个年代走过来的人，在当时，确实是难得吃上的一顿美餐。洋柿子泡馍，给我们留下了深刻难忘的记忆，也让我们这代人，忘不了那段困苦的日子。

据说，那个洋媳妇听了她丈夫讲他小时候如何的可怜，吃一顿洋柿子泡馍都不容易的故事，眼里有泪花在闪。她不但跟丈夫学会了做洋柿子泡馍，而且做出的味儿十分地道，是真正的礼泉味道。

洋柿子泡馍，这个普通话叫作西红柿泡馍的饭食呀！

浆　水

　　有了浆水，有了浆水的饭食，在炎热得要冒烟的夏日，那酷暑和溽热似乎一下子消退下去不少。

　　吃饭时，如果桌上有了纯纯的一碗浆水，端起来美美地喝上一口，嘿嘿，不由得你要咂巴着嘴长长地"哎——"一声，这有了独特滋味的一声"哎"，是味蕾一下子被激活被唤醒之后下意识的赞叹声，这一声赞叹，是滋润的，是快活的。浆水，酸酸的香香的独特味道，从这声赞叹里，你就能感知到它是多么美妙生动了。

　　浆水，是昔日关中这块土地上农人夏天必备的一味消暑神汤。其实，这味神汤做起来也并不复杂，用下过面条的清面汤做汤，泡入芹菜，经过高温发酵之后即成。做浆水的芹菜要用称作麦芹菜的细细的小土芹菜，适当地保留一些芹菜叶，这样腌泡好后吃起来才会细嫩爽口，切不可用粗壮而有许多纤维的西芹，那西芹粗糙硕大，吃起来太硬扎，满是纤维筋丝，难以咀嚼下咽，断无吃浆水菜原本之意趣。

　　浆水经过高温发酵后，其内含多种有益菌与酶，因而有了清爽利口、祛暑除烦、理气生津与降压降糖的奇特功效，同时对泌尿系统有很好的调节作用。浆水，除具有这样那样的好处之外，那种酸酸爽爽与沁人心脾的悠长味儿，让人觉得不仅是一种口福，更是一种身心的享受。没有吃过浆水的人，你给他说得再多，夸得再好，他也绝对体会不到其中的妙处。

　　小时，在老家大张寨，到了夏天，每家每户都要做浆水，老家人把这叫作窝浆水。各家院子里的石墩子上、方木凳子上，或者准备盖房临时摞起的砖瓦墙上，都放有一个浆水缸，这是在晒浆水。晒浆水，一是为了让乳酸菌快速发酵，并促使其他有益菌快速生长；二是浆水在大太阳底下暴晒着，借高温与太阳紫外线杀灭细菌。

　　窝浆水的器皿忌用铁器，那年月，各家各户的浆水缸不同，有瓦缸，有粗瓷盆，条件好一点的，也有用比较贵重的细瓷缸的。做浆水以前，要将盛浆水的各种器皿彻彻底底清洗干净，细心的人还要用高度白酒反复涮洗过，才算是严格消了毒，盆若不干净，最容易坏了浆水。开始窝浆水，可以从别家盛来一碗浆水做引子。有了引子，浆水发酵得快，很快就能食用。没有引子也无妨，可以在浆水缸里先倒进去煮过面条后清清的面汤，再把洗净晾干的芹菜放入其中，也可放入苦苣菜与荠荠菜之类的菜蔬，完后，在浆水缸上覆盖白色的干净布子，放在太阳底下晒上几天，就可以吃上酸爽浓烈的浆水了。

　　用这窝好的浆水做成浆水面、浆水搅团、浆水鱼鱼或浆水菜豆腐等浆水饭，再用炒过的、看上去绿绿的鲜嫩韭菜做臊子，然后调上汪汪的红红的油泼辣子，浇上蒜水，一大碗浆水饭端上来，喷喷喷，看着都香，不由得你要急忙端起碗，呼噜呼噜美美地吃开了。瞬间，一碗底朝了天，不行，香，真是香呀，还得再来一大碗才过瘾。吃毕，不光头上冒着的道道热汗消散了下去，就连带来的全身那个舒坦劲，都不知用什么言语来形容了。

　　1984年秋天，我们一家搬离老家去了铜川，世事变幻，为生活所忙、所累，家里多少年没做过浆水了。那时，实在想吃浆水了，就在街上买一小碗浆水面或浆水鱼鱼解解馋。我心里就嘀咕着，浆水被当成了商品大量售卖，不知它是用什么方法快速制作出来的，也不晓得它是否加了其他的什么化学原料。总之，我在街上不管咋样吃，就是吃不出来小时候那个纯正诱人的浆水味道来。

斗转星移，世事轮回。十多年后，我们又辗转回到了咸阳。和妻子一起上班、老家在户县（现西安市鄠邑区）的一位女同事，与妻子无意间聊起了浆水。那位女同事热情善良，送来了一碗浆水引子，并说了她老家不同于礼泉的浆水做法。前边清洗浆水缸的工序一样，后边的做法就大不一样了。她老家的做法是：芹菜要在开水锅里焯一下，才可以放入浆水缸，然后再把滚烫清纯的面汤倒进去。礼泉的浆水缸是敞口的，她们的浆水缸一定要严密封口。这个问题很好解决，去街上买来那种小口大肚子、顶上用碗倒扣，并能在碗口周围旋了水，以水密封坛口的泡菜坛子就行。噢，我明白了，渭河以南做浆水的方法，不管是把滚烫的面汤倒进坛子里，还是焯一下芹菜，都是在高温灭菌，密封了的坛子又隔绝了浆水与外界的空气接触，不仅省去了在太阳底下暴晒的程序，而且浆水不容易坏。另外，这种做法，也不像我们老家，只能在夏天才能吃上浆水，其他的季节就跟浆水无缘了。渭河以南浆水的做法更方便、科学，好过了渭北旱塬上我们老家礼泉一带的做法。

现在，我们家窝着的这一坛浆水近三十年了，我称它是浆水里金不换的老汤了。缸里的浆水不断地吃着，不断地给里边续着新鲜的面汤与芹菜，任何时候，这浆水都是鲜美诱人的。吃时，揭开坛子上边当盖儿使倒扣着的碗，坛内的浆水晶莹剔透，清亮清亮的，可以映照出人影。哟，你闻，幽爽、有着鲜美与清香味儿的那种味道扑鼻而来，瞬间就弥漫了整个厨房，独特馋人的香味，叫人不禁口舌生津，有了口水在嘴里打转儿。妻子热心，常拿了浆水给别人做浆水引子，或送人尝鲜。

这浆水里泡过的芹菜也是一道美味，往出捞时一定要用干净的筷子，筷子绝不可见生水见油，见生水见油，浆水必坏无疑。捞出来的芹菜根据各人的爱好，或切丁，或切丝，或切成薄片，无须放其他的作料，只放辣椒面、花椒与盐，用烧得滚烫滚烫的菜籽油吱啦一声泼过，调拌均匀即可。夹起这脆嫩水灵的浆水菜放入嘴里，咯嘣咯嘣咬着，那个酸香脆爽，那个清美味道，比吃肉还要香。

说到浆水菜，我想起了针灸功夫十分了得，一根针就能解决许多人的病痛，被人们称为史神针的一真先生。他老家在咸阳渭河以南的安谷村，古时，相传姜子牙曾在这一带修行，这个村子与其周围的村子都是大有故事的。因为村子厉害，在我们这个小圈子里，大家说起他老家村子时，直接省去了省、市、区（县）的界定，威武地称为"中国安谷"。就是这个从"中国安谷"走出来的能行人，跟我去甘南旅游的路上抬了一路的杠。他说："那浆水里的菜不能叫浆水菜，应该叫酸黄菜！哎，我问你，腌泡之后的芹菜，味道是不是酸的？颜色是不是黄色的？酸黄菜嘛！安谷就是这么叫的！其他地方的人，怎么想叫啥就叫啥？比如你们礼泉，咋就随意地叫了浆水菜？这不对！这怎么行？"

你看这人杠不杠？他们老家安谷村的叫法，就应该是全国统一的标准叫法了？我接他的话："从浆水里捞出来的菜，叫浆水菜不是更准确吗？你安谷一个村子叫酸黄菜，难道世界上所有的人都应该叫酸黄菜？""是，应该叫酸黄菜！全世界的人，我看都应该叫酸黄菜！"他斩钉截铁地回答，不容你反驳。

你看，你看看，这人医德高尚，医术不凡，属于高人一类，无论走到哪里，他的诊疗水平在那儿明晃晃摆着，你不服他不行。嘿嘿，生活中，他怎么就这么爱较真、爱跟人抬杠呢？人们叫他"杠长先生"，看来是名副其实，称谓不虚，不虚称谓。

抬了一路的杠，那天中午，我们到了甘肃临夏，在那家饭馆，中午饭吃的是浆水面，就的是酸黄菜，哎呀呀，不对，就的是浆水菜。唉，这一路上，他因为浆水菜还是酸黄菜的叫法一直在抬杠，杠，把我都快抬晕了。

杠抬得猛，口干舌燥，七窍要生烟了，那天中午的浆水面，我吃了两大碗，那浆水面，比平时吃起来香了很多呢。

酱辣子

陕西人吃的酱辣子，以辣子与其他菜蔬为主料，以黄豆酱作为辅料炒制而成。但人们却把这个酱字提到了最前边，庄重而美妙地叫了：酱辣子。

酱辣子，酱字置于顶头，明显是在强调，这辣子及其他菜蔬是用美味独特的黄豆酱做成的。叫酱辣子，不光形象鲜明了许多，读起来音调也铿锵有力了不少。

酱辣子，一字位置之变，酱与辣的浓香味一下子就扑鼻而来了，即使不吃，听着这名字也是个香。

酱辣子，就是这普通得不能再普通的吃食，也是小时候在农村的我们平日里难得吃上的一道美味。那时生活艰难，一年中，一天三顿大多吃的都是玉米面与红薯等杂粮，不光难得吃上细粮麦面，青黄不接的那几个月还要靠借粮，或卖了家里还值点钱的土布等物品，去黑市上偷偷买一点玉米回来补贴口粮。物资匮乏，吃粮紧张，钱更是紧缺得不行，那是真正恓惶困难的年月。几十年过去了，那个艰辛悲苦，那许多往事的细枝末节，那种种的不易与心酸，都被永远地定格在了我脑海深处，无论如何都忘不掉。随着时间的推移，过往的那些人和那些事越发地清晰，越发地鲜活了。

唉，困顿难熬的那些日子里，多少人家都是吃了上顿，立刻就为下一顿饭在哪里犯难，愁肠百结。那难过的日子，如果非要用准确的词来表述的话，度日如年就最为贴切了。我们这些娃娃们馋了，突发奇想，想吃一回酱辣子，在那个年代可真是一件奢侈的事。外村亲戚或村子里的亲朋好友，因为婚丧嫁娶的大事办了席面，才有可能吃上一回酱辣子。待客那天，大家欢欢喜喜地去坐席，桌子上肉菜少，大都是豆腐、萝卜、粉条与白菜等素菜，说是席面，那是薄得不能再薄的席面。不要紧，桌上还有一碟酱辣子，还有麦面与玉米面两搅的热蒸馍，对我们这些不懂事而又长期处于饥饿困苦中的孩子们来说，只要吃了酱辣子夹馍，就快活得如叽叽喳喳叫着的小鸟一样，就是一回难得的享受了。

记得那年冬天的一个下午，太阳暖暖地照着，人们围蹲在巷口的大槐树底下闲聊。村上一位老人背靠大槐树圪蹴着，给大伙讲着他听别人说过的事：邻村的谁谁谁给老人过白事，把酱辣子炒了一大盆子哩，油汪得很，那酱辣子就在油里泡着。人家过事的馍没加一点玉米面，全是麦面，白得跟雪一样。热馍掰开，把那油汪汪的酱辣子夹进去，合上馍，用手轻轻一捏，那酱辣子的油就把半个馍渗透了，美美地咬上一大口，红萝卜、洋姜与莲菜的那个脆，酱与辣子的那个香，香得叫人把生日都忘啦！老人说着，他自己的口水先不停地往下咽着，惹得周围听他说故事的我们这些毛猴孩子们，也跟着吸溜吸溜地咂着嘴，营养不良的我们，瘦弱干瘪得肋骨都能数清，长年很少见过油水的肚子被老人的一席话说得更饿了。

过了没几天，我跟着大人去邻县乾县走亲戚。记得亲戚家娶媳妇的先一天，我们步行近三十里地赶了过去。那天，从家走时天就阴沉着，傍晚到了亲戚家，开始飘起零零星星的雪花。不大一会儿，大片大片的雪花就紧紧密密地压了下来，瞬间，地上就是厚厚的一层雪了。

此时，厨房里的厨师正忙着给第二天的早餐准备着酱辣子，刚一炒出锅，一屋子的亲戚都拿了热馍去夹酱辣子吃，大人们也递给我一个。也许是亲戚家娶媳妇过喜事，厨师手一松，把油放得比平常要多一些，也许是那时农村的天气太冷吧，冻得人手脚麻木，似乎要失去知觉。在这个时候，吃这热馍夹酱辣子，就别有一番不可言说的香美与滋润了。酱辣子，我觉得那是我小时吃得最香的一次，那个美好难忘的味道，过去多少年了我仍记忆犹新。

后来，尽管我们一家离开了老家大张寨，但有关酱辣子的味觉记忆没有丢失，平时的饭桌上，酱辣子是百吃不厌的一道美味。母亲的酱辣子做得十分好吃，是我们的最爱，用现在时髦的话说，那是妈妈的味道，一想起来就不由得人要咂巴嘴巴。每逢过年过节，从西安赶回咸阳的弟弟吃了还要带了回去，他说母亲做得好吃，味道特香，在别的任何地方，都是吃不到这么香的酱辣子的。

妻子刚进这个家门，就跟母亲学会了炒制正宗的礼泉酱辣子。其中的原料胡萝卜、洋姜与莲菜，是切丁还是切片，如何切了才好吃，那是有讲究的。黄豆酱、辣椒面、蒜苗、生姜与其他调料下锅的先后次序，还有炒酱辣子时火候的把控，武火与文火的时间节点，什么时候才算炒好了要迅速出锅，这一系列要领，妻子不仅完美熟练地掌握了，还加进去了她自己这么多年炒制的经验与体会。她做出的酱辣子是非常好吃，不仅满足了我对酱辣子的特殊偏好，还常被吃过酱辣子的她的同事们夸奖。关系要好的邻居，时常也有人问她："你炒的酱辣子跟买的不一样，有说不上来的那个香味，要说到底是个啥香味，也说不清，反正就是好吃！你再做时，不要忘了让我们也跟着尝尝鲜哟！"妻子每每炒了酱辣子，一定会给她们送一份过去，她们是满满的欢喜。

爱吃酱辣子，这是我的味蕾的深长记忆，是深入骨髓里的一种独特的偏爱。

今日中午，妻子炒了酱辣子，自己手工蒸出了一锅馍，熬的是小米粥，另外，还准备了几个小菜。这不，刚才有朋友打来电话，说是发现了一个新饭馆，菜做得很地道，让去尝尝，一起喝个酒，我以其他理由推辞掉了。那饭店的菜可能做得不错，但哪有这酱辣子夹了馍好吃，哪有这小米粥喝着舒服呀！

那些年的豆芽菜

那些年的豆芽菜？豆芽菜不就是最普通的一种蔬菜吗？没错，它是再普通不过的一种蔬菜，实在没有什么独特惹人的地方可以炫耀。但是，在那些年，在我们小的时候，豆芽菜却是席面上难得的一道美味，常被人们当作稀罕菜。

那时的农村生活困难，日子窘迫，不管是逢年过节还是红白喜事待客，席上的肉菜是少之又少的。一盘条子肉，或者一个蒸碗子，盘中与碗中的肉是按坐席的人头上的，一人多吃了，其他的人就没有了。席面上，也有人拿热馍夹上肉，用手绢包了，要带回去给他们没来的孙子吃。这时，一起坐席的人，有人就看不惯了，放下筷子，也不言语，只是很不满意地瞥那人一眼，转过头去看了别的地方。那神情分明是在说："你看，你看看！坐个席，揉眼（方言，过分贪，使人觉得不顺眼）成啥了！"

在这席上，除过那一两个肉菜之外，其他菜全都是少油水寡淡无味的豆腐、萝卜、白菜与粉条等素菜。相对这些素菜来说，同为素菜的豆芽菜却有了不同的滋味：酸酸的、辣辣的、脆脆的。其清爽利口的味道，成为最受人们欢迎的一道菜。很快，一盘豆芽菜就见底了，只剩下碟底红红的调和水。这时，招呼席面被称为"看席"的执事人，就会端起这剩下调和水的豆芽菜空碟子，朝同为执事的端盘人喊道："端盘的！来，快来！给这一桌再上一盘豆芽菜！"端盘的人应声过来，用双手端着的木盘接了空碟子，快速转身到灶上。那厨师拿起长把儿铁勺，在已调好的一大盆豆芽菜里挖了几勺子，用筷子把碟子边零散的豆芽整理好，端盘的人立马就给端了过去。

那时待客，肉菜每桌是定死了的，吃完就没有了，其他的素菜是可以再续的。一年四季，不管什么时候待客，豆芽菜是素菜中最受欢迎的菜，大小的席面，几乎每桌都要上第二盘。过事待客，主家有了经验，每次都会提前多准备豆芽菜。

老家过白事，更是不能少了豆芽菜，讲究要吃豆芽菜，这是为了什么？你瞧那豆芽菜的形状：已生出豆芽的豆子弯了回来，恰似一个弯钩。豆子上，是长出来的弯弯曲曲的豆芽。豆芽菜这如钩子的形状，有了勾连起往事，有了依恋不舍与思念感怀亡人的用意。故而，过白事，豆芽菜是非上不可、非吃不可的一道菜。

嘿嘿，过去在老家大张寨，爷爷孙孙没大小，常有辈分低的年轻人会跟老人开玩笑，叫了大爷、二爷或三爷的："啥时候吃你的豆芽菜呀？"当爷的笑过后随即就骂开了："你个碎熊货！急着想吃爷的豆芽菜啊？爷给你崽娃子说，早着哩！爷精神，爷还想多活几年，你狗东西哪一天把事弄成了，看爷跟着你能不能托上一点福！"

豆芽菜，除了过红白喜事之外，也有逢年过节时，亲戚朋友送了一碗黄豆过来。在那个年代，黄豆也是稀缺的东西，有了黄豆的人家，就拿这黄豆自己泡开了豆芽菜。

记得那一年的腊月天，稀稀拉拉的雪花一直下个不停。家里有一碗亲戚送来的黄豆，直到腊月二十过后，祖母开始张罗着泡豆芽菜，她洗净那个黑釉色的粗瓷大盆，把那一碗黄豆倒了进去，加上适量的水。为了保温，早点生出豆芽，祖母先是给这大盆盖上被子，再把它放在锅连炕的炕头靠锅头的这一端，这里是炕上最热的地方。那时还小的我，馋呀，急着想吃上豆芽菜，几乎每天都要揭开盆上盖着的被子，看豆芽生出来了没有。

不知是天太冷，还是黄豆陈了，大部分的黄豆没生出豆芽菜来，少许的黄豆，也只是露出了一个尖尖的头儿，就再也不长了。祖母唉声叹气地说："豆芽菜没生出来，不好呀！明年不是个好年景！"她接着又是一声长长的叹息，自言自语地接着说："今年过年，这豆芽菜吃的不是豆芽菜，是吃黄豆哩！"我记得很清楚，大年三十、大年初一，还有过完年后来拜年的亲戚，吃的就是这只发出个芽，再也不长的豆芽菜。

豆芽菜，你说，如今它算个啥，是平常得不能再平常的菜罢了，但是，在那个物资极度紧缺、生活万般艰难的年代，它却是一道开人胃口、老少喜欢、叫人想起来就口舌生津的好菜。这么多年以来，我一直偏爱豆芽菜，喜欢它在嘴里被咀嚼时的那个脆响，享受它有豆香也有酸酸辣辣的调和水味儿的悠长味道。

豆芽菜，这个在那些年有了许多故事，让人忘不了的豆芽菜呀！

四月八会

农历四月初八，是老家大张寨过古会的日子，村里人简称为四月八会。这一天，对大张寨人来说，是仅次于过年的一个盛大节日。

古会由来已久，也不知是哪朝哪代，在哪辈先人手里立起来的。小时候的我们，一年中最盼望的有两个节日，一是过年，再就是四月八会了。盼过年，等过会，对我们这些娃娃来说，最大的吸引力就是过节时能穿上平时穿不上的新衣服，能吃着平日吃不着的好吃的。

过四月八会，娃娃们只操心着能否吃上一个油糕，或者吃上一碟用平底漏勺从粉坨上划拉下来，细细的，用辣子调得红红的凉粉。四月八会，吸引了四邻八乡老老少少的人们来跟会，拥挤的人群，卖吃食的各种吆喝声，还有那么多好玩的东西，使我们觉得很是开心，很是自豪。哎呀呀！你看，这么多的人来了我们村，在我们家门口过会。多好，多么热闹！

长大后，我离开了大张寨，才知道老家四月八会这个日子，不是一个普通的日子，不是先人们随便选个日子就立起来的古会，这个日子是一个吉祥、充盈着佛的光芒、大有来头的日子。

公元前565年农历四月初八，是古印度迦毗罗卫国的王子，后来成为佛祖的释迦牟尼的诞辰。相传这一天，释迦牟尼刚一生下来就会走路，他双脚各踩一朵莲花，一手指天，一手指地，大地为之震动，九龙吐水为之沐浴，这是多么辉煌而又有特殊意义的日子。后来，这一天，世界各国各民族的佛教徒们以浴佛等方式隆重纪念佛诞节。佛教传入中国后，魏晋南北朝时期，佛诞节纪念活动由寺院流传到民间。信佛、尊崇而膜拜佛祖的大张寨的先人们，由对佛诞节的纪念活动，慢慢衍化成为村子里的古会。啧啧，四月初八古会，多么吉祥如意，多么美好可人的一个日子！对佛祖的虔诚敬拜，佛诞节的纪念活动，使古会成为大张寨人老多辈传承下来的一个节日。由此推论，老家大张寨四月八会的设立，应该是魏晋南北朝以后的事情，具体设立起古会的日子，还有待进一步考证。

20世纪60年代，四月八会这一天，贫穷的大张寨人，大大小小的人家，都要提前买一块豆腐、几棵白菜和二斤粉条，几样简单的素菜凑在一起，用来招待跟会的亲戚们。那时候，家里凑不齐盛那几个菜的碟子，老家人大都是用耀州窑的粗瓷碗盛菜的，常听到这样的话："再艰难，也得弄几碗菜，不然亲戚跟会来了，吃啥呀？"

过会的前一天，每一家都要安排人去接姑婆、舅舅，媳妇们要去接娘家爸妈，外甥要去接姨，侄子们要去接姑。平辈的亲戚，不用接不用叫，肯定这一天早早就来了。客人不来，或者来晚了，会被主家认为是因为什么事不高兴，或是生气了，是故意给主家弄难看的，大家都清楚这一规矩，晚来或者不来，那是犯大忌讳的。

来跟会的客人，进村一定是先进亲戚家门，吃了早饭，坐一会儿，拉拉家常话，而后才去会上转。这时，先一天已来了的家里年龄大的长辈亲戚们，也会一起相携着出了门，去会上转一转。会上人多，周围村子的人，在大张寨没有亲戚的，逛完了会还得回去，他们心里有了些许的失落感，碰到了同村在大张寨有亲戚的人，会开开玩笑："你晌午有吃菜的地方，我这是没地方去，这么热的天，会上转得人困马乏，完了还得热烘烘地给回颠呢！""走，不回了，跟我走，晌午到我外甥屋里一块儿吃，吃罢饭，咱相跟着回！"对方笑着摆手："不了！不了！我去像个啥？叫你外甥笑话，人家会说，你看我舅家村的人没吃过饭，跑到我屋里混饭吃来了！不去不去！会也转完了，我回呀！"

古会上，醪糟摊、凉粉摊、炸油糕的，卖麻糖、卖甑糕、卖泥娃娃、卖泥哨子、吹糖人的，还有转陀螺赢小玩意的，各类做小生意的人悉数登场。农历四月初八，离收麦子没有几天时间了，不少的庄稼人在古会上添置了三夏农忙的工具——一把木锨、一把扫帚或者一把木杈，扛在肩上回了家。

四月八会，正是青黄不接的时候，在那个困难时期，从过完年开始，许多人家就没有见过麦面，上顿下顿吃的都是杂粮，就这杂粮也常接济不上。过惯了艰难日子，具有坚韧承受力与忍耐性的老家人，他们是心里有苦有泪而始终面带微笑的人们。在人面前，他们不会情绪低沉，不会唉声叹气，心里纵有万般的苦楚与艰难，脸上也露出亲切的笑容去接待亲戚。来跟会的亲戚们，家里也是同样的困苦艰辛，他们也是把惆怅与苦水埋在了心里，以同样的笑容来跟亲人们见面。艰窘困苦、度日如年的日子，大家都是咬着牙往前走的。

过古会准备的那几碗素菜，也是过会前好长时间，积攒准备下的几个小钱买回来的，亲戚来了，尽自己最大的能力予以招待。记得那一年过会，就在我们家，经常吃不饱饭的小弟，在院子角落里面对墙角无声地抹着眼泪，去大门外边抱柴火的母亲看见他背朝人面对着墙角在哭，上前问他："党娃，咋了？你在这儿对着墙角哭啥呢？"他哭着给母亲说："来了这么多客，把咱的粮吃完了，咱吃啥呀？"母亲听了这话，心里一阵酸楚，眼里有泪。沉默片刻，她擦干了眼泪说："我娃不怕！有妈在，有一家人在，我娃不怕！再怎么艰难，想尽办法，玉米面杂粮叫我娃要能吃上，不能把我娃饿下！"

许多年过去了，母亲说起这事，还有很多的伤感："你看我娃可怜不？

那么小的一个娃，受了没粮吃的罪，害怕客人来把粮吃完了咋办。你说，那时日子恓惶不恓惶？"母亲停顿了一下，长出了一口气，接着说，"我记得清楚很，就是那一年过会时，家里只剩下了不多的一点玉米面。唉！那可怜的日子，啥时候都忘不了呀！"

老家四月八会是佛诞日，从其含意上说，是个美好的日子，先人们以此日立会，心理上祈求佛祖消灾除祸，使人们的生活美满幸福。但是，在我们小的时候，那日子确实艰难。那古会，在很大程度上说，是苦篱笆上开放出的一朵小花，使枯燥苦涩的生活里有了一点亮色，有了一点馨香。亲戚们以过古会的机会相聚，有了亲情的融入而使贫穷艰难的日子有了一丝温暖，有了活下去的力量。

一晃几十年过去了，老家大张寨的四月八会还在过着，日子好起来了的今天，物资的丰富与交通的便利使得古会对今天的孩子们早已没有了多大的吸引力，加之进城打工的许多人带着孩子去了城里上学，留下的孩子们也形单影只，没有了我们小时候期待着过古会的心情及那么多孩子在一起的那个热闹劲。现在的四月八会，成了还坚守在农村，年龄已偏大的乡亲们，在艰辛繁重的劳作之中，相互见一面，叙一叙亲情与农事的一个时日了。

大张寨四月八会，一个久远的乡村文化节日，它注定还要不断地过下去。因为，那是一个伴随着祖祖辈辈的先人们走过来，有着满满记忆，是有故事、有情结、有亲情的一个乡村民俗文化符号。它是不会被遗忘，更不会消亡的。

四月八会，使我们这些漂泊在外的游子，常常想起老家，想起大张寨。

桃月里

7月，正是桃子成熟的季节。老家礼泉把7月叫作"桃月里"，把10月称作"苹果月里"，这是一年中最忙碌最辛劳的月份，是汗水浸透衣裳留下斑斑汗渍的月份。

以果子名称代称月份，老家人有了鲜明的价值取向，这两个月已不是时间上的哪个月份了，变成了桃子与苹果的月份，有着虔诚还带有那么一份小小的神圣感，以示对收获季节的敬重与记忆。那种特殊微妙的感情，对土地、对农村、对农民没有深刻了解的人，是体会不到个中滋味的。

礼泉位于八百里秦川腹地，沃土良田，物产丰富，苹果成为经久不衰响当当的品牌，红遍全国，远销欧洲、美洲、非洲与东南亚等国家与地区。这些年，县北的御杏、御石榴、县南的御酥梨、御葡萄与御桃，又成为一个个名品。礼泉，成了名副其实的果品之乡。

品牌、名品，还有果品之乡的称谓，这些都没错。但是，近几年果贱伤农，低廉的农产品价格，使果农的钱袋子并没有真正鼓起来，丰产未丰收，增产不增收，故而，出现了那么多荒草长过半人高的撂荒地。不是农人嫌弃抛却了土地，是土地不能给农人以应有的自信与回报。

此时，正是老家的桃月里。栽下桃树，经管三年之后零星挂果，到了第四年，才开始正式结果。正常年景，一家人自己的劳动力不算钱，收入也就是两万多元的样子。每年，不说年前寒冬里整地、剪枝、给每一棵树干刷上白灰防虫、大半夜里冒着刺骨的寒风给桃树冬灌，单从桃花盛开的春天说起，一轮紧过一轮的活计等着果农：疏花、疏果、套袋、施肥、浇水、锄地、打药，等等。桃地里忙着的农活，不是一般的繁杂辛苦，农民称侍弄桃树是要紧的事，一日也不敢耽误。桃是不经放的鲜果，熟了，就要立马卸，立马给客商，客商收了就要立马上路，第二天、第三天必须要到达目的地，迅速出手，这一系列飞快的节奏，容不得出半点纰漏，容不得任何闪失。不然，就只能眼睁睁地看着鲜桃由硬变软，由软变坏，最后只能忍痛倒掉。

摘桃时节，凌晨四点多钟，果农各家各户、男女老少就下地卸桃了。农用车、三轮车、电动车和摩托车，所有能上的运输工具一起上。在桃地里，再闷热难耐的天气，大家都得戴手套、穿长衣服，把身体包裹得严严实实，桃上的那层绒毛挨着人，扎得人受不了。年轻人端着梯子上高爬低卸桃，年龄大的老人摘着低处的桃。

桃林里，密不透风，人人都是大汗淋漓。桃娇贵，经不得磕碰，每家都在装桃的担笼里面缝上软布，轻摘、轻放、轻运，忙碌一大早，卸下的桃送到客商收购点，已到了七八点钟。每个人晒得黝黑的脸上都涨红涨红，从进地卸桃到现在，没喝一口水，没吃一口饭，似打完一场大仗。交了桃，拖着疲惫的身子回到家，这才端起碗三三两两地从各家出来，走到大槐树底下，圪蹴在一起，说着东家桃品种好卖的价好，西家浇水没跟上影响了收成。此时，是吃饭，也是稍事歇息，吃完饭，撂下碗，又奔向地里忙活去了。

今年情况不好，桃很少有人要，外地客商寥寥无几。果农们也知道，大的经济形势不好，啥都卖不动。加之这些时日，南方又持续发生大水灾，往年，都是一批批南方客商拉走了桃，当下，南方洪水泛滥，客商的家园都保不住了，哪里还有心思来北方拉桃？

果农开始焦灼揪心起来，树上的桃已解去外袋，那露出的白生生的桃经太阳一晒，第一天就变成淡红色，第二天颜色更红，再过几天就变成深红色，在变成深红色之前必须卸下，否则，客商就不收了。这不是急死人了吗？眼看着桃在树上变成了深红色，就是不见客商来，又不敢卸下，卸下，桃坏得更快。

忧着卖桃怕着天。桃月里果农最提心吊胆的就是天气，时时听着天气预报，一会儿仰头看天，经见的多了，他们知道，天气预报也常有说话不算数的时候。每当天上突然飘起一块乌云，心里就会直打战；来了一股风，心里就揪得紧紧的。这节骨眼上，他们时时祈祷着上苍，贵贱不敢出问题，如果来了冰雹，刮起大风，下开连阴雨，那就不得了啦，一年的收成就打了水漂，就会血本无归。

今年桃月里，只有几家客商在县城扎点收购。每家门前，卖桃的果农都排起望不到头的长队，队伍一点点往前挪着，好不容易轮到自己，讨好地给客商递烟，小心地说着好听的话，希望客商能收下自己的桃。桃太多，客商也就牛气了，要么不收，要么把价压得很低，果农们心疼不卖，又转到下一家去排队，希望能卖上个合理的价钱。

一对中年夫妇，从早上5点多就来排队卖桃，排了三四家的队，到中午快12点了，桃也没有卖出去，那男的气极了，狠狠地对妇人说："回！拉着回！不卖了！不卖了！卖啥桃呢？这价够个啥嘛！"妇人看着男子说："就知道往回拉！拉回去咋办？让坏呀？贱就贱，卖了算了！"

一早的折腾，那男的正在气头上，加之又累又热又饿，他当着那么多卖桃人的面，劈头盖脸骂开了妇人。旁边那么多卖桃人，满脸的同情，纷纷劝解道："都不容易，两口子，有啥不能好好说？""再甭一弄就骂人，还要动手打人，那不对！""有事，商量着办！"

大太阳底下，每个卖桃人焦灼的脸上，都挂满了汗水。

"田家少闲月，五月人倍忙。夜来南风起，小麦覆陇黄。妇姑荷箪食，童稚携壶浆，相随饷田去，丁壮在南冈……"由果农卖桃想到了白居易的

《观刈麦》。"念此私自愧，尽日不能忘"。农民苦，农民不易，白居易的一声叹息，几行文字，又能改变什么呢？

桃月里，时时惦念着故乡，我心里常默念着，老天爷别下冰雹，别刮大风，别下连阴雨，桃价低就低吧，让老家人顺顺当当地把桃从地里收回、卖掉。每家果农，都是老老少少一大家子人，就指望着这吃饭啊！

那片我深爱着的土地，仍在那片土地上躬身劳作着的父老乡亲，我，一个离开故乡好多年，人微言轻一无用处的游子，只能从内心深处为你们祈福，盼你们超常的辛苦付出，能够换来一个好日子。

烧　娃

烧娃？

哎哟哟！怎么能烧娃？娃怎么敢去烧呀？

呵呵，没错，是烧娃。而且烧娃时，来的人越多越好。

烧娃的风俗，在故乡礼泉县由来已久，不知是从什么时候兴起来的仪式，一代代传承下来，直到今天，还在故乡那方土地上有滋有味地、隆重地上演着。

嗬，先别紧张，也先别说怕人与恐怖之类的话。实际上，烧娃是一种喜庆热闹、充满着浓浓乡情的民俗活动。

烧娃不是真的就烧了娃，而是主家得了孙子，乡邻在主家门口烧起大火，庆祝新生儿诞生，主家热情予以招待的民俗活动。烧娃的乡邻为主家添喜而来，说的都是些庆贺祝福的话，被烧娃的人家得了孙子的，心里快活，笑得合不拢嘴，喜滋滋地招呼着来人。烧娃这一活动，是一场持续时间长、影响大，大家都欢天喜地的事情。

说是烧娃，其实，来烧娃贺喜的人，烧腾戏耍的是娃的爷爷和奶奶，他们喜添孙子，烧娃的乡邻来了，在门口烧起大火，叫主家拿出好吃好喝的来招待大家。哈哈，大家都高兴，你说这烧娃，是不是一件欢天喜地的事情？

过去困难时，家里添了孩子，主家只能备了少许简单的糖果、花生与瓜子，还有一碗散酒。烧娃的人在大门口烧起火，主人把提前准备好的这些小零食与散酒端出来，让大家吃一吃、喝一口，算是给来贺喜的人一个招待与答谢。那时，受经济条件限制，这个过程只是个形式，只是个意思罢了。

如今，条件好了，那些小零食与一碗散酒，是不能打发来烧娃的人的，小零食不光要多准备，还要多买些好酒与肉菜，招待来烧娃的乡邻。

二哥得了孙子屁蛋，从屁蛋出生那天起，烧娃的人一群接着一群来，门口烧起的大火就没有熄灭过。来烧娃的人，抱着门口干树枝垛上的硬柴就往火堆上扔，抱了一抱，再去抱第二抱，边抱还边打趣："就看主家招待得好不好。招待得不好，我就不信他家这硬柴垛烧不完！"二哥急忙从屋里出来，笑嘻嘻地给来烧娃的人递上烟："快给屋里走，快给屋里走，进屋坐席！"来人跟着二哥进屋，边走边笑着接话："那就看你待承（方言，招待）得好不好了。待承好了，就不烧了！待承不好，把你那树枝硬柴垛往完里烧！"烧娃的人进了屋，跟已先来的一屋子人打着招呼，相互开着玩笑。席早已准备好，端上酒杯吃起菜，烧娃的人，少不了要说一番祝贺添了新一辈人，还有很多吉庆欢喜的话。二哥陪着喝酒，不断地招呼着来人："快吃，快吃呀，别放筷子呀！把酒端起来，喝酒呀……"

老家人的风俗是孩子二十天过满月，我回老家大张寨参加屁蛋的满月宴时，二哥给我说："这二十天，酒就喝得没停，一拨拨来人，天天把我喝得昏昏沉沉的！"并笑着指给我看："那么大的一个硬柴垛，烧了一个大豁子，把旁边的柿子树叶子都烤干了！"我和二哥去里屋看屁蛋，那小家伙长得欢实，在襁褓里睡得正香甜呢。我摸了摸他的脸蛋，开玩笑说："你这碎熊，把你爷整得这些天酒就喝得没停，把大半个硬柴垛让人烧了！好，好，不管咋样，你爷、你婆高兴！"一旁的二嫂说："这娃乖得很，吃饱了就去睡，不哭不闹，好经管很！"

嘿嘿，烧娃，是一个喜气热闹的事，也是一个恼人的事。人活得好，来烧娃贺喜的人就多，凑红（方言：给面子、示好）的人就多，证明主人人缘儿好；人活得不好，品性差，就没有人去凑那个热闹，主人就失了大面子，以后在人面前更是抬不起头来。

烧娃，这一风俗由来已久，是有讲究、有渊源故事的。自从人类发现并使用了火，火的各种益处，使人们与生俱来对火就有了一种膜拜与尊崇。过去，人丁的多少，是一个部落、一个家族，直至后来一个邦国是否能够强大与兴盛的大事。在早期农耕社会，医疗条件差，新生儿成活率低，过了满月，这个孩子就算是度过了危险期，这自然就是万分欣喜的大事件了，家人要热闹，要折腾，要盛大地予以庆贺。于是，人们就用有炽热温度，红得缤纷灿烂的大火来表达这个喜悦心情。火，它会祛除邪气，升腾起热烈阳刚之气。同时，燃烧着的火也蕴含着延续香火、祈盼新生命健康茁壮成长、日子红红火火的意思。

熊熊大火，迎接一个新生命的诞生，这该是多么吉祥喜乐，这该是多么欢欣美妙的盛事。烧娃，对新生儿，是一种神圣而崇高的礼遇；对添娃的人家，是过一桩热烈而庄重的喜事。烧娃，具有深远的社会文化背景，追根溯源，真能写出一本厚厚的大书来。它是一个古老的礼仪，毫不抬高地说，被列入非物质文化遗产保护项目，也是实至名归的事。

昨晚，我侄子武昭在手机上发了一个视频，老家大张寨的村街上，乡里乡亲们笑语盈盈地围站在一堆燃烧着的大火跟前，看上去兴高采烈的样子，武昭只在视频上边写了两个字：烧娃。呵呵，不知谁家又添了孙子，又烧腾起来了。看着这视频，我也仿佛置身于他们中间，那种热闹喜庆乡情浓郁的气氛，让我脱口而出："烧娃，烧娃，烧娃好啊！"

背镆记

地 铺

每到了夏天，天热得要命，屋里开着空调都凉快不下来。夜里，我睡在撤去褥子，铺了凉席的床上，还是觉得异常地热，叫人难以入睡。

我索性将凉席铺于地上，打起地铺。躺在地铺上，首先，心理上凉爽了许多，尽管这是在高楼里的地板上，竟觉得亲近了浑厚的大地，比躺在床上坚实平整很多。枕边，放一本闲书，睡前胡乱翻几页，燥热随之消去不少。于是，心静了下来，看那闲书，那书中的文字也似乎生动了起来。

夜里醒了，睡不着觉，窗外的灯光映射进房间，斑驳的光影里，往上看那高高挂在墙上不甚分明的国画，还有立在墙边的书柜，思绪就活跃了起来。

打地铺，我是有情结，是有深刻记忆的，这么多年过去了，仍然难以忘却。夏天，爱打地铺睡觉，一是图凉快，另外，很大程度上也是对过去那段艰苦的求学日子的一个回味、一个反刍。

如今，我是躺在这高楼里的地铺上，而三十多年前，我是蜷缩着身子，忍受着寒冷，睡在湿冷的叫人牙齿打战的地铺上，秋冬日，是在透彻肌骨的严寒中一天天熬过去的。

20世纪80年代初，我从老家大张寨去礼泉上高中，学校在县城东郊，离县城还有好几里地远。那年，整整一个夏天，大雨就下个没停。暑假过完，9月1日开学时，天气就有了几分寒意，我们班的宿舍被分配到学校最西南角地势稍低的一个平房里，那个时候，学校全是拱脊瓦房，是没有楼房的。

　　要住的宿舍，说是宿舍，其实就是一个空荡荡什么也没有的教室。我们冒雨扛着铺盖卷过去，地面潮湿得能踩出水来，四周的墙面，从墙根到半墙上都是湿的，墙面上还留有以前阴干后如勾了白云边际一样的渍痕。铺盖卷不敢往水湿的地面上搁，我们就把碗、把空着的暖水瓶放倒，有的同学把装鞋的粗布包放在地上，再把铺盖卷放上去，不然，就会湿了铺盖。等到下午，学校才拉来几架子车麦草，我们把麦草抱进去，把各自的褥子铺上去打起通铺，这就是很长一段时间里我们睡的地铺了。

　　记得那一年雨水多，到了秋天，连阴雨仍淅淅沥沥地下着，潮湿得任何东西都长了毛，宿舍原本就湿，又接连下雨，那地面上仿佛不断地有水涌出，刚铺上时还干燥的麦草，早已被浸得湿漉漉的，每晚在上边睡，麦草被压成潮湿、粘连在一起的麦草毡。铺在上边的褥子，老是湿乎乎的，仿佛能拧出水一般，被子也潮湿得厉害，挨着人十分阴冷冰凉，有的同学身上起了湿疹，我身上也出了很多的红斑，一到晚上更是奇痒难忍。

　　雨还下着，宿舍外大椿树上的寒鸦，夜里被冻得鸣叫了起来，寂静的雨夜里，听着乌鸦那悲切的叫声，更增添了一份让人要打哆嗦的寒冷。

　　也是怪了，那年冬天的雪也特别多、特别大，宿舍如冰窖一般冷，一天三顿吃着从家里背来的搅了玉米面的冷馍，喝上一口从锅炉房打来的不知烧开了没有的水，营养跟不上，体内没了热能，愈加地觉得寒冷。晚上下完自习回到宿舍，把冻得失去知觉的双脚在地上狠劲地跺着取暖，呵着冻得红肿如面包一样的双手，躺进冰冷的被窝，身子还不由自主地哆嗦着。到了第二天早上，睡了一夜的被窝未曾暖热，脚还是冰凉冰凉的。对那时的寒冷，这么多年过去了，我还有一种刻骨铭心的记忆。

　　就是在这样的环境下，大家为了读书，忍受着寒冷，吃着只能活命的杂粮干粮，苦读着书。

　　把这过去的事讲给儿子听，城里长大的他，上大学以前，一直住在舒适的家里，每顿有他母亲精心做给他的饭食。他听完我讲睡潮湿地铺、吃着杂粮干馍还拼了命学习的往事后，脸上表现出来的是那种平静的认可，仿佛我在讲一个久远的故事。末了，他只说了一句："你们那时真不容易！"就没有了多余的话。也不能怪他，他们这一代年轻人没有那种切身感受，那些事，对他们来说是很遥远、想象不来的，他跟我又能多说些什么呢？我暗自思忖着。

无须忆苦思甜，也无须诉说自己的委屈，我们所经历的艰难与不易，也不能要求下一代的孩子去同样感受。社会毕竟发展了、前进了，人们的生活普遍好了起来，我们无须以此作为一种资本去炫耀与自夸，诸如我们是如何地苦了心志，劳了筋骨，饿了体肤，那样去说、去认为就没有了意思，也没有那个必要。之所以说起过去，记下这段往事，我只是为了提醒自己，不要忘记往昔的艰难困苦，不要沉醉迷失在如梦一般平和丰裕的日子里而失去了奋斗的目标与方向。

每年夏天从打上地铺到收了地铺，可以说，我是打得最早的一个，也是收得最晚的一个。没有越王勾践卧薪尝胆那么大的气度与志向，他是一代枭雄，我只不过是一个平凡普通的小人物，至于说打地铺收起的早晚，这样做也不是要做给谁看，更不是一种自讨苦吃的矫情与做作，只是有意无意地对多年前那段困难日子的一个回味罢了。

那些年，我们过年的滋味

那些年，我说的是20世纪六七十年代。那些年过年的滋味与过年的场景，那些年关于年的所有往事，一幅幅生动鲜活的画面，常常浮现于眼前，那种真切独特的感觉，那种悠远深长的滋味，让人永生难忘。

期盼过年

在我的记忆里，小时候，老家大张寨的冬天非常冷。每年放了寒假，学生娃们就成了没王的蜂，屋内屋外，村里村外，到处都是他们疯玩的喊叫声。寒冷的天气，挡不住他们的脚步，挡不住他们好玩的天性。他们有爬到树上狂呼乱叫的；有骑在墙头上，从屁股底下拔了墙头的枯草往下扔，砸着同伴玩的；有撵着鸡和狗满村满街跑的。

夜晚，一场突如其来的大雪悄悄地捂了下来，世界变成一片银白。第二天一大早，各家门一打开，这些娃娃们就冲了出来，欢天喜地地在雪地忙开了。他们有的找了筛子与绳子，去寻地方扣雀儿；有的堆雪人、打雪仗；有的在厚厚的雪地上疯跑一圈，回过头来静静地看那雪地上留下的深深的脚印，似哲人一般深沉思考着，不知道在想着什么心事。于是，从远处望去，就有了一幅颇有意趣的农家小孩雪地对着脚印沉思的画面。

冬日的村子，正是因为有了这些娃娃，不再显得那么寂寥空旷，也不那么沉闷与乏味了，是他们，给村子添了很多的生机与活力。呵呵，这些娃娃心里是有数的，他们常常聚在一起，掰着指头算着，离过年还有多少天。过年，对他们来说是最大的期盼，是他们等待已久的节日。过年好呀，过年，就可以穿新衣服、吃好吃的，就可以走亲戚拿上几毛钱的压岁钱了。这些，对他们来说，那该是多么喜悦而又向往的事啊！

腊八过后就做枪

腊八说到就到，吃了自家母亲做的平时难得吃上的"腊八面"，浓浓的年味就真正来了。母亲们忙着给孩子们准备过年的新衣服。父亲们相约一趟趟去县上采办并不怎么丰盛的年货：一小捆大葱，一块豆腐，几棵白菜。他们往往为了少买的一斤粉条或几瓣蒜，还得再去县里补办一次，但是，脚步是轻快的，内心是欢喜与快活的。

> 小孩小孩你别馋，
> 过了腊八就是年。
> 腊八饭，吃几天，
> 哩哩啦啦二十三。
> ……

在这首带有一点小小煽情的歌谣中，孩子们并不操大人的心，而忙开了他们自己的事。

男孩子们最紧要的事，就是立即开始给自己做枪。手巧的孩子，找来一根半尺长、弯曲似手枪形状的槐木或榆木树枝，削去树皮，打磨光后在顶头刻上槽子，把已打好击火孔的子弹壳装入槽子，用细铁丝一圈圈拧紧，固定牢实，再找来一根八号铁丝，穿过枪身做成扳机，这枪就做成了。接着，在子弹壳里装上火药，塞上纸，用粗铁丝捣实，另给击火孔放上少许的药引子，周围的同伴们侧着身，双手捂住耳朵，执枪者扭过头来，平举着手中的枪扣动扳机，啪地放了一枪。好！试枪成功，就等着腊月三十晚上与初一早上派上用场了。

我不会做枪，也没有做枪的材料。记得那一年夏天去舅家，偷拿了舅家一支做工精良、约一尺长的枪，偷偷地藏在家里，等着过年时再用。临过年了，我约了几个伙伴，在巷口大槐树下的磨盘子那里试枪，我给枪管的火药里混装了很多比玉米粒稍小的瓷碗碎片。那时，我天真幼稚地认为，这样可以增加枪的威力，现在想起来，那是多么危险与可怕的举动！

枪是我试的，同伴看着这么长的枪，又装了碎瓷片，都胆怯地趴在地上，捂着耳朵，双眼紧盯着要试枪的碾盘子西边的那堵墙。看着他们趴在地上担惊受怕的样子，我也有点害怕了。但是到了这个关口，我没了办法，只能壮着胆扣动了扳机。嗵的一声巨响，那堵墙上尘土飞扬。瞬间，打在墙上的碎瓷片，从墙上弹了回来，嗖的一下从我耳边飞快划过。

巨大的枪声与碎瓷片划过的声音，吓得趴在地上的同伴脸紧紧贴着地面，半天不敢抬头，我也愣在了那里。巷子里的大人们听到这么大的声响，惊恐地跑出来看是怎么回事。这时，我才回过神来，喊趴在地上的同伴："快起来！还不快跑？大人们来了！"他们从地上一蹦子爬了起来，跟上提着枪的我，从应家巷那条通向村外的路，一溜烟地跑出了村子，钻到土壕深处干枯的芦苇丛里躲了起来。

那次试枪吓得我不轻，过年时再没敢动枪，以后再也没摸过那支枪。那次玩枪可谓惊心动魄，使我懂得了枪的可怕与恐怖，再也不敢轻易去玩它。每到过年时节，村里与邻近的村子，总能听到孩子们因为玩枪与放炮而被炸伤了手指与眼睛的事。

"扫屋里"与蒸年馍

腊月天过得真快，一转眼就到了小年——腊月二十三，各家各户忙着"扫屋里"。

"扫屋里"的前一天，母亲让我和弟弟提了担笼去土壕里挖回白土，先泡在大铁盆里，把屋里能搬出的东西全都搬到院里。长长的竹竿顶端绑上笤帚，父亲把高高的屋顶与高处的墙面彻底清扫干净后，盛了白土泡成的泥水，把屋内屋外的土墙全部漫了一遍。稍事休息，再把从屋内搬出放在院里的家当，全部仔细地清洗抹擦干净，搬回屋内原处。等这一切忙完之后，最后再把院子齐齐打扫一遍。此时，被白泥水漫过的土墙已干，变得洁净并散发出一股泥土的清香味，这泥土的清香味弥漫了整个院子。从早饭后一直忙到下午三四点，这时，一家人才补吃中午饭。

年，一天天近了。

扫了屋里，每家人就开始紧张地准备蒸年馍了。年馍，除了蒸馒头，还要蒸菜包子和油包子。

这年馍，不光自己家里过年这几天要吃，年后来的亲戚们也要吃。蒸馍，还要蒸走亲戚时必带的礼馍。老家人把蒸年馍看得很重，仪式感很强，认为年馍蒸好了，是一个好兆头，来年的一切事情都会平安顺当。蒸礼馍时更是要操心，面要发好，碱要放合适，蒸馍时的水汽不能落在了馍上，馍要蒸得"喜样"、好看。特别是家里娶了新媳妇的，新媳妇第一年过年回娘家，这礼馍是很大的脸面呢，当婆婆的更是使了劲、用了心的，只怕馍没蒸好而被媳妇娘家人看了笑话。

孩子们在这一天高兴得什么似的，一年吃不上麦面馍，今日可以放开吃了，手里拿了包子，站在大门口面朝村街大口吃着，似乎显摆给别人看：你看，你们看，我这是在吃包子哩！

肉煮馍与浇汤面

蒸完馍没几天就到了大年三十，这一天，是老家大张寨祖辈相传下来煮肉的日子。

家家一样，早饭或是玉米面糁子，或是玉米面糊糊。早饭吃完，锅碗一收拾，各家就开始忙碌着煮肉了。我们这些孩子故意在早饭时不吃饱，留着肚子等中午这一顿肉煮馍。村街上、村外，到处都能闻见飘散出来的肉香味。一年到头，这是一个村子唯一的一次集体性的煮肉行动。平时，哪里能闻得着这肉香？哪里又能吃得上个荤腥？一年不见肉，那煮肉的味道就分外地浓烈，特别香馨。往常，大人们叫了大半天不回去吃饭的我们，这一天，不等大人们叫，就早早散了，回去等着吃肉煮馍。

说是肉煮馍，哪里有那么多的肉呀，一大家子人，最多煮了可怜的三四斤肉，就是这少得可怜的一点肉，要把这个年过下来。初一早上，吃浇汤面要用一点肉臊子，中午的菜也要有几片肉，初一过完，还要招待那么多来拜年的亲戚。大年三十的肉煮馍，实际上就是肉汤煮馍。但就是这肉汤煮馍，使我们一年以来不曾见过油星的肠胃美美地享受了一回，肉汤入口时的那个香劲儿，滑过喉腔进入肠胃时全身的那个爽美与谐活劲儿，到了今天，都是叫人忘不掉的。

大年三十晚上我们睡觉时，母亲就把做好的新罩衣套在每个人穿了一冬天已脏得油光发亮的黑棉袄与黑棉裤上。

大年初一清晨，天还没亮，我们这些孩子，就在稀疏的炮仗声中，穿着崭新的衣服到了村街上。每个人都数着数、节省地放着手里仅有的那几个炮仗。更多的时候，我们去看人家放鞭炮，冒着很大的危险，猫着腰在炸响着的鞭炮下面，去捡拾那未放响的零星鞭炮。跟我关系要好的一个玩伴，拾了一个鞭炮，刚拿到手里，这鞭炮嘣的一声就炸响了，炸得他半天手掌合不拢，而他痴愣地站在那里，手掌半开着，脸上是痛苦无奈而又傻傻地笑。

大年初一，早饭是老家不知多少年传承下来的浇汤面。一年只能吃上这一次浇汤面，我们这些孩子算是逮住了，放开了肚皮去吃，常常吃得肚皮滚圆而坐不下来。大人们知道，娃们一年就盼着吃这一顿浇汤面，因而不忍心阻挡他们。此时，他们背过身去，一脸的悲戚与伤感。

早上吃完浇汤面，忙碌了一个腊月的大人们，站在村街上说开了闲话。"腊八一过，人就傻了，就大方开了，不过日子了，看见啥都想买！这初一早上一过，就灵醒啦！后悔了！""唉！一年年底了，能买个啥嘛，能吃个啥嘛！好坏也让一家人犒劳一下！""过年这一筒花，就这样哧溜一下子算是放了！"他们说着过年前后的琐碎事，又聊着初几初几该去走哪家的亲戚，未聊完，就又慌忙回家准备中午饭去了。

老家人，中午是要吃菜的，也就是几碗水煮了一样，漂着几点油星的萝卜、白菜、豆腐与粉条之类的素菜，馏了年前蒸的年馍，算是主食。早上吃饱了浇汤面的娃娃们，只是匆匆夹了两筷子菜，就拿着馍出门玩去了。

走亲戚、挑灯笼与"燎慌慌"

初二是"新陵"，这一天，老家人是不走亲戚的，若家里近三年内有故去的老人，亲戚们才去：一是要去祭奠故去的老人；二是过年后第一时间赶去，表示对亲戚家失去亲人后的安慰与问候。

初二"新陵"过后，媳妇回娘家，外甥看舅，侄子看姑，各自带了礼馍与点心，就开始正式走动开了。乡路上，满是穿着新衣服提着礼品走亲戚的人们，或是骑着自行车，或是步行，而跑在最前边的一定是孩子们，他们操心的是去了舅家、姑家或姨家，能吃到什么好吃的，能得到几毛钱的压岁钱。

亲戚走完，就到了正月十五。十四到十六这三天，是挑灯笼的时间。孩子们挑了舅家送来的灯笼，到了正月十六最后一天，叫碰灯笼，要相互碰烂碰着了灯笼，看着灯笼在手里挑着烧完，就算过了十五，这是年即将结束的倒数第二个活动。

正月三十日晚，过年的最后一个仪式"燎慌慌"开始啦。"燎慌慌"，就是要把从年前开始，到现在这一段时间的慌乱以及不安定的思绪给燎掉。

各家在大门口堆起柴草，堆得越高越好，火点着后，年轻娃们以跳高前助跑般的速度远远地跑过来，从那火堆上一跃而过，这家跳完，又去旁边人家门口的火堆上跳。难免有跳不过去，掉入火堆的狼狈时候，火烧着了过年的新衣服与头发，烧掉了眉毛，哈哈，那就等着回家后大人们一顿好好地收拾吧！年轻娃们燎完了，年龄大的老人们，这时才从那行将熄灭的火堆上颤颤巍巍地跨过去。

燎了慌慌，这年，就算是真正过完了。这个时候的人们才静下了心来，谋划着春耕要准备的农具，准备开春耕种的物资。平凡普通、艰辛劳累的新的一年，又真正地开始了。

过去的年是一味药

也许是那个时候我年龄小且太单纯，不知道生活的艰难；也许是那个时候物资极度匮乏，能穿上一身新衣服，能吃上一个白馍，能吃上一碗肉汤泡馍，能吃上一碗浇汤面，即视为天下最美的事。走亲戚能得到三个核桃、两个枣与一把花生，都是那么地快乐与喜悦，拿在手里，舍不得大口吃，而是一点一点，小心地用门牙咬着吃，为的是在更长时间里慢慢地享受与体会其中的味道。兜里有了块把钱，就觉得非常地富有，到了没人处，把毛票数了一遍又一遍，而后折好，小心地装入衣兜里，还要把手伸进去摸摸，还在，确认没有问题了，最后，在兜外再拍一拍，让它在兜里放实在，这才放心了。

写了这些过年的琐事，我是为了记录下我们小时候过年的场景，作为过去艰苦生活的备忘录也好，作为乡土年文化一个小小侧面的记叙也罢，我想把它以文字的形式留下来，使我们不要忘记过去，不要忘记艰辛的日子里夹杂着的那一份快乐，不要忘记那段难忘的岁月。

那些年，过年的滋味是一味洗涤了我们灵魂，昂扬了我们斗志的良药。它使我们明白了许多的道理，让我们坚定而正确地走好脚下的路，积极而阳光地面对未来。

古槐祭

中秋节前回老家大张寨，一进马家巷东口，我就远远地望着那长在庙门前的古槐，这已是多年以来回老家的习惯。古槐，是每次回老家最早看见我，最早迎接我的第一个亲人。

咦，咋搞的？这个时候，古槐枝干怎么会光秃秃的，没有了往日繁茂的叶子？心里不由得惊疑起来。

进家门后，我跟二哥没有说几句话，就赶紧问起古槐怎么没有了叶子，这个季节不是古槐落叶的时候呀。"树死了。"二哥声很轻，没有了第二句话，明显可以感觉出来他心情不好，不想再多说了。"咋搞的？我清明节回来时，树还好好的，怎么说死就突然死了？""唉！也许是给树周围修那一圈低矮的水泥围挡，把给树根供水分的路堵住了。树死后，县上林业局的人还来看过几次。"二哥简单地回答了我，并把话题岔开，"你回来走的哪一条路？从备战路下来，走王官村过凹底回来这一条路好走，那路是才修的，又宽又好。"他不愿多说关于古槐的话题，我也不再多问，跟他一样，我心里同样很不是个滋味。

古槐，是挂牌保护的古树，是马家先人早年迁徙于此后栽植于巷口的。在村里，特别是在我们马家人的心目中，它的分量是很重的，奉他为神树！它陪伴着多少代马家人一路走来，它不仅仅是一棵树，它还是一位历尽沧桑的老人，它是我们这一族人精神上的依托。平日里，人们下意识地敬重着

207

它，保护着它，没有人去动它的一枝一叶，也没有一个人忘记古槐保佑我们祖祖辈辈的诸多好处。

古槐几百年来守护着这一方土地，记录了多少风霜雨雪，经历了多少悲欢离合，它把它们都装在了心里，并以无字书的形式展现给树下马家的一辈辈人。

古槐下响起过土匪密集的枪声，马家人用冷兵器，以一腔热血，以不惧死的硬汉精神，对土匪进行了殊死反击。解放战争时期，有阵子好几天不断从古槐下走过全副武装的国民党军队。紧随其后，彭德怀指挥的西北野战军其中一部就驻扎在古槐下。没过几天，这一支部队又从古槐树下紧急奔赴扶眉战役的战场……而今，没有了古槐，这些只有古槐见证过的生动画面，将永远失去历史的见证者。

不管是如今还生活在古槐下的马家人，还是离开故乡在外工作的马家人，常以古槐为傲。他们说起古槐来，是多么的自豪，我们马家庙门前的古槐如何如何，古槐下曾发生过如此这般生动感人的故事，眉宇间往往飞扬着一种独有的自豪与排场。古槐，成了我们马家人人生路上嚼不尽的一袋干粮。而今古槐不在，怎么给旁人说起古槐经见过我们马家一族的非常人生与风云激荡的不平凡故事呢？

平日里，马家人端了饭碗来到古槐下，开着老碗会，话桑麻，言世情，边吃边聊，那是多么让人舒心而又惬意的事。夏夜里，月亮透过古槐树枝洒下斑驳的光影，树下常常围坐着一大圈人。古槐下，因为其特殊的位置、热闹的场面，而被众亲人们称作"议事厅"。大一点的小孩听老人谈古论今，侧着耳朵听那既害怕又还想听的神仙鬼狐的故事；小一点的孩子在一旁躲猫猫，打闹嬉戏玩耍。一辈一辈的人，就这样从古槐下走了过来，谁人心里不惦记着古槐？哪个在古槐下没有接受过古老的乡村文化的启蒙与熏陶？而今，古槐不在了，那些美好难忘的时光，也只能化作心里永远的记忆了。

一棵树，就是一位无言的老者，它以沉默不语，以长久的时间磨砺而树立起一面精神旗帜，内敛而威严地感化、教育着来者。一棵树，就是一本读不完的书，只要你用心，就能从中读到许多许多的东西。而今，老者离去，大书合上，古槐不在，让人情何以堪？

古槐已走，意味着我们的缘分，就是在今日目送着它的背影时，渐行渐远。我们站在这里无助地看着它远去，它的背影默默地告诉我们：不必追，不必伤感，生活还是那个生活，日子还要往前过呀！

古槐，不喧哗，不招摇，以自身的丰富安详与厚重沉稳，影响并引领着树下马家人尽力追求着自己精神上的丰富安详与厚重沉稳。古槐累了，要走了，谁也阻挡不住它。一路走了几百年，几百年来，它的步履已不再那么灵便，它的腰杆已不再那么直挺，它的喘气已不再那么轻松。它够累的了，那就让它好好地歇息去吧。云有它的漂泊，风有它的流浪，哪一种生物不是从生的那一天起，就走向死的那一天？不管怎么说，马家人会记住古槐的好，会把它的故事讲给后来的子孙们听：过去，庙门前有棵古槐，那古槐曾经怎么怎么样，其中怎么怎么着，后来又怎么怎么了……

关于古槐，它的很多故事，马家人会口口相传，一代代接力传承，把久远的古槐的身世述说下去。

古槐已去。古槐下坚强勤劳的亲人们还在，古槐下这方坚实的土地还在，一切的一切还在！不怕，不怕，古槐的魂灵会长远地护佑着这一方土地上后来的子孙们。

我把这个秋日，视作古槐的忌日，我没有机会焚纸奠之，谨以此拙文祭之。

打铁花

夜晚，村街上站满了老老少少的乡里乡亲，他们的脸上，是满满的期待与喜悦。打铁花，一场振奋人心、有悠远历史的喜庆活动马上就要开始了！

嘭嘭嘭……八个板子一起击打铁水升空的声音响过，千万朵红黄色的小豆豆花，组成了八个管柱状的红筒飞上夜空。这红筒到了几丈高的空中，立即向外分散开来。那小豆豆花，刹那间开放成无数朵灼人眼目的绚丽花朵，以硕大的伞的形状飘落下来，随着这火树银花般的瑰丽花朵飘落而下，周围是一片热烈的喝彩与尖叫声。呵呵，这是我小时候，老家大张寨人打铁花的景象。

打铁花，村子里的娃娃们，从大人们白天找寻打铁花的原料开始，到晚上打铁花收场，一个个乐得屁颠儿屁颠儿的，咋呼着，嬉闹着，窜来窜去，也不知他们忙着什么，他们就是一个高兴，就是一个快活。

老家打铁花的活动，常在正月十五举办，也有农闲时打一次铁花乐一乐的。打铁花，最早是为了祭祀道教始祖太上老君，后逐渐衍化成为一个传统的喜庆娱乐活动。到了这一天，各家各户都找来用废了的犁铧、门上用不成了的铁闩子，还有烂铁锅之类的废旧铁器。到了下午，娃娃们把大人找好的这些废旧铁器，早早就喜滋滋地抱到了打铁花现场——斜对门大爷家门口的大槐树下。

天一擦黑，咬着旱烟嘴、话语不多的大爷就生起了打铁炉子。急不可耐的娃娃们抢着要拉风箱，更有性子急的，使着牛大的劲儿歪斜着风箱杆拉风箱，没几下，就拉翻了风箱上边压着的石头，风箱也跟着倒了地。这个拉风箱的小子，被大人骂开了："起来！你个碎熊货，把吃奶的劲儿都用上了！哪有这样拉风箱的？去！滚一边儿去！换一个能行娃来拉！"他们一边骂着那个拉倒风箱的倒霉蛋，一边扶正风箱，给风箱上边重新压上了石头。换上去的能行娃，看到了前边拉风箱者的闪失，有了经验，人坐正，双手上下握着风箱杆，哐哐哐，在行而有节奏地拉起了风箱，那打铁炉子里的火，随着风箱一下下的拉动声，呼呼地往外吐着长长的火舌。

这时，天已大黑，化铁炉里的废旧铁器被打铁炉子的大火不断烧着，一点点熔化成铁水。娃娃们几层子围蹲在火炉一旁，定定地看着那些铁器在炉里慢慢地变软，而后熔化。一明一暗的炉火，在他们喜不自禁的脸上，一闪一闪地跳跃着。

铁水熔化好了，娃娃们被大人叫着往后散开，外围站着看的大人也往后退了，让出了打铁花的地方。

八爷、理儿大哥和四谊哥等八个年轻力壮的打花把式，都戴上了草帽，在没有遮拦的空地上做好了准备。他们在宽约一尺、长约三尺的薄木板的一头，用锯末围成一个圈。这时，他们弯腰一起从地上端起木板，面朝南，蹲着马步，双手平端木板整齐地排成一排。像老将军一样威严的大爷，从炉子上端起带着长长木把的化铁炉，把红得发黄白的铁水，快速地一个个倒进八爷他们平端着的木板上的锯末圈里，大爷迅即退去。

打花把式一显身手，充分展示他们高超的打花水平，激情的表演马上就要开始啦！

打花的其他七个人，向左一齐看着领头的大把式八爷，八爷只是回看了他们一眼，这眼神交流只是那么一下子。只见他轻微地一晃身子，其他的人马上就领会了意思，这是指示开始。八个人，一个离一个有三米远，他们端着木板，先把那一千六百摄氏度以上的滚烫铁水从木板上颠起在了空中，又原封不动地让铁水回到了板子上的锯末圈里。八个人板子上铁水颠起的时间、颠起的高度与回到锯末圈里的那一瞬，节奏感强烈，整齐划一，丝毫不乱方阵，那形象、那神态有肃穆庄严之感。如果掌握不好技巧，铁水就会从木板上滑落下去，搞不好还会伤人，这是一个危险的技术活，完全凭经验与感觉。

好，第一颠成功。紧接着再颠起来。这第二颠，铁水跳起来的高度要比第一次高，跳起的铁水，还要原封不动地回到木板上的锯末圈里去。两次在板子上颠起铁水，这是在积聚力量，也是为了增加表演效果，让围观的人们看看打铁花人的真本事与真功夫。

第三颠，颠起来的铁水又要比第二次高。这一次，颠起的铁水不让它回到板子上去，而是要打到空中去。只见八爷他们双手端着木板，用尽全身的力量，拼了命地往上击打那在空中被颠成了一团火球的铁水，那一刻，人端着木板，有了猛虎出山一跃而起的大幅动作。那铁水，受到猛力击打，哗的一下，齐刷刷地直筒状冲上夜空去，旋即散开成花。夜空里铁花纷飞，朵朵绽放，分外抢眼。那场面，十分壮观，村庄的夜空顿时如仙境一般，围观的人们血液也随之沸腾了起来，不知自己是在天上还是在人间，兴奋地跟着欢呼起来。

看呀，快看呀！你看那打花人从开始准备，到把铁水击打到空中，精神高度地集中，以至于他们的脸都抽绷紧了，有了大战前的那种紧张情绪与战之必胜的狠劲儿。从铁水在木板上三次颠起，再到最后用尽全力噢啊一声长啸着击打出去，八个人的动作是有默契的，规范、整齐而一致。那身姿与动作，雄强奔放而势不可当，多么地洒脱，多么地张扬，多么地忘我！这个时候，对他们来说，天地之间只有我，什么愁苦悲辛、什么艰难心酸、什么日子的困顿与不易，全都抛到九霄云外去了，都不想了，都没有了，只有手里木板上的这团炽热跳跃着的铁水；心里只有一个念头，怎么样把它打得更高，打出的铁花，怎么样让它开得更加丰艳俏丽，更有非凡的风姿与韵致。

打铁花，是雄强浩大之力量与精神的迸发和宣泄；是烈火熔化后的铁水，在夜空中被猛烈击打后带着滚烫温度开出的灿烂至极的花儿。打铁花，是关中这片黄土地上人与火、人与铁的另外一种液体形态的激情舞蹈；是下苦人自己以最廉价、最简陋的原料与工具，创作制造出来的非同凡响的魔幻美景；是以传统的原始的烟火，对现实生活和未来前景的一种深深的赞叹与美好的期盼。舞台上，有些自称高明的所谓舞蹈家，他们哪里有过在这片土地上头顶烈日或顶风冒雪汗珠子摔八瓣累的劳作？他们哪里又有挚爱并坚守着这片黄土地的深厚情感？他们又怎么能比画出这从生命深处迸发出来的大气磅礴而震撼人心的舞蹈动作？不可能的，万万不可能的！

铁花一圈打完，又开始打第二圈，朵朵铁花在夜空中尽情纷飞，肆意绽放，不停地有比绿豆小一些的铁豆唰唰地落下，小铁豆都带了一个小尾巴，这是铁水受到强烈击打升空后快速落下形成的。有好事的小娃去地上捡，被烫得哎哟哎哟怪叫着。"鬼熊娃，那铁豆怎么敢去拾？看不烫烂你个狗爪爪！"那边，有大人在吆喝着自己的娃娃。

铁花还在打着，村里老少的人们，仍仰头看着那铁水幻化成绚烂的花在夜空中尽情绽放。他们的脸，也笑成了花。此时，他们跟打铁花的把式一样，忘记了一切，沉醉流连在其中了。嘿嘿，拥挤的人群里，不断有惊叹赞美声："哎呀呀！快看这花！""嗬哟哟！好看很！""我的天神，这花打得才叫个美呢！"

艰难的日子里，没有多余的钱去买烟火，文化娱乐活动极度贫乏的农村，老家人就是以这古老的打铁花的方式代替烟火，自己给自己创造一点乐趣出来，给艰辛困苦的日子寻找一点欢欣，给寡淡灰暗的生活增添些许的色彩。

　　打铁花时的热烈气氛，那像过重大节日一样热闹的场面，仿佛昨天发生的事情一样，历历在目。可惜岁月不饶人，当年打铁花的把式，张罗着、参与着与观赏着打铁花的大人们，有的已离去多年，再也回不来了；有的已成为风烛残年弯腰驼背步履蹒跚的耄耋老人了，没有了当年的英气勃发、生龙活虎与威风凛凛。

　　想起打铁花的往事，想起老家打铁花时那么多的乡里乡亲，温馨中夹杂着那么一丝伤感。

感念玉米

玉米和小麦，是关中主要的两种农作物。原先，在老家大张寨，人们还种些豌豆、黄豆、绿豆等杂粮与牲口吃的苜蓿之类的草料植物。再到后来，豆类杂粮因其产量低，又饲养不了牲口，就被舍弃不种了。

农历五月初麦子收后，玉米种子下了地。它不像麦子文雅得似乎有了贵族气，小麦先一年秋天种下，发芽露头，而后踱着方步，晃晃悠悠地度过冬，过完年，到了第二年春天才站起身来，伸了伸懒腰，不紧不慢地生长着。一直到大热天，在布谷鸟急促的鸣叫声中，这麦子才不慌不忙的成熟了。玉米，生来就是个急性子，播种下去，刚从地里出了苗，就像被什么无形的东西猛拽着往上蹦一样，仅四个多月的时间，就噌噌噌地长过一人高，玉米秆与长长的叶子还鲜绿着，就有了成熟的抱在怀中的玉米棒子。这低看了自己，快速长成的玉米，难道是要早早地给高贵的麦子腾出地方来吗？

对玉米，我是熟知的，难忘其侍弄的艰辛与它在困难时期对农人的救命之恩。

早先，老家收完麦子，碾打晾晒入仓以后才种玉米。到了后来，人们为抢农时与提高产量，采取了豁播方法，就是在麦子还没成熟收割之前，用自制的豁播工具，豁开稠密得走不到前去的麦子，提前把玉米种子种到地里，目的是错开夏收农忙高峰。三夏大忙，农人们既要抢收小麦又要抢种玉米，把后边的抢种提到了抢收之前，这就少了太多的紧张。另外，玉米早播种，不仅可以早收获，还能大幅度地提高产量。

忙完夏收，累得黑瘦黑瘦的农人赶到地里，去看那收麦前豁播下去的玉米。嗬，玉米苗已长得和麦茬子一般高了，大约有一寸的样子。玉米苗出了地，很快就要间苗，从这个时候起，侍弄玉米的艰辛时日就真正开始了。

每浇了地或者一场雨下完，人就要锄一遍地，一是防止土地板结，二是为了保墒。玉米生长期间，正是一年中天气最炎热的时候。太阳，已被自己热傻了，痴呆呆地挂在天空，一动也不动，暴晒烘烤着大地，热浪滚滚，人要窒息了一般。农人的锄把，在全是汗水的手心里直打滑，每一锄下去，扒开的土坷垃，都有热气呼呼地往外冒，脚踩上去，滚烫滚烫。大太阳底下，他们身上穿的衣服仿佛被烤焦了，烧灼得肌肉火辣辣地疼。如雨一样落下的汗水，浸湿了这被晒得能冒出烟来的衣服，衣服湿了又干，干了又湿。脸上哗哗流下的汗水，流进眼睛里，蜇得人眼睛半天睁不开。

这说的是能浇上水的玉米地，或者雨水及时的年份。不能浇上水或干旱的时候，在老家大张寨，老年人用绳子的一头拉着青壮年，而绳子另一头的青壮年从宝鸡峡西干渠陡峭的水泥板斜坡上提着水桶下去，一手拽着绳子，另一只手提着桶，把水从大渠里一桶桶提上来，倒入渠边干涸的地里。远一点的二畛地，要有架子车拉着装满水的大汽油桶，弯腰拉着，吃力地走过坑洼不平的田间土路。到了地头，用马勺给每一棵玉米苗根部浇半马勺水，这叫保苗，意思是给浇点水，不要旱死了玉米苗。然后心里祈盼着有一场好雨降下来，滋润救活玉米，到了秋天多少有些收成。他们干着当时被叫作拿人肉换猪肉的大苦力活，不时抬头望那天上移动着的云朵，嘴里骂着："这狗日的天，不要人活了！老是撑住不下雨，要把田禾全都旱死呀！"

农人们一边骂着不下雨的天，保着苗，和天抗争着；一边又渴求着老天能痛痛快快地下一场透雨，解了这旱情。神婆与一大群村上的老婆婆东颠西跑，在爷庙里虔诚地烧纸磕头，口里念念有词，祈求老天爷下一场拯救众生的及时雨。

　　就在这艰难的抗争与对雨水热烈的渴盼中，玉米苗长过了脚脖，长过了膝盖，长过半人高，很快，就越过了人头顶。此时的玉米地，真正成了遮天蔽日的青纱帐，连天的碧绿，远远望去，浓密的绿连接着浓密的绿，整片整片望不到头的玉米地成了没有边际的绿色森林，煞是好看。

　　玉米长高了，不管是浇了地还是下了雨，地还是要锄的，化肥还是要上的。这个时候，人走进玉米地，就是钻进了密不透风的玉米森林里。闷热至极，没有一丝风。似刀子一样锋利的玉米叶子，划得人脸上与胳膊上满是血印子，汗水流入这血印子，蜇得人又疼又痒，人们只能忍受这疼痛与瘙痒，没有办法，活还得继续干呀！干完一晌活从地里出来，谁的脸上与胳膊上不是一道道的血印子？谁不是满脸涨红与一身的汗水？那脸上与胳膊上的血印子被汗水浸了，越发鲜红夺目，像一道道画上去的红线。

　　大人们辛苦着，那些毛猴娃娃们倒是好，个子小的他们，像快乐的鱼儿游进了绿色的海洋，猫着腰在里边窜来窜去玩着。几十亩或者几百亩大的玉米地，没有任何参照物，他们在其中却能准确地判断自己到了什么位置。玉米地里，哪里蹦出了一棵西瓜苗，哪里有一颗杏核长出了一棵杏树芽，他们都了如指掌。不管从哪个方位进入玉米地，他们都能直奔目的地，去看那西瓜苗扯蔓了没有，杏树芽长高了没有。玉米地成了他们的游乐场，成了他们尽兴玩耍的天堂。

　　收获玉米的季节，是一场比夏收更为艰苦的劳作与付出。有人说，把玉米连根挖了，刨出地，再掰玉米棒子，一遍就过了，这样整端。也有人说，先掰了玉米棒子，再连根挖了，好出手。还有人说，先从根部用镰刀砍了，一个个掰了棒子，刨出玉米秆，再单独去挖玉米根。总之，各有各的说法，各有各的干法，不管怎么个说法、怎么个干法，这收玉米的活，绝不是个轻松活。抱一堆玉米秆，扛一袋子或者胳膊弯挎一担笼玉米棒子走出玉米地，脚下不利索，周围又有玉米秆的拦挡，哪个不是跌跌撞撞、磕磕绊绊地走出来？哪个不是吭哧吭哧、一步三流汗的难场样？

每到秋天，往往是雨水最多的时候。人们在泥地里忙碌辛苦着收玉米，那活真不是个好活，那滋味，也真不是一个好滋味。好不容易掰完玉米棒子，然后把它们在地头装入蛇皮袋子，再用架子车从半腿深的泥水路上拉回去，每走一步都艰难，每走一步都是要拼了命的！

如今，老家全种了果树，多年不种粮食的老家人说起过去种玉米，还感叹地说那是个折磨人的活。玉米生长期短，从种到收就短短一百多天的时间，是紧死忙活的事。说起过去，他们常常一声长叹，有了话："就是这累死累活收回来，就是这最难侍弄、最难做饭食、最难吃的玉米，队上分的和自留地种的，那时，也不够一家人吃啊！"

不管怎么说，就是这把人能忙死、累死、逼死，也是最难做饭食、最难吃的玉米，在最困难的时期成了主要的口粮，我们是吃着它长大的。

小时候在夏收后，老是听到大队的大喇叭里喊着夏粮歉收秋粮补的吆喝声。玉米，成了老家人果腹的食物。尽管那时上顿下顿都是玉米面做出的各种饭食，吃得人心里发苦胃里难受，但毕竟有了它做主食，有了它的帮衬，使得我们在那个苦难的年代没有被饿死，它帮助我们度过了那段刻骨铭心的苦难岁月，玉米，对我们是有恩的。

我是真诚地感念玉米的，它养活了我与一大批人的命。玉米，它和我的生命结合在了一起，它幻化成为我体内奔流的血液，它成长强壮了我的骨骼，我怎么能忘记它？这如亲人一样的玉米啊！

许多次在梦里，我都梦见一望无际的玉米地，那玉米秆上已结出硕大的玉米棒子。微风吹过，玉米叶子沙沙地响着，那声音好似天籁之音，煞是好听，那玉米秆子上的棒子随着微风晃动，有了绅士的风度。就在这玉米地里，我看到，有老家大张寨的许多父老乡亲忙碌着农活……

背镆记

儿时看电影

儿时，在老家大张寨，村里或者外村要演电影，对我们这些娃娃来说，那绝对是一件欢天喜地的大事。从得知消息那一刻起，我们就开始兴奋，大人们派的活与安顿的事，每一个活都干得分外卖力，每一件事都非常用心地去做。

在我十岁以前，自己村里要演电影，祖父年龄大了不去看，但他是千叮咛万嘱咐了我的："看电影就是看电影，不敢惹事，不能和别的孩子打锤闹仗，有了啥事，多让着旁人一点！电影一完，就赶紧给回走！"外村演电影，他是坚决不允许我去的，常是那句说过多回的话："你还是个碎娃，我操不了那心，黑天半夜跑那么远的路去看电影，都是些半大小伙跟不懂事的娃们一起吆喝着去，失事闯祸的。你说，你去外村看电影，我在屋里能睡得着觉吗？"

记得那是个深秋的下午，村里晚上要演《地道战》，母亲让我去二畛地一大片掰过的玉米地里捡拾玉米。嘿，捡拾玉米呀，那是我的长项呢，我挎着担笼，蹦跳着，哼着歌，高兴地约了几个小伙伴，一起钻进了那片玉米叶子已经干枯，还没来得及挖玉米秆的地里去捡拾玉米。

我胳膊弯挎着担笼，左转过去走几步，眼前的玉米秆上就是一个被漏掰的玉米棒子，一转身，又是一个；往前，没走多远，又是一个漏掰的玉米棒子。没多长时间，我就拾了多半笼子，而我的同伴们，有的只拾了几个小得

219

可怜的玉米棒子，有的担笼还是空的，一个也没拾上。他们赶过来，一脸崇拜地问我有什么窍门，我说："啥窍门都没有，就是个感觉，感觉前边有，去了，果然就有！"这时，有同伴学着电影《地道战》里的汤司令竖起大拇指，向日本军官谄媚地说着的那句话："高！实在是高！"这一说不打紧，同伴们想起了晚上的电影，没有了拾玉米的耐心，不知谁喊了一声："快回！快回！快回去占地方去！去迟了就没地方啦！"说完，我们就从玉米地窜了出来，撒丫子往村里跑。

看电影占地方是很有意思的事。有的放了凳子，有的放了几块砖，有的干脆就搬了两块胡基（方言，土坯）立在那儿，也有的娃们在地上画了个圈，这是不顶事的，等画了圈的娃们找了来，已占了地方的娃们会理直气壮地说："你说你在地上画了圈，圈在哪？天黑，谁能看得见？你就是给这放个土疙瘩，也顶事哩，我就知道这是你占的地方。这啥都没有，你咋能说这就是你占下的地方？"来找地方的娃们有口难辩，没了脾气。

电影开场，一般都是加演《新闻简报》。这时，外村的人跑了十几里路才赶了过来。银幕下，最前边是坐小凳子的，小凳子后是坐高凳子的，高凳子之后是站着的人，最后边，是站在凳子上看电影的人，一层又一层的人站满了村街，把电影银幕围得水泄不通。来晚了的外村人，只能挤到前边去，站在外围，抻长了脖子看，而他们往往挡住了后边人的视线。这个时候，后边的人立马就大喊大叫起来，说挡住了他们，让站着的人蹲下。外围的人蹲下一会儿，看不见银幕，又站起来，后边的人又大叫了起来。密密匝匝的人群，现场被挤得满满的，这时，就有维持秩序的出来了，几个人拿着事先准备好的长竹竿，左右去扫、上下去敲，让外围站着的人蹲下去。一场电影看完，这竹竿要反复用上好几次，往往就有几个人的头被竹竿敲出了大包。

看电影的人多，银幕前边挤满了，没有了立足之地，很多人不得不到银幕后边去看，他们看到银幕上的人物、场景和方向正好是相反的。

看电影的人边看边议论着，都是看了多遍的老电影，上一句台词刚一出来，就知道下一句台词是什么。《地道战》《地雷战》《小兵张嘎》《南征北战》《侦察兵》《渡江侦察记》和《闪闪的红星》等电影反复看，百看不厌，许多人把经典的台词常挂在嘴边："挖地三尺，也要把他给我掏出来，看看高家庄的地道能盛多少水！""不见鬼子不拉弦！""老子在城里下馆子都不要钱，别说吃你几个烂西瓜！""张军长，看在党国的分上，拉兄弟一把吧！""我胡汉三又回来了！"许多许多的台词，娃娃们是烂熟于胸的，平时的生活中，这些台词冷不丁就会从他们的嘴里冒出来。

冬天，西北风呼呼地刮着，那银幕被风刮得一会儿凹了进去，一会儿又凸了出来，银幕上的人物也跟着变了形，但这丝毫不影响大家看电影的兴致与热情。凛冽的寒风如锋利的刀子刮得人脸生疼，抄在袖筒里的双手，一个晚上都暖不热。双脚被冻得仿佛不是自己的脚，但这些全然忘记了，大家只是专注地瞅着那银幕。等电影看完，一抬腿，不会走路了，用力地在地上跺几下脚，有了知觉，才能正常走路。

夏夜，正放着电影，有时突然会下起大雨，有人给放映员与放映机打着伞，自己却淋在雨中，他们一手打着伞，两眼却紧紧盯着银幕，生怕错过电影中的每一句台词与情节。银幕下看电影的人们在心里祈求老天再别下雨了，又希望放映员不要因下雨停演，看了半截，那会难受得一个晚上睡不着觉呢。也许是观众的热情感动了放映员，电影继续放映着，现场的观众对放映员充满了感激之情，那种感激之情，就弥漫在这乡村雨夜的放映场。雨，还在下着；电影，还在继续放映着，放映机投射到银幕上的光柱里，可以看到白色稠密的雨直直地急速地唰唰落下。

电影完了，村里的人很快就回家了。外村的人，还有十几里的路，他们就冒着雨往回跑。雨中跑着，他们还说笑着电影中的情节，还学着电影中人物的对白，也不觉得路远了，也不管被雨浇成了落汤鸡。那个年代，年轻人能看上一场电影，那个快乐、那个兴奋劲就别提啦！

多年过去了，儿时看电影，就像昨日发生的事情一样清晰难忘。那个年代，没有如今的电视、电脑与手机，看电影几乎是唯一的高级精神享受。电影，是那个时候清贫困苦的生活中的一抹亮色，是焦渴干涸的心灵上流过的一股清泉，是沉闷艰辛的时光里悠然响起的一支欢快的竹笛，让人们的心灵得到了慰藉，是精神可以栖息的一方高地。现在回想起来，那个欢乐、那个难忘的经历，仍然充盈着温馨的滋味。

老电影，是那么真实生动、那么亲切感人，尽管那时电影拍摄条件与特技效果远不如现在，有的电影演员甚至普通话说得也不那么标准，可你别说，在某些方面，这反倒增加了电影的真实感，丝毫也没有影响观众对这些电影演员的喜爱，也没有影响电影本身的艺术价值。

难忘儿时看电影的场景，难忘儿时看过的那些优秀的、让人难以忘记的好电影！

攒枋

攒枋，就是做棺材，在老家大张寨以至关中许多地方，都是这样叫的。攒枋，外地人可能不知道是干什么，但看了文章开头就明白了，这是做棺材的意思啊。无妨，这是吉利之事，升"棺"发财嘛！

攒枋，给老人做棺材，在老家是一件盛大而隆重的事情。

以前，老人们过了六十岁，儿女们就要开始操心给老人攒枋了，老家人信奉枋攒得早了好，会给老人添寿。到了老人该攒枋的年龄，儿女们先打听哪里有卖好枋板的。日子过得好、家底殷实的，会花大价钱去买柏木板，柏木板不光材质细腻坚硬，而且有特殊的柏木香味，这柏木枋不光防潮防水性能好，还有奇特的杀虫灭菌功效，是上好的棺板用材。还有用了"四页瓦"柏木枋板的，也就是说，棺材是用四块整木板做成的，你想想，那该用多粗的一棵柏木，才能锯出这么大的四整块柏木板？"四页瓦"棺材，那是极稀罕的，是大的财东家才可以做的，做这种棺材的财东家，在方圆几十里，许多年里会被众人常常提及，被众人羡慕。

家贫无能力的人家用椿木、桐木或杨木薄板等廉价的木板，钉成一个简单的四方形的大木盒当了棺材。这个时候，乡邻们会长叹一声："唉！有啥办法？日子过得恓惶成了啥，活着的人都活不下去了，亡故之人，只能钉一个木匣匣把人送走了！"

"四页瓦"与木匣匣两种棺材，这都是个例，一般人家给老人攒枋用的木板，大都是产量大、质地较好的松木板。做枋的松木板拉回来后，在屋内墙根下垫了砖，靠墙把板子整齐地摞在砖上，如板子不是很干，怕变形走样，主家还要把枋板两头和中间用粗铁丝缠绕几圈拧紧放置几年，等它慢慢地自然阴干，再择时攒枋。

松木枋板阴干好，准备攒枋了，大部分的人家要选有闰月的年份。选有闰月的年份，是祖辈传下来的说法。关于这种说法，我也曾问过村里的老人："为啥要选有闰月的年份攒枋？是对老人好，还是对后辈人好？"他们回答我只有两个字："都好！"但是，再也说不出个所以然来。末了，他们会有这样的话："祖辈都是这样说、这样做的，我爷，我大（爸）活着时，都是这样过来的！"我想，选有闰月的年份攒枋，农历的这一年里多了一个闰月，应该是取日月长久之意，不仅会为攒枋的老人增寿数，也寓意主家后辈会人丁兴旺、生生不息。

好，这一年是有闰月的年份，儿女们找来了在方圆村子攒枋攒得好、有名气的木匠。枋，开始攒了，老家人把这叫作"给大（爸）给妈盖'新房'呢"。攒枋，这是家里重大而神圣的事情，儿女们停下手上所有的事。首先，他们一定要照顾好给老人盖"新房"的匠人，好烟、好酒招待，每顿饭，盘子上盘子下，好菜好饭伺候着。另外，主家的儿子也会前后跟着匠人，说是招呼着匠人，看匠人需要啥东西了好方便照应，实际上，是给老人的"新房"当监工，怕攒枋的匠人把活没干好。

成棺这天，也就是老人"新房"盖成之时，主家要像过事一样举行热烈的庆典活动。放炮是少不了的，大炮、鞭炮一齐上，嗵嗵嗵、噼里啪啦地连声炸响，满地是红红的炮纸碎屑。消息灵通的放铳人也赶来凑红了，不管三七二十一，铳子对了天空先咚咚咚地放上一通，完后，放铳人嘴里叼着烟，眯缝着眼，进了主家门要放铳钱来了。

放了炮，老人的女儿女婿、外甥等晚辈，要给老人的棺材搭红。搭红，就是给新做成的棺材搭上一条条的红缎被面子。搭红这个仪式，图的就是个喜庆热闹。这时，棺材未来的主人，满脸是笑的老人在大家的祝福声中，走到自己的"新房"前，里里外外细心地看一遍，再用手这边抚一抚，那边摸一摸，对跟着他的攒枋匠人与亲朋好友们夸奖开了："你看人家这能行匠人，把我这'新房'盖得多好，活，做得细法很！可把匠人麻烦扎了！"跟在一旁的匠人谦恭地接了话："叔，不麻烦，不麻烦！给你老人家盖'新房'，不敢有一点马虎，你看啥还不合适？不合适了，我给咱再重新拾掇！""好着哩，好着哩！没啥弹嫌（方言，挑剔、嫌弃）的，没有啥弹嫌的！"老人笑呵呵地说着。

那天，我和几位朋友去老家礼泉，参加一位老先生棺材做成后举办的庆典仪式。仪式最后，那位站在自己棺材前的老人讲了话，他先感谢了给自己攒枋的匠人，又说了儿女的孝顺，然后他说："今儿个是我'新房'盖成的好日子，来了这么多亲戚和老朋友，我高兴得很！来的人我都记下了，我真心感谢你们呢！"他话锋一转，又说："等我住'新房'那一天，今天来的人都要来！那一天我注意着呢，谁不来，辈分比我高、年纪比我大的，我肯定会埋怨怪罪的！辈分比我低、年纪比我轻的，我会不高兴的！"周围是一片笑声，老先生接着说："不说了，席准备好了，快动筷子！都吃好！都喝好！这席面，娃是精心准备了的，做厨的人，请的是县上有名的厨师。今儿个如果你们没吃好、没喝好，就直接当面先骂我！"老先生一番幽默风趣的讲话，引起一阵笑声。

跟我同去的几位朋友惊讶不已，问开了我："十里乡俗不同，你们老家礼泉还有这样的讲究？一般人忌讳说死的话题，这些老人却把死看得这么淡，真正是一种释然，是一种达观！视死如归，是真正的视死如归！"他们没听过，也没见过枋攒好了，还要举行这样的庆典仪式。"不光有这个仪式，老家的老太太们还会把她们给自己和老伴做好的寿衣没事了拿出来晒一晒，说是让人看做得好不好，实际上是一种展示，也是另外一种形式的显晃，是暗地里的一个比赛，是在看谁的寿衣做得好！"我接他们的话。

老家这从传统农耕文化传承下来的仪式，不光给老人枋攒好后，有了如此这般的讲究。同样，添了新生儿，从孩子出生那天起一直到满月，乡里乡邻每天都要在其家门口燃起熊熊大火，这一活动名曰"烧娃"。

人生除了生和死是个大事，其他任何的事能算得上是个事吗？算不上，算不上！老家人以朴素的、与生俱来的、可以称之为哲人的心态面对生与死，他们的那种开阔与敞快，那种大气与从容，那种喜迎生命、笑对死亡的态度，他们那种对生有大喜，对死无大悲无所惧的坦然，常常让我尊崇敬佩。通过他们，也让我学会了怎样面对生活，怎样面对人生。

大张寨的中秋节

小时候在老家大张寨，人们把中秋节不叫中秋节，叫作八月十五。过中秋节，他们称之为过八月十五。

八月十五这一天，母亲早早就发上了面。这发的面，是少许的麦面粉加了多半玉米面粉的两搅面。面醒发好了，母亲让我去三爷家借饦饦馍按子（在饦饦馍上压制图案的枣木模子）。还是孩子的我，等着吃这在平常吃不上的饦饦馍，内心是欢喜的，是乐于跑腿的。听了母亲的吩咐，飞也似的蹿出了家门，去借饦饦馍按子。

三爷家是老几辈的木匠，家里木工工具齐全，平日里要用锯子与斧子之类的工具，常去他们家借。他木工手艺精湛，家具与饰物上的刻花、雕花这些细木匠活，他更是身手不凡。就说他雕刻的这饦饦馍按子，上边高高的大树下灵气可爱的兔子，繁盛、生动逼真的花朵，圆按子周边还雕刻有异常精美细致的多层花纹。这按子按出来的圆形饦饦馍，直径约十厘米，厚约两厘米，从锅里烙出后，就真正成为一件可以吃的艺术品了，这就是八月十五我们要吃的月饼了。

饦饦馍吃在嘴里，慢慢咀嚼着，也许是馍里加有麦面，也许是它上边压制出的美丽图案对味蕾的诱惑与刺激，总之，这饦饦馍比平时的玉米面锅塌塌馍好吃许多。

用按子压了美丽图案的饦饦馍出锅后，母亲是不许我们弟兄三个先吃的，说是晚上给月亮爷献完后才可以吃。父亲在外教书回不来，那时的中秋节不像现在有了假期。到了晚上，母亲在洒满月光亮堂堂的院子里，端上饦饦馍放在凳子上，在旁边的粗瓷香炉里插上三炷香，领着我们对着这饦饦馍与缭绕着青烟的三炷香磕了头，祭月拜月后方可吃了。

母亲端起这盘子祭月拜月之后的饦饦馍，先给祖父、祖母端过去，让他们先吃，然后给我们弟兄三个每人发一个。吃着这带有美丽图案，有着麦子面独特香味的饦饦馍，望着明净夜空中那一轮皎洁的圆月，睁大了眼睛，看那月亮里是否有传说中的长袖飘舞的嫦娥与奔跑跳跃的玉兔，还有那永远砍不倒的桂花树。往往盯酸了双眼却没有任何发现，只是看到月亮中间一团阴影而让我们丧气不已。

看月亮让我们没有了兴趣，没有了耐心，于是，冲出院子去找相好的玩伴们玩去了。村街上，大树枝叶婆娑摇曳着，洒下一地如碎银子一般晃动着的光影，那树上唧啾了几声的鸟儿，倒是让我们来了精神。大家不吱声，侧耳去听那鸟儿在哪棵树上，仰起头往那树上盯着看了半天，看不见鸟儿的影子，于是就有小伙伴咚咚咚地用脚去蹬那树，另外几个人找来了土疙瘩与碎瓦片，一起往树上扔去。扑棱棱、扑棱棱，有鸟儿惊起飞走，我们看着它朝哪儿飞去，跟着追了过去。月光下的村庄，带有那么一丝神秘感，还有一种不能言说的欣喜氛围，成了我们玩乐的天堂……

儿时八月十五大张寨的人们是不走亲戚的，也没有如今的送月饼、送烟酒、送水果等礼行（方言，礼品），一是没有那个讲究，二是条件不允许。连吃饭都成问题的那个年代，如果还有其他的讲究，那是不现实也是奢侈的。

老家的八月十五夜晚，只有明镜一般高悬着的圆月，只有祭月拜月的饦饦馍，只有明月下村街上小伙伴们的嬉戏打闹。

离开老家四十多年了，每到八月十五，不管是在陕西，在云南，在山东，还是在湖南，我都惦记着老家的那一轮明月，想那饦饦馍，想那村街上包括我在内的顽童们的嬉闹声。任何地方的月亮都是圆的，都是明亮的，但是，在游子们心目中，老家的那轮月亮是最圆最明亮的，它是小时候黑夜里给了我们明亮眼睛的天使，它的光辉明丽使我们不惧怕黑暗与恐惧，而是从心底生出些许的暖意。月亮是柔美温和的，是可以信赖而成为知音的。

老家的饦饦馍也是最香的，尽管其中搅了多半的玉米面，但是，不管怎么说，那是当时故乡难得的美味，是妈妈的味道，到了现在，世界上有哪种月饼能胜过那种味道？还有儿时在老家月下共同戏耍的玩伴，他们每个人的形象、每个人的脾性与每个人的特长，我都记在了心间，跟他们是一辈子的记忆，一辈子的情意，怎么能忘记？在外工作的，外出打工的，还有在那片黄土地上继续辛勤劳作着的，尽管大家都在为生活奔波辛苦着，一年甚至几年都难得见上一面，但那份深深的情、浓浓的意，是永远忘不掉的。

今年春上，老家的桃树、苹果树与梨树上的花朵全被霜冻冻死，没有了收成，许多六十岁左右的老人被迫外出打工。八月十五中秋节，他们是在他乡度过的，家里留下了更老的空巢老人。我知道，这些远离了老家外出打工的老人，八月十五这一夜，他们一定是静静地望着月亮，想着老家的那轮圆月，想着他们的父母；他们的脸色一定是沉郁悲苦的，是没有一丝笑容的。为了一家人能吃上饭，他们被迫远走他乡去谋生，这有什么办法？

中秋节前后那些天，农民歌会参赛的一首歌曲《月亮爷》在电视上火得不行，歌中有这样的歌词：

> 月亮爷，本姓张，
> 骑着大马望故乡。
> 大马拴在摇钱树，
> 站在门前泪两行。

月亮爷，明晃晃，

他爸在外挣钱忙。

月亮爷，亮堂堂，

他妈在屋洗衣裳。

听着这歌，我丝毫激动不起来，想到老家那些和年轻人一样被迫外出打工的老人，想到他们家里更老的老人，心里不由得一紧，有了一种莫名的哀伤。

唉！今年这个八月十五，这个中秋节，过得没有兴致，没有一点劲。

第四辑

在心为志，唯你是念

人也一样，面对悲苦的生活，不悲观，不绝望，想开了，包容了很多的烦嚣与琐碎，咬着牙喘着粗气也要奋力前行。有了欣欣，不张狂不嚣张，抛开名缰利锁，多了前行与上进的力量。有了这样的心态，有了这样的情怀，人，不就活得纯粹了一些？不就提升了境界？不就接近并有了这梅一样的品格吗？

过　程

大小车辆慌忙地飞奔而来，不管斑马线旁有多少人在等着过马路，它们嗖嗖地不停地驶过，任凭你行人就这么干等着。

十字街口，不管红绿灯，有些人连颠带跑地要冲过去，也有人大摇大摆，若在自家院子里行走一般悠闲，谁也不理，管你车能不能走，他就那么故意地晃着往前走。于是，就有了很多让人啼笑皆非的故事。

每当斑马线旁立了一大群人，或是十字路口人行绿灯亮起，直行或是右转过来的车，都是猛烈加速，车就像要来撞人一般冲过来，把等着过马路的人逼回去，大家慌忙后退几步，年龄大的人，常被吓得心惊胆战。这时，人群中就能听到年轻人爆出的粗口，这些都是时时能看到的车不让人的场面。

再看人不让车的情形。车行绿灯亮，明明是车辆通过的时候，偏偏就有人要跟车抢道，要跑着过去，在车流中穿来躲去，正常过绿灯的车辆被迫紧急刹车，尖锐刺耳的刹车声，引得一圈人回头来看。停下车的司机头伸出车窗门，狠狠地说："哎呀啊！急着咋啦？你不想活了，我还想活呀！"其实，他心里正不知用什么样难听狠毒的语言，在骂着这些抢道者。

前几年，南方一省会城市，被一些人称作爱管闲事的一个外国人，忙完事，有了空就站在街道上的斑马线旁，看有人要过斑马线，就快速走到斑马线中间，给车辆做出停车让人通过的手势。那些手脚灵活的司机打两把方向盘，绕过他，嗖地一下就把车开了过去。年龄大一点的司机被迫停下车，让行人过了，嘴里却嘟囔着："这二货，吃饱了撑的，管的是哪门子的事？"

这外国人是个犟脾气，也是个爱认死理的人，他固执地认为，斑马线上就该车让人。他站在斑马线中间，即使车撞上来他都不让，他非要把它逼停下来，让行人先过。可没过几天，他就被一辆车撞成了重伤住进了医院。此后，便没有了他的消息，是心灰意冷不干了，还是悄无声息地回国了？不得而知。

附近的一座城市，一位老爷子，每天通过小区门口马路上的斑马线接送放学上学的孙子。一天，他领着孙子过斑马线，偏偏抢着过斑马线的车，把他的孙子撞飞了。孙子被送往医院急救，老爷子泪流满面地说："怎么撞上了我孙子，没撞上我？如果孙子有个三长两短，或者落下个残疾，我怎么给儿子儿媳交代呀？"孙子伤好后，老爷子手里提着半截砖头，站在小区门口斑马线旁，过斑马线不让人的车，管你是劳斯莱斯、保时捷、宝马、奔驰，一律砖头伺候，砸车逼停，为这事曾起过很大的纠纷与恩怨，闹过影响不小的官司。

人之过？车之错？

突然，从6月6日开始，街上的景象让人眼前一亮：过斑马线的车，特别是公交车带头，看到有行人通过，早早开始减速刹车，其他并排行驶的车辆也跟着停下；有个别想冲过去的司机看到别人停下，不好意思了，也紧急停车，让行人通过。

呵呵，这种场面出现后，大部分人一愣，从来都是车逼人停，今儿个咋就车让人先行？明白过来后，心里暖暖的，带着笑容快速通过。有的人，边走还边给车上的司机竖起大拇指；车上的司机，有人也礼貌地举手还礼。一幅好看、感人的场景定格在了炎炎烈日下通过斑马线者的心里。那种从未有过的对过马路人的尊重，一幅文明的画面，有如莲一样的喜悦从心底绽放开来，让人觉得天空好蓝，街边的树更绿，进而觉得这座城市也充满着一种美好与亲切之感。

这时看斑马线旁的标语牌，没有了平时看标语的那种说不出的感觉，反而有了一份温馨与快乐。它上边是这样写的："踩下刹车，挥手让行，你给行人一份谦让，行人回你一个微笑。车让人，人文明。小小的举动，无声的关爱，却能体现一个人的修养。"你看这内容写得多好，多妥帖，多滋润人心！

下午，一位老朋友从西安来驰风轩看我。他进门就说："今儿个开车到渭阳东路那个斑马线前停下了车，大太阳底下，一位佝偻着身子，看着像八十多岁的老先生，拄着拐棍准备过马路，从不远处赶过来一位挺着大肚子的孕妇，艰难地搀扶着老人一起过斑马线。可以看出，他们肯定不认识。老人感激地看着那孕妇，嘴里说的应该是感谢之类的话。弱者帮助弱者，叫坐在车里的我感动得不行，要不是怕把车停在路当中妨碍别的车辆通过，我都想下车去扶那位老人过马路。"

他接着说："刚才在楼下不远处，斑马线上就一个小伙子，我停车等小伙子先过，这小伙子摇晃着，不是一般的磨叽，说他没走，他走着；说他走着，短短的一段斑马线，半天就是走不过去。他还一个劲地盯着车里的我，大热天的，这纯粹是挑逗人的火呢！"他愤愤然地又说："林子大了什么鸟都有，世上啥人都有，气得人真想下车去扇他两个耳光！唉，又一想，何必呢，跟那样的人计较啥呀！我硬是忍了。"

"那个小伙子换成我，就站在你奔驰车前不走，你坐在有空调的豪车里，还嫌毒日头下的我走得慢。就这，我今日站在你车前不走了！我不走，你也别走！咋了？把我晒得中暑了，你还得送我去医院看病！"我故意跟他开着玩笑，看他啥反应。

"你看到孕妇扶着老人过马路，自己都想下车去帮扶老人，这是发的菩提心，善念善心，可敬可钦。"同是朋友，多年真心信佛诵经，对佛学有深刻研究，坐在一旁正吃着茶的甄先生接上了我的话："那故意走慢了路的小伙子，也可能有什么不顺心事，在撒气找碴儿。没啥！佛家见面，双手合十，一句阿弥陀佛，可化解万千恩怨。你动怒而息怒，是一种大的修行。凡事都有个过程，各色人等，修为不一，提升善行，是有个过程的！"

甄先生呷了一口茶，又接着说："种下玫瑰种子，有了生长的过程，开出的是芬芳的玫瑰花。种下罂粟，长出来的却是蛊惑人、带着妖邪香气的恶之花。就说这刚开始实行的'车让人、人文明'活动，就是很好的事情！刚开始嘛，凡事都有个过程，好的开始就会有好的结果。"

我招呼着大家，笑着说："甄是真嘛，甄先生无妄语，语出必是真言。甄先生修行高，过程这个词说得好，说得精妙。好事，有了过程，就会有好的结果。甄先生刚说到玫瑰，我给大家换上了玫瑰花茶，纯纯的玫瑰花。来，吃，吃玫瑰茶，吃玫瑰茶也有个过程，经过了这个过程，咱们也都会变成玫瑰花的。"众人笑。

过程，在座的书法家安先生把"过程"俩字念叨了三遍，他有了兴致，去案上铺开宣纸，用大斗笔写下了笔力老到而又禅意弥漫的两个榜书大字：过程。他又换了小笔，在其后附了长长的款，记下今日驰风轩吃茶论道之事。写毕，悬挂于画板上。

众人皆喜，围于书法前，兴致勃勃地看着这两个颇有意趣的大字，读着其后文采飞扬、妙语连珠的文字，啧啧之声响起……

书案上的竹子

　　来驰风轩的人大都是搞艺术、学养深厚的先生。书案上的盆景竹子，赢得一片赞赏声："竹子竟然长得这么好，还真没见过！""见过房子里养文竹的，没见过把竹子养得这么漂亮的！""竹子长在书案上，有了不同一般的感觉与味道！"听着这些夸奖的话，我的心里多了欣喜之情。

　　这盆竹子，成为驰风轩里一景，经常有先生闲聊，或是写字作画歇下来，走到竹子跟前，或看看，或顺手拿起水壶给盆景里加满水。

　　几位画家对着这盆竹子还画了水墨写生画，被我珍藏了起来，留作永久的纪念。

　　这不，又有人讨教这竹子是什么品种，怎么养的，有啥诀窍。

　　"不知是什么品种，诀窍就是把水浇满，啥都不管。"我如实地回答。在一旁的史仁立先生打趣说："还有一点，要天天用烟熏上才长得好！"众人笑。这话没错，来的先生们大都嗜烟，手执一缕，绵绵不绝，这竹子真是被烟云供养着长起来的。

　　盆景竹子是驰风轩从渭阳路搬到北门口时，任保印先生送我的。竹子栽在一尺多长、半尺宽、高约三寸的椭圆形青花瓷盆里，盆里三分之二的地方，斜着用鹅卵石参差着垒起来，高过盆面一寸多，这应该是河堤，河堤把盆分成两部分，其前三分之一的地方添满水，自然就成了碧波荡漾的河水了。其后填土，植九株竹子，筷子一般粗，已长过三尺高。竹林下，有一处古朴的袖珍小木屋，右侧挨河堤矗立着一个深蓝色的佛塔。伸到河里高过水面的那方石头上，一位头戴斗笠的老者手执鱼竿盘腿而坐，静静地望着河面上的鱼漂。用心布置的盆景，谁看了都说精妙。

保印跟我同来自煤城铜川，三十多年前，我们都在铜川矿务局搞宣传工作，那时我们就很熟。他在路遥当年写作著名长篇小说《平凡的世界》时住过的那个陈家山煤矿，我在诞生了《唱支山歌给党听》这首唱响大江南北的歌曲的焦坪煤矿。我们总能看到对方发表在报刊上的文章，暗地里互相比赛，后来他上了我父亲任教的矿务局干部学校，成为我父亲的学生，这又加深了我们的友情。世事变迁，多年后我们都调离铜川，一前一后落脚在古都咸阳，到了咸阳，更多了一层绵长真切亲如兄弟的情意。

在铜川时，我就知道任家一门几兄弟都是优秀的人物，为人厚道，多才而谦逊。我回到咸阳，通过保印认识了他的兄长任彦军，与其交往如沐春风，让我从内心尊敬他。

我没事了和保印聚在一起喝茶聊天，聊工作、聊家里和孩子的事，聊着聊着，不由自主地就聊到了铜川的往事上去。对铜川，我们都有一种割舍不了的感情，在那里，留下了我们成长的足迹。

铜川因煤而兴，是陕西省除过西安市以外最早建市的一座移民城市，天南海北的人奔向这里，就是因为一个字：煤。各种管理经营人才、技术人才、艺术人才、采煤工人，凡是煤矿上要用的人员都集聚于此，大家来自五湖四海，少了狭隘的地域观念，多了开放包容的思想。铜川人，因为煤矿这个特殊的环境与特殊职业的原因，多了一种互相关照与互相扶持的情怀。铜川人，即使在经济紧张的年代，也把钱看得很淡，把情看得很重。煤矿上的人多豪气，重情义，他们在艰苦危险的工作环境下以苦为乐，坦然面对，从容生活。煤矿工人，被称为特别能战斗的队伍，他们的事迹多有宣传，那些写他们的文字不是冠冕堂皇、虚假做作的应景之作，而是带着汗水、鲜血甚至生命之重的励志篇章。那些感人肺腑、让人尊崇，应当称之为英雄的人物的事迹，震撼人心，洗礼人之灵魂，让人难忘。

多年前的铜川，我见过一次喝酒的场面。几个矿工从井下上来想喝一口，山上自己搭建的小房子里没有菜，他们从门外屋檐下扯回一大把干辣椒，用水冲了，盘子里一放就是一盘下酒菜，一人倒一大杯酒，喝一口酒，捏一个干辣椒放入嘴里嚼着，神采飞扬地聊着。酒和辣椒混合在一起，那是一种什么样的热烈火辣的滋味？那是一种什么样的精神气度？白酒佐红辣椒，是我见过最有冲击力、最震撼人的矿工的酒局。矿工，常年在黑暗幽深的井下工作，每天都和死神打交道，是被人看不起、被称作"煤黑子"的人，他们把黑暗与危险留给了自己，把光明和温暖带给了世人，而自己却身处偏远的矿山，远远地望着繁华世界里由他们创造的光明与温暖。他们是默默无闻、不被人关注，甚至被不少人忘记了的一群热血汉子。

那年夏天，我坐公共汽车从焦坪煤矿到铜川市区。我前排坐着一位矿工，靠车窗边立着双拐，应该是井下事故，他的左腿从大腿根截掉了，伤好刚出院，还裹着一层厚厚的白纱布，来自农村的妻子坐在他旁边，怀里抱着个包袱，满脸忧郁。一路上，这位受伤的矿工都在宽慰妻子："甭害怕，就是受了点小伤，你看我人不是好好的嘛！日子咱能过到人前去，今年把欠人家的钱还上，后年把房一盖，把娃接到矿上来上学，矿上比富平老家农村的教学质量要高得多呢！"

一路上，他低声说给妻子的都是充满希望、乐观向上的话语，没有一点伤残后的悲伤消沉与颓废。

听得出，他这是出院后和妻子一起回富平老家去养伤。坐在后排的我，只是静静地听着他说话，心疼、敬佩，又暗自替他的未来担心，伤残成这样，没有了一条腿，他们一家往后的日子该怎么过呀？我心里涌起一股说不清道不明的复杂感情。

到铜川该下车了，我注意了一下这位矿工，至少一米八的个子，国字脸棱角分明，大眼睛，人很是英俊精神。他拄着双拐，妻子搀扶着他，一拐一拐地走了。

三十多年过去了，我常常想起那位只有一面之缘，甚至连一句话都没有说过，却那么坚毅阳光的伤残矿工，这些年了，他过得还好吗？

每看到书案上保印送的盆景竹子，我就不由得想到了铜川，想到了我在铜川的那么多师长与亲朋好友，想到了许多发生在那里让我终生难忘的故事。

焦坪矿

焦坪煤矿是铜川矿务局最北部的一个矿，在宜君地界上。当时的矿务局以铜川市为中心，横跨耀县（现铜川市耀州区）、宜君县与白水县三县。20世纪七八十年代，媒体常以百里煤海捷报频传之类的文字为标题，报道煤矿的新闻，让没去过铜川的人对之有了一种宏大热烈，还有那么一点神秘奇特的印象。

小时候，关中平原上的礼泉农村，做饭烧火的柴火是非常短缺的，没有山，就没有林子，就没有砍柴的地方。人们常在夏秋两季忙罢，去地里拔收完麦子后的麦茬子、挖玉米根，晒干后用来烧火。那时，煤太稀缺，谁家有青壮年劳力，且出得起煤钱，弓腰拉着装得满满的一架子车煤，从陡峭而漫长的耀县坡爬上来，一步三流汗地把煤从铜川拉回来，满村人都会眼红。开卡车的或是在矿上做事的，如能拉回一车煤，村里人会羡慕地围着看。"你看人家谁谁谁，从铜川拉了一卡车煤，那要烧多长时间啊！人家人能行嘛！眼红顶啥用？咱上辈子没有积下大功德，没那福气！"如此这般的话传来传去，那拉了一大车煤者，在十里八乡摇了铃似的显赫。

焦坪煤矿是铜川矿务局一个有名的大矿，出产的煤以燃点低、好点火而闻名，号称点着一张纸就能引着。焦坪煤矿，用那时的话说，是物质文明与精神文明两手抓两手硬的先进单位。焦坪下辖平峒、露天、永红三个矿井。到了矿上，真是到了煤海里，煤，矿上以极低的价格，相当于福利一样给各家各户敞开供应，家家户户都有一大堆永远烧不完的煤。烧火做饭自不必说，到了冬天，每个房间都有大火炉烧着，温暖如春天，没有了在老家农村时屋内缸里都结着厚厚的冰，把人冻得直跺脚而没有地方去取暖的窘迫。

采煤，是一种令人难忘的工作。矿上有的是煤，冬日不冷了，这是普通人对煤矿的切身感受。采煤发电，是工业、百姓生活与社会发展各个方面都离不开的动力。煤矿工人常年在幽深寒冷、充满着危险的艰苦环境中，为我们，为这个社会奉献着光和热。矿工，是一个与死神共舞的特殊职业，井下，随时都可能发生各种危险与事故。焦坪煤矿在20世纪70年代就曾发生过一次特别重大的瓦斯爆炸事故，死了很多人。从井下搬运上来的矿工遗体摆满了一个大场子，惨痛的事故，让矿上的人心如刀割，泪流满面。多年过去了，不经意间，就会碰上那次事故中遇难者的遗孀。一转身，旁边的人满是同情地给你说，刚才走的那个谁，她爱人就是在那次矿难中走的，这么多年，她一个人带大三个娃，不容易啊！

长期的采矿生活使这些矿工对发生在身边的事故已司空见惯。他们该上班就上班，该怎么生活仍旧怎么生活。那种处变不惊的精神气度，真不是一般人能具备的，这种淡定与超脱背后，是一种骨子里的硬气与从容。

艰险的工作，反倒使人们对精神生活有了更高层次的需求。就是在这个矿上，矿工诗人姚筱舟写出了《唱支山歌给党听》的歌词，被雷锋抄入日记，朱践耳从雷锋日记里发现后谱成曲，著名藏族女歌唱家才旦卓玛唱红了大江南北。

邝晓琴，一位美丽的湖南姑娘，被一人照顾着几个孩子，仍奋战在采煤第一线的伤残矿工事迹深深感动，她毅然从鱼米之乡的湖南远嫁偏远落后的矿山，撑起了这个残缺家庭的一片天。这桩由一个矿工模范事迹牵出的千里姻缘，曾被国家多个媒体报道与宣传过，影响深远。其后，以这一人物为原型改编成的豫剧本戏《湘竹情》，多次巡回上演，获得了全国煤炭系统戏曲大奖。

　　焦坪矿工俱乐部以为职工业余文化服务活动多、善创新，多次获得全国总工会嘉奖。还是这个矿，心灵手巧的矿工们创作的花灯不光闻名铜川，更是多次南下西安展出，名扬三秦大地，成为焦坪矿一个响亮的文化品牌。矿上文学创作气氛活跃，由矿工会创办，诗人惠永德主编的月报《玉华》在当地颇有名气，月报刊登的多篇作品都被其他正式报刊采用。不同凡响的煤矿生活也感染着我，我先后写了《山的呼唤》《矿山的石竹花》《虹的梦》等一大批散文、时评文章与新闻报道。斗转星移，岁月更迭，当年在《玉华》月报上发表过作品的年轻作者，不少人现已成为颇有建树的作家。

　　焦坪煤矿群山环绕，青松翠柏遮天蔽日，奇花异草竞相争艳，景色迷人，环境优美。坐落在这里的玉华宫，是唐初三代皇帝的避暑行宫。唐玄奘西天取经回来后，在玉华宫译经多年，后圆寂于此。他当年从印度带回并亲手栽种的娑罗树，直至今日仍根深叶茂，郁郁葱葱。古树尚在，香雾袅袅、清静肃穆与真气弥漫的玉华宫，成为著名的佛教旅游景点，吸引省内外如潮之信众与游客前来朝拜游览。

　　焦坪煤矿同铜川矿务局其他矿一样，是有奉献担当、有深厚文化支撑的一座矿，它不仅给国家源源不断地奉献了优质的能源，也为社会培养了一大批各方面的优秀人才。工作生活在焦坪，是一种荣幸，更是一种历练，煤矿人英气果敢、豪放大度、古道热肠，他们非同一般的人生情怀与价值观，使懦弱者也会变得坚强而自信，使失意者也会寻回前行的力量。煤矿上出来的人，遇到天大的困难与艰险，腰杆不会变弯，不会被压得趴下。

　　调离焦坪，先到铜川，后到咸阳，再去云南、湖南、山东，不管什么时候，我都关注惦记着焦坪。报刊、网上有关焦坪的消息，我不由自主地就要多看几遍。

　　前几年，随着煤矿资源枯竭，开采难度加大，焦坪煤矿关闭停产，结束了其煤炭生产的历程。我听闻此消息，一种怅然若失的情感泛上心头。焦坪煤矿，已成为一个远去的不会再回来的背影，它只能远远地被瞩望，不可亲近了，我心里真有那么一股酸楚与留恋。世事变迁，该去的已去了，不管怎么说，焦坪煤矿那段辉煌的历史不会被人遗忘，焦坪人创造的焦坪精神还在，离开或没有离开焦坪的人们都会记住：铜川曾有这样一个有故事、有精神的煤矿，它的名字叫作焦坪。

老家礼泉的柴火，铜川焦坪的煤炭，柴火与煤炭缠绕在一起的往事，血脉骨子里亲切难忘的礼泉、铜川，这两个地方，是我人生之路上两个重要的码头与驿站，是让我常常心生温暖的地方。

多次动笔想写写焦坪，却不知从哪里下笔。今日，突然从腾讯网上看到一段网友拍摄的视频《焦坪矿》，这个视频深深地触动了我，一下子勾起了我许多的关于焦坪矿的记忆。我内心激动之余，便有了上边的这些文字。

南阳街

南阳街，街口竖的路牌上是这名字，户口本上写的却是南洋街。其街短而窄，长不足百米，宽也就是个五六米的样子，按说这是够不上称街的，叫巷，也许更妥帖一些。

这条街是原老咸阳县城的南街，南到渭河边，北接中山街，对面是果子市街，往东约二十米，北边是北街，东为东明街。南阳街南口的渭河边上，"关中八景"之一的"咸阳古渡"就在这里，现在，还立着黑底白字的遗址保护石碑。

秦帝国建都于咸阳。其后，历史上十几个王朝定都长安，这里一直为京畿重地。古时，从长安西去甘肃、青海、宁夏、新疆的高官大员、商贾贩卒乃至渭河以南上县城的农夫，都要从南面渡河而来，踏上河北岸，才能各忙各的事去。西北来的外国使节、商贸行旅之人，也要从这里渡河进入长安。从上游顺河而下，从黄河转入渭河溯河而上的载满粮食、珠宝、香料、珍禽、皮毛等物品的商船皆汇聚于此交易。这里，作为丝绸之路西出长安的第一渡口，船桅林立，人声鼎沸。那个时候，这里是何等繁盛与热闹。

"渭城朝雨浥轻尘，客舍青青柳色新。劝君更尽一杯酒，西出阳关无故人。"唐代王维的《送元二使安西》就是在古渡旁的客舍里写的。南阳街，这条不长且狭小的街道，在这座城市充当着重要的角色，故而舍巷称街。南阳街就这么响亮而理直气壮地叫了起来。

南阳街北口偏东不足五十米，是新兴油店旧址。老咸阳民谣有"先有新兴油店，后有咸阳县"之说，新兴油店开在古渡旁，按民谣的说法，其创立早于老咸阳县，可见其时日之久远，名气之盛大。往西不远处是原文庙，现在的咸阳博物馆，馆藏丰富，珍藏着秦砖汉瓦、汉兵马俑、北周皇太后玉玺等一大批珍贵历史文物。全国四大名楼之一的清渭楼，在渭河边几番被毁，几番重修，许浑咏唱这座楼的"山雨欲来风满楼"诗句，更使其闻名天下。上得清渭楼，脚下滔滔渭河水东去，凭栏远眺高耸入云的秦岭，文人雅士们之家国情怀顿时涌上心头，于是，便有了诗，便有了千年传诵的名句。前几年恢复重建的清渭楼，矗立于古渡遗址东侧斜对面，古楼新建，为咸阳寻觅回一段历史，追溯起一份记忆，可算是幸事一桩。

原先，北街到南阳街，还要往西二十多米方可拐进街里。前几年，旧城改造打通了这条断头路，北街往南延伸，新开了一条和南阳街平行，直通到渭河边的街道，街道两旁建起仿古建筑，形成了中山街、东明街与北街的一个新十字。在延伸到渭河边的北街南口，修起了一座高大如西安古城墙门楼一般宽厚沉稳的古建门楼：南阳门。此门建造在古渡遗址与清渭楼之间，又为这里重现了一个古韵古情的老街景。南阳门往西不远处，横跨咸阳湖两岸，上下两层，雕梁画栋的仿古建筑风雨廊桥正在建设中，建成后连成一片的仿古景观，那将是多么地古意盎然，多么地富有诗情画意！

细细数来，古渡遗址附近还有龙王庙、张飞庙。在渡口旁建龙王庙，不言而喻，是为了祈求风调雨顺、国泰民安。有意思的是张飞庙，先前庙还在时，庙堂里悬挂有一根硕大威武的鞭子，据说，是用来镇河妖安狂澜的。记得多年前，咸阳记者去北京采访咸阳籍著名电影演员——《月亮湾的笑声》里冒富大叔的扮演者张雁先生时，张先生还急切地问："龙王庙在不在？那根大鞭子现在还在庙里供着没有？"

两座庙在旧城改造时不知什么原因未能保护下来，渭河边缺失两处有掌故的景致，让人颇为遗憾。

我是1998年10月搬到南阳街的，当时，周围还是老旧的民房，南阳小区十几栋新楼，在这里算是鹤立鸡群了。那时，渭河还没有治理改造，夏天，人在屋里热得待不住，想去渭河边转转，嗬，河里污水横流，恶臭熏天。河边的蚊子聚集在一起，如碗口大，滚动着往前飞，让人避之唯恐不及。后来，搬到西安高新区，还在咸阳上班的一个朋友调侃我："你住的地方好，南阳街、南阳门、南阳，多洋气，多好的地方！"他说这话时，环境确实不好，哪里有什么南阳门，是他为了贬损人说的风凉话罢了。没想到真应了他的话，没几年，古朴典雅的南阳门就在这里重建了起来。

旧城改造，南阳街周围面貌大变。古渡口遗址、清渭楼、南阳门与风雨廊桥一系列古建筑在渭河边一一重修了起来。渭河上，修建起了风景如画的咸阳湖，湖水面积近两千亩。河堤种植各种树木与花草，绿化如花园，三季有花、四季常绿，成为人们游玩休闲的好去处。这几年，正对着清渭楼的咸阳湖畔之牡丹园，又为咸阳湖新添一美景，牡丹园以其面积大、名贵牡丹品种多而负有盛名。家里来了外地的亲戚朋友，咸阳人都要领着去咸阳湖转转；每到节假日，西安与附近外县的人们携亲带友，也赶过来游玩。咸阳湖，成为咸阳一张亮丽耀眼的城市名片。

我那位后来去了西安的朋友再来咸阳，对我说："南阳街过个马路就到了漂亮的咸阳湖，临湖而居，出了小区就是古渡、咸阳湖、清渭楼，你看多好！跟神仙住的地方一样，当年这个地方没选错！"语气中没有了尖酸刻薄，多了一层由衷的羡赞。

这倒是真的。环境改变，南阳街房子的售价与租价一下也跟着飙了上来。人们看上的，就是这里优越的位置与优美的环境。

2008年，儿子高考前一天，为了让他放松一下紧张的心情，我陪他出了小区，到咸阳湖边去转转。我说，今年的高考作文题肯定跟汶川地震有关，我拿出了一篇我写的文章《震不倒的，是我们的民族精神！》。儿子说，不可能出这题，地震时高考题早都出好了，不可能因为地震就另改题。考前，我也给几位要好的朋友说过，今年高考作文题肯定跟地震有关，这么大的灾难，举国震惊，损失惨重，但它从另一方面提振、昂扬了我们民族不屈的精神，使国人空前团结，使我们更加坚强起来。这么大的事，怎么能不考呢？

果不其然，当年高考作文题就是和地震有关。众人惊叹我的预判能力，并佩服我写出了范文。他们多有溢美之词，我说是蒙上的，不必太在意，末了，我没忘显摆一下："你们没看我住在什么地方？是《渭城曲》诞生的地方，李白、杜甫、白居易，还有那么多文人墨客曾经走过的地方，这里诸神充满，文脉雄壮而灵气弥漫，蒙个作文题算啥呀？"其中有人笑着说："那我们也得搬过去，沾点灵气，到时也能蒙上高考作文题呢！"

呵呵，这只是一件逸闻趣事。不说了，打住。

住在这座古城，住在南阳街这条街上，这么多年尽管磕磕绊绊，有过迷惘艰难，甚至几次碰上似乎过不去的坎儿，但最后都逢凶化吉，顺利地过去了。我从内心认为，南阳街属于古风浩荡、真气充盈之地，是一块宝地、福地，亦是一块嘉祥延集之地；住在这条街上，是一种福气。

北门口

咸阳这座城里，说起北门口，无人不知，无人不晓。

北门口，是这座城里繁华热闹的地方之一。我听过从北门口走过的年轻人说："这北门口潮！性感很！"说潮能理解，说性感，是怎么样一个性感，我真不知道。

北大街北口这一带被叫作北门口，这一叫法，人老几辈传到了今天。旧时，咸阳老县城有东西南北四条街，除北街被叫大街以外，其余东、西、南三条街，大概因其街道短而小，称不上一个大字，就分别称为东明街、西宁街与南阳街。东明街与西宁街中间夹了一条并不端直的街道，是人们现在还习惯性地叫老街的中山街。这就是老县城的几条主要街道了。

那时，老县城不大，到如今，渭河以南村子里的人仍把咸阳市固执地叫作县。在市里工作的人回到村里，村里人打招呼还是一句："才从县里回来？"村民们在村街上碰见，问："去哪里呀？"答话也是："我到县里去办点事！"

如今的咸阳市较过去的老县城大了不知多少倍，城建速度发展之快，让人几乎认不出原来的模样了。单说这北门口，变化太大，十几二十年前，这里连一栋十层高的楼房都没有，大多是逼仄、拥挤，有些还是砖柱子土坯墙的平房，好不容易起了一栋八层高的楼房，就理所当然地被称为北门口标志性建筑了。原先，北门口这地儿，西南角是被人们称为三角楼的东方红商场，不大的几层建筑，是这座城市唯一的一座百货大楼，引得城里的人都来这里买东西。北街里边，是参差错落、年久失修的店面，以卖小吃、杂货为多。东北角是一家门前墙面刷白，用红色宋体字写了招牌的药店。往北是新兴南路，整条街道上房子更低矮破旧，主要是开水暖五金店的。当时的电灯泡、开关、电线、电风扇与土暖气等东西，大都要来这里购买。西北角是一家企业，厂门口并不怎么气派。那时的北门口，也真没什么能提振起精神来的东西。

这些年，北门口高楼林立，北大街拓宽，街道两旁全部进行了改造。北门口的人民路两侧，工行、农行与长安银行等十多家银行一家挨一家，一溜儿排开，被称为这座城市的华尔街。北边的新兴南路改造在先，街口东侧建了面积不小的凤凰广场，这条街已成为美食一条街。天南海北的美食汇集于此，每到饭点，常可以看到吃客们酒足饭饱地从饭店出来，打着饱嗝，边走边用牙签剔着牙缝。

在北门口，吃喝玩乐一应俱全，这里商家云集，是人气鼎盛的地方。

二十多年来，我一直住在北门口附近。2014年，我的工作室驰风轩从渭阳东路搬到北门口，每天都要从这儿穿过，有时不由自主地就停了下来，站在高楼下边，努力地想着，二十多年前这里是哪个单位？是哪户人家？那时是什么样子？高耸入云的大楼下，人在其下，不由得生出一种压迫感且夹杂着那么一丝迷惘与小小的不安。社会、时势把人们拉上了巨大的向上飞速旋转的陀螺，让人眩晕，哗的一下就失去了方向感，突然就会产生一种幻觉，这是什么时候？这是哪里？我是谁？巨大的时空错位感，仿佛自己的灵魂脱离了肉体，躯壳往前飞跑了，灵魂却怎么撵也撵不上。

年轻人说北门口性感，我不知道是不是指打着遮阳伞，戴着墨镜，穿着暴露，在北门口招摇逛街的美女；也不知是否指把黑发染成黄、红、蓝三色，袒露着文了鹰、蛇之类图案的前胸，在北门口晃来晃去的愣头小伙；还是说北门口那种特殊的繁盛与热闹气氛？

用性感来比喻或描述一座城市或者某一个地方，前提是，性感这个词可以用在这里的话，那么，这种性感应该从城市的历史文化、传统文化、城市规划、建筑、街景、城市文明与市民文明等多方面特别鲜明地凸显出来才对。经济的快速发展，任何一座城市如果没有了区别于其他城市的精神特质与文化担当，那么，这座城市的性感就只能沦落为狐媚、妖冶艳俗。如果只徒有其表而无其实，那么，这座城市充其量不过是一具冷漠而无生命力，缺乏温度、千篇一律的美丽皮囊罢了。

咸阳这座城，不光是有故事，而且是有大故事的一座城。中国历史上第一个大一统的封建帝国秦在此建都，秦虽短暂，但推进了人类文明史进程。秦帝国给咸阳，给这个国家，给这个民族留下了太多太多的历史与故事。其后，十几个封建王朝定都长安，这里又一直为京畿重地，浓墨重彩，铺排陈列开来的深厚历史渊源与人文积淀，是后人取用不竭的宝库。中华人民共和国成立以后，作为轻纺工业城与医药科研重地，这里涌现出了影响全国的劳模、英雄与集体，赵梦桃、赵梦桃小组，吴桂贤，邵小莉，他们的事迹影响深远。国医大师张学文、郭诚杰，一个地级市一下子涌现出两位国医大师，这是绝无仅有的事，为这座城市增光添彩不少。

闲聊中，年龄大一点的人说起当年十里长街的梨树，仍是一脸的自豪。春日，白的梨花绽放如雪；秋天，压弯了枝头熟了的梨子没有一个人去摘，咸阳人的整体素质有目共睹，全国媒体多有报道。老咸阳人说起那些梨树，有怀旧，有对过去这个景致传达出的这座城市特有的美好品质之怀恋，尽管这是点滴的，但这点点滴滴美好的品质汇聚在一起，就会成为这座城市独有的精神气质，就会变为一种浩大感人而具有冲撞力的精神能量。

这是有历史、有文化、有英雄、有情怀的一座城。只是，这些巨大的宝贵财富没有被充分地挖掘并显现出来，变为改变这座城物质与精神两个层面的强有力的助推器，又因当下经济水平的落后低下，使这座城少了底气，缺失了其应有的光艳与荣耀。

　　此时，天已大黑。北门口的城市点亮工程全都闪烁明亮了起来，灯红酒绿的夜生活开始了，熙熙攘攘的人群，各种各样的人又聚在北门口，他们或匆忙，或悠闲。一天，又要这样平淡无奇地结束了。

楼下那棵树

1998年10月8日，是个吉祥如意的日子。我们家结束了在咸阳近五年的租房历史，搬进了南阳街南阳小区属于自己的房子。

那时的商品房，大都由政府房管部门开发建设，规模不是很大。快二十年过去了，现在看来，这仅有九栋多层住宅楼的小区，确实显得拥挤而陈旧，没有如今商住小区的大气辉煌与光鲜排场，但是，在那个年代，能住上一套单元房，是一件令人十分欢喜的事。

搬进这个小区时，楼下不大的绿化带里栽的那棵树，也就是大拇指一般粗，如一个瘦小单薄的孩子，胆怯地立在那里。

我为了生活奔波打拼，忙得焦头烂额，早上离家，晚上不知什么时候能回家，常常是匆匆忙忙，直出直进，没有时间也没有闲情逸致去看那绿化带里的草木。那棵忠诚如卫兵一样的树，一直站在楼下，每日给我行着注目礼，纷繁的世事里，我几乎忘记了它的存在。

有一年夏天，同在一起上班的同事们，嚷嚷着天要热死人了，家里的空调一晚上开着还热得不行。关了空调，就是睡着了，也会立即被热醒；整夜开着空调，人又特别不舒服。他们哀叹着、骂着要命的鬼天气。

人们享福惯了，热不得冷不得，有了几分矫情。白天是热，到了晚上至于像说的那样热吗？我暗自嘀咕着，他们一时的闲话，说过去就过去了，不曾记在心里。

到了第二年夏天，他们比上一年喊叫得还凶，说着晚上家里多么的热，睡在卧室热，挪到了客厅还是热得睡不下，整晚开着空调都凉不下来等诸如此类的话。回到家，我把他们的话学给妻子听："咱家晚上没有整夜开空调，房子也没见得热到哪里去。他们说的那样子，好像把人热得活不成了！"妻子说："你看咱窗外的那棵树，把房子北面客厅跟厨房遮得严严实实，夏天，西晒是最毒的，有了那棵树，太阳一点也晒不上，屋里能不凉快？"

我头伸出窗外去看那棵树，哟！真是！这么多年从来没注意过，它竟悄无声息地长过我们住的三楼，枝干已冒过四楼，继续往上长了。

佛陀树下有清凉，那是佛广大意义上的好处。正如《现观庄严论》中所说："发心为利他，求正等菩提。"楼下这棵树，给了我们实实在在的惠益，这棵树，一下子在我心中有了佛的形象，是仁者了。它不显赫，不自卑，不忧不惑，我忘却它多年，它勇者自立，已站在了灵魂的高处。它以明媚的爱默默地庇护着我们，给我们送来阴凉，遮了风挡了雨，而我全然不知它的好处，慢待而轻视了它。对这普通的一棵树，我心里不由得有了愧疚之感，更多了一份感激之情。

妻子说："树还要长高长大，枝叶会越来越繁密，以后的夏天，咱这房子，一年会比一年凉快！"

从这以后，每次我出门回家，都不由得要多瞅这树两眼。早上看它披一身晨雾，如梦如诗；夜里回家，它落满了安抚人灵魂的月光。望着静夜里的树，我的心一下子就安静了下来，一天劳神烦心的事，随之少去了很多。

冬天，大雪纷纷扬扬落下，我把小区路上的雪扫铲到树下，围绕着树干堆起一个大雪堆。这大雪堆，在严寒的冬日不光给树根保暖，还给它储备了足够的水分。看那树，一年比一年长得更好、更茁壮了。我心里着实欣喜，又跑遍了半座城，想买点化肥给它上一上，却未能如愿，不种庄稼的城里，哪里买得到人们用不着的化肥！

那晚，我回家很晚了，左看右看，小区没有一个人，就把憋着的一大泡尿撒到树根下。小时候在老家大张寨，凡是在麦子地撒了一泡尿的地方，那麦苗过几天就长得壮实，颜色比旁边的麦子深重，显出生机勃勃的样子。到收麦子时，那一束麦子的籽粒就饱满，割下来拿在手里，比其他同样一束麦子的分量要重许多。我想，没有了化肥，给树根撒一泡尿，也是上了"农家肥"吧，它会汲取我给它的营养，长得更健硕哩。回家给妻子说了，她开始奚落我："你让人看见多不好！谁会说你给树上肥呢？人家会说你随地小便，不光是笑话，还会在背后骂你！以后坚决再别弄那事了！"

几年后的一个冬天，一场多年不见的大雪压断了树南边一根粗大的树枝。树枝长在树上不显得有多大，折断的树枝掉在院里，竟占了大半个院子的地方！看着压断的树枝，我心疼得不行，狠狠地骂了雪："下这么大弄啥呀！有啥好处，就是个害人嘛！把这么粗的树枝都给压断了，你说你下哪门子的烂雪？"妻子白了我一眼："你看你那嘴！"她接着又说："明年夏天，咱房子肯定没有今年夏天这么凉快了，这一根粗树枝，大部分给咱遮着凉哩！"果不其然，到了第二年夏天，房子比往年燥热了许多，没有了那种自然舒适的凉意。

日子一天天过着，那棵树一天天长着。没过几年，它就蹿过五楼，把我们这个单元人家的房子全遮盖了，一个单元的人，都享受到这棵树的恩惠了。

树大了，小区陈旧了，不少人家为改善居住环境搬走了，我们也于2016年11月28日搬离了小区。搬家那天，我在那棵树下站了许久，摸摸树干，用手量一量树干的粗细。刚搬来时，只有大拇指粗的树干现已四拃多粗了，这棵树，陪伴我们十八年，见证了我们的艰辛劳顿，也看着我们办理了一桩桩或喜庆或悲苦的事。

唉，时光太瘦，数十年一晃就过去了，当年的小树苗，如今已长成了参天大树，抬头仰望那树枝，枝丫交错，如穹庐一样覆盖着这一片天空。我对树说："你陪伴了我们十八年，有恩于我们，我不会忘记你！新家离这儿也不远，没事了，我会时常回来看你的！"那树枝上残留的树叶沙沙响着，像是听懂了我的话，回应着我。

我没有食言，曾两次过去看那树，每次去，触摸触摸树干，在树下站一会儿，再静静地去望那高高的树的枝叶。

夏天那次去，站在树下，觉得这树荫比平日要凉快很多。我明白，树知道我来看它，给了我更多的清凉。前几日又过去，初冬的时节，突然那树上有几片叶子落了下来，我感动了起来，这是树问我好并告诉我，冬天马上来了，要防寒保暖呢。

搬走不到一年，两次去看那棵树，我能感觉到，树是有感情的，每次去了，树的枝干似乎在动，摇曳的枝叶也生动了起来，能看出来它是快乐与欢喜的。世间但凡有生命的东西，都是有感情的，你对它好，它是知道的，只是它不能用语言表达罢了。

每动一个善念，都会开花结果。我相信这话，当然，东郭先生救过的那只狼除外。

我就是女儿的眼睛

兰任，陕北绥德人，大我半岁。我们那时谐音叫他男人，并开他的玩笑，没留长辫子穿裙子，又不是蹲着尿的，谁不知道你是男人？还非得在名字里说自己是男人（兰任），还嫌不清楚，干脆改姓绥再加个德字，叫个绥德男人算了，米脂的婆姨绥德的汉，你看那多英武豪气！

他不争扯也不辩驳，只是笑，眼睛小，笑起来就没有了眼睛，只能看到两个凸起的眼泡，活脱脱一个弥勒佛的形象。他身材高而胖，头发密而黑，典型的北方汉子形象。

三十年前在铜川时，我们还都是二十多岁的毛头小伙子，因为对文学的喜爱，使我们成了要好的朋友。20世纪90年代初，我们又先后落脚咸阳，异地遇故知，更多了一份特殊的情感。没事了聚在一起，喝两杯，他人豪爽，酒量大，这么多年未曾见他醉过，但我不服他，常常跟他在酒桌上杠着要喝一下。"对咧！对咧！我喝不过你，你还说个甚？"酒局终了，他那句不知说了多少回的老话肯定是要冒出来的："酒是粮食精，越喝越年轻！撒！"

更多的时候是一杯清茶，他给我摞一根烟，我给他撒过去一根，满屋弥漫着浓浓的烟雾。时事、历史、文学、家常事与老家等的话题，说东扯西，天南海北，聊到哪是哪。末了，他站起来，双手叉腰，左右活动两下身子，每次都这样，我知道这是他要走了的标准动作。不用说，下来肯定还是那句老掉牙的告别话："时间不早啦，我走呀！"我学着他的陕北话。他笑笑，一转身出门，看都不看你一眼就走了。

前段时间，各忙各的事，多日不曾见面。突然一天下午，他打电话给我，说他在一家饭店等我，叫我过去喝酒。一贯高喉咙大嗓门的人，今儿个语气低沉，心事重重的样子，似乎有什么非常难场的事。我赶过去时，他已点好菜，他面前的玻璃杯已倒满了酒，另一杯也给我斟上了。

"咋了，有啥事了？"还没落座我就忙着问他，"就咱俩，没别的人？这些天未见，满头黑发咋一下子就变白了？"

他端起酒杯说："你先坐下，没别人，就咱俩！"他看着我面前的酒杯，头往上扬扬，示意先喝酒，他仰起脖子先喝了一大口，然后缓缓地放下酒杯。

"出啥事了？啥人嘛！几天没见，头上像落了一层厚雪，头发咋白成了这样？"我急忙追问。

他脸色沉重，长长地叹了一口气，半天不吱声，随后，才慢慢地说："咱弟兄们从铜川到咸阳，这么多年瞒着你一件事，我给旁人谁也没有说过，这两天实在难受得不行，憋不住了，我得给你说一说。你骂我也好，说我不是人也行，今天就给你和盘端出来。"他深深地吸了一口烟，鼻孔里冒出两股直直的白烟。

"我还有一个女子！"他很认真地说，没有一点开玩笑的意思，完后直愣愣地盯着我，看着我的表情。

我大吃一惊，接他话："这下招上祸了，是二奶生的？事烂包了？"

"哪有的事！这个女子比娜娜小，比丽丽大，从小给人了！"他脸色凝重地说。

"你包藏得严实，几十年从没听你说过，把我当外人！好，说，说吧，继续说，展开说。"我以讥讽的口吻接他的话。

"我给你都没说过，你想想，其他人肯定谁也不知道！娜娜两岁的时候，你嫂子中间半年多回绥德老家，就是去生给出去的这个女子芬芬。芬芬出生后，我老爹老娘一心想要个孙子，全家人商量同意后，老娘就把芬芬给了她娘家的一户没儿没女的人家。给了这户人家后，这家夫妻俩接连生了一男两女，就又把芬芬给了山西一户人家。不知啥原因，山西那边把芬芬又给了现在的潼关这一家。这些事，我都是后来才知道的。"他似在讲一个久远的伤痛的故事，眼睛看着包间的天花板，极力地克制着自己的感情。

"我跟你嫂子过了两年又生了丽丽，之后的事你都知道。这事，多年如扎在我心头的一把刀，时时在流着血，痛着我。我给谁都没说过这伤心事，也不愿给人说。咱的娃娃呀，给了三家人，娃娃那小小的心里是咋想的？我还算得上是一个爸吗？"他说着话，眼泪从眼角流了下来。

"巧得很，后来，我小侄女嫁到了芬芬在潼关的那个村里。小侄女和女婿是在广州打工时认识的，他们结婚时，我两口子还专程去那个村子参加了他们的婚礼。小侄女嫁过去不久，一天，突然给我打电话，说村里的一个女子和她娜娜姐长得很像，是不是原来给出去的她那个妹妹？她听村里人说，这女子是要来的。

"我心里一紧，芬芬给了舅家村里，咋能到了潼关这一家？前多年不想找娃娃，怕和养父母家弄得不好。这几年，想联系娃娃，只听说我舅家村子那一家，又把芬芬给了一户人家，给出的这家人又把她给了另外一家，但死活不说娃娃的下落，就断了音信。今日忽然有这个线索，冥冥之中，我有一种感觉，莫非这就是我苦苦寻找的芬芬？考虑了两天，我给侄女打电话，让她不要惊动人，想办法把那女子的头发弄几根。侄女很快给我寄来了头发，我没停，送到西安去做亲子鉴定。很快，结果出来了，一点没错，这女子就是我一直在寻找着的芬芬！"他掐灭了手中的烟，又点着了一根。

"后来相认了，中间的故事很复杂。芬芬对我和你嫂子非常冷淡，同陌路人一般。我多次和你嫂子赶到潼关去看她，我们进门，她连招呼都不打，看都不看我们一眼就径直出门，坚决不理我们。我们不怪娃娃，这都是我们的错！后来，终于有机会坐在一起，芬芬冷冷地问我俩：'你们是不是我爸妈？是我爸妈，你们知道不知道，我如同羊羔一样被转让了三家？你们有多嫌弃我？你们咋不把娜娜跟丽丽给人？你们本身在城里，把我给城里也行啊，为啥非要把我给农村？'

"芬芬带着质问的口气问了我们一连串，咱做下了这事，我跟你嫂子一句话也答不上，只是号啕大哭，真正的号啕大哭！那是我们俩一辈子哭得最痛、最伤心，哭的时间最长的一回。坐在一旁的芬芬只是冷冷地问：'有啥哭的？哭有用有意义吗？哭能改变今天的现实吗？'我们给娃娃说啥呀？解释啥呀？说啥、解释啥都没用，千错万错都是我们的不对，都是我们的错啊！

"后来芬芬要出嫁了，我们给她准备了丰厚的嫁妆，弥补我们心上对娃娃长久的亏欠。按说，她要开始新的生活了，多好，我们也挺高兴的，殊不知，更大的灾难还在后头！"他狠狠地吸了一口烟，长长地叹了口气，"芬芬嫁过去以后没有生育能力，看了多家医院都没有办法。去年，眼睛又突然看不见东西了，检查出了脑瘤，赶紧做手术，手术做完了，眼睛照样看不见东西，现在彻底失明了！"

"唉！"他那一声叹息，语调拉得很长很长，有万般的苦楚在其中："你说娃娃可怜不？这是哪门子的事？这是哪门子的事啊！是我上辈子做下了亏人的事，犯下了不可饶恕的罪孽，老天爷惩罚我来了！"他眼泪不断地流着，泪水掉进了酒杯，和着泪，他把手中杯子里的酒一仰头喝了下去。

"芬芬没给婆家添一个人丁，现在又失明了，婆家一天到晚在寻事，有事不给芬芬的养父母家说，只是不停地给我打电话。今日说没钱了，我赶紧送过去；明日又说芬芬吃的药潼关买不下，我立马买了药，当天就开车送过去。最让人不理解的是，有天下午天快黑了，还下着大雨，芬芬女婿给我打电话说他屋里没啥吃，明天一早就揭不开锅了。我慌忙买了米面油，带着钱，和你嫂子冒着大雨连夜赶到女儿家。情况并不是那样，这是婆家人在故意作践折腾我呢。芬芬知道这么大的雨，我们是被婆家人忽悠来了，她只是一个劲地不出声地哭。

"你说，娃娃这日子怎么过？她养父母前两年相继过世，有一个同样是要来的哥哥，靠几亩庄稼地生活，有两个孩子，日子过得紧紧巴巴。看来，养父母家是回不去了，婆家又一个劲地在芬芬跟前摔碟子摔碗，说难听话，就是要撵断（方言，赶走）娃娃。娃娃不光是没有了做人的尊严，是没有了活路呀！

"我这个当爸的，这个时候不给娃娃尊严，不给娃娃一条活路，谁又能给她尊严，谁又能给她活路？"他自问自答地说，"我跟你嫂子把娃娃领了回来，我给娃娃说：'芬芬，不怕，咱不怕！你眼睛看不见了，爸的眼睛还在，爸的眼睛就是你的眼睛，薄情的世上你还有这个家，还有你这两个不能行、对不起你的爸妈！'

"娜娜哭着说：'芬芬，有姐在，姐将来老了，照顾不了你，下边还有你两个外甥照看你。'在北京工作、赶回来看芬芬的丽丽流着眼泪说：'我将来找对象，条件只有一个，就是谁不嫌弃我照顾姐姐，我才嫁给谁！'

"不管咋说，芬芬回家，一家人团圆了，芬芬听到这些话，心里肯定会特别高兴！亲情永远会扛起磨难，亲情啥时候都能够打败不幸。人说，人生一世，半世烟火，半世清欢。我说人生一世，百分之八十是烟火，百分之二十是勉勉强强的所谓的清欢！"一晚在听他说事，眼里同样有泪水的我，不禁感慨了起来。

兰任把那瓶剩下不多的酒倒进了自己的杯子，继续说道："芬芬回家以后，脸上有了久违的笑容。她几次对我和她妈说：'我以前多次在你和妈跟前撒歪、说难听话，你们别计较，别往心里去，那是我一时的气话。'她还打趣地说：'我前几年在离咱家两三站的那家湖南饭馆打工，就在家门口，你看我多没心的，也没说回家看看爸妈。'芬芬是说，和她没相认之前，她曾在离我们家两三站的那家饭店打过工。我对芬芬说，过去的事那是爸妈的不对，叫我娃受委屈了！天底下这事呀，谁能想到，娃就在咱家门口打了几年工，而我们无从相识！

"兄弟，"他看着我说，"咱交往这几十年，我也算个汉子吧？你啥时见我熊过、流过泪？这个事出来后，泪多得很，有时自己一个人坐在那里，想起芬芬，眼泪就不由自主地往下淌。"

"噢，前段时间把芬芬接回来以后，她在家里闲不下，摸索着干家务活，身上磕得青一块紫一块。我心疼地说她，再不要干了，有我和你妈。她呵呵地笑着说，谁让你女儿是盲人，眼睛看不见，东西不碰我碰谁？不欺负我欺负谁？哼！我也不是好惹的，碰我、欺负我，我把它们触摸熟悉了，我要像明眼人一样，使唤他们，给爸妈烧水啊，做饭啊，洗衣服啊，打扫卫生啊。她还说：'老爸，你看我能干啥，你给我在外边找点活干，我还有手，我还能动，我不能就这样蹲在家里靠你们养活，爸你说对不？'娃娃是一个勤快朴实、心气很高的人！"他忍不住地夸开了女儿。

"你刚进来时间我头发咋白成这样，就是为芬芬这个事，头发哗的一下子全白了！"说着话，他电话响了，接通电话，电话是芬芬让她妈打过来的，芬芬的妈在电话里说，芬芬问都晚上啥时候了，我爸咋还不回来。她让你早点儿回来。接完电话，他满脸笑容，是小棉袄给他的那种特有的温暖与幸福，能看得出来。

时间晚了，饭店服务员几次推门进来，看着流泪的男人在喝酒，再没好意思进来催促要下班。走出包间，大厅里一片漆黑，透过饭店大门口的玻璃射进了一束亮光。门口的保安不满地看着我们，一脸的不高兴，他是嫌我们走晚了。

　　"啥都不说了，每个人心中都有一个痛，只是这个痛或大或小，或深或浅，或愿意告诉别人，或不愿告诉别人，这都对，都没错。兰任，男人，绥德男人，绥德汉！今晚听你说了那么多，我记住了你那句话：我就是女儿的眼睛。你这句话说得好，说得精彩！把担子挑起来，谁让女儿是咱的女儿，谁让咱是男人呢！"我努力地宽慰着他。

　　"我就是女儿的眼睛！"他喃喃地说道，深深地吸了一口气，停顿了一下，又重复了一遍这句话，随后，重重地点了点头，坚定而从容地说出了四个字："知道！明白！"

　　说完，他招招手，一转身，大步流星地走了。很快，他的身影就消失在路灯透过树枝映照下来的斑驳光影里。

师选伟

我认识他，是在他开的名叫南院门葫芦头的店里。

那天，大伙儿中午要聚会，商量着吃啥呀？张小民先生说，他前几天吃过南院门葫芦头泡馍，味道不错，大家先去吃一次试试？于是，一干人马就浩浩荡荡地开过去了。他说的那家葫芦头店离我的驰风轩工作室不远，就在北门口东南边的永大观邸楼下。

一进门，就有人热情地招呼上了。这招呼人的男子，约莫四十岁的样子，头前两边稍稍往后秃了些，眼睛不大，但那目光里满是真诚与热情，还有一丝历经世事后的沉着与老练。看样子，他不应该是老板，这么大一个店子，老板会扎起了势，哪里会亲自出面招呼我们这些普通的食客？

他领着我们穿过一楼大厅，拐进旁边的楼梯上了二楼包间。同去的人，有人边走边对他说："听我们这位张先生说，你这儿葫芦头不错，慕名而来，给你老板说，给咱弄好！好了，少不了再来，肯定还会介绍朋友过来！"

"没问题，没问题，你们今儿个先尝，尝完后再说好坏。我说得再好不顶用，吃完，你们说好，那才是好！"他接了话。

我边走边注意看了，这葫芦头店，不是街边普通小店，规模不小，环境很好，花了大气力装修，看样子，是下势要准备长期在这儿扎下根干了。到了二楼包间，带我们上楼的他，忙着跟服务员一起，安排大家就座，倒水沏茶。

"麻烦把你老板叫来，给我们介绍一下，看看都有些啥特色菜。我们要先喝酒，喝完酒再吃葫芦头！"张小民先生说。"我给你们介绍。这店，就是我跟朋友开的。"他笑着接话，那笑容里竟有了一丝腼腆与害羞。"你就是老板？哎呀呀！你看看，你看看，我们没认出老板，这就是我们的不对了！"张小民先生开起了玩笑，"那我问你，咱从楼下一起走上来，你说咱们是不是就成熟人了？是熟人了就好办事。你是老板，那你给咱参谋，先让我们把菜点了再说！"

点完菜，大伙儿跟他聊开了天。知道他名字叫师选伟，是家里的老大，小名是陕西人经常对家里老大儿子亲切的称呼——大娃。他是泾阳县太平镇人。

等上菜的空当，大伙儿跟他说起葫芦头的历史，说起了药王孙思邈与葫芦头的故事，又由葫芦头说到了当下的餐饮业。师选伟说："做餐饮，完完全全是做良心！没有了良心，你就别做餐饮，做一个死一个！我做了二十多年的餐饮，经得多，体会太深了！"大伙儿听他说出这样有见地有水平的话，不由得来了兴致，跟他的话立马就多了起来。他接着说："餐饮业生意猴得很，说它猴，是说猴性多动，你要把它时时按得紧紧的，不敢松手，不按紧，它就胡蹦乱跳呢！按得紧，就是说啥时候都要拿着劲、提着神、操着心，一点点都不能马虎，一点点都不敢松劲。饭，是入口的东西，是人吃的，安全卫生上、分量上，还有口味上，丝毫不敢出差错，每一个环节上都要用心去做！"

听了他这一席话，我觉得这个叫师选伟的，是一位有思想、有独到体会的人呢。

正如他所说，顾客吃完说好，那才是真正好。那天吃完饭，大家都夸他菜品的独特与葫芦头泡馍的实在与好口味。吃饭时，师选伟和我互留了电话，加了微信。

后来，和他多次喝茶聊天，一来二去，人一熟，就放松了，话题也就多了，聊的事也就宽泛了，对他的了解也就更多更全面了。嗬，师选伟不光做餐饮有思想、有独到体会，人生历程中，他还是一个有大故事的人。

师选伟八岁那年父亲去世了，在母亲的号啕大哭中，在弟弟惊恐无助、跟着母亲一起嘤嘤哭泣的悲伤场景中，站在一旁的他没有哭声，只有无声的眼泪不断线地往下流。他们家的天塌了，真正地塌了。八岁的他，就在那一瞬间，在他懵懵懂懂的意识里，他悲苦地觉得，这个家无形的担子，咣当一声似乎就压在了他身上，尽管那时他还小，但是，他是家里的老大，他感觉一下子就把他推到这个家顶梁柱的位置上去了。

孤儿寡母的日子，注定更多的是艰难困顿与凄苦艰辛。过了几年，继父进了这个家门，撑起了这个家，他和师选伟的母亲一起，拼上命没黑没明地下着苦，干着地里与家里的活，贩粮卖菜，拉扯着他们兄弟俩长大。到了现在，师选伟都非常地尊敬、十分地孝敬继父，他的心里记着继父的善良与勤劳，记着没有亲生儿女的继父待他们兄弟俩如亲生一般，给予他们的千种情与万般好。如今，当村里人在两位老人跟前说起他们儿子的孝顺与能干时，两位老人不是一般地自豪，不是一般地乐和，这是后话了。

那些年，师选伟领着弟弟，课余、寒暑假里，帮着父母干他们能干得动的农活。难场而贫寒的日子，就这样一天天艰难地往前熬着，一家人累死累活地干着，苦焦的日子却没有丝毫起色。看着这一切，师选伟没有了心思上学，他自己心里琢磨着，我是家里的老大，该为这个家分一点忧、解一点愁了。初中毕业，身材瘦小单薄的他，坚决要出去打工挣钱。一个小娃，只身一人出去打工挣钱，不要说挣钱，能不能有容身之地，能不能混饱肚子都叫人担心。师选伟却非常决绝，铁了心要走，心疼而又无可奈何的父母只能答应了他的要求。母亲给他准备了一身换洗的衣服，眼泪汪汪地送他出了门。

师选伟到了咸阳，给一家饭馆洗盘子。一个月一百五十元的工资，老板提前说过，平时不开工资，年底一起开，吃住都在店里，一年三百六十五天没有休息日。寒冬腊月，在冰凉刺骨的凉水里洗盘子洗碗，双手冻得红肿，裂了一道道的血口子，每当他将双手伸进冰凉的水里，那钻心般的疼，疼得他直冒冷汗。再疼，也没办法，还得忍受着疼痛继续干。辛辛苦苦干了一年，腊月二十九日，终于拿到了工资，怀揣着一千八百元，兴奋至极的他是蹦跳着回的家。当他双手把这一年的工资递给母亲时，母亲握着他红肿、满是血口子的双手久久不松手，盯着黑瘦了几圈的他没有一句话，只有眼泪哗哗地往下淌。坐在一旁的父亲长吁短叹："唉！你看，你看，你看娃可怜不？为了挣点钱，把娃手冻成啥了呀！"师选伟忍着要夺眶而出的泪水，说了句："爸，妈，你们甭哭，别难过！你娃长这么大，能养活自己，多少还能给家里挣点钱回来了，你们应该高兴才对啊！"话没说完，他自己却潸然泪下。

过完年，他又外出打工。半年后，他离开饭店，其间卖凉皮、卖水果，还卖过衣服，干过许多的事。这之后，又在几家饭店打工，他从学徒娃干起，一干就是多年。爱动脑筋的他，对陕西人爱吃的面食有了深透的认识与研究。用他自己的话说："一碗面端上来，我先不吃，光挑起一筷头面，就可以看出这面精神不精神，就知道做面的师傅用心、用劲了没有！用心了，面里放的水与盐多少、面的软硬程度，还有在锅里下的时间长短，就会恰到好处。舍得下力气、舍得用劲，面，真正揉到位了，做出来的面就筋道光滑，就有了韧劲与力道，入口就会爽利舒适。一碗好面，自己是会说话的。客人吃了一次，下次还来不来，就是对你面做得好不好的最好回答！"他把面食研究得深透，他的面是做得好，但是，家里的苦日子，并没有因为他面做得好而得到改善。

一转眼，到了谈婚论嫁的年龄，师选伟家庭的贫寒，在附近村子是出了名的。他说："如果说，我们太平镇有十八个村子，给我就介绍过十六个村子的姑娘。人家一打听，要不两句客气话就巧妙地拒绝了；要不一声不吭，连一句话都没有扭头就走了。"最叫他想不通的是，别人给他介绍了一位得过小儿麻痹、右胳膊斜又过来，手搭在左腿上不能动弹，走起路来一颠一跛的残疾姑娘，就这残疾姑娘，还没等长得高高大大、精精神神的他拒绝人家，人家反倒嫌他家穷，而先拒绝了他。这次见面，深深刺痛了他的自尊心，他想了，这一切是为什么呀？不就是一个字：穷！穷，使他真正认识到什么是世态炎凉，也使他强烈地感受到了人生的坚硬冰冷。这个"穷"字，让他心里憋了很大的一口气！穷，穷是什么？穷不就是没钱吗？他咬牙发誓，要用自己辛勤的劳动挣来这个会给人贴上贫穷与富有标签，叫人既爱又恨，如天使一样会微笑又如魔鬼一般能吃人的叫作钱的东西。他不认可"有钱能使鬼推磨"的市侩思想，但他要挣来钱，挣来的钱足够为自己换回尊严，在人面前不因为贫穷而被人看不起。他一定要挣来能让自己抬起头挺起腰杆，堂堂正正地面对纷繁生活的钱。

他是下了大决心的，在饭店打工，他没有把自己当成打工者，而是把老板的饭店当成自己的家，当成他自己的事业。他的实诚勤奋，他的艰辛付出，老板看在眼里记在了心间。他从学徒娃一步一步干到了大厨的位置，在20世纪90年代末，他每月的工资已高达四千多元，苦尽甘来，他赢来了自己人生的转折点，他看到了光明的未来，他有了自信心。在此期间，他也赢得了自己的爱情。也就是在这个时候，他萌生了自己开店当老板的想法。饭店老板舍不得他走，但是，觉得他是自己去干事业，也没有过多地阻拦他。于是，他拿上自己攒下的六万多元，并借了十万多元，2012年在西安太华路开起了一家面馆。做面食他是内行，是专家，但经营起面馆来，其中就有了许多的问题。时间不长，他豪情万丈开起来的面馆，一下子说倒闭就倒闭了，这一倒闭，他净赔进去十六万元！十六万元，有他省吃俭用多年打工攒下的血汗钱，也有借亲戚朋友的钱。十六万元，对他来说，那真不是一个小数目！在他迷惘而不知如何是好的人生低谷期，妻子离他而去，这突发的事变，彻底地打蒙了他。欠下一大笔外债，又没有能够容身可以让受伤心灵栖息的家，双重的打击，差点一下子击垮了他。心情灰冷、苦悲至极的他，只身离开西安，踏上了西行的列车。列车进入甘肃腹地，车窗外是一眼望不到头的戈壁滩，他的心如同这茫茫的戈壁滩一样，万分地空寂、万分地沉闷，没有一点生气与活力。

到甘肃打工还债，是他的第一想法。远离了故乡，痛定思痛，他分析了自己失败的原因，知道了自己的不足，大厨当得好，那是老板的平台搭得好；自己当老板开店倒闭，那是水平能力有限，在面馆选址、管理与经营等方面都有问题。那段时间，他自己有了这样的感悟并认真地写了下来，储存在手机上，没事时，都会拿出来看看："你若真见过那些强者打拼的样子，你就一定会明白，那些人之所以能够达到别人达不到的高度，全是因为他们吃过许多别人吃不了的苦。这世上，从来就没有凭空出现的运气，只有不为人知的艰辛努力，成功背后的那些辛酸苦辣，那些磕磕绊绊，只有他们自己知道！"

在甘肃期间，他的发小，后来他一直认为是他生命中贵人的王锋辉，打来长途电话给他鼓劲打气，劝他返回陕西重整旗鼓再弄点事。接到电话后，他立即动身返回西安，先是在王锋辉的葫芦头店里帮忙，后又返回老家泾阳太平，借款凑够三十多万元，开起了"恒德食府"。"恒德"当了饭馆的招牌，他的用意是"恒信自然，德行天下"。他认为，经营中扎实地做到了这两点，才有可能干得了事，才有可能干成事。

旧债未还清，又举新债开店。村里人说："大娃八成是受大刺激，傻了，彻底傻了！在西安开饭馆赔了个精光，一人跑到甘肃去了，这一回来，又借了一河滩的钱，还要开饭店。你走着看，他娃不招祸谁招祸？"

师选伟的饭店开起来了，主营葫芦头与面食。饭馆要在村子里开下去，他想，饭食上要利薄，要量大质优，才能赢得回头客。附近砖厂的下苦人来吃葫芦头泡馍，他多给加几段肥肠；吃面，他多给加一根面，饭量大的还没吃饱，炸的油饼在那放着，别的饭店一个要收五毛钱或一块钱，他这随便吃，不要钱。他说了："油饼是用做面余下的面，油又能费多少？一个油饼能值个啥钱嘛，叫人吃！让人觉得你实在，不是唯利是图的人，到了你这里，跟到自己家里一样舒心、一样畅快才行。这样，才有回头客，这饭店才能开下去！"

来了第一回的，还来第二回，来的都是回头客，他的生意比其他几家饭馆火爆许多。生意好了，前边那些投资就不算什么了，很快投资收回，开始不断赚钱了。翻过了身的他，又帮日子艰难的弟弟在西安纺织城开了一家葫芦头泡馍馆。没事了，他都要过去看一看，帮忙把把关，指导指导。弟弟人实诚，又十分地用心，生意做得很是兴隆。

不甘平庸的他，把老家的恒德食府交给了现在的妻子打理。妻子人干练，吃得了苦、受得了累，不但很好地照看了家里的老人和孩子，还把一个饭馆经管得妥妥帖帖。妻子，不仅仅是他的得力帮手，而且能独当一面，独立挑起一副重担了。师选伟只身前往咸阳，又和他的发小也是他的贵人王锋辉合作，在咸阳开了这家投资更大的南院门葫芦头泡馍馆。

一如既往，他还是那个想法，啥时候都不能亏了消费者。亏了消费者，实际上最后坑的都是自己。消费者心里有数，你偷工减料，你不用心做了，他们是能看到的，嘴里是能吃出来的。他们不会给你当面提意见，更不会因饭菜的质量、口味跟你去争执，他们最直接的做法就是不再来了。不再来了，你店子关门的时候也就到啦！

师选伟比谁都明白这些道理，他店里葫芦头泡馍与菜品所用的每一种原料，他都亲自把关，都要用上好的东西，绝不用一般品质的来替代。每碗葫芦头泡馍，肥肠、汤、木耳、黄花菜与粉丝多少，等等，都严格按计量走，绝不少一丝一毫，必须让消费者吃够他本该吃的东西。

　　一碗葫芦头，除过上边的用料，一大锅汤，也是最显示葫芦头味道、显示一家店水平与功力的地方。要用多少斤猪的大棒骨，要用真正的几只土鸡，各种调料所用比例又如何搭配在一起，武火与文火熬制的节点与时间长短的掌控，这一块也是他最为操心的地方。他是一样一样盯着，从前到后跟着完成的。他说："这葫芦头的汤，熬出来后，入口经过咽喉时要有挂喉的感觉，汤味要厚而润、润而不淡、肥而清、清而不寡。我要让来的客人，通过味蕾感知到我下的功夫，感知到我的良苦用心，要让他们尝到南院门葫芦头泡馍非同一般的滋味。不管怎么说，每回客人吃完后说真好吃，听到他们的称赞与表扬，这才是我最为高兴、最为快乐的时候！葫芦头是陕西传统名小吃，到了咱手里没有好好传承，没在传承中创新提高，那咱就把人丢大了！也对不起这一名吃的创始人、祖师爷！"

　　一天开门营业的时间，他大部分都在操作间里。店里卖出的每一碗葫芦头，都要从他眼中经过，他看着做好，端了出去，才会放下心来。

　　开业半年多，师选伟的南院门葫芦头泡馍吃客不绝，你传我，我传他，生意越来越好。当下这么热的天，按说正是葫芦头生意的淡季，但他的店里却是顾客盈门，让人实在惊叹不已。

　　说了半天，南院门葫芦头泡馍生意这么好，凭什么？看了上边的文字，你应该早就明白了，就凭他：师选伟这个人！经历过人生的坎坷不平而不服输，有勇气再站起来，被人生、被社会历练了，仍不失善良与良心，凡事又有想法、爱动脑筋，这样的一个人，十二分认真地去做一件事。你说，他能不成功吗？

　　经过太多的艰辛与磨难，天天操的心又太多，他比同龄人显老许多。实际上，他是1981年5月生人，今年才三十七岁。也罢，原本就干练沉稳的师选伟面相老，看上去不就更老成持重了？看上去老成持重，会给人以可靠把稳的感觉，对他来说，这没有什么不好。

装门人

房子装修，没叫装修公司，我是一项项请人干的。我固执地认为，活从我手里过，用什么材料，请谁干活，由我自己操办，由我选人，放心一些。从改电路开始，碰上啥活找干啥的工人。电路一改完，随之一项接着一项干，铺地板砖、吊顶、贴石膏线、粉刷。

房子粉刷完后，该装门了。一大早，装门人就背个大蛇皮袋子，手里提着电动圆盘锯站在了门口。他高高的个子，瘦瘦的，眼睛不大，约莫四十岁的模样。

"快来，快进来！"我招呼着他。他没有说话，只是脸上的肌肉动了一下，算是回应了我的话。进得门来，他放下东西，弯腰去解带来的蛇皮袋子，把一堆工具从袋子里拿出来，摆在地上。我递烟，给他打着了火，他侧着头点着了烟，嘴里噙着烟，拿上卷尺去量门窗的尺寸，活干开了，照旧没有一句话。

"师傅，啥地方人？"为了打破沉闷的局面，我在找着话题，又接着问，"几个娃？家里有几亩地，种的啥？在外干活有多少年了？""华县（今渭南市华州区）人。"他嗫嚅着，以不自信的语气回答我。其他的问话，他都以极简短的话语回答我。噢，这是一个不善言谈的人。

一个上午，我都在没话找话。我说，我的老家礼泉苹果不好卖，这几年改种李子、杏这些杂果，每到疏花、疏果、套袋、下果子，忙得不开可交时，拿着钱都难雇下人。农村的年轻人都外出打工了，村里就剩下一些老人和碎娃。回到老家，村街上空荡荡，很难见到一个人。我絮絮叨叨地说着这些，是为了找他感兴趣的话题。

他听着我的话，手中忙着他的活。"哦""是""没错""对着呢""就是那样的"，他以这样的单字或短语回答我。一个上午，都是我说这说那，而他除了简单的应答外，自己没说一句话。我越发地认为，他真是一个不爱多说话的人。

中午请他一起吃饭，他只是埋头吃饭，还是没有多余的话。饭后，回到干活的房子。我说："乡党抽根烟，歇一歇！"他点着烟，坐在反扣着的空涂料桶上。他开始说话了："你上午问我是啥地方人，我说华县人，其实，我是招女婿到华县的，实际上我是陕南商洛人！"他喃喃道。

"那有啥？在哪儿都是生活，只要顺顺当当、平平安安，比什么都好！"我小心地回答他，生怕伤了他的自尊心。

"我媳妇四年前出了车祸，赔了四十八万元，跟人家一次算清了，四十八万元最后花得一分不剩，病没治好，还欠下十多万元的外债。媳妇在病床上躺了三年多，我一个人不光养活五口人，每年还要还欠下的账。女儿十三岁，上着学，跟她爷奶在华县。老人年龄大了，身体还有病，种不动地，把地给了村里的人。"

他讲这些事时，把每一个细节都讲得很清很细，诸如他媳妇人是多么地贤惠，她出车祸前前后后的经过；女儿长得多么乖巧，在哪所学校上学，班主任是谁；家里老人的好脾性，为人处世如何的周到，等等。真没想到，他不说便罢，说开了，还很健谈呢！

他掐灭了手中的第三根烟，起身去干活："我看你也是个好人，没有一点看不起我的样子。平时，我不想给外人说这些事，就算想说，也没人愿意听。今天见了你，也不知咋的，就想说给你听，说我家里这些闹心回烦（方言，心理上说不出的烦恼）的事，你不会笑话我吧？"他回头看了我一眼，等着我回答。

"哪里的话，笑话啥呢！咱都是普通人，都不容易！日子再难场，再恓惶，就是连滚带爬，咱也不能松劲，也得咬着牙往前走！"我连忙接上了他的话。

"艰难那阵子，我真连自杀的心都有！而且不止一次有这样的心思！"他说这话时，语气中分明透着一丝凉意。

"唉！"他舒缓一下语气，停顿了一小会儿，接着说，"这些都是过去的事了，现在好啦！媳妇能下床干轻微的活，跟着我，给我做个饭，她还说想出去找活干，给我减轻点负担。我说，你身体还没好利索，在家里把早晚两顿饭给我做上就行了，我给咱在外边好好干。我那女子争气，学习成绩好得很。剩下的烂账，这一两年紧一紧也就还完了，艰难的日子总算熬过去啦。经过这些事，我自己也想明白了，对老人，对孩子，对这个家来说，不管咋样，我都有责任活着！"

"有责任活着！你看你这话说得多好，多有水平，这是哲人才能说出的话！"我禁不住赞扬他。

"哲人？咱哪里算得上！下苦人，把活干好才是正道。跟我干活的一个工友，主家再大的房子，再多的门窗，一天就能干完，不是一点快。他说，主家懂个啥？好糊弄很，好赖给他装上去，门窗只要不掉下来就没事，我也没指望他买第二套房时，还叫我再去装门窗！"他停顿了一下，又接着说，"他们可以那样干，我不干！人家买个房多不容易，咱咋敢、咋能糊弄人呢？良心上过不去！再说把活干好了，主家高兴，才会人传人，活引活，我也就能多挣点钱。我是个痴人，没多少文化，这么多年是这么想的，也是这么做的！"他很认真地说。

"就像你装的这门，把人始终关在房间里，眼界就窄。一旦走出这扇门，人就会一下子敞亮起来，心胸也就会大起来，世事也就看清了。有太阳的日子，肯定要多过有风霜雨雪的日子。人行好事，好事等人。你心地好，活干得仔细漂亮，肯定会有更多的客户，会挣更多的钱，日子一定会越来越好！"我说了一大串连我自己都觉得有点文气、有点书生气的话。

他静静地听着，没有言语。第三天中午，门装好了，我帮着拿工具送他下楼，他把工具绑在摩托车后座，摩托车发动了，他说："大哥，你前天给我说的那些话，说得好！我把你的话回去给我媳妇说了，我媳妇也说，你说得好。人行好事，好事等人。其实，世事就是这么个理！"

"兄弟，你跟我说的那些话，才说得真正好，有责任活着，这句话说得更好！你是个汉子！我会把你，把你这句话写到文章里去！"

他连连摆着手，慌忙地说："不敢写，不值得写！哥，我走啊！"一紧张，他脸窘得有点红了。一加油门，他的摩托车飞快地驶向前方，很快，他就消失在了熙熙攘攘的人群里。

他不在了

原来住的那个小区，是20世纪90年代末建的，快二十年了。

老小区环境设施差，有物业但没有服务。小区门大开，收破烂的、卖羊肉的、换窗纱的，各色人等，谁都可以随便出入，此起彼伏的吆喝声吵得人心烦。水电有问题找物业修，比自己在外面请人收费还要高，最关键的是修理水平出奇地差，常常给你把聋子治成了哑巴，让人堵心。话说回来，也不能把物业说得一无是处，要说他们的收费，那倒是收得很全，价高而且非常及时。业主们——对这个小区而言准确的说法应该叫住户，物业哪里把你当了业主？住户们碰在了一起，说到物业都是一肚子的怨言，气得骂几句娘老子，算是发泄了心中的不满。没办法，惹不起躲得起，许多人无奈地搬离了小区。

我也得逃亡。前年在这条街西头的新房子，经过一番忙碌与折腾，马上就可以拎包入住了。这时，突然发现厨房的下水管道有问题，水一点也下不去。来装橱柜的工人倒腾了半天也没有办法："我也没辙了，得找通下水管道的人用专业工具疏通了！"他擦着满脸的汗水说道。

妻子在这条街上人熟。她说，开理发店的老板娘，店门口挂着个专业水工的小广告牌，听说她丈夫是水工，我去找那个老板娘问问。

老板娘的丈夫来了，高高的个子，五十多岁的样子。他蹲下身子，头探到厨柜里用手摸了摸，拿扳手敲打了几下，肯定地说："下水管的弯头堵得实实的，得换，我去拿工具。材料，你买还是我拿？"他问。"你拿，最后一起结账，给咱拿质量好的，以后再不敢让出问题了，你看这把人害的！"我接他的话。

下水管的弯头在楼下，楼下是门面房，老板娘的丈夫拿来了工具、新的弯头与零配件，搭了梯子上去一看，扳手怎么拧也拧不动。他下了梯子，又返回去拿来手锯，锯下弯头，中间来回跑了几趟，总算把弯头重新装了上去。锯下的弯头，给我来帮忙的史仁立先生使劲砸开，里边用水泥灌得严严实实，倒出来的水泥形状和弯头的形状一模一样。水泥绝不是厨房贴瓷砖时无意掉进去的，明显是有人一点点恶意灌进去的。老板娘丈夫说："这一看就是故意的，你收房时没试验下水？贴瓷砖时，有没有得罪贴瓷砖的人？"

"收房时没试验。咱是外行，谁还会想着试试下水管看通不通？贴瓷砖的魏师傅是多年的熟人，不会干这事！"我接话。

"那就说不来了，遇到了这事，也是没办法。"老板娘丈夫边说边收拾他的工具。末了结账，我想这么冷的天，来回跑了多趟，忙活了一个下午，工钱不会少。问他费用，他说连材料给五十块钱。我急忙说这怎么行，辛苦了一个下午，这点钱肯定不够，我递给他两百元，他执意只收五十元。"都是老街人，正常情况下这肯定不行。不说了，一个街上的人，低头不见抬头见，人不能光看到钱，钻到钱眼里去！"说完，打个招呼，他背起工具包就走了。老板娘丈夫的几句话听着让人暖心，由于下水管道堵塞引起的烦闷与不快，一下子就云消雾散了。

修下水管道之后，几次在街上，远远地看见他带着工具骑着电动车，忙忙碌碌地去干活。

年后，老房子卫生间的水龙头先坏，马桶的上水管也跟着滴答滴答地漏开了水。住了快二十年的房子，毛病一个个都出来了。我和妻子要去老房子拿东西，顺路去理发店找老板娘，看她丈夫啥时候有时间过去给修一下。

进了理发店，老板娘正忙着给顾客理发。妻子问："老板娘，你掌柜的呢？麻烦他给我老房子把水管修一下！""他人不在了！"她搭话中那个"了"字，声轻得几乎听不到，我和妻子都听成了"人不在"。妻子又接着问："人不在，出去干活去了？啥时能回来？"老板娘还在给顾客理着发，她上牙齿咬着下嘴唇，不说话，很难看的表情。

我心里想，老板娘咋是这人，又不是白找你掌柜的干活。即使年前你丈夫说过收的工钱低，也不是我们把价砍得那么低，多给他，他不要呀！再说，找他干活，来之前我就和妻子商量，这次多给他付点工钱，把上次人家少收的钱给人家补上。没想到，老板娘竟然是这样的态度，我心里怪不舒服的。

"他掌柜的人不在了！过年时走的！你看，年轻轻的，上有老下有小的，撇下一家子，一个急病说走就走了！"旁边坐的那个老太太，看我们没听清老板娘的话，帮忙解释。

啊！人过年时不在了！我们吃了一惊。妻子慌忙对老板娘说："对不起，不好意思，真不知道，惹你伤心了！"妻子安慰了老板娘几句，我们就匆匆退了出来。

怎么弄下这事？确实不知道她掌柜的人不在了，不然咱也不会冒失地去找人家。"唉，今儿个这事弄得多不好，多尴尬！"我说。回头一看，理发店门口原来挂的那个写着专业水工并留有电话号码的牌子已摘掉了。

"人怎么这么脆弱？年前还精精神神，很利索的一个人，就过了个年，这么快，说走就走了！"妻子叹了口气，说道。

"世事无常，昨天人还好好的，今天人可能就不在了。人常说，今晚脱了鞋，还不知道明早能不能穿上，把什么都看淡些、想开些。没有了好身体，没有了人，啥都是空的，啥都是空的哪！"我接了妻子的话。

刚进老小区大门，就听到楼背后传来高亢并带有顿挫感的"收旧手机、收旧电脑、收旧冰箱、收旧洗衣机"一长串的吆喝声。放在平时，在小区里听到这吆喝声，是很让人恼火的，不说狠话，但至少也要说上一句："这是啥烂小区！乱得跟自由市场一样！"今日听到这吆喝声，不但不那么刺耳、不那么烦心，反而有了一种这就是生活，这就是平常人过的平常日子，平凡而琐碎，不那样好看，但是实实在在、真真切切，其中别有一番烟火人间的亲切感呢。

这世上，除了生死是大事，其他的事算个啥呀！

给狼吃烟的老汉

故乡，有许多关于狼的故事。

中华人民共和国成立以前，村里一老人去女儿家住了几天。那天，半下午了，老人突然想回家，女儿女婿怎么也挡不住。倔老汉，说走就要走。回家路上，刚走上一条偏僻无人的小道，老人突然遇上了一只狼。那狼，是极聪明的，它看老人年龄大了，又孤身一人，心里想着，今日是遇到"美食"了，无论如何是会得手的，对付这样一位孤身老汉，狼自信满满。

老人突然碰上了狼，猛地一惊，确实吓得不轻。他背着身子，面朝了狼往回退着走了几步。那狼尾巴翘了起来，呜呜地叫着，前边的两个爪子在地上刨起了尘土，是要扑过来噬咬他的凶恶样子。老人只得停下脚步，那狼也安静了下来，在那里死死地盯着老人。如此反复几次。老人心里想，看来，今日是走不了了。两手空空的他，没有任何家伙能当武器拿了去跟狼打斗。圪蹴在地上的他，心里想着法儿，怎么来对付这只凶恶的狼？他从后腰的腰带间抽出快三尺长的烟袋杆，从烟袋里挖了烟叶，一锅接着一锅，不停地吃着烟，把烟锅都烧红了。那狼也是十分地有耐心，就在老人不远处，还是那样死死地盯着老人，看老人烟锅上的火一明一灭。

老人突然站了起来，还是背着身子面朝狼的姿势快速后退着走。那狼，看见老人是真要逃跑了，穷凶极恶地扑上来就要去咬老人的脖子。狡猾的狼心里明白，人的脖子是致命处，咬住了脖子，接下来的事就好办了。

　　老人清楚地看到了狼大张着的血口，还有那两排明晃晃锋利无比的牙齿，他甚至已闻到了狼嘴里喷出来的腥臭味。老人急忙举起手里刚抽过烟的烟袋杆，用力塞进了狼嘴里。那烧红了的烟锅烫得狼嗷嗷地疯叫着，左右急速地摆动着头，想甩出烟袋杆，但老人用力太大，烟袋杆塞入狼嘴太深，狼甩不出烟袋杆，反而从老人手里拉走了烟袋杆。老人一惊：完了，这唯一当武器使的烟袋杆被狼拉走了，这下麻烦大了。没想到，那狼嘴里带着烟袋杆，怪叫着，转身一路疯奔着逃走了。

　　后来，在一个已弃用多年土壕的草丛里，人们发现了那只已死去多日的狼，那烟袋杆还在它嘴里。

　　这位老人和狼相遇对峙，急中生智，以手中之烟袋杆制伏狼的故事，在故乡方圆传得很远很远。人们都说老人厉害，是给狼吃烟的老汉。

　　老家大张寨，离村很远，和乾县交界的三畛地与四畛地里，过去是有狼窝的。村子里，关于狼的故事很多很多。

　　有小娃被狼叼了去，被村里人拿了镢头、铁锨与铁锸救了回来，脖子和脸上有了狼咬后留下的疤痕。小孩长大了，村里人给起了个外号"狼剩饭"。

　　有晚上在地里割麦子的年轻人，因为实在太累了，靠着麦捆子睡着而被狼咬住了脖子，这年轻人猛地抱着狼一跃而起，把狼狠狠地摔在麦茬地上，狼落荒而逃。他也不管脖子上还流着血，弯腰拿起割麦子的镰刀，飞跑着去撵狼，非要砍死它不可。

　　还有的说猪圈好好的，狼自己开了猪圈门，咬着猪耳朵，尾巴在后边吆着猪就走了。第二天主人一看猪圈里没了猪，又没有血迹与骨头之类的东西，明白是狼把猪吆走了。

　　还有比这更神奇蹊跷的关于狼的很多故事……

　　许多年过去了，狼在关中道上早已绝迹，老家大张寨当然也没有了狼。

孤寂的人们，常常讲起上一辈人说过的关于狼的各种故事。人和狼，狼和人是敌人，是死对头，狼要吃牲畜，还要吃人；人要保护牲畜更要保护自己，想着各种法子要打死狼，要灭了狼。

狼没了，人没有了离自己最近的死敌。于是，寂寞的人们开始怀念狼，以狼为图腾。没有了敌人与对手，另一方是寂寞与尴尬的。人和自然，人和动物之间许多自然、人文与社会的关系与问题，不是几句话就能说清楚的。

想来，老汉给狼吃烟的故事，注定会传下去的。

捕鼠记

大前天晚上，夜里10点多了，我忙着在客厅校对即将出版的散文集《背馍记》书稿。几十万字，一个字、一个标点往过抠，比写稿子费劲多了，搞得人头昏脑涨。我嫌憋闷，就开着家里的门。

"哎哟哟！老鼠！老鼠！这么大的老鼠呀！"显然是被老鼠吓得不轻，楼道里传来了惊叫声。一心忙着校对稿子的我，竟没有听出来是孩子的惊叫声。孩子一进门就说："爸，不好了！那么大的一只老鼠，跑进咱家来了！""什么？跑进咱家来了？"我愣了一下。妻子从里屋出来，说我："你这人！你忙你的事没错，老爱把家里的门大开着，你看看，这下可好，把老鼠放进来了，你就等着老鼠在家里捣乱吧！"

这老鼠就怪了，不迟不早，怎么偏偏这个时候在楼道里窜来窜去？唉，自己不由得苦笑了，大半夜的不关门，这昼伏夜出的老鼠在楼道碰见人，吓坏了，慌不择路，看见门开着，不就端直跑进来了？门大开，我只顾低头忙着我的事，放在平常，楼道里没了人，我看它敢不敢大摇大摆地进来！放进了老鼠，这完全是我之过！

"没事，进来就进来了！拾掇它一个碎老鼠算个啥，好办！"我提高了嗓门，说给老鼠听，"老鼠！你听着！你是陕西的老鼠，能听懂陕西话，那我就用陕西话告诉你：进来了也罢，转一圈就走。你是记路的，我门给你开着，你按原路退出去得了！不然，这里就是你小命结束的地方！到时候你可别后悔！"我知道，老鼠是极灵的动物，它是能听懂人话的。妻子与孩子笑。"好，那就看老鼠是不是听你的话，自己跑出去！"妻子接我话。

我没关门，让妻子与孩子各自去休息。坐在门口桌子旁，我边继续校对稿子，边等着老鼠自己退出去。校对了好几篇稿子，一抬头，哟，12点多了，于是，关上门，心想老鼠聪明，它是怕死的，听了我的狠话一定是被吓住啦，自己已悄悄走了。

到了夜里2点多，我被客厅一阵窸窸窣窣的声音惊醒，唉，肯定是老鼠了。"你不是警告过老鼠吗，老鼠咋没走？"妻子问我。"这是个瓜熊老鼠，没听懂我的话，要是灵醒一点的，早就跑了！"我的话还没说完，客厅里的响动声更大了，"你听听，老鼠嫌我说它是瓜熊，不服气，故意弄出更大的响声来，这是明显地不服气，给我示威哩！"

我到了客厅，开了灯，找根棍子，在沙发下、柜子下、冰箱与电视柜后头——捣鼓，又搬过来凳子，站上凳子，在吊顶上齐齐扫了一遍，不见老鼠的影子。无奈，又去睡。刚迷糊，老鼠又开始折腾，我也跟着起来，又跟前边一样，再去捣鼓一遍。一个晚上，如此反复三四次，弄得我精疲力竭。第二天早上醒来，发现餐厅顶上的彩色拉花被老鼠咬断，垂掉在了地上，这老鼠也是跟我杠上劲了。"说我瓜熊，那好，你这彩色拉花不是很好看吗？我就故意咬断给你看，气气你！"老鼠肯定是这么想的。

第二天晚上，老鼠还在客厅，跟前一天晚上一样，和我捉了一个晚上的迷藏。这老鼠能行得很，用的是敌进我退、敌退我进的兵家之计，我晕头转向地跟着它兜了一个晚上的圈子，连它的一根毛都没抓住。气极了的我说："死老鼠！你这下想走，也不让你走了！你死定了！我非要把你弄死在这屋里不可！"结果到了早上，这碎熊老鼠，又把客厅的彩色拉花咬断，还报复性地咬成碎末，被咬碎的拉花碎屑乱掉了一地。再一检查，发现家门口下边的地毯边缘也被老鼠咬了，一疙瘩一疙瘩的絮絮堆在那里，气得我牙根直痒痒！

　　早上，跟几个朋友说起这老鼠把人害得不轻的事。几个人都说到老鼠的可恶与狡猾，有人还举了北宋苏轼写的《黠鼠赋》中那只老鼠的例子。有一个朋友说，前些年在乡下，他哥家里，每晚老鼠在顶棚上又是赛跑，又是跳舞，弄得人不胜其烦，实在难以入睡。他哥对他嫂说："把灯拉亮！叫我打这狗日的东西！"说是打，其实，不过就是用棍子捅捅顶棚，吓跑它们而已。第二天，谁也没注意灯绳在不在，到了晚上，去拉灯绳，灯绳不见了。原来，老鼠齐着墙上高处的开关盒下，咬断了灯绳，把咬下的灯绳拉走并藏了起来。你说说，这老鼠智商有多高？你说，这老鼠有多坏，有多气人？还有以前，老鼠掉在了面瓮里，在里边胡扑腾，扑腾起来的面粉眯住它的眼睛。人去面瓮盛面时，被眯住双眼染成了一身白的老鼠，疯狂地漫无目的地东撞西碰，搅得面粉飞扬，看得人心里直作呕。各人讲的关于老鼠的各种故事，听得人既好笑又恶心。

　　其间，有人开玩笑问我："你没看那只跑进家里的老鼠，是不是快生了的母老鼠？如果是，那家伙一下子生几个老鼠崽出来，弄成一窝大家子，那就更麻烦、祸害更大了！"

　　"如果是母老鼠，那周围肯定还有它老公在找它，老鼠感觉灵敏至极，弄不好，它老公已知道了它的位置，急着要进门来寻它，可不敢让它老公也跟着跑进来！"又有人跟着说。

　　这话听得瘆人！我说："得了！得了！再别说这些让人心里硌硬、不舒服的话了！这话谁听，谁身上起鸡皮疙瘩！各位神仙，现在不是开玩笑与谝闲传的时候，赶紧快想办法，看咋样把这只老鼠灭了才对！"

　　一真先生是爱动脑筋、有办法的人，原先打死过许多老鼠，对付老鼠很有一套。他说："要把这老鼠收拾了，有三个办法：一是坚壁清野，把家里吃的喝的东西全部收起来，不让老鼠吃上一口喝上一口，逼它出来，咱们就好下手。第二，在家里过道墙下、墙拐角处，放上老鼠夹子或者粘鼠板，直接夹住、粘住它。第三个就是每个房间过，翻个底朝天寻它，找寻出来后撵着它跑，它跑得没劲了，再打死它！"

"好，有道理！其他人说的那些开玩笑的话，一点也没有用场，这才是真刀真枪应对老鼠的办法！那行，我先按你说的第一、第二个方法办，把家里能吃能喝的东西全都收起来，放上老鼠夹子或者粘鼠板，看能不能逮住它。不行的话，咱再用第三种办法！"我赞同一真先生的话。下午，我即去杂货铺，问店老板："老鼠夹子和粘鼠板哪个好用？用了粘鼠板，是不是粘不住大一点的老鼠？"老板回答我："叫我说，你就用粘鼠板！老鼠夹子太危险，你现在让我给你示范一下怎么用，我都不敢示范，那东西太怕人，操作不好能把人手夹断！粘鼠板安全，你看，咱这是强力粘鼠板，把引诱剂袋子剪开，引诱剂撒在这两个红圈盖上就行。这么大的板子，它有多大的老鼠？再大的老鼠踩上去，它也别想跑掉！"老板边说边给我讲着使用方法。行，那就买两个粘鼠板吧。回家后和妻子把吃喝的东西全收了起来，晚上临睡时，把两个粘鼠板，一个放在客厅拐角处的空调下，一个放在了门口处，这是老鼠进来的地方，它如果急着出去，找来时的路就会踩上去。

晚上睡了个安稳觉，没有一点响动。我想，这老鼠莫不是被粘住了？起床后先去看粘鼠板，两个粘鼠板昨晚咋样子放，今早还咋样放着，上边什么也没有。怎么搞的？难道是老鼠已感知到危险，逃走了不成？

妻子进厨房去准备早饭，她突然喊道："不好！昨晚老鼠在厨房！你看，这买菜的空塑料袋，被老鼠叼到橱柜上来了！"我跑进厨房，一看，果不其然，一个空塑料袋，扎蓬蓬地竖立在橱柜上。昨晚，想着老鼠还在客厅藏着，关了所有房间的门，想让老鼠踩到粘鼠板上去，没想到，这家伙神机妙算，什么时候跑到厨房里来了？打开橱柜，一个一个找过，不见老鼠的踪影，这狗东西，贼精贼精的，这会，不知又藏到什么地方去了！

9点多，一真先生打来电话："怎么样？昨晚把老鼠弄住了没有？"我说没有，并讲了早上发现老鼠在厨房的过程。他说："你等着，我过来了！"他一进门，我就开玩笑："呵呵，这贼货老鼠不是一般地灵，知道你来了，不得了了，死期到了！这会，它不是被吓得瘫痪了，就是吓得尿失禁了！我前两天说的那些吓老鼠的大话，它就没当一回事，知道我是大言欺人的书生话，没有本事把它怎么样！你一进门，老鼠肯定马上会想，高人来了，今儿个毕咧（方言，没希望），死定了！说不定那熊货，正在哪个角落里哆嗦着身子擦着眼泪哩！"一真先生笑着说："按你说的这样子，老鼠在厨房的可能性大。是这，咱一个房间一个房间过，找过一个房间关一个房间门，就这么大一个地方，我看它能钻到哪去！"

我俩先细细地找了卫生间，没有，关上了门。进厨房，把放菜的菜架子齐齐翻找了一遍，接着把油桶、面粉袋子等全部东西搬到客厅去。把橱柜抽屉细心找了一遍，又把抽屉合上。最后，又把橱柜洗菜池底下盛豆子的大瓶子，还有其他的盆盆罐罐，一样一样拿出来，放到橱柜上面。我正往出拿着这些东西，猛地看到了那只硕大的老鼠："老鼠！老鼠在这儿！"老鼠看到了我，在洗菜池下惊慌失措地乱窜着。"别急！让我把厨房门关上，别让它跑到客厅里去！"一真先生关了门，"你去把那两个粘鼠板拿来，把厨房后边的洗衣房房门打开，两个粘鼠板铺到门下，咱把它往洗衣房赶，粘鼠板就会粘上它！"我按一真先生说的，拿来粘鼠板，放在洗衣房门下，两个粘鼠板刚好把门下铺满，只要把老鼠赶出来，吆向洗衣房，肯定就会粘住它！

这老鼠颇有心计，这会钻到橱柜底下一动不动，寻不着了。一真先生卸下橱柜底下的铝扣板，露出了橱柜底，我俩一前一后，拿着棍子在橱柜底下扫荡来扫荡去，想把它赶到洗衣房去。噫，一点不见了动静，这贼老鼠！一真先生又去洗菜池底下看，嘿哟，老鼠藏在地暖阀门的间格里，两只碎眼睛明亮亮地闪着贼光。他用手里的棍子去戳，戳着了老鼠，它吱的一声尖叫。

我急忙说："棍子顶紧！别叫它跑了！"棍子前头是圆的，加之地暖阀门间格就那么大一点空隙，老鼠一缩身子，跑了。"好呀！贼熊东西，我看你还能钻到啥地方去！"一真先生骂着老鼠。我俩用棍子，一前一后，在橱柜下继续敲打，把老鼠堵着往洗衣房里赶。

也许是老鼠听到了刚才放粘鼠板的话，这东西，被我俩倒腾着从橱柜底窜了出来，往洗衣房飞奔而去，只见它到了粘鼠板跟前，似跳远运动员一样，噌地一下就跳过了近一尺宽的粘鼠板，钻进了洗衣房。嘻，这鬼东西真能听懂人话，坚决不上粘鼠板的当，小样儿，聪明，透顶地聪明！

我急忙在洗衣房门口用棍子敲着，不让老鼠回到厨房来。一真先生立即跟着进了洗衣房，我迅速抽掉两个粘鼠板，关上门。门内，一真先生叫我："老马，你给我把两个粘鼠板递进来！这下，它没地方跑了！"不到四平方米的洗衣房，只放了一个洗衣机，什么东西也没有，没有藏身的地方，这碎熊老鼠是跑不了啦！没过两分钟，只听嘭的一声响，并有老鼠凄厉的叫声。一真先生说："好了！老鼠跳上粘鼠板啦！"说着话，他已开了房门，提着还在粘鼠板上挣扎的老鼠走了出来，"我跟着老鼠进了洗衣房，这老鼠跟疯了一样，从地上忽地一下就跳到了洗衣机上，洗衣机少说也有一米高吧？你看这家伙厉害不！老鼠看我用棍子去敲它，从洗衣机上又蹦到墙上的插座上，顺着墙往上爬。这空，我把粘鼠板放在洗衣机与墙中间，它就爱往这圪坳缝缝钻，老鼠还在墙上乱爬，我拿棍子去戳捣它，惊慌失措的老鼠径直就往下跳而顾不上其他了，不偏不斜，端端地就跳到粘鼠板上了！好，祸害除了！"

一真先生把粘鼠板提到了客厅，还微微颤动着身子的老鼠，失神的目光里透露出巨大的惊恐。我用手机照了一张照片并狠狠地说："能行得很嘛，跑嘛，咋不跑了呢？藏嘛，不是藏得牢实得很嘛，咋不藏了呢？害人哩，继续害嘛，咋不再害人了？"

我俩逮老鼠时，妻子有急事出去了。这时，我赶紧打电话告诉她逮住了老鼠："我照了老鼠粘在粘鼠板上的照片，用微信给你发过去，你看看！""逮住了就好！别发，别发，我看了害怕！"妻子在电话那头急忙挡了我。

我把那个没用的粘鼠板拿来，扣在老鼠身上，给它粘紧，就当是给它盖个被子，不，应该是给它再上一道刑。不急，让它慢慢地受着折磨去死吧。"害人不浅的东西！大前天我就叫你跑，你就是不跑，耍得好！你不是会给同类发出危险信号吗？发！快发信号！告诉你同伴，不敢来这里，来这里没好果子吃，跟你是一样的下场！"给老鼠身上粘紧那另外一张粘鼠板，我提醒这快死的老鼠，让它完成了"鼠生"（人的一生可以称为人生，老鼠的一生那就应该叫"鼠生"了）路上最后一件事。

一真先生笑："说得好！你可以写篇《捕鼠记》了，把这几天跟老鼠周旋、跟老鼠较劲的经过写出来，肯定好玩！""老鼠害人不浅！这几天确实把我弄得泼烦死了，一想起那东西，就反胃、就恶心！嘿嘿，你逮老鼠的这本领，真是一绝。那好，我就试着写一篇《捕鼠记》吧！"我接了他的话。

手机朋友圈

手机朋友圈，前边有了"手机"两个字的定语，就不是平常我们现实生活中的朋友圈了。

手机微信兴起，我们的朋友圈范围噌的一下子就扩大了，多了广义上的朋友——手机朋友！可能对方远在地球的那一边，刚才和你还隔着大半个地球，是老死不相往来的人，手机突然嘀地一响，他要加你为好友，你确认了，于是，素昧平生的你们，就成了越洋过海的手机朋友。

新加的"微友"，不是你生活中知根知底的朋友，一切的一切都在虚拟的世界里。他的微信头像、所在地域都可以由他自己设定，你完全不知他的底细。今天加他为好友，明天，你可能因为他发朋友圈的内容不对你的脾气与胃口，或者不在同一个认知层面，没有共同的语言与兴趣，你一点手机拉黑删除了他，或者他删除拉黑了你。于是，各走各的路，互不相扰。手机朋友圈，除过你生活中多年固定的朋友以外，微友，是一个动态的、不断进进出出的圈子。当然，大浪淘沙，你选我，我也选你，其中就有很多原本陌生的微友因为志趣与脾性相投，经过时间的考验，成了多年真正的朋友。

在微信里，人人可以是记者，所见所闻，或视频或照片或文字，马上就可以发在朋友圈，亦可一对一发给自己的朋友。这一下子就多了鲜活的信息，多了真实的现场感。微信，可视频聊天亦可语音通话，一旦连上Wi-Fi，又省去了流量费，等于不花钱享受着微信的方便与好处，嘿嘿，一个小小的微信，上演着朋友圈里丰富多彩的生活，多好，多么有趣！

这手机朋友圈，就像一泓池水，不停有新的鱼儿冲进池水里，穿梭着、扑腾着，溅起朵朵浪花，又像从不同地方飞入这片林子里的鸟儿，叽叽喳喳鸣叫着，亮着自己的嗓子，展现着自己的身姿，讲述着自己带来的自认为好听的故事。于是，手机朋友圈就热闹了起来，就有了新鲜而有味道的故事。

手机朋友圈，大致有这么几类人：达人、正能量人、卖汤人、生猛人、自怜自恋人、冷美人、微商人与婆婆妈妈型的人。

达人：这些人，往往学富五车、才高八斗，眼界高且具有敏锐深刻的思想，老到而深沉。他们或是发出具有特立独行品格、文笔烂漫的文章，或是短短几行对某人某事的评价，常叫人惊叹不已，疑是天人。看他们的朋友圈，是一种很好的学习，是知识水平的一个提高过程，使你想恭敬地喊他们一声老师。

这类人，是真正的达人，是手机朋友圈里稀缺珍贵的先生，如能有几个这样的先生在你手机朋友圈里，阿弥陀佛，那就是天大的幸事了！

仅举一例，我手机里就有这样一位高人，不断有漂亮的诗歌与犀利的评论文字发出。他曾在网络包括手机朋友圈写过这么几行文字，你看多么深刻、多么到位："网络社交的尴尬在于骚情未遂，其实爱谁谁谁，字斟句酌那是写诗，生活化一些才能得人爱。投缘的人，怎么说都合理；不投缘了，不管你说什么，他都会对你的话进行一场非常规的校对，不光是鸡蛋里挑骨头，还要大讲什么原本就不存在问题的逻辑问题，让你尴尬并有了苦笑。生活，真的东西是人心，小心翼翼、战战兢兢，不如坦坦荡荡、磊磊落落让人来得诌活（方言，痛快、舒服）而自在！"

正能量人：手机朋友圈里的这些人，温厚良善，如炬之目光对准了我们身边普通人的生活。他们常常发出温暖人心的小事。不妨看看《人民日报》发表的"最温暖的朋友圈"：

其一：一位半糊涂半清醒的老人忘记了家庭地址，连自己叫什么名字也记不得了。无奈的民警，只能在老人身上带的东西里找线索，在他的身上，民警找到了一张十七年前他爱人离世时的火化证明，还有一封四十年前他写给爱人的信。朋友圈里，第一张照片是民警看着火化证明，想着办法帮助老人，站在一旁的老人，却痴痴呆呆地望着别处。第二、第三张照片分别是老人爱人的火化证明与他写给爱人的书信。

是啊，什么都可以忘记，唯有相思不可忘记。我们怎么能不为老人几十年坚守着的相思、为老人真挚炽热的感情而落泪？

其二：一位女学生的凉鞋坏了，不能走路了，正不知所措。一位老师回到宿舍取来了针线与剪刀，她让女生坐在花坛边的石头围栏上，自己蹲在地上修补起凉鞋来。这位女生看着蹲在她旁边忙活着的老师，感激的同时有了要哭的表情，这是第一张照片。第二张照片上，女生背过身去哭，她被像妈妈一样呵护着自己的老师感动了。正修补鞋的老师，浑然不知这一切，仍低头忙着。

照片下边的留言多么意味深长：师以爱子之心爱人，弟子自以孝亲之心尊师，当为师之道也。

其三：还是在朋友圈，九寨沟地震有人拍下了这样一张惊心动魄而又十分感人的照片：地震中，山间尘土飞扬，山道上，右边的军人一边跑着，一边侧仰着头看右方远处——那里一定有了紧急情况。他逆向冲过去救援，他前方的不远处，不断有山石滚落下来。这张照片左边，是一位冒着生命危险的司机，取回了游客落下的两个大行李包，他一手提一个大行李包，正吃力地往回跑。

此时，不管是顺行，还是逆行，他们都是我们心目中真正的英雄！

这些温暖人心，在朋友圈里不期而遇的爱与感动，被接力转发着、扩散着，这些故事拨动了我们的心弦，让我们感动不已，让我们泪流满面。这是满满的感动，这是满满的温暖，这是满满的正能量啊！

卖汤人：卖汤人，全称应该是贩卖心灵鸡汤之人。确实有些卖汤人，烹制出的高汤不仅滋润了我们的口腹，营养了我们的身子，而且那些精心熬制出来的"鸡汤"，高屋建瓴且具有真知灼见，常常洗涤了我们的灵魂，启迪了我们的心智，让我们对其充满敬仰之情。

还有一些卖汤人，常常在朋友圈发出诸如此类的感喟："走得累不累，脚知道；扛得难不难，肩知道；过得好不好，心知道。"有时，不知他们是自己励志还是为了鼓舞朋友圈里的人："风雨之中，打伞也要前行；失败之后，带泪也要经营。没有地方喊累，因为这就是生活；没有人听你诉苦，因为这就是人生。"有时，不晓得他们把从哪里盛来的各色"鸡汤"混杂在了一起，半诗半文，不知所云地自顾自地叹息着："落叶荒芜了谁的只言片语，秋风又扫落谁的思念情绪？生的隔壁住着死，没越过那堵墙时是幸福；是幸福，就要快速提现！"

是呀，心灵鸡汤没有什么不好，问题是如果寡淡无味、毫无营养，一毛钱可以买十二碗，甚或熬制不得当，有意或误加了毒素的话，那就实在没有了意思，可能还要祸害别人。这样的鸡汤还是不卖为好，不卖了于人于己都有益！

生猛人：猛人一出场，就是孙二娘上菜——刀一把、脚一只，十分震撼人，似乎带来一股股呼啸而来的寒风，让人冷得要打起哆嗦。

你看，他们在朋友圈发出一张残羹剩饭的饭桌的照片，饭桌上放着六七瓶空着的白酒瓶，地上放着数不清的空啤酒瓶，他们在照片之上或其下留的文字一般都很简单：三个人刚喝的！还要继续喝！谁来？要来，就来硬人！

看这样的微信，往往让人胆惊而直呼："猛人！猛人！"

自怜自恋人：自怜自恋之人，要么失意而不得志，要么自我感觉特别良好。发朋友圈，他们不管自己是风姿绰约的妙龄少女还是徐娘半老的妇人，不管自己是风华正茂的年轻小伙子还是胡子拉碴的老汉，一律都带有自己的一张或多张刻意配上去的照片，再附上一段或怀旧伤感或意气风发的文字。他们在你的手机朋友圈待久了，尽管从未谋过面，如果在街上相遇了，你一定会第一眼认出他们而绝不会认错了人，因为你对他们不光特别面熟，他们的一颦一笑、举手投足，你都烂熟于胸了。

冷美人：冷冷的，高傲如美人。大凡自认为自己是美人了，就容易自负任性，就容易我行我素。他们一到了手机朋友圈，瞥都不瞥谁一眼，不管三七二十一，一口气先转发十多篇甚至更多连他们自己都没看过的链接文章，然后就离开了，等有了空再过来猛发一通，又忙他的事去了。至于朋友圈里的人看不看、爱不爱看，那是你的事，与他们无关。他们自认为自己是美人了，所以就自大，就骄傲，就跋扈。

微商：这是一个新的商业群体。手机朋友圈常常有人标注拒加微商，微商，不会因为你拒加了他们，他们就没有了手机朋友圈。朋友圈，他们肯定是有的，他们那圈里都是些卖牙膏、卖尿不湿、卖奶瓶、卖牙签、卖小米、卖茄子、卖辣子的，卖什么的都有，他们可以互通有无，可以讨价还价，体会着做微商的快乐。微商，那是他们选择的职业，不能怪他们。你拒加他，或是误加了他而删了他，那是你的事，他们照旧还忙着他们自己的事，锲而不舍地坚持着。对他们，对这个社会来说，也没有什么不好。

婆婆妈妈型的人：这些人，不管是昨日吃的龙虾，还是今天啃馒头就咸菜，或是在地上发现了一条小虫子，抑或是自己家的小狗身上掉了几根毛，都要认认真真、津津有味地拍一张照片，发到朋友圈展示一番。另外，还要加上一大段有感而发且十分烦冗的说明文字，看他们发的朋友圈，实在不知如何是好。这些人，注定在一般人的手机朋友圈里待不了几天。

日子，一天天就这样过着，手机朋友圈就这么一天天热闹着。这不，刚才朋友圈里有人发了一首《这年头》："鬼多了，人少了，真话越来越少了。想哭了，没泪了，老天跟着作对了。亲情啊，都断了，全拿手机装蒜了。哥儿们，别看了，再不挣钱家散了！"哈哈，发这首调侃打油诗的先生，拿"再不挣钱家散了"这句有震慑力的话来吓唬人，来开玩笑，其实他的手机朋友圈，嘻嘻，你看看，他每天发的信息就没停过。

生活中，不管是什么身份，不管从事着什么样的职业，各人都有各人的手机朋友圈，他们在他们自己的朋友圈里互动着、乐和着。

有人视手机为大敌，说它如毒品一样，多么误人误事，多么糟糕透顶。凡事都有两面性，关键是看利大还是弊大，看你以什么样的态度去对待它，看你怎么样去使用它，利用了它的长处而不沉湎其中，方为智者。不管怎么说，这微信，这手机朋友圈，注定还是要存在下去的，除非有了更先进、更时兴、更便利的电子产品替代它。

呵呵，这手机朋友圈呀！

2018年的第一场雪

2018年的第一场雪，比以往时候来得要晚一些。

雪还是那个雪，仍似许多飞来飞去的白色蝴蝶，婀娜着身姿在天空中追逐着，嬉戏着，可以看到它们的笑脸，却听不到它们一丝的喧哗与喧嚣。

地面上，先是有了星星点点的白，继而这白迅速又编织成了铺满大地的雪毯。纷纷扬扬的雪还下着，各种树木枝丫上的雪，如一朵一朵绽放的梨花，煞是好看。雪中之行人也成了雪人，那眉毛上都挂着雪花呢。大雪，覆盖了一切，世界，变成了一片银白色。

一脚踩不透的雪，伴随着迈出的脚步，咯吱咯吱响着。这声音，是高明的音乐家也模仿制作不出来的天籁之音，一个脚窝里有了一支歌，走在雪地里，心里宁静滋润了起来，凛冽干净的空气，银装素裹的景物，满世界一律的白色，仿佛童话世界一般纯洁可爱。

小时候在老家大张寨，冬夜里，一场大雪，在农人熟睡着的梦里悄无声息地捂了下来。早上开了门："咦，这么大的雪呀！"农人风霜沧桑的脸上是满满的喜悦，他们首先想到的是地里的庄稼，麦苗被厚厚的白雪覆盖了，来年那麦浪翻滚仓满囤溢的丰稔场景，会倏忽间在他们脑海一闪。他们欢喜地看着雪，嘴里有了平实而深情的话语："雪大得很！正当时，下得好啊！"随即拿了铁锨与扫帚，先打扫完庭院，又去清理大门外村街上的雪。

放寒假从西安回家的父亲，边扫雪，边喜滋滋地教我读诗："贾不假，白玉为堂金作马。阿房宫，三百里，住不下金陵一个史。东海缺少白玉床，龙王来请金陵王。丰年好大雪，珍珠如土金如铁。"那时还小的我没记下父亲教我背诵的是谁的诗句，只记下了最后两句："丰年好大雪，珍珠如土金如铁。"年龄稍长，读《红楼梦》，才知晓这诗是曹雪芹小说中写贾史王薛四大家族的一首诗。

父亲扫完院子与门外的雪，我又跟着他去村外的地里，父亲把麦田间路上的雪全部清扫到了麦地里去，他说："天下白面哩！把路上的雪扫到了麦地里，给麦苗又盖上了一层厚棉被，麦苗不会被冻伤；雪化了，等于不花钱给地里浇了水；这冬雪还会杀死害虫，是一举三得的好事！"

村里闲不下的农人扫完院子与村街，还会顺着巷子去扫雪。我朝你巷子的方向扫，你从你巷子往我巷子这边扫，两拨人在雪路上碰上了，说笑着这场雪与气候、庄稼的话题，闲话着村子里的这事那事，是一种其乐融融而又温馨可人的场景。父亲跟他们一起忙碌着，享受着这浓厚亲切而又美好的乡情。

忙碌了一个早上，扫雪人的头上冒着股股热气，脸上的汗水不断往下淌着。村里的路都被清扫了出来，看着虽有点湿但干干净净的路面，看到雪都被堆积在了树根部，垒起了高高的雪堆，他们的脸上是劳动之余有了成果后特有的那种快乐。

那时的雪，农人不仅仅认为是一种自然现象，他们还朴素真切地认为，这是上天的恩赐，是祥瑞之雪，是惠利万物润泽生灵之雪，是让人从内心自在高兴的喜庆之雪。

然而，2018年比以往时候来得要晚一些的这场大雪，在许多城市里，却成了一场大有故事的雪。

雪，静静地趴在地上，由雪变成雪泥水，由雪泥水变成了冰。人走在这雪泥水里，或走在这冰上，全都战战兢兢高度集中精力，或打着趔趄，或小心碎步前行，或无奈地伸出双手保持平衡，如做着舞蹈动作一般，一步一滑地艰难前行着。

于是，就有了这样的人：老天爷刮风时，他骂；老天爷下雨时，他也骂；今天下雪了，他还是骂。没有他不骂的事，还联想丰富，开始埋怨天不是天，地不是地，鼻子不是鼻子，嘴不是嘴，看起什么来都不顺眼、都别扭。他们连自己门前的雪都不扫，却指责着别人怎么不来扫雪。这种人，看见跳楼的或打架的，不是想办法快快去救人或者设法上前劝阻，而是忙着摆弄手里的手机拍照片，只是为了招眼球，为了赢得别人廉价的喝彩。

关于雪的故事还在继续上演着。网上高调辩论的声音震得街边树枝上的积雪好像都在往下掉。因为雪，个个又都成了记者，不断照着相发着微信，感叹着或谩骂着。那天，我就看到一个小伙子，只顾着照相发关于雪的微信，一不小心被一旁并不挡他路的共享单车绊倒。他爬了起来，狠狠地踢了两脚单车，嘴里骂骂咧咧地走了。他身后那辆单车孤零零很可怜地躺在雪堆里，似乎在无声哭泣。

街边店里，女广播员极尽温柔甜美的"温馨提示"，亲切得几乎能融化掉门口的坚冰："亲爱的顾客朋友们，您好！×××药店真情提醒您，雪天路滑，出行务必注意安全，您的健康快乐就是我们最大的心愿！……"话说得特别好听，他们店门口的雪却一点都没清扫，早已变成了明光锃亮的溜冰场，一个早上，就有五六个人在他们店门口滑倒。

单位组织扫雪，有人把扫起的雪堆在电线杆下，而不往相距一米之外的树根下堆。人行道高过了绿化带，把雪堆在人行道边沿上，轻松往下一扫，就可扫入下边的绿化带，既不占路面又利于绿化带里的冬青树，他就是不扫那一下，嫌什么呀？嫌累。还有人满头大汗，义务扫雪铲雪，清扫过的道路干净而整洁，旁边却有人双手插在衣兜里，说着风凉话，并以埋怨弹嫌（方言，挑剔、嫌弃）的口气质问："早弄啥去了？扫的啥雪嘛！你看你扫过的这地上，还有一个个白点！唉！这也叫扫雪？"不知他这埋怨弹嫌的话从何而来，难道扫雪就与他无关？他又有什么资格去质问本就干得很好的义务扫雪人？

天晴了，雪净路干，冬日的阳光暖暖地照着。由于这场雪，很多人还在探讨着是非曲直，还在议论谁是谁非的问题。其中就有人说了，与其坐而论道，不如起而行之，说一万句关于该谁扫雪的问题，还不如大家一起行动起来铲一锹雪来得实际。讨论、辩论没有什么不好，它会让人明辨是非，更接近事物的真相，最为关键的是让人认识与发现问题，在以后遇到诸如此类问题时，社会各阶层的人们都能迅速行动起来，从我做起，起表率作用，让大伙儿积极跟进，面对问题努力地处理与解决。这才是最好的结局，这才是大家最为期盼的啊！

关于这场雪，有一首《谁是扫雪人？》的诗，最后几句倒是有些道理："不要再问了，不要再问谁是扫雪人。要找就找谁是真正扫除心灵之雪的人。"

但愿大家都能扫除心灵之雪，使我们这个社会多更多的阳光，多更多的正能量，那时，有再多再棘手的问题都不怕。

四个杯子的小故事

高楼里，装修到位、有点档次的自助火锅店生意火爆，座无虚席，门外大厅还有很多抽了号的人等待就餐。

生意太好，老板把一张桌与一张桌中间的距离放得太近。我们这一桌旁边的一桌，是一家人在吃饭，小两口，还有他们的父母，两岁多的小女孩坐在她爷爷奶奶中间，很温馨的画面。那位女士，不断地忙活着去取菜，中间有两次不小心碰着旁边就餐人的胳膊，她都很不好意思地连声说着："对不起！对不起！碰着了您！抱歉！抱歉！"她的形象与气质还有她的语气与语调，看上去是很有修养的那种人。

就餐者各自吃着饭，说着各自的话。就在他们一家旁边的桌上，一位老先生用陕西话对着那位女士说："女子！你去给我拿四个杯子！"那位女士一愣，马上反应了过来："好的，好的，您等一下，我去拿！"她随即起身，走过了中间的造型门，去那边拿杯子。跟这位老先生一桌坐着的人吃惊了，忙问老先生："你叫谁给你拿杯子去了？人家跟咱一样，也是吃饭的！""哎哟！老眼昏花，老眼昏花！咋说了个这话？快让我去拿，快让我去拿！唉！你看这事弄的！"脚上刚做完手术时间不长的他，谁也拦不住，起身跟着去了，他边走边说："我不去，就太没有礼貌了！这事都怪我，我一定得去！"最后，有一个人陪着他一起过去了。

没几分钟，他们三个人都回来了，那位女士手里拿着四个大杯子，笑着放在了老先生他们那一张桌子上，她回到自己的桌上，又去吃她的饭了。紧挨着的老先生这一桌人表示着歉意，说着道歉的话。

那位老先生倒了红酒，他们一桌四个人一起站了起来，给那位女士一家敬酒。老先生发话了："实在不好意思，我老眼昏花，看你穿的衣服跟服务员有点像，误把你当服务员了！对不起！请你原谅！"那位女士笑着回答："没什么，没什么，我年轻，拿个杯子不算什么，也是应该的！"旁边另外一桌有人说话了："你完全可以礼貌地说，对不起，我也是吃饭的，我不是服务员！你这举动，难能可贵！一般人做不到！向你学习了！"

周围的几桌人都停下了筷子，向那位女士投来赞许的目光。

这是发生在咸阳工会大厦三楼杂粮火锅店的一幕。

阿姑泉访梅

现时的冬日有些霸道，拿着接力棒只顾往前跑，却不肯交给一直等待着接棒的春天，而急不可耐的夏天又早早地伸出手，似乎要越了春天去接棒。春天，已被冬天与夏天挤占得没有了多少时间。

昨日，画家吴东辉先生说："终南山阿姑泉的梅花开得正艳呢，咱出城透个气，看梅花去！"几个人立即赞同："走，看梅花去！""哟，咱这是春日访梅，有了诗意哩！"

车子上了渭河南岸，在新修的宽敞的河滨路上向西驰去。水泥森林围成的厚厚的城，快速地向后退去。放下车窗玻璃，久违了的泥土与青草的味道钻进车里来，嗅着这春天原野上特有的气息，人的心情一下子舒畅了起来。

春天，你说春天在哪里？真正的春天应该在这田野间，在这松动的泥土与绿绿的青草上，在空中飞过的燕子的呢喃中，它不在住在城里的诗人们的笔尖上，也不在牵了风筝说这就是明媚的春天的呓语里。

车子下了河滨路，向南开去，两边有了大片的麦子地，窝了一冬的麦苗已起身，绿油油地蓬勃着生命的活力。麦地里，散发出那种农家肥特殊的气味，让人有了一种孕育并生长着希望与收获的踏实感。这种来自庄稼地的气味与感觉，不禁把人带进了那首民间歌谣《春帖儿》的意境里：

春日春光春水流，

　　春原春野放春牛。

　　春花开在春山上，

　　春鸟落在春树头。

　　行进在这有了十个"春"字的春天里，春之喜悦、春之美好与春之韵致，在人心里弥漫开来。

　　车子过了鄠邑区余下镇，终南山，忽地一下就清晰地矗立在人面前，阿姑泉就在前方了。

　　进得阿姑泉景区，抬头望去，一树树繁茂的花儿灿烂缤纷地开着，红的花儿像粉红的桃花，白的像雪白的杏花，黄的像金灿灿的迎春花，这就是阿姑泉的梅花吗？

　　前些年，我在昆明、广州、南京坐车经过梅园，只是远远地看了那雅逸高洁与不染尘俗的梅花，并未专门细细地看过。后来，从电视与报刊上见过梅花，也从画家笔下看过清秀高洁于宣纸上的梅花，但并未真正近距离地欣赏过。啧啧，今日终于有了机会站在这么多的梅花树下，那就让我好好地欣赏这梅花吧。

　　旁边有游人问了："这就是梅花呀？怎么看着不像啊？"立即有热心的游人接了话："是梅花！我刚才照了照片，用照片在百度上查了，没错，是梅花！咱跟前的这片梅花是大红梅，那边斜坡上的是杏梅。山上边白雪一样落满一树的是白梅。哈，这山上的梅花，还有没认清的品种，我们正用手机在网上查哩！"

　　顺着盘旋的山路转着上山，再依着修筑的台阶，往复回环进入了曲径通幽之地。山路两旁，不时有一树或一片盛开的梅花，在那梅花树旁，夹杂有一片片茂密的竹林或是几棵高挺的松树，其中的几株玉兰树，树上的白玉兰较城里的白玉兰花朵硕大了许多，白玉兰圆锥形的花儿，洁白得耀人的眼目。

每到梅花树旁，我都要停下来，定了神地去看那梅花，看那梅花花瓣，是怎么样排列的，看它那比桃花、杏花与迎春花繁密了许多的花蕊。咦，那一根根的花蕊顶上，探出了一个个的小圆脑袋呢，它们好奇地打量着周围的一切，有了笑嘻嘻的模样，好奇地看着我们这些山外来客。

梅花，多么高洁、多么雅逸的花，从古到今，文人墨客留下了那么多赞美它的不朽诗文，在阿姑泉，我是用崇敬之心来欣赏梅花的。

梅花，妙曼挺秀在这姑泉山上。我静静地站在它们面前，感知它们的气韵与精神，体味它们的俊傲风骨，那一刻，我觉得自己的品格、自己的行为也仿佛高尚俊逸了起来。这个念头闪过，自己都笑了，我是真实地多情了，想和梅花靠近，想有梅之凌霜斗雪与坚韧不拔的精神，想有梅之不趋荣利、忠贞高雅，不与百花争春的风范。在梅园，在花信之首的梅花世界，倾听梅花之花语，接受梅花之品质熏陶，不是做作，更不是矫情，而是一种真实而生动的思想。

不管怎么说，我是真诚地崇仰与尊敬"五福花"梅花的，在这个开满了梅花的终南山阿姑泉旁，我的心和梅兰竹菊"四君子"之首的梅连在了一起。

一步步攀缘而上，不知不觉中到了山的高处。这终南山是断裂山，和关中平原是直上直下的，没有缓冲的地带与过程。站在终南山北麓这富有神奇美丽传说的姑泉山上，在沁人心脾的梅之香气的氛围里，眺望脚下的八百里秦川，有了不一样的思绪与感慨。

人品行的修炼与提高，不就犹如这铁骨铮铮的梅花吗？梅花，历尽天寒地冻与冰袭雪侵，才有了凌寒独放，开百花之先的风采。人也一样，面对悲苦的生活不悲观不绝望，想开了、包容了很多的烦嚣与琐碎，咬着牙喘着粗气也要奋力前行。有了这样的心态，有了这样的情怀，人，不就活得纯粹了一些，不就提升了境界，不就接近并有了这梅一样的品格吗？

　　在终南山上，因为这梅而思绪飞动，有了平时没有的很多思考，有了关于梅的独天下而春、傲骨不屈与凌寒留香的许多遐想。

　　下山来，上山时拜访过的梅花，与我们似乎成了熟人，清雅俊逸地微笑着，仿佛热情地打着招呼，我也以崇敬真切的微笑，回了它们的问候。

　　春日阿姑泉访梅，是我这么多年来第一次真正地欣赏梅花，有了很多不同于看其他花时的感受与触动。写这篇小游记时，笔尖上都散发着梅花高雅悠长的清香。你说，高逸超群的梅花的品质能不感染并有益于我？

秦岭看我

"哎呀呀！这二杆子天气，真要把人往死里热啊！走，钻山去！到山里透透气，凉快凉快！"朋友提议，众人应和。此时，正是关中平原高温酷暑的三伏天，人大声说话似乎都能引爆热成火海的空气。到了周末，大伙儿奔向秦岭大峪，要躲一躲这叫人实在无法忍受的炽热。

车子向大峪飞奔而去。车里，有人讲开了笑话：昨天，西安气温高达四十二度。南二环上一老人被摩托车蹭倒，老人二话没说，立马爬起来就跑，一点儿都没有碰瓷让赔钱的意思。围观的一大圈人都在赞扬老人："老先生人不错！""老人素质真高！""老先生身体棒啊！""老人是咱西安的骄傲，是真正的西安好人，给电视台和报社打电话，让好好报道宣传一下！"老人边往阴凉地儿跑，边擦着汗说："你们懂个啥呀！你躺地上试试！烫得要死！再不起来就直接火化了！啥？还要钱？要钱有个鸟用啊！"

一车人跟着哈哈笑了起来，笑这段子编得妙，赞叹这编段子的人是高人。不一会儿工夫，车就到了大峪口。这大峪，属于秦岭七十二峪之一，东邻库峪，西接白道峪，位于长安区引镇大峪口村，号称长安八大峪之一。

进了峪口，车子一辆接着一辆鱼贯而入，每辆车在山路上都开得很快，仿佛都要把山外难耐的燥热天气急急地甩在身后。

行进在大峪的路上，每转一道弯，眼前的景物就是一幅美妙的山水画。山清水秀，峰峦重叠，沟壑纵横，曲径通幽，一路上全是美不胜收的景致呢。沿着山路一直往里走，到了峪之深处，花草树木郁郁葱葱。那层层重叠在一起密匝匝的绿呀，绿得似乎要冒出油来。抬头看天，湛蓝湛蓝。各种形状的白云一动不动，俯看着它不认识的众多游人。山上密林里，不知什么鸟儿欢快地鸣叫着，十分悦耳动听。

山路下的大峪河，蜿蜒流淌，清晰可见河底石头上的各种花纹。从大峪口进山，由北而南依次有冷水泉、狮子茅棚、莲花洞、天赐顶与甘花溪等景点。美景赏心悦目，那清新而又带着甜味的空气，使人不由得多吸几口并感叹："这么好的空气，钱买不来，叫我把肺里的浊气换一换。"

中国南北地理分界线的大秦岭，它是一部旷世奇书，它挺起并提携了长江与黄河两条母亲河的脊梁与臂膀，它把中国的南、北担在了肩上，它将中国的东、西揽在臂弯里。秦岭里的每一条沟与每一道壑，哪一个不是满沟满壑的故事？不是吗？单在这条大峪古道上，就发生了许多大的历史事件：唐时，唐昭宗为避叛乱，从大峪这条古道上逃走，紧随其后的数万官吏与其家人，三分之一的人因饥渴死在了这条路上。20世纪30年代，红二十五军曾在此活动，留下了可歌可泣、荡气回肠的英雄故事……

大峪，这个大峪呀！我不由得仰望那直入云端的大山，去看了身边老干新枝的古树，低头看了脚下这条路。从古到今，这条路上不知留下了多少达官贵人还有百姓重重叠叠的脚印，那每一个脚印都有每一个人的人生长短与春秋往事。此情此景，不禁让人有了许多的遐思与感慨。

此时，太阳虽明晃晃地照着，却没有了山外似乎可以晒裂了石头的那个狠劲。山风吹过，人行走在山间道路上，多了惬意舒适之感。进山的人，选了合适的地方放了车，有一大家子来的，也有三五相好之友相约而来的。那边河床里的石头间，有人在清凉的河水里泡着自己带来的大西瓜，等着凉下来后再吃。这边，有人在河边树荫下铺了席子，躺在那儿梦开了周公。河水里，小孩儿打水仗，有爱石者低着头专心寻觅石头，希望有惊喜出现，能遇着一块奇石。路边树林下，一位老先生与老太太并排坐在轮椅上，面部是那种阅尽世事、历经沧桑后的平静表情，他们两人沉默不语，只是静静地看着对面的山，不知想着什么心事。那树上的蝉，一声接一声知了知了地叫着。

不远处，有打着遮阳伞咯咯地笑着的美女，用手机互相照着相，每照几张，都要凑在一起互相看，叽叽喳喳、嘻嘻哈哈地欣赏着、评论着。

下午4点多钟，我们几人从山上转了下来，被路旁的一家打洋芋糍粑的大石臼与大木槌吸引。有人拿起那打糍粑的大木槌，在二尺见方的圆石臼中，砸开了煮熟后剥过皮的洋芋，有的吃者自己可以参与制作的环节，这一道吃食，受到了很多进山游人的欢迎。咣咣咣，这反复打砸出来的洋芋糍粑，筋道得可以挑起一尺多高，从臼里挖一团到碗里，用浆水调后，放了腌芹菜与炒好的韭菜，再加些红红的油泼辣子，端着碗，在凉风习习有着醉人景色的山中吃，那个清爽与那个香呀，真是无法说。

山里的天，说变就变，刚才山顶上只有一团团淡淡的黑云，就吃洋芋糍粑这一小会儿，它们连在了一起，天色开始变暗变黑，还没等人回过神来，雨就滴滴答答，继而噼里啪啦地落了下来。大雨，山中真正的大雨，开始痛痛快快地下开了。

大热天，大峪中突然有了不期而遇的大雨，远远望去，飘下的雨丝随着山的走势，斜着身子唰唰落下，四周的大山，笼罩在白茫茫的云雾里，真如仙境一般好看。山中的雨，雨中的山，欣赏着这突如其来的别有一番情趣的山中雨景，众人如孩童一般欢呼雀跃。站在农家屋檐下，大家拿着手机照开了雨中的秦岭，把照片与视频马上发到了自己的手机朋友圈，说是要让山外的朋友们看一看，让他们羡慕羡慕这难得享受的清凉。

我一低头，不由得一惊，这家农户从河里搬来垫在门前的铺路石上，有惊人的图案：站在门口朝前看，稍远处石头上是一只大大的龟，其下的石头前边是一个昂扬着的马头，马头后面，是一条盘旋着的龙。祥瑞之气满满。

这家人不得了，其后人必有大富大贵命！我问那卖糍粑的老板："老板，这是你们家吗？"他正忙着清理帐篷上的积水，满脸悲苦地说："不是，我是蓝田人，这房子是我租人家的！"他回答了我的话，又自言自语开了，"你看看！你看看！这雨下得讨厌不讨厌？这么大的雨，谁还进峪来？我这洋芋糍粑卖给谁呀？这鬼熊天，不把人害死才怪呢！"是的，正如古人所云，春雨如膏，农夫与行人却有了不同的观点与态度。这老板，只想着他洋芋糍粑生意的事，也不能怪了他。我让老板把我刚说的话捎给主家，他说："主家到山外打工去了，后人还能有个啥大富大贵命呢？"我笑着说："你把话带给他就行，只等日后验证吧！"

雨还在下着，待在山里光看下雨也没有了意思，打道回府吧。车子在转来转去的山道上往下跑着，出山的车排成长队，不时还从紧挨路边的小停车场上插进来一辆车。进山上来的车，也同样排起了一条长龙。堵车，不停地堵车，半天也动不了一下子。这个时候，出山的我们笑话开了进山的人："早干啥去了？都啥时候了，这时才进山？""嘿嘿，你别说，进山的人也可能在嘲笑着我们，早早跑进去，这么早又跑出来，来回折腾图个啥呀？"世上的事就是这样，出的那头是进，高的下边是低，左的那边是右，阴的上头是阳，生的隔壁住着死。人成天不就是在这出与进、高与低、左与右、阴与阳乃至于生与死之间奔波着忙活着吗？其间，难免有大喜大悲，有艰辛困顿，有坎坷不平，也有了欢喜顺畅，也有了康庄大道。细细想来，其实人去旅游景点，哪里是去看景物和那些文物古迹等其他的东西，恰是那些东西沉稳细心地看了急着要去看它的这些人。时空交替，人的一生又何其短暂，每一个人只不过是这个世界上的一个匆匆过客而已。人们急着要去看的这些东西的绝大部分，千百万年来还是那样，亘古不变地在那里，正如这秦岭一样。

于是，我认为去秦岭，不是我去看了伟岸高耸拥有厚重历史文化的秦岭，而是秦岭看了一眼长得不怎么起眼、不怎么齐整的我罢了。在它看了我一眼的这个瞬间，我只是把我看到的人物与景象记录下一点点，就像是一只小小的蚂蚁，在这号称龙脉的秦岭面前胆怯而又踉跄地走了两个碎步而已。

顺理成章，这篇文字的名字应该叫作《秦岭看我》或者《大峪看我》才对。没看过上边文字仅仅看了题目的读者，会在第一时间有了这人狂妄与不自量力的断语，他们肯定会说："你去看、去朝拜秦岭才对，大秦岭怎么能看你？"

也罢，看完了文章，他们就会明白我之所思、我之所想。

石　我

　　石我？石头上的我，就是这方漫画并神似了我、陪伴了我多年的石头。此时，它就在我的案头，静静地看我写着文字。

　　石我，说是漫画了我、神似了我的石头，不是吗？你看，石头上的我，仿佛是高明的画家用灵动之笔画出来的。准确点画上去的眼睛，如我小而且不怎么好看的眼睛。鼻梁高且直，直通到双目中间。嘴跟我本人一样，也是往左下撇着的。头顶上，稀疏的头发往左梳，那是为了掩盖秃了的头顶，属于人们开玩笑说的"地方支援中央"一类，不多的这几撮头发，是画家挥洒着手中的大笔，以中国画的笔墨韵味妙手天成的，的确生动得叫人想发笑，那正是少得可怜让我丧气不已的头发呀。再看石我的后脑勺，哎哟，奇了，真奇了！后脑勺上，竟有一个昂首远望着的马形图案。我姓马，姓名中有三个马字，石我以马为记，这不是冥冥之中标注了这石就是我，石中的我吗？

　　你再看石我的神态，不大的眼睛是下垂了上眼皮的，不像伟人、名人与成功人士或目光炯炯或双目如炬，却像了这些年活得不那么成功、不那么光鲜的我，在人面前任何时候不敢张扬、不敢轻狂，是经常低着眼静静听旁人说话而想着自己心事的那种样子。

　　石我，这个石头上的我，是在秦岭山中和我神奇相逢的。那年夏天，烈日下，在秦岭山里寻觅好石头的我，一个上午没遇上一块可心的石头，满脸的汗水，衣服湿透后紧紧地贴在了身上，天气十分燥热，心情也跟着不好起来。

　　这时，前边不远处一块大石头上，一只小鸟一个劲儿地叽叽喳喳朝我叫个不停。心烦的我，从脚下的河水里捡起颗小石子撒了过去，想赶跑了它。小鸟飞起来后，又落回那块石头上，还是朝我不停鸣叫，你说生气不生气。唉，今个儿这鸟是看我的笑话，是故意气我，要跟我作对的，我没好气地再次赶飞了它，它不依不饶，又落在那块石头上，仍旧朝我不断鸣叫着。怪了，这鸟是怎么了？这明显是有事叫我过去哩。满腹狐疑的我从河水中蹚了过去，那鸟见我走了过来，飞起，落在河边的灌木丛顶上盯着我。在小鸟起落了几次的大石头旁，我低头寻找，看看到底有什么东西竟能惹得小鸟叫我过来。噫，就在大石头旁的水中，一块青白石头上有清晰的图案，随着清澈湍急的河水流过，那图案在水中快速晃动着，要晃花了我的眼。就在我弯腰去水里捞这块石头的一瞬间，那灌木丛顶上的小鸟，叫过几声后往远处飞走了。

　　我把刚捞出的石头放在手上往前举起，头后仰着，想远一点看它是什么样的形象图案。哎呀！那一刻，我不由得惊呆并大声叫出了声："我的天神！这是我呀！就是我，这就是我呀！"那一刻，我是连声念了阿弥陀佛的。啧啧，我怎么就能在秦岭山中和这块石——石我，在这里，在这个时候相逢相见了呢？是命中注定的缘分，还是神的旨意？今日发生的这一幕，玄秘神奇得让我不知如何是好。烈日下的河道里，我撒下一大堆捡下的石头，面对巍峨高耸的秦岭深深地鞠了一躬，面对从山上急速流下的这条河深深地鞠了一躬，那个起初被我误解而后叫了它神鸟的小鸟，我朝它飞走的方向鞠了第三躬，表示对它的歉意与感激之情。最后，对手中的这个石我，我也真诚地鞠了一躬，并有了话："感谢秦岭，感谢这条河，感谢那飞走的神鸟的指引，也感谢了你——石我，多少年来，你一直孤寂地守候在这里，等着我的到来。今日，有了此鸟的召唤与指引，我们在这样的一个艳阳天里相逢相会在秦岭，这该是多么大的一件幸事，是多么大的一件喜事啊！"

石我，跟着我回了家。这么多年我搬了多次家。每次搬家，少不了要丢弃一些从全国各地捡回来已不入我眼的石头，而每次我都会先把这块石——石我细心放入包中带走，到了新地方重新郑重地置放于案头。人世间的我和石中的我，它就是我，我就是它了，是不能分离的，丢弃了石中之我，就是丢弃另外的一个我。

我常看着石我，不由得就想了，每个人来到这世上，也就活个七老八十的，不管是天王老子还是多么厉害的角色，最终都是要离开这个世界的，而这再普通不过的石头，却会长久在世间。地球，不就是一个圆石头？天上的星星，不就是一个个圆石头吗？地球，记录下了每一个人走过的或轻或重的脚印；天上的星星，默默地看着如蝼蚁一样辛苦奔忙着的人们。石头无语，它是沉稳坚定的，是朴素无华的，是平凡至极的，它或沉寂于山间，或出山被砸碎铺了路，或被烧成建筑用的水泥与白灰，它经受了所有的一切，却从来不喊一声大苦大悲，静默如初，大隐大忍，有了无为而为如老道一般崇高的品行。人世间，普通得不能再普通的我们，不也应该具备并有了这石一样的品质吗？真心地做人做事，默默扎实地往前走，从而给社会、给后辈留下些许的益处与念想，也不枉在这世上走了一趟；不算崇高但绝不卑贱的我们，努力上进，最终不抱憾而去，那也会为自己欣慰了。

我是喜石的，但我清楚、我明白，我没有观石悟人、悟石观人的高深道行，也没有青埂峰下那块石头欲补苍天的大精神与大气度，普通的我笨想了：觅石存石，可以运动双腿。搬石，劳动了筋骨。论石，要能说上两句不外行的话，那就得学习，就得开动脑筋，那真是会益智的。在这个辛苦并快乐着的过程中，最终获得了好的身体与愉悦的心情，岂不是一举多得，岂不是快事一桩？园无石不秀，室无石不雅，爱石的我们不敢说一石坐堂就满堂生辉了，但自己会真切地感受到室中有了石，自己的品行、为人与多个方面，就会不自觉地受了石的感染与影响，不是附庸风雅，它真会使自个儿慢慢地跟着雅致了起来。好，这样好！这对我们自己、对整个社会不都是一件很好的事吗？

我一抬头，案头上的石我，似乎对我微微笑着，一看对面镜子里的我，也是一脸的笑容呢。我不由得惊叹了："哎呀，石我是我，我是石我。"独自一人在书房的我，不禁笑了出来。

第五辑

追寻贤能，接引阳光

实事求是地报恩，脚踏实地地报恩，把报答别人和促进自己结合起来。最好的方法是，努力地写东西、出作品、出名声。

难忘路遥

　　路遥老师离开我们二十六年了，我抬头看着驰风轩工作室里和路遥老师的合影，内心老是觉得，他没有走，他仍静静地抽着烟，在工作室仍摇动着手中的笔，专注地抒写着平凡的世界里不平凡的人生；他仍继续着《早晨从中午开始》的创作岁月……

　　我崇敬路遥老师。路遥老师是一代文学巨匠，是我心目中挺立的大山，是我文学之路上跋涉前行的楷模与榜样。

　　上中学时，我就读过路遥老师的《惊心动魄的一幕》《在困难的日子里》与《姐姐》等小说。我喜欢路遥老师真切描述的黄土地上的故事，喜欢他如黄土一样质朴淳厚的语言，喜欢他那厚重深沉的现实主义写作手法。1982年，路遥的中篇小说《人生》发表后，我读了又读。《人生》被拍摄成电影，我又看了好几遍。每看一次，我都被深深地感动。路遥以深切的感情，以对普通人命运的真切关注，使读者、观众与其作品中的人物同喜同悲，同哭同笑。

　　这是上帝赐赠给我的缘分，这是我人生道路上之大幸事。我在铜川矿务局焦坪煤矿工作的第二年，路遥老师挂职铜川矿务局党委宣传部副部长，在离焦坪煤矿不远，同是矿务局下属单位的陈家山煤矿职工医院写作长篇小说《平凡的世界》。作为一个虔诚的文学爱好者，我多次想去拜访路遥老师，但敬畏和自卑之感让我最终未能成行。后来才知道，路遥老师忍受着巨大的病痛，以生命作为赌注，在陈家山煤矿写出了一部改变千万青年命运的不朽经典之作、茅盾文学奖皇冠上的明珠——《平凡的世界》。

"我们应该具备普通劳动人民的品质，永远也不丧失一个普通劳动者的感觉。像牛一样的劳动，像土地一样奉献。"这是路遥老师的人生信条。后来，我进入铜川矿工报社工作，李祥云社长和路遥老师是非常要好的朋友，路遥老师多次来报社，我激动异常——终于见到了我敬仰的著名作家。每次他来报社，我去社长办公室给他沏茶，都要恭敬地向他问好，他每次都谦和地点点头，微笑着应答，并问我最近写啥呢，末了，还不忘鼓励我，让我多写，好好写。

每次送走了路遥老师，李祥云社长都要说起路遥老师的情况，说起他在陈家山煤矿创作《平凡的世界》的一些细节：路遥孤零零一人，忍受着寂寞，全身心地投入这部小说的创作之中。他有时坐着写，有时站着写；累得实在受不了，就把几本厚书摞在一起，歪着头枕着写；手麻得握不住笔了，就用热水浸泡浸泡再写。路遥老师自己也说不清是哪一天，他在写《平凡的世界》第三部时，突然感到心口灼痛，两眼发黑，嘴里吐出了鲜血，滴在稿纸上，晕倒于桌前。那时，他祈祷老天，能给他生命的力量，哪怕宏愿完成之后倒下去，他也无憾了。

经过艰苦创作，《平凡的世界》付梓了，一时洛阳纸贵。1988年，《平凡的世界》以榜首的位置荣膺第三届茅盾文学奖，为路遥老师赢得了巨大声誉。

路遥老师对铜川有着非同一般的感情。他的弟弟王天乐先在铜川矿务局鸭口煤矿工作，后调《陕西日报》驻铜川记者站当驻站记者。路遥把他的生活体验地选择在了铜川，挂职铜川矿务局党委宣传部副部长。他的长篇小说《平凡的世界》诞生地是铜川。为了回报铜川，他把《平凡的世界》创作手记《早晨从中午开始》一书首发权又交给了《铜川矿工报》，在报社，我看到了那部书的手稿，连载这部作品的每期报纸，至今我都完好地保存着。

1991年11月13日，铜川市文联召开文学创作研讨会，路遥老师应邀前来。他满心欢喜地走进了他非常熟悉、别有一番深厚情感的铜川煤矿。那天上午的大会上，我负责大会摄影，给主席台上的路遥老师单独照相时，我清楚地看到他的右鼻孔里塞着棉球，他是带病出席这次会议的。

大会讲话时，路遥老师情绪特别好，他说，他对《平凡的世界》诞生地，对这部小说里煤矿生活的背景地——铜川，有着一种难以言喻的特殊感情。他相信，铜川既能出熊熊燃烧、温暖人间的煤炭，又能出优秀的作家，他看好铜川文学创作的未来。也许是那天心情特别好，他讲得很有激情，很有感染力，他的讲话博得一阵又一阵热烈的掌声。

午间休息时，我去路遥老师的住地铜川宾馆看望他。他弟弟王天乐恰好也在房间。天乐跟我是要好的朋友，他给路遥老师介绍起了我。路遥老师说："不用介绍啦，早都认识哩，腾驰是《矿工报》的，我在祥云社长那里见过好多回。"路遥老师的话，让天乐笑了起来，也让我一下子话多了起来。天乐问起我所在企业铜川市铝厂新闻报道与文学创作的事时，路遥老师站在一旁，双手插在上衣左右兜里，右小腿屈起来顶在床边，平和地笑着，静静地听着我俩说话，如同一位敦厚的兄长，很欢喜地看着两个兄弟说话。

我惴惴不安地把我的第一部杂文集《跋涉者的足迹》送给路遥老师，请他批评指教。他翻看着书，嘴里说："好，好，好好努力，铜川出人才呢！我几次听祥云社长说，你不光文章好，字也写得漂亮！"我连忙说："不敢不敢，李社长爱我，是夸我、鼓励我，在您前面、在文学写作上，我只是个小学生。"一番谈话后，我请路遥老师给我题个字，他高兴地接过我递过去的采访本（这个绿皮的采访本，作为珍贵的资料，我一直精心地珍藏着），题写了"勤奋——题马腾驰同志"八个遒劲有力的大字，署上了他潇洒倜傥的签名。当他听说我已调入《铜川铝厂报》任厂报编辑时，又愉快地给厂报题写了"站在时代的前列"。我提出想和他合影留念时，他给一旁的天乐说："好。天乐，你给我和腾驰照。跟腾驰认识好几年了，还没照过一张相，今儿照一张，留个纪念！"

1992年11月17日，路遥老师病逝了。我不相信这是真的。但是，报纸上的新闻已经毫不留情地证明了这一残酷的现实。我以十分悲痛的心情写了悼念路遥老师的文章《怀念路遥》，发表在我供职企业的行业报《中国有色金属报》上。后来，我出版散文集《山的呼唤》时，将我和路遥老师在铜川的珍贵合影印在了书前，并将《怀念路遥》一文收入书中。

这么多年，我在写点小文章之余，着迷于书法的学习与研究，我把路遥老师的"我们应该具备普通劳动人民的品质，永远也不丧失一个普通劳动者的感觉。像牛一样的劳动，像土地一样奉献"这段名言不知书写了多少遍，每幅字上，我都要署上"路遥名言"四个字。每每有人要我的字时，我都喜欢把这幅字送人，作为对这位故去的文学大家的真切怀念。我总觉得，一个人只有具备了路遥老师尊崇并倾尽全力去实践了的这种做人的精神与品质，方能称得上一个真正的人，一个大写的人。

一晃多年过去了，路遥老师离开我们已许多年了。每每看到当年的老照片，看到路遥老师当年给我的题词，心里就充满了对他的怀念。难忘路遥老师！唯有勤奋，唯有更加地勤奋，唯有更加不断地努力，才能对得起路遥老师的期待。

怀念陈忠实老师

1993年7月5日。我记得很清楚，那天天气很好，我像往常一样忙碌着，办公室工作，永远是迎来送往，永远处在忙而无序的状态。

突然，接待室人员报告，著名作家陈忠实老师来了，在接待室等着。当时，还是文学青年的我，喜不自禁，急忙过去迎接。先生是我敬重的未曾谋面的老师，我先前读过他获得1979年全国短篇小说奖的小说《信任》，读过他的《渭北高原，关于一个人的记忆》与《康家小院》等作品。今日先生突然光临，能见上先生，荣幸之至。

当天，由我们办公室工作人员负责接待陈忠实老师。他带来了上月刚出版的《白鹿原》，并给我送了一本，在扉页写上：马腾驰先生雅正。陈忠实，1993年7月5日。看着陈老师谦虚写上的"雅正"二字，我慌忙说："陈老师，不敢！不敢！我要认真拜读先生您的作品！"先生摘下眼镜说："上月书刚出版，下月要去北京开作品研讨会。"听先生说着这部刚出版的小说的创作故事，手捧还散发着墨香的新书，能接待陈老师这样的大家，真是满心的欢喜。

我斗胆把自己出的两本小册子送给了陈老师，让他指教。他很高兴，接过书，认真翻看着，边看边说："叫我先看上几篇，看完再说！"看完三篇后，他说了文字好、思路开阔、行文舒展自如等诸多鼓励的话，并把这些话给我写了下来，满满一页纸的内容，让我激动不已。

到了中午饭时，问先生想吃什么，他说："简单一点，老陕嘛，吃羊肉泡馍。"我们去了当时在咸阳颇有名气的"西安陈家"。饭桌上，陈老师说："下月，《白鹿原》在北京开研讨会，听听京城评论家的意见，褒扬也好，砸砖也罢，活已做成这样了，至于瞎好，叫大家说，丑媳妇总要见公婆嘛！"先生手里的雪茄，一直冒着缕缕青烟，布满皱纹的脸上，是农民把庄稼收入粮囤后，那种疲劳辛苦之后特有的欣慰的笑。

陈老师《白鹿原》送我的当晚，我就迫不及待地读开了。第一遍读完，后边又读了几遍，读一遍有一遍的味道。其后，《白鹿原》在北京一炮打响并获茅盾文学奖，被誉为是一部渭河平原近现代五十年变迁的雄伟史诗，一轴中国农村斑斓多彩、飞速发展的长幅画卷。《白鹿原》成功塑造了白嘉轩、鹿子霖、鹿三、朱先生这些具有深刻历史文化内涵的典型形象，成功塑造出黑娃、白孝文、田小娥、鹿兆鹏、鹿兆海、白灵等年轻一代性格各异、追求不同、极具时代代表性的人物形象。一部《白鹿原》，在国内外引起了巨大反响。我为陈老师感到由衷的高兴，也为陕西文学又掀起一波浪潮而骄傲。

时势变迁，为了生计，后来，我不得不离开陕西，先去云南，后又去湖南与山东，干的是跟文学不沾半点边的事，替厂家推销产品，写一些王婆卖瓜的文字，完全是吆喝着给人看的，很没意思。但我的文学梦没有死，心中一直惦记着自己的这份爱。我也一直以敬仰的目光注视着陈忠实老师，不断地读着他新出的作品，盼着自己安顿好了生计，也能提起笔来写点东西。

陈老师以他的人品，以他的作品赢得了人心，赢得了未来，赢得了永远。白鹿原永在，陈忠实老师的名字永在！惊闻陈老师逝世，拿出他当年给我签了名、已被我翻看得破旧不堪的《白鹿原》，唏嘘悲伤。斯人已去，风范长存。

谨以此文悼念陈老师。

追念梁澄清先生

生活中，有许多不曾料想而又让人十分哀痛悲伤的事，往往突如其来地就发生了，它是尖锐的硬刺，是一把锋利的刀，注定要狠狠地刺痛并捅破人的心，让人在许多天里，处在持久的伤痛之中而不能自拔。

前几日，民俗学家、作家、咸阳市图书馆原馆长梁澄清先生突然离世，这悲痛的消息，让我的心持续作痛，心绪难以平复。

认识先生，应是2011年的秋天。那时，我策划出版一本大型书画集《翰墨千秋——百名书画家精品集》，不光书里要约请收录先生的书法，还要请他撰写书画集前言。我们去了先生在咸阳图书馆大楼后边的书房，书房门前东边的一块地里，先生种满了竹子，挺拔有节而清俊脱俗的竹子，给这寂静的小院增添了一种别样的气韵与精神。

进了先生书房，满屋子是摞着的书与各种叠压在一起的资料。先生满头银发，精神矍铄，热情地让座、沏茶。落座，寒暄几句后，我给先生详细说明了出版书画集的情况，先生认真地听着，随后，即爽快地答应了我提出的请求。从进屋到我们走，他一直是笑呵呵的表情。他问起了我的名字，而后笑着说："马腾驰，马腾驰，名字起得好！干事，就要像这名字一样，骏马腾驰，勇往直前！"和先生第一次见面，先生给我留下了深刻的印象，他是著名的学者与作家，但没有一点架子，平和、谦逊而热情。到了最后，得知我也是礼泉人时，先生说："搞文化事业不容易，我要支持你，你又是礼泉人，乡党弄的好事情，我更要大力支持！腾驰，这下认识了，知道我的地方了，没事就常来！"

没隔几天，先生就写好了韩愈《师说》中一段文字的大六尺书法作品，书作俊朗挺秀，风姿翩翩，让人喜爱。先生撰写的序言《自信人生二百年，方识大秦此精神——序书画作品集〈翰墨千秋〉》也已竣稿。短短的序言，先生妙笔天成，开合自如，论述了书画之渊源与其应具备之人文精神，序言神采飞扬，逸气横生，开篇十个字为一段，气势磅礴，宏大雄强："关中多壮气，咸阳自无愧。"文末这一段文字更是一咏三叹，摇曳多姿，点评了这次展览与作品集的作品，又阐明了我们办展出书的主旨："读本次展览与作品集的每一件作品，或默默深厚若黄土，或苍茫大气若高原，或随意率真若童谣，或一丝不苟若碑版，或老到自由若秋叶，或含苞带露若春芽……无论尺幅大小、品格高低，其背后皆看得见一张张生动的面孔、一个个喜悦的眼神。而作为主办者——以借此机会揽天下人才于关中，展神州生气于咸阳，亦不负大手笔！"

后来，举办展览，先生作为嘉宾，被我们邀请参加了开幕式。先生为书画集撰写的前言，以一米五高、六米五长的红底白字喷绘后，做成大展板立于展厅前，人们聚集其前，品读哑摸着先生之美文。多年过去了，大家还时不时提起先生那篇精美绝伦的序言。

跟先生熟了，常去先生书房。每次去时，给他打电话，先看先生在不在，问他忙不忙，先生接电话第一声都是那略带沙哑的声音，当听出了是我后，他总是笑呵呵地说："哎呀！是腾驰呀！在呢，没事！你来，你过来！"去了先生那里，他总是那样地热情，博学多才、满腹诗书的先生，总是能让我学到很多的东西。我的写作，也是从先生那里受了很多的教益，他使我懂得了如何做人，怎么样去作文。

这么多年，先生的书法与画作要装裱，驰风轩是他固定的装裱点。先生年龄大了，只要他一打电话，我就立即过去拿裱件；我不在，也要让弟弟速驰马上过去拿回来。裱好后，不管是画框还是挂轴，都给他立即送过去。先生常说："回回给你添麻烦，拿原件跑一趟，裱好后给我送回来再跑一趟，你看这事弄的。"我接先生的话："梁老师，没啥！能给您装裱字画，是一种荣幸！也是驰风轩的骄傲！"他笑了，打趣地说："荣幸？骄傲？腾驰说的话人爱听！爱听是爱听，麻烦倒是给你添了不少！"

那天，先生给我题写了斋号"驰风轩"，他打电话叫我过去拿，我放下手上的事就赶了过去。先生写了好几幅摆在那里，让我挑，我说："梁老师，不挑了，都好，我都拿走！放您这儿，旁人拿去了也没啥用！"先生笑了，看着我："你说这几幅都好，挑下的放这儿，旁人拿走也没用，'驰风轩'是对别人没用，呵呵，那你都拿走！"

喜爱先生的字，我去了先生的书房，看到先生板子上有贴着的字都要静静地认真地欣赏一番。好多次，先生见我看得认真，坐在书案后的他说："腾驰，写着玩的，写得不好！""写得好！梁老师，您的字不光书卷气浓，跟您为人一样，字写得有风骨，有思想，有一股精神，我喜欢！我想把您这幅字珍藏了！""珍藏够不上！你爱，那你拿走！"他谦虚地说。我如获至宝般从板子上把字揭取下来，揣在了怀里。去先生那儿次数多，这几年，珍藏了先生不少的墨宝。

先生去世后，我把珍藏的他的那么多墨宝都拿了出来，一幅幅地展放在书案上，细细地看着。我似乎又听到了先生那爽朗而开心的笑声，跟以前一样，先生似乎就站在我的跟前，给我解释着他书作的内容。看着先生的字，鼻子酸酸的，心里有一种难以述说的痛。

先生的为人处世，先生的人品与学养，先生的勤勉努力与众多丰富的著述作品，那是有目共睹的，是大家共同尊崇与敬仰的。先生把他的英名与精神留给了我们，他人不在了，他的精神还在！他的丰厚的著作还在！他是不会被人们忘记的！

前几日，我从图书馆门前路过，又想折进去找先生。唉，一想，我这还是以前的老习惯啊，还以为先生活着，还以为先生就在他的书房里忙碌着著书立说。而今，阴阳两隔了，先生在那头，我在这头，先生永远地走了，再也见不上可亲可敬的先生了，悲戚怆然，不禁有泪要落下。凛冽的寒风里，自个儿长长叹了口气，又看了图书馆大楼一眼，黯然神伤地离开了那里。

人世间就是这样，许多的事情让我们悲伤哀痛，让我们无所适从，让我们只能把伤痛埋在了心里而继续面对着明天！

先生一路走好，天堂里没有了劳累，辛苦忙碌了一生的先生，您就好好地歇息歇息吧！

风度与情怀

2017年3月25日，阴冷多日的天气一下放晴了，阳光透过窗户洒满驰风轩的大画案。电话里问过韩耀文先生，知道李甫运教授马上就到，派速驰即刻下楼，站在空车位上占着地儿，这咸阳北门口的位置，车位太紧张，任何时候车位都是满的。一会儿工夫，李老师车到了楼下，停在速驰占着的车位上，李老师笑着说："腾驰心细，考虑得周到。让速驰占车位，你看，停车省了多少事！"

李老师一进驰风轩，等着他的一大帮人热情问好，倒茶递烟，让先生先休息一下。先生茶未喝、烟未抽，径自脱了外套，说："把路走错耽误了时间，案子上铺纸，先干活！"驰风轩里顿时墨香飘扬，一幅幅古韵悠长、绚丽多姿的秦隶书作，从先生笔下曼妙地展现在了人们面前。每幅作品创作完，都是一阵热烈的掌声与赞叹声。

先生边创作，不时说着某一个字的出处与渊源，围在一旁的人们认真地听着。先生的书法创作，变成了一堂生动的秦隶书法课。

先生是秦隶研究专家，他通过长期对大量考古文物的深入研究，出版了如秦砖一般厚重的秦隶研究专著《秦隶》，解开了千古之谜秦隶的身世，功莫大焉！书法史，会重重地为先生记上一笔的！先生由研究秦隶而生发出他的秦隶书法，对书法史、秦史、秦隶的长期探索研究与精准理解，加之他高深的文化修养与六十余年的书法功底，使他的秦隶书法雄强威武、古朴苍茫中摇曳着婀娜多姿之态。

　　先生精神矍铄，神采奕奕，在驰风轩活动了一天，仍不显疲倦。先生的书法价值不菲，但他说，来的人、爱字的人，每人都有一份。显示出一个书法家的风度与情怀，让人感佩。

　　先生本安排要在咸阳住一个晚上的，原想向先生好好讨教讨教书法上的一些问题，无奈他第二天突然有一个重要会议当天要返回西安，遗憾至极，只有下次见先生时再求教了。

李甫运

——书法史会记住他的名字

　　推开了那扇尘封已久的门，穿越两千多年时空隧道，梳理秦文字秦隶之前世今生，为其定位正名，功莫大焉，书法史会记住他的名字——秦隶研究专家、陕西师范大学教授李甫运。

　　李甫运教授研究秦隶取得了重大成果。他认为，秦隶直接从籀文简化衍生而成，它曾是秦国的日常用字，也是今文字第一个成熟的形态，其早于小篆一百多年。秦统一中国后为解决"文字异形"问题，"罢其不与秦文合者"而推行的"书同文"不是小篆，而是秦隶。汉灭秦之后，汉隶照搬与沿用了秦隶，西汉后期只是其风格上发生了一些变化。

　　秦隶这一分界古今、功被秦汉的书体，对推动商鞅变法成功与秦国之快速崛起，对建立中国历史上第一个统一而强大的秦帝国，发挥了不可估量的文化支撑作用。秦隶在中国文字史上具有承前启后、继往开来的作用，对中国文明史进程做出了重要贡献。

　　李甫运教授研究秦隶得出结论：班固的《汉书》、许慎的《说文解字》中，对秦文字的起源与断代缺乏科学根据。

　　为什么会出现这样的错误？李甫运教授说："其根源在于汉初全面否定秦，'非秦'倾向严重，面对秦之功绩语焉不详，数落秦罪无须举证，'罢黜百家，独尊儒术'思想甚嚣尘上，加之当时文字学还未形成，诸多原因，秦人所创，为秦国兴盛与统一天下，为文字发展做出非凡贡献的秦隶不被提及并被有意回避，就不难理解了。《史记》之所以对秦隶只字未提，有其复杂的社会背景与多方面的原因。东汉时，战乱频繁，疏于史学，国家档案图书散佚严重，史料缺乏，导致班固、许慎轻率地下了关于秦文字的错误结论，这一错误结论，千百年来不但未被纠正，反而被奉为圭臬，给文字史留下了一个黑洞。"

李甫运教授痴迷书法，十多岁起临写《曹全碑》，遍临东汉名碑。临习隶书的过程中，他心中总有一个多年始终解不开的疙瘩，隶书从何而来？它的先祖是谁？为正本溯源，拨开迷雾，他一头扎进周、秦、两汉历史典籍中，广泛地查找、翻阅各种资料，历尽波折，均无功而返。这就怪了，隶书岂能是无源之水、无娘的孩子？两汉史上并无新创字体的记载。也就是说，隶书肯定在汉之前就已产生并形成，只是这一出处，被历史的迷雾隐藏包裹得太深太严。李甫运教授苦闷、纠结、迷惘，但是，他却一刻也没有放弃过对隶书渊源的探求追索。

山重水复，柳暗花明，功夫不负有心人。1975年底，挥动在湖北云梦睡虎地11号秦墓上的洛阳铲，揭开了秦隶的神秘面纱，一千二百余支秦简出土，绚丽多姿的秦隶墨迹第一次惊艳面世。

云梦睡虎地，多么富有诗意的地名，这里成为开启李甫运教授拨云见日、探究隶书源头的第一块福地。李甫运教授惊喜地说："这一考古发现，对隶书来说，对中国书法史来说，都是石破天惊的大事件，成果重大，意义非凡！"他如获至宝，兴奋异常，全身心地投入对这些秦简的研究之中，随后，青川木牍、天水放马滩秦墓竹简、云梦龙岗秦墓简牍、江陵杨家山135号秦墓竹简、江陵王家台秦墓简牍、沙市关沮秦墓简牍及湖南龙山里耶秦简等陆续面世，字体均为隶书，李甫运教授沉醉在这些出土文物的文字中，和古人对话，向古文物要答案，一点一滴地寻找着隶书的来龙去脉。

李甫运教授研究发现，这些秦简牍，时间跨度上从战国晚期直至汉初；地域分布上从秦的腹地天水到原来的楚地里耶；使用范围上既有田律、法律文书、政府公文档案，也有士卒家信；字形上除规整的秦隶外，已显露出行草书的端倪。

李甫运教授说："王国维有言'古来新学问起，大都由于新发现'。纸上学问赖于地下之学问。"近四十年来，一大批秦墓的考古发掘，秦文物与秦文字史料不断地出土问世，对李甫运教授探究隶书源流提供了非常珍贵的古史料支持。为了搜集整理全国已出土的秦隶字体，李甫运几十年东奔西跑，哪里有秦隶出土，哪里就会有他的到访。目前已知的四千多字的秦隶字体，不久将会在他的秦隶书法字典中向世人展示。

对新获秦隶文字实物，李甫运教授从其时间、地点、人物、事件、文中所述社会环境等多方面着手，分类梳理，进行扎实细致的分析与研究。与此同时，他的研究范围也由简牍扩大到帛书、铜器、陶器、封泥与印玺等门类，为秦隶研究寻找更宽泛、更广阔领域的学术支持。通过长期深入扎实的研究与考证，他将秦隶的源头和基础，追溯到具有秦文化特质的春秋时秦武公所制秦公镈的铭文。

2012年11月，历经十多年艰苦工作，饱含着他心血，如秦砖一般厚重的秦隶学术专著《秦隶》出版发行。这本专著以书法艺术形式展示秦隶的夺人风采，前半部分评点秦帝国重大事件与秦隶小史，提出了颇多独具慧眼、极有见地的新观点；后半部分收录了他对秦隶起源、使用范围、人群、演化过程，秦隶在中国文字史、文明史上占据重要地位的研究方面的论文《秦隶源流略述》。

皇皇巨著，蔚为壮观。《秦隶》问世，书法史关于秦隶源流问题上众说纷纭、莫衷一是的局面将会被扭转，会还文字史以本来面目。李甫运教授这一研究与发现，意义重大，他为我们找到了中华文字的正源，在书法史上具有划时代的意义，将会产生深远的影响力。《秦隶》出版发行后，得到学术界与媒体的高度关注，正本清源、拨乱反正之功，将会被书法史重重地记上一笔。

李甫运教授由研究秦隶而生发出他的秦隶书法，对秦史、秦文化、秦隶深入骨髓的精准理解与把握，加之六十余年深厚扎实的书法功底，使他的秦隶书法风神俊秀、清朗谨严、摇曳多姿，令人沉醉而喜悦。读他的秦隶书作，每每使人想到筚路蓝缕、开拓奋进、勇为天下先的秦人，想到金戈铁马、呼啸而来、气贯长虹的秦军，想到为中华民族大一统做出巨大贡献的秦帝国。灵动奔放、平实雄强而又古雅幽香的秦隶，使人耳畔不由得响起既有慷慨悲歌、气吞山河之雄迈，又有热耳酸心、委婉动听之柔情的大秦腔。

李甫运教授被誉为"华夏秦隶研究第一人"。他的秦隶书法深受国人喜爱，多幅作品被党和国家领导人收藏，被日本、马来西亚及中国台湾等地之政要及宗教人士等珍藏。

李甫运教授说："彻底从理论与实践上解决秦隶的发展史问题，完整地论述秦隶从战国到西汉这段曲折生动的历史，仍是一个长期而繁重的任务。"《秦隶》出版后，李甫运教授立即全身心投入第二本研究专著的撰写编纂之中。期待他的新专著早日付梓，为秦隶研究再添新花。

我心目中的白描先生

白描这个名字，最初深深植入我脑海里，是先生任《延河》杂志主编时。

那时，正上高中的我对文学狂热至极，课外阅读了大量的中外小说、散文与诗歌作品，还有很多的名人传记。缤纷多彩的梦想里，盘算着自己有朝一日也能当上作家，也能写出一些引起社会反响的作品来。那该多好，那该是多么地神气，那该是多么地与众不同！

爱文学，除过阅读名著，私下偷偷写一点东西之外，少不了要关注在我心目中有了至高位置的文学期刊。在那个崇尚并看重文学的年代，不要说在纯文学杂志，谁要是在报纸和其他综合类杂志上发一首小诗，或发表一篇豆腐块大的小文章，都会引起不小的轰动。

记得一位家住礼泉县城柴市巷的高中同学，在《陕西青年》杂志发表了一首题目为《牛》的小诗，获得一校师生的赞叹与钦慕。号称爱好文学的我，看同学发表了作品，惭愧得无地自容，我暗地里发了誓，下定决心，自己也要在报刊上发表一篇哪怕比豆腐块还要小的文章，只要把我的名字变成铅字就行。一年后，我的处女作（现在看来，稚嫩得让人不禁要红了脸的小文章）《这不是主要原因》发表在《法制周报》上，看着文章题目下自己的名字马腾驰三个字，不说那小小的文章，就光姓名这三个字，我不知看了多少遍，那个激动呀，那个喜悦呀，不知用什么语言来形容了。

20世纪80年代末90年代初，正是文坛创作井喷式爆发，佳作迭出，爱好写作者众多，读者人群如潮涌般的黄金时代。那时，没有现在的电视、电脑与手机等现代化通信传播工具，人们对社会发展变化的了解与认识，大都是通过阅读文学作品来实现的，文学作品在某些方面充当与承担了深度新闻报道、新闻分析与新闻批评的多种功能，它成了一个看万千世界的窗口，成了人们抒发与宣泄感情的一个通道。文学，在那个时代赢得了大众的喜爱与信任，赢得了至高无上的荣誉。

说起那时关注文学期刊，生活在陕西的我，自然特别关注被称为"人民文学"的《延河》杂志。我知道，吴强的《红日》、梁斌的《红旗谱》、柳青的《创业史》，文学史称为"三红一创"的两红一创，还有茹志娟的《百合花》等作品，这些响当当、在全国产生了广泛深远的影响，必将载入当代文学史册的文学作品，都是在《延河》首发的。对《延河》，我是尊崇的，是顶礼膜拜的，它就是离我最近、最神圣的文学殿堂，我一期期认真虔诚地读着《延河》，看着主编一栏白描的名字，我是十分的尊敬与崇拜了。我想，他能执掌《延河》主编帅印，绝对是学富五车、满腹经纶，笔下有万千兵马的非凡人物，是让我仰视的真正的先生。我一次次在心里想着，执掌这艘披坚执锐，能冲锋陷阵，能决胜于千里之外的文学巨舰的掌舵人白描先生，他该是怎样的形象？又该是怎样的风度与气质呢？

那时，资料奇缺，也没有现在的百度，上网一查，一切就一清二楚了。翻阅有限的资料知悉，先生是我们礼泉县邻县的泾阳县人。

先生是泾阳人，我进而有了很大的兴趣去认识、去了解泾阳。不认识、不了解泾阳不要紧，了解、认识了泾阳，才知道泾阳是一个了不起的地方，是一块神奇而具有非凡魅力的地方！泾阳，这里蕴藏着中华文明许许多多的文化密码，不信，你掰指头算算，这里有中国古代三大水利工程之一的郑国渠，这里是历史上叱咤风云的陕西商帮的大本营与核心区域，这里是中国的大地原点；近现代，这里更是英才辈出，走出了多少大名鼎鼎、如雷贯耳的人物：于右任、吴宓、冯润璋、高鸿、李若冰、雷抒雁……这其中，当然少不了著名学者、作家白描先生的名字。

白描先生原名白志钢，白描是他的笔名。初次看到白描这个名字时，喜欢绘画并有了一定基础的我，马上就想到了中国画中的白描技法。白描，就是单用墨色线条，不借助其他任何修饰渲染与烘托的手法，要最准确最生动地勾勒并表现出事物的形象与神韵，简约、朴素、准确，绝不允许有一丝一毫的含糊与不肯定，这是中国画对白描技法最基本的要求。当然，白描也是文学创作的表现手法之一，就是要用最简练的笔墨，不加张扬铺陈地描画出鲜明生动的形象来，它是最显作者功底的技法之一。先生用这个名字，肯定是有了很深用意的。我知道，先生从陕西师范大学毕业后留校任教六年；1982年调入《延河》，历任小说编辑、小说组长，随后升任《延河》主编；1985年，任陕西省作协书记处书记。

我一直敬佩并高度关注着先生，先生1979年5月在《延河》发表，应归属了"伤痕文学"与"反思文学"的短篇小说《没有绣完的小白兔》，早年读时，我被小说中悲剧人物李玉琴的故事深深打动，主人公的心灵是被那个疯狂的时代扭曲与摧毁了的，她是让人同情与悲悯的，李玉琴的死给读者以深深的震撼。她茫然无措、无所适从，最后只有以死来了结一切的悲剧形象让人无法忘记。《没有绣完的小白兔》是"伤痕文学"抑或称为"反思文学"时期摇曳着独特风姿，独具夺人魅力的一朵洁白的花儿。先生与陈忠实、路遥、贾平凹、邹志安、京夫、莫伸和高建群等一大批作家一道，筑起了陕西文学重镇高高的屋脊，通过他们并通过他们的作品，树立起了猎猎招展、光亮鲜明而耀人眼目的文学大旗，其他省份的文学创作者们开始要注目，要研究，要学习陕西了。

先生1988年创作出版并在全国引起巨大反响的《苍凉青春》，他的力作《人兽》《荒原情链》《陕北：北京知青情爱录》，中短篇小说集《恩怨》，纪实散文集《被上帝咬过的苹果》，还有在文学界与文化界引起热烈反响的非虚构作品《秘境》。我从礼泉到铜川，再从铜川到咸阳，又到云南、山东与湖南，最后再返回咸阳。这二十多年里，先生的这一部部作品，我不曾间断地拜读着。正是吸收学习了先生与其他文学大家许多作品的营养，试着不断练笔的我，在铜川期间，出版了杂文集《跋涉者的足迹》与散文集《山的呼唤》。之后，为生活所迫，为了一家人能有饭吃，我不得不忍痛搁下手中这支笔，跟文学断了缘。那是在1993年初春。文学，是当时境况下我不得不抛却了的爱，所以，那个时间节点、在那个节点上发生的一切，直至今天我都记得真真切切，这是内心深处的一个痛，我是永远都不会忘记的。

其后，在颠沛流离、悲苦艰难与诸多不如意的日子里，是先生与其他大家们的文学作品，给黑暗中的我照亮了脚下的路，温暖了我的心，伴随着我度过了那段坎坷难熬、有诸般苦楚的岁月。

后来知道白描先生调往北京，先在国家外国专家局工作，1999年调入鲁迅文学院任常务副院长。在鲁院期间，先生和其他的教职员工一起，培养了一大批在全国产生了重大影响的作家。我看到了鲁院的学生们在许多文章中称先生是"我们的白院长"，称他们自己是"白院长的关门弟子"，读这些有着满满真情的文字，让我生出许多的羡慕来，为这些能上鲁院的作家，为他们能当面聆听先生之教诲且真正成了先生的关门弟子。

我以崇敬的目光远远地瞩望着先生，因为，那时我无从认识先生，先生也不认识我这个对他一直喜爱并追随着的文学爱好者。我只能以虔诚之心拜读先生的作品，在作品中去和先生对话，去了解先生，去揣摩先生之为人为文，去体会先生之内心世界，我是通过先生的作品在和先生做着精神上的交流啊！是的，先生那么多的作品我是熟知熟读了的，先生那些默默无语的作品，它们一定也是熟知我的，我想。

终于有机会了，白描先生受家乡泾阳有关部门之邀，2017年4月，他从千里之外的北京飞回了故乡，要完成时时萦绕于他内心的"大渠"郑国渠——《天下第一渠》的创作。

先生回到故乡泾阳，在他对古郑国渠遗址连续多天考察，在他夜以继日搜集整理资料的间隙，我和《咸阳日报》总编高彦民先生相约去看望先生。我们约好在先生下榻的泾阳招待所会面。

那天一早，我就和史仁立先生从咸阳出发赶往泾阳，路程不远，本应该早早赶到。去时路上，我建议走机场到泾阳这条路会更近，没想到走上了机场原来去西安的专用线，一直跑到西铜一级路上，才从永乐出口下去。西铜路上堵车，不巧得很，永乐镇上又有几家过事，路堵得严严实实，看着一辆跟着一辆趴在原地不动的车辆，干着急，就是过不去！一看表，哎呀，快十二点了，我急得头上冒起了汗，跟先生约好早早到，没想到走错路不说，一路上还不停地堵车，叫人丧气不已。高彦民总编提前到了，几次打电话问我们走到了哪里。白描先生也放心不下，电话里也问我们到了什么位置，并叮咛安慰着我："腾驰，不要急，没事，安全第一！路走错了又堵车，没办法的事，别着急，别着急！我们在这儿等你们，不急！不急！"唉，真是，一个多小时的路程，走了一个上午！我很不好意思，没想到先生没有一点责怪的意思，态度温和，几次电话中满是安慰的话，说只要我们路上安全就好。

到了招待所，停下车，往招待所贵宾楼望过去，一个身材魁梧、面容慈祥的先生正朝这边张望。照片上多次见过先生，我一眼就认出了先生，没错，那就是先生！我快步走过去，先生也认出了我们，迎过来和我们热情握手，招呼我们快上他房间喝水。高彦民总编说："白老师一直操心着，说晚到不要紧，只要路上安全就好，人也就放心了。他急得在房间坐不住，站到楼梯口外的院子里去等你们！"先生的细心热情，让我心里一热，先生就是先生啊，没有一点著名学者与著名作家的架子，平和如家人，使人不由得对他心生尊敬。

到了先生房间，先生又是倒茶、拿水果，又是递烟，热情周到。和先生第一次见面，先生问了我个人的情况，家里都有什么人，等等。我一一作了回答。我接先生的问话，说了从中学时代起，我就从先生的作品中追随着先生，先生的每一部作品，我都认真拜读了。在南去北往、颠沛流离的那些年月里，是先生的作品陪伴着我，给了我做人的勇气，给了我前行的力量。

先生抽着烟，细心地听我说着过去的事情。我说完，他沉吟了一会儿说："艰难不平、困苦不堪的生活是一件坏事，谁愿意老摊上这样的日子呀？没有人愿意，绝对没有人愿意！但是，对搞文学创作的人来说，经受了磨难，体味了人间的冷暖悲苦，那却会变成一笔巨大的精神财富，它会让你深刻地认识社会、认识人生，会给你提供丰厚的、源源不断的写作素材！"他又举例子说："你看看中外文学史，有多少著名的诗人和作家，他们不都是经历了许多人生的大悲大苦，才写出了流芳百世的大作品吗？"

先生回泾阳，来看他的人很多，正说着话，来人告诉先生，说他的老师来看他了。先生立即起身，去桌上拿烟，带着歉意说："唉！回来这么多天太忙太忙，白天都在郑国渠那里跑，回来整理资料到夜里一两点。还没来得及去看望老师，老师却来看我了！唉，你看这事弄的。老师抽烟呢，让我把烟拿上，赶快去接老师！"先生快步出了房间，言行举止中，对老师的真心尊敬之情表露无遗。

中午饭后，先生顾不上休息，说他回来了，要给大家写写字，大伙儿欣喜欢呼了起来，先生的字是大有名气的，能得到先生一幅墨宝，谁不喜欢？谁不高兴？

大伙儿一起跟先生赶到了县政协有大画案的房间。先生水没顾上喝一口，铺了纸，提笔蘸墨，立即开始了创作。瞬间，一幅幅功力深厚、灵秀圆润、典雅通透，飘逸着书卷之气，充满着正气风骨的书作，从先生凝重的笔端迤逦而出。芬芳的墨香，如锦似绣的书作内容，醉了一屋子的人。其间，先生问我："腾驰，你要写个啥？""白老师，麻烦您给我题个斋号吧，斋号的名字是驰风轩。"我接了先生的问话。先生用毛笔把"驰风轩"三个字写在草稿纸上，问我："是这三个字吗？""白老师，是，是这三个字！"我回答先生。先生拿出了淡黄色的四尺条屏瓦当宣纸，给我题写了清雅灵动的驰风轩斋号。随后，先生写了四尺对联："横笛弄秋月；长歌吟松风。"又写了"紫松树里千年鹤；清风池边五色云"。写毕，先生说："这是送给腾驰的！"我连忙对先生表示真心的感谢。

先生说："今日在场的人，每人都有一幅！"我暗自思忖，这一大屋子的人，每人一幅不说，还有听到消息不断赶过来想要先生字的，这一个下午，写到啥时候才能写完呀？有人悄声给先生说了情况，先生不假思索地说："没事，中间来的人也给写，能来就是爱我的字，回到老家了，咋能不给人写呢？"那天，先生一个下午写得没停点，在一旁看先生写字的我们，站得腿困腰疼，先生不停歇地写着字，他肯定累得不轻。等给每个人写完字，已是晚上七点多钟了。这时，先生才和大家一起去吃晚饭。

一个下午，先生虽然很累，但饭桌上先生兴致很高，又是主动敬酒，又是给别人夹菜。先生看上去非常高兴，我给先生敬酒，先生说："我看腾驰能喝，咱多喝几杯，回到老家了，见到这么多朋友，真正高兴！"我笑着问先生："白老师，我和您没喝过酒，您咋知道我能喝酒？""我从你端起酒杯喝酒的那个姿势，就能看出来！"桌上有人说白老师厉害，从喝酒动作就可以看出一个人是否能喝酒。这时，有人跟先生开玩笑，问起先生："白老师，您看我喝酒的姿势，您说我能不能喝酒？"酒桌上，气氛一下子热烈了起来。先生说："回到老家，随便一个饭、一个菜吃着都是香的，都是故土家乡的味道！"他说在北京，有一次，几个陕西乡党为了吃一碗正宗的羊肉泡馍，开了几个小时的车跑过去，结果这家泡馍馆并不是陕西人开的，泡馍一点也不好吃，更谈不上正宗了。同去的几个人调侃地说："不好吃也罢，那门牌上挂的是正宗陕西羊肉泡馍，咱就权当吃了一回正宗的泡馍，咱不说，他谁知道！"先生"正宗陕西羊肉泡馍"的故事一讲完，一桌子的人都在笑。

还没等我们去结账，先生饭前早已给前台安排好了，他已把钱押在了那里，并交代是他请客，谁来结账都不行！大家说，先生回老家了，不应该由他买单。先生笑着说："借这个机会，把大家请一下还不行？买单的事，再不许说了！"那天，先生高兴，酒杯动得勤，受先生情绪感染，桌上，大家喝得都不少。

吃完饭，先生一直送我们走到车前，并叮嘱着："路不远，不要急，一会儿就回咸阳了。路上多注意安全，车开慢点，到家了给我发个信息报个平安，我就放心了！"一到咸阳，我就给先生发信息报了平安，先生客气地回信息："感谢你们来看我！祝一切都好！"短短的两句话，让人心里有了许多的温暖与感动。

如果说，没见先生之前，我是一直仰望着先生，那么，跟先生半天的接触，就是近距离地走近先生，就是平视了先生。先生的温文尔雅，先生的平易近人，先生的博学多识，跟我原来想象中的先生形象是一致的，完全是一致的。

先生是真正的先生，你从内心不由得要尊崇他。真心地祝福先生喜乐平安！

成中艾

成中艾的中国画，其笔下的人物、花鸟与山水生机勃勃，浸润蓬勃着一种温暖人心的艺术感染力，恢宏博大着一种精神力量。

成中艾的国画自如地运用中国画的勾描圈勒与皴擦点染等多种技法，吸取了西方绘画的透视、光影与色彩等表现手法。他以缤纷生动的彩墨功夫，渲染出了人物世界与自然物象间的本质。

你看，成中艾以短小灵动、丰腴俊爽与清新奔放的笔墨表现力，挥写出了人物的内在精神气质，表现出了花草的灿烂芬芳与虫鱼鸟兽的精灵可爱，描绘出了阳光的璀璨明丽与大地的坚实雄浑。《扎西德勒》《啊，中国》《卷舒开合任天真》与《不尚浮华不自矜》等作品，就是中西方绘画技巧融汇创新之精品力作。

长安画派以生活为创作根基，成中艾继承了长安画派精神，他以写生精神贴近自然，以写意精神留下心迹。庄子有言："天地有大美而不言。"成中艾在天地之间寻找、捕捉大美，他坚持现实写生，反对背离自然，反对"逸笔草草写心中山水"的旧文人习气。他不屑无病呻吟，拒绝东拼西凑，反对自恋式陶醉在自我世界里的所谓的创作。他坚持着画作中要有生活的痕迹与回音，力求从现实生活与自然物象中提炼与表现美，从而使他的画作跳动着生命的活力，凝聚着震撼人心的艺术冲击力。

成中艾画作《洁白的墙》中活泼可爱、充满着乐观情绪的农民工女青年，仿佛就是我们生活中真实的人物，她们好像就给我们自己家粉刷过墙壁，穿着沾满白色涂料的工作服，笑语盈盈地从我们身边走过……

《洁白的墙》题记中的文字正是画家心声的吐露："改革开放三十多年来，数以亿万计的农民工远离家乡，来到城市务工，他们以自己的聪明才智、吃苦耐劳，为现代化的城市建设做出了巨大的贡献。我们要关注他们、理解他们、善待他们，为他们写照立传。"拳拳之情，让人唏嘘感动。如果没有对社会转型期间现实生活的真切把握，如果没有对农民工深厚的感情，如果没有长期深入细致地观察生活，没有为他们"写照立传"的体恤情愫，又怎么能够画出这样打动人心的画作来？

成中艾秉承了中国画的文化精神，把自己的审美追求、艺术灵感、文学修养以及人生感悟寄托于人物、山水、花鸟世界。他的画作散发着浓郁的书卷气，笔下芬芳着独特的生活情趣与雅韵。成中艾精研书法几十载，他以书法的笔墨、线条与气韵入画，笔法奇崛，墨色醒透，清而有味，秀而有骨，画作中凸显着书法流丽俊美的节奏，回响着沉雄宏大的金石之声。他的作品《春在枝头》一画，用水渗墨，以淡破浓，用篆籀古意渴笔写梅花干枝，干枝上又以深墨勾出新枝，使梅树墨色纷披、层次丰富，增添了画作的古气、文气与苍劲之气。他又以淡墨圈瓣，深墨点英，整幅画上梅花虽不繁密，但是错落有致，如淡月疏星，舒展清华，韵味盎然。"疏则不深邃，离则不风韵，但审虚处，以意取之，画自奇矣。"（董其昌语）真正达到了陆俨少说的那样："点线上有了功夫，用在花卉上，好比有了五千兵，只用三千，自能指挥如意，绰绰有余。"同这幅画一样，成中艾的画作一般都有大片的题跋补白，绘画与书法相得益彰而风姿俱现，画面虚实相间，活脱生动，实为书画合璧、诗墨交辉之佳构。

成中艾的画作洋溢着生生不息与昂扬奋进的精神力量，几十年的探索实践，形成了自己笔墨老辣、清逸超群的独特画风。中国绘画史上的"曹雪芹"石涛曾云："呕血十斗，不如啮雪一团。"啮雪一团，是精神上的升华与生发，是一个画家绘画风格真正形成的时候，用高旷澄明之心去作了画，笔下怎么能不脱尽窠臼，怎么能不俊逸洒脱起来呢？

低调为人，诚恳待人，口碑极佳的成中艾现为中国美协会员，身兼陕西省美协理事、咸阳市美协主席与咸阳画院名誉院长等艺术职务。他的书画作品百余次参加国内外展览并多次获奖、发表，收入典集；国画牡丹作品被选入大学教材。

别人每提及他的艺术成就，成中艾只是轻声细语地说："那些都不算啥，艺术之路永无止境，还得继续往前摸索着走！"他没有半点满足的感觉，思考着如何才能创造出笔下的人生境界，并使这一境界具有一种穿透时空的力量。为了追寻这种力量，成中艾以宗教般的虔诚博观广取，致思高远，在守住传统的同时寻找着前行的方向。

背镆记

董学颜

层峦叠嶂，云际浩渺，青松叠翠，山石嶙峋。悬崖峭壁上，如白练一般飞泻而下的瀑布。潺潺溪流之上的小桥，盘旋的山间小路上，牧童赶着羊群走过，似乎可以听到其吆喝羊群的声音。看那老树，岁老弥壮，傲然挺立。

欣赏国画家董学颜先生的画作，常被其作品中蕴含着的非凡气韵与生发出的昂扬精神所震撼。他的作品中充盈弥漫着一股齐鲁男儿的气概。其画作风格粗犷而不失韵致，浑厚苍茫而不失明丽秀润，落墨大气，行笔豪放，散发着一种特有的汪洋恣肆之美。

《中国长安当代实力派画家董学颜中国画集》《董学颜画集》，给人一种强烈的视觉冲击力。赏读董学颜的画作，可以感受出他独具个性审美境界的笔墨艺术语言，领悟到其雄强苍润、勃郁阳刚的风骨情怀。他的作品中，充盈着对大自然的礼赞，对秀美山河的歌叹，激扬飞荡着一股磅礴浩大之气。

董学颜先生祖籍山东，生长于陕西。博大精深、源远流长的齐鲁文化与汉唐文化的丰厚滋养，赋予他艺术的灵性，给予他广博丰厚的文化底蕴。他幼时随父习字，又师长安著名书法家高乐山、程克刚先生学书法，后又得长安著名画家王子武、马兰鼎、崔振宽等先生悉心指教，倾心于中国书画的学习与创作。他擅画山水，但花鸟与人物在他的笔下同样具有情趣与精神，受到了人们的喜爱。他的书法被公认写得非同一般，以书法入了画作，故而他的画作多了中国画强调的线，就多了韵味，多了看头。

董学颜先生是一位勤奋，具有悟性、独到见解与探索精神的画家。多年来，他把长安画派"一手伸向传统，一手伸向生活"的创作理念，不是挂在嘴上，而是用于创作实践中。他精研名家画理，法自然，师万物，注重从大自然中汲取营养，捕捉灵感。

从西北边陲傲岸高耸的昆仑山，到东南沿海奇峰秀水、如诗如画的武夷山，从松涛阵阵的大兴安岭到云蒸霞蔚、风光旖旎的峨眉山——董学颜先生每年都有几个月待在山中写生，他深入不同地域的崇山峻岭中，他对耸立陕西，绵延甘肃、河南的秦岭山脉更是熟稔于心。他沉醉于"真山之川谷，远望之以取其势，近看之以取其质""得山之骨，与山传神"。他写生，是真正的写生，是真正全身心地投入山中，和大山、雾霭、密林、飞瀑与溪水，还有那枝头喳喳叫着的飞鸟对话，感悟其形，倾听其音，体味其神。他读山的苍茫，水的灵秀，触摸斑驳的古树，脚踏千百年来被溪水冲刷涤荡过的石头，他将山水的雄浑苍茫与清逸华滋融进胸臆，以简约洗练、富有张力的笔墨功夫加以剪裁组合，融入自己的艺术感受，赋予山水画鲜明的生命感，构筑起了自己的笔墨体系与审美风格。

董学颜先生的山水画讲究立意定景与章法布局，远取物象之势，近取物象之质，山水景物布局稳中求奇、求新、求变。其笔法，受惠于石涛，精细之中又显纵恣豪放，千变万化。水墨的运用，则受黄宾虹"七墨"法则影响，着墨率意洒脱，苍茫厚实。董学颜先生作画主张墨气要厚、要润，力求作品苍浑而润泽，他干笔作墨骨，层层皴染，使山石、树木具有鲜润沉厚之感，他的山水画时时飞扬跳跃着生命的活力。

赏读董学颜先生的山水画，如高吟刘邦之《大风歌》，大有"大风起兮云飞扬"之感，又有畅诵庄子《逍遥游》之意，使观者享受灵气飞动、逸气激荡之美。他的《仙山朝圣图》《秦岭烟云》《终南秋色》《五峰山春雨》

《高原人家》与《嘉陵江畔》等精品佳作，以酣畅淋漓的大写意笔墨，逸风回荡，意境幽邃，喷薄张扬着动人心弦的艺术感染力。其画作多次获奖并被收入各类书画典集；作品被山东、河南、江苏等省、市博物馆收藏；十米山水长卷《毛主席在陕北十三年》被毛主席纪念堂收藏；画作被周恩来、邓颖超、邓小平、陈毅纪念馆与林散之艺术纪念馆等收藏；为抗日爱国将领张治中纪念馆撰拟并书写了门联；多幅作品被国外友人收藏，艺术简历被收入多种名录与典集中。

年近古稀的董学颜先生，几十年如一日，除过外出写生，不管春夏秋冬，不管刮风下雨，雷打不动地每天去画室，孜孜不倦地坚持学习传统文化，领悟中国画的笔墨语言，探求如何更好地显现表达出中国画的意趣与神韵，探寻传达真善美的最佳路径，不断向着更高的艺术高峰攀登。

他的这种精神，怎能不叫人敬佩?

张希望

张希望年长我十多岁，我和他是多年亦师亦友的关系。那年我编书画集，要收录他的书法作品，得缘相识。随着交往的加深，其高洁的品格便如阳光般蔓延开来，使人愈加地尊敬他，也愈加地喜爱他妙曼的书法。没事时，我就想去古乾州看看他；他到咸阳，一定也要来驰风轩工作室与我见上一面。我们是那种"相见亦无事，别后常忆君"的真切情谊。

张希望，高个子，七十岁的人仍腰板笔直，走起路来一阵风似的，底气足，声如洪钟，脸上刀刻斧凿般的皱纹，留记着艰辛岁月的印痕。任何时候见他面，他对人那种真诚实在的微笑，让人如沐十里春风似的欢欣与喜悦。

张希望研习书法六十余年不曾丢手，书法已幻化为他生命中不可缺失的一部分，对书法，他是骨子里的一种真爱。他谦逊地说："一辈子就爱个字，也没弄出个啥眉眼（方言，引申为办事的头绪）。没办法，就是一种说不清的喜欢！"他一直坚持的观点是功夫在字外，要写好字先要做好人，品格为先，没有好的品格，字里就没有恢宏正气。他认为，写字的人要真真切切地多读书，没有文化修养，字就断无意趣。从古到今，哪一个大书法家不是人中豪杰？不是饱读诗书堂堂正正的伟丈夫？正因为如此，他们留传下来的书作才蓬勃着鲜活的生命气息，才散发着耀目暖心的精神光芒。书法要有情怀，要有风骨，要有精气神，要有让人能看能嚼的东西。浮躁的时风，使一些人急功近利，恨不得一夜成名，出丑搞怪，胡折腾，沽名钓誉，无所不用其极。对这种现象，张希望不屑地说："急啥啊，把名利看淡些，把字写好才是正道。没有真功夫，即便是浪得一点虚名薄利，也只会被世人耻笑！"

张希望当过教师、会计，在村主任、村支部书记的岗位上一干又是三十八年，赢得了人们的尊敬。高贵灵魂深处遇见的书法才会端庄净雅起来，张希望修身正己，有君子之风，他的书法是端庄而净雅的。

高岸为谷，深谷为陵。平日里再忙，张希望从未放弃过读书。他说，读书是一辈子的事，文史经哲，还有其他门类的书，他一本本地读，是这些庞杂繁多的书籍开阔了其胸怀，滋润灵秀了其书法。

张希望人好字好，无论周围熟悉他的人还是不熟悉他的人，托邻里乡党找到他，想题个匾，或是给家里挂幅字，他都会慨然应允。乡党们办红白喜事请他写字，他提起笔就去，关系好的人私下里对他说："你那字是有价的，你这样白写，字就不值钱了！人家会想，你字若值钱，能白给我写吗？"他听完哈哈一笑说："我看未必！把利看淡，情就浓了；把利看重，情就没了。就别在这事上纠结了，没啥意思！"

清人刘熙载《艺概》中言："笔情墨性，皆以其人之性情为本。是则理性情者，书之首务也。"张希望以优秀的人品、真切厚诚的性情扶正其字，以深厚的文化修养与豁畅睿智的人生历练韵达其书作，故其书法气象正大，儒雅俊逸，清俊爽利。

陕西师范大学教授、著名秦隶研究专家、书法家李甫运评价张希望的书法：功力深厚，真气弥漫，素净如莲，卓尔不群。著名作家程海说："张希望先生一生钟爱书法，笔力劲峻，一丝不苟，不趋时风，让人快目。"

"曾闻碧海掣鲸鱼，神力苍茫运太虚。间气古今三鼎足，杜诗韩笔与颜书。"这是清人王文治的一首诗作，张希望将其印在自己的书画袋上，以此为自己书法研创之指引。古乾州城泰山庙街那座种满青青翠竹的小院里，古稀之年的张希望几十年如一日，仍是每天清晨5点起床看书、临帖、创作。安之若素，才会满纸生香。谁说不是呢？

马瑞生

马瑞生是我哥，我们的祖父是亲弟兄，他爷排行老二，我爷排行老三。我小时候的名字，祖父分别取了我大爷、二爷孙子的一个"正"字与一个"生"，就叫我正生。小时候在村小学上学，我的作业本上姓名一栏写的名字都是马正生，大家叫我小名正娃。

后来，该起正式的官名了，父亲给我瑞生哥、月生哥、我，还有我两个弟弟，分别起名马飞驰、马越驰、马腾驰、马速驰和马骁驰。我两个哥的官名没叫起来，还用了原来的名字马瑞生与马月生。小弟从部队到地方转档案时，不知在哪个环节出了问题，名字被不负责的人写成了马晓驰，骁字变成了晓字，这个骁也没有再改回来，马晓驰，就这样一直沿用至今。

小时候，在老家大张寨，二祖父是闻名四乡八邻的民间画师。他画箱子、画柜子、画梳妆匣子，凡是农村人要画的东西，他都画，没有什么能难住他。他先是把这要画的物件用砂纸一遍遍磨平打光，用黑漆或红漆刷了底子，等漆干了，在上边用各种颜色的漆画上了喜鹊登梅、连年有鱼与竹报平安等吉祥的图案，最后，再往上边刷一层清漆，一个个画了画儿的漂亮物件，就摆在了人们面前。那时，二祖父常出门去外地，走村串户，给别人画这些物件。现在想起来，他当时给我们自己家里也画了不少的东西，世事变迁，一大家子人为生活所累，忙的都是养家糊口的事，可惜一件也没有留下来。那些东西，如果留了下来，现在会成我们家的宝贝啊。

每到了夏天，二祖父用焦泥做成约一尺五寸长、一尺宽、三寸厚的上下两个模子，给其中填充了黄泥，压出个胖泥娃娃。在胖泥娃娃头顶，专门伸出一截，打了孔，将来可以穿了绳子悬挂在墙上，等阴干后，二祖父再给它染上颜色。你看，泥娃娃那红红的圆脸蛋，裹肚上黑颜色的五毒饰物，红红绿绿，满是喜庆与欢乐，让人看着就爱。二祖父做的胖泥娃娃，在老家方圆十里八乡是出了名的。

就是在这样的家庭，在具有浓厚民间文化气息的氛围中，大哥马瑞生领着我们帮着二爷和泥，削去从模具里压制出来的胖娃娃周边没用的边角。我们也学着在不成型、废弃了的胖泥娃娃脸上着色。就是在这时候，大哥、二哥和我都爱上了画画。那些年的腊月天，大雪老是下个不停，我们弟兄三个坐在烧热的炕上，一人手里拿着一个画板，在大哥的耐心指导下，学画人物素描。

大哥对画画儿最具灵性，也最用心，很快，他就显露出了在美术方面的不凡天赋，在村里、公社和县上都是出了名的。他跑到县上的新华书店，后来又搭长途汽车到西安，用节省下的毛票，去买专业的绘画理论书籍。捧着新买的书，他高兴至极，如鱼儿游进了绘画知识的海洋里，敞开了性子往前游着。他把那些绘画理论一遍遍地看着、学习着，根据理论知识，反复画、反复钻研，不断磨砺着手中的那支画笔。

在美术方面有了很好的基础，并取得了不少的成绩，大哥顺利地进入西安美术学院。进入西安美术学院后，著名画家刘文西、刘保申、肖焕与赵步唐等先生，都成了他的老师。这些大名鼎鼎的老师，他以前只能反复看、反复学习临摹他们的作品，在他心目中有了神一样位置的人一下子就站在他面前，站在他们上课的讲台上，成了他的老师。他激动得夜里睡不着觉，他更加勤奋、更加努力了，他的作业，每回都是几遍去做，最后挑了自己最满意的才拿去请教老师，让老师指点和批评。大学期间，他没有耽误过一天的时间，每门功课与作业都以最优异的成绩通过。在美院，他真正在绘画理论与创作学习上上了一个新台阶，学到了真东西，长了真本事。

每到寒暑假，他从美院回到老家大张寨，就给我们弟兄几个看他在学校的美术作业，给我们讲刘文西老师带他们去陕北实习时，给他们讲如何去写生，如何从生活中提炼与完成作品。其中许多故事与生动的细节，听得我们眼睛发直，年龄小的我们，只是一个羡慕。末了，他把带回的作业拿了出来，让我们弟兄几个临摹。

美院毕业后，大哥在礼泉县总工会俱乐部负责职工美术工作，他以他的专业特长，把美术工作搞得风生水起、有声有色。县里街道重要的位置，都矗立着大哥创作的大幅水粉宣传画。之后，新疆专门引进专业人才，大哥被聘请去了新疆。

大漠孤烟直，长河落日圆的新疆，雪山映照，牛羊遍地，苍茫雄浑与辽阔壮丽的新疆，其绝对不同于陕西的另一种风情与景象，带给了他创作的灵感。他手中的画笔不曾停下来，他画维吾尔族老人，画哈萨克族牧民，画那千年不死的胡杨，画新疆的山山水水。好客的新疆人，壮美雄奇的新疆美景，温暖了他的心扉，丰富了他的笔墨语言。新疆，是他人生与艺术道路上一个重要节点，也是一个重要的转折点。

大哥后来从新疆调回武功，任教于职业中学工艺美术班。几年后，又被调到礼泉县文化馆美术组搞群众文化与创作。用他的话说："这一生幸运的是，我一直没有离开过我的专业。这其中，有苦也有甜，有艰辛的付出，也有喜悦的收获！"他国画、水粉画、油画皆能，但是，他把更多的精力用在国画创作之中。几十年来，他不断地思索着探求着中国画在继承传统中如何有所突破、有所创新，中国画如何去借鉴西方绘画而又不伤害其神韵与其本旨。他试图把他小时候体会最深，大巧大拙，拙中见奇，拙中见美，具有鲜明特点的民间美术，把他在新疆时看到的少数民族在绘画与图饰上强烈的色彩对比与反差，把这些很有中国味、民族风的东西，运用到自己的绘画创作中去。他一直摸索着、努力着，从而形成自己的创作风格。

山水画创作，如何得真山真水之精神与气韵？只能在继承传统的学习中再走向生活。大哥多次去秦岭，去渭北山地照金，去延安、太行山写生，体味观察不同地域山水的特质特点。他说："每一方山水都是有灵性的，都是不同于别的山水的，真正领会了琢磨透了，才能变成自己笔下的这一个，才会有不同面目的真正的好山水画。"他笔下树木繁茂、巍峨耸立、流水潺潺的秦岭；喀斯特地貌、雄浑威武如英雄一般挺立着的山地照金；咆哮轰鸣、百折不挠、奔流而去的壶口瀑布；层层叠加、骨子里显示着一种硬气、高耸入云的太行山……一幅幅浑厚雄强而又震撼人心的山水画，在他的笔下展现而出。

闲来，他也画画怡人情致的花鸟画。人人喜爱的富贵雍容的牡丹，黄澄澄的看上去叫人有口水流下的枇杷，红灿灿的果中名贵之品荔枝……他的作品，显露着他明显的审美取向与艺术追求。这么多年来，他的作品赢得了很多人的喜爱，许多有深厚文化背景的家庭，在客厅与书房悬挂着他的作品；他的多幅作品被作为文化礼物送给国外的重要人物；他获得政府颁发给予的多种荣誉证书与奖励……他不是别人，他是我哥，那些成绩我就不一一列举了，说得多了，人家说我是自家人夸了自家人。

在绘画创作之余，大哥马瑞生不忘扶植新人，不忘把自己所学的东西无私地传授给他人。他的马瑞生美术中心培养了许许多多的美术人才，这些上了全国各地美术院校的学生，毕业后有的成了单位专门的美术干部，有的成了美术老师，又在教着他们的学生。那么多他教过的学生，从北京、新疆、上海、广东、内蒙古等地来看望他，学生成人了，成才了，让他心里颇感欣慰，说大哥桃李满天下，实在不是虚妄之话。马瑞生美术中心，实实在在成了一个响亮的品牌。

一位长期搞美术评论、颇有成就的老先生看过大哥的国画作品后有了颇高的评价，他说："你们弟兄们都是好样的！"我知道，他是在夸我大哥，把我们也跟着一起表扬了。大哥是我们弟兄中的老大，给我们起着模范带头作用，一直是我们学习的榜样。在艺术创作与教画育人之路上，仍奋力前行着的大哥，我祝福他。

余敬安

认识余敬安先生，是因为他写得一手卓荦俊逸、风雅倜傥，让多少人为之羡慕与赞叹的好字。

记得多年前，第一次见先生面时，是在一个饭局上。一桌坐的都是书画家，其中有一个所谓的书法家，云山雾罩地大讲特讲他的字如何了得，怎么样怎么样地非同一般。坐在一旁的余敬安先生，只是听，从头到尾没有一句多余的话。他不善饮酒，只喝了一小杯后就不再动杯，手中的香烟却不曾熄灭过。偶尔，他的嘴角象征性地动一下，以这种看似在笑实则不是笑的表情，应对了那位话多、讲得天花乱坠、嘴角有白沫冒出来的人。不大一会儿，他说还有点事，就提前退场了。

认识余敬安先生这么多年，对先生是熟知的。越是人多的地方，他越没有多余的话，越发沉默，沉默里甚至有了几分拘谨与羞涩。先生跟一般人不同。如果因为某个重大事项组织的书法活动，需要他出场，这个时候在场的人越多，就越能激发他的创作激情，他的字也就越发写得潇洒、从容，一幅幅精品书法，转眼间就从他的笔下逦迤而出。

这不，你看，话不多的他，在大家的邀请下走到了画案前，提笔蘸墨之后，似春花一般袅袅婷婷、婀娜多姿着的书法作品就在案上绽放开来。一幅写毕，换种书体，那字却如惊雷从天际滚过，挟风裹雨，轰轰隆隆，激扬浩荡在洁白的宣纸上。围观的方家啧啧称羡，有时会有热烈的鼓掌声响起。

背馍记

　　余敬安先生出生于湖北省英山县，属于黄冈市管辖。他秉承了湖北人的聪慧与勤奋。他们老家英山县文化艺术气息浓郁，英才辈出，在文学艺术方面，一下子冲出了熊召政与刘醒龙两位茅盾文学奖获奖者。《张居正》与《天行者》两部茅盾文学奖获奖作品，多么地非同一般，多么地有名气！一个县出了两位茅盾文学奖获奖者，这在全国绝对是罕见的。熊召政先生曾为湖北省文联主席、省作协主席、省文史馆馆长。他在西安举办自己的书法个展时，著名作家贾平凹先生应邀参加了开幕式。熊召政先生还专门邀请了在陕西工作的书法家余敬安先生一起参加了开幕式活动。那天，我有幸和余敬安先生一同前往开幕式现场。熊召政先生在一幅幅作品前，给贾平凹、余敬安等一圈搞艺术的先生们，讲着他这些作品创作的背景、动因与经过，还有自己多年以来学习书法的感悟与体会。

　　余敬安先生天分很高，他对书法的学习与创作，是有特别感觉的。他多年临帖、临碑不辍，书法作品吸纳了古人许多优秀的东西。他善于把优秀的东西糅合在一起，变成自己的笔墨语言。他的魏碑书体苍雄健挺，豪气干云，多大丈夫气，多英雄气。他的隶书作品，糅进了爨宝子与金农的笔意，行笔中多了方笔，加了出锋，使其书法工整中见苍茫，内敛中现机巧，有了灵、巧、动的感觉，摇曳多姿而又顾盼生辉，有了非同一般的韵致与气象。有时，他也会写幅古雅别致的楚简书作，他说是玩一玩，但我知道，那是他惦念并牵挂着荆楚大地上他的故乡。

　　先生的榜书作品，大气磅礴，力能扛鼎，多有豪壮之气。在我驰风轩工作室里就悬挂着他题写的八尺对开"驰风轩"三个大字，让来我这儿的人无不震撼，不由得要多看两眼。我的一篇散文《背馍》很短时间内在网上有了千万以上的点击阅读量，而且这个数字现在还在飞快增长。于是，就有了不少不曾相识的读者朋友来看我，这些热心的读者要和我合影留念，无一例外地都选择以这"驰风轩"三个大字作为背景。

　　先生的字，常常让没见过他的人觉得，写字的人，一定是一个气场超强而有咄咄逼人气势的人。恰恰相反，现实生活中的他谦逊低调、随和平易、文质彬彬而有君子之风。艺术作品显露表现出的艺术形象与效果，与现实生活中本人性格特征的强烈反差，恰是艺术家演绎与表现艺术作品思想与内核精神必备的功力。文如其人、字如其人，说的是艺术家个体具有并体现出的禀性、品质、是非观与价值观等，与他塑造并达到的艺术形象与艺术效果没有直接对等的关系。这正如陈强先生在《白毛女》中塑造的十恶不赦、令人发指的黄世仁一样。抗战时期，陈强先生和剧组人员在延安给战士们演出话剧《白毛女》时，一名战士看到激愤处，举起枪瞄准了台上扮演黄世仁的陈强先生，多亏旁边人眼明手快，阻止了这名战士，否则，后果不堪设想。而现实生活中的陈强先生，却是一位很好、很善良，非常受人尊敬的艺术家。艺术家塑造的艺术形象与他本人的性格与品行是没有关系的，这就是艺术家之魅力所在。当然，作品意境、效果与品质的卓越，是以艺术家的做人做事、深厚的学术修养与专业艺术功力为基础为根本的，不是一日之功，也不是刻意为之就可达到的。我常想，余敬安先生的字为什么能到这个境界与层次，难道他是为书法而生？

　　余敬安先生年轻时即成为中国书协会员，同时兼任全国与陕西省诸多艺术职务，有国家艺术机关颁发的许多奖励证书；二十二米书法长卷被毛主席纪念堂收藏并颁发了收藏证书；多幅作品被博物馆、艺术馆等文博机构馆藏；在许多景点，他的作品被勒石立碑；他还题写了很多的匾额。所有这些，他从来没有在人面前提过一回。不说，是因为他低调，但是，作品自身是会说话的，懂的人，心里都是明白的。

　　除了书法，余敬安的篆刻作品，让许多专门从事篆刻的篆刻家不仅认可还极力推崇。没事时，他也会去玉石市场转一转，多年赏玉、研究玉，使他有了深刻的体会，不知不觉中已成了这方面的专家。

嘿，正说他，他就笑着进了我驰风轩工作室的门。他手里有一块玉，要拿给我看。不说了，先生来了，我要给先生沏茶，和先生一起看那块玉了。

吴东辉

痴爱丹青谈何累，崇贤读典破块垒。

人间仙境梦中寻，一支秃笔追不群。

这是吴东辉的一首题画诗，在某些方面，也是他这么多年书画生涯的一个心路历程。焚膏继晷，废画三千，个中况味，只有他自己明白。他静心读书，从先贤名家、现当代大家作品中汲取营养。苦其心志，静若磐石一般，花大力气磨砺着自己手中的画笔。花开有声，流水留痕。他的国画作品甫一露面，立时引得那么多人围观，赞扬声、鼓掌声夹杂着喝彩声，甚是热烈。他只是笑笑，没有多余的话。他仍旧忙他的事儿：读书，读各种各样的杂书；画画儿，人物、花鸟、山水，各个品种不停地画着。"画画儿，是个手艺活，拿活说话，靠作品立身，说得再好，没用！"别人问多了，他只淡淡地回答一句。低调做人，闷着头扎实做事，是他一贯的行事准则。

生活如酒，滋味浓烈。从解放军艺术学院国画系毕业几十年以来，他用心构建着自己的艺术之巢，为实现自己的艺术之梦不停歇地跋涉着。

和吴东辉交往这么多年，我常品他的画。我也常想，吴东辉的前世难道就是他画中安坐深山里静心读书的一位高士吗？抑或是他笔下那些在山洼荷塘边专注地盯着曼妙的荷花参禅悟道的仙者？讷于言敏于行的他，左手时常夹着一支香烟，静静地坐着，静静地思考，静静地作画，他在他的世界里神游，他与他画中的先贤名士、花鸟虫鱼与青山绿水对话。他内心世界是禅定的。这种禅定，缩短了抵达事物本质的距离。左岸是梦境，右岸是生活。笔在纸上，眼在云端。不然，他的作品怎么能那样格调高古、逸气飞扬，紧紧地抓住我们的心，吸引着读者的眼球呢？

读吴东辉画作，不由得让人产生很多的遐想与思忖，这种遐想与思忖，是以他作品中弥漫与散发着的高雅之格局、脱俗之笔墨为酵母的。喜欢他画作之人日渐增多，除养眼养心之外，想必亦是被其画作线条与色彩所营造出的气韵、氛围与意境所"蛊惑"。被"蛊惑"者，大多是专家与行内之人，桃李不言，下自成蹊，这不由得让人生发出许多的喟叹与羡慕来。

吴东辉是有古意之人，他是那种修绠汲古，以学养为心灵之古树浇水，以修为耕耘心中古田之人。这份滋养与静守，使他心灵之古树葳蕤挺拔，结出韵味悠长的果实，使他心中之古田沃野千里，生长出颗粒饱满、纯净营养的庄稼来。

观照内心，神韵取胜的人物画

吴东辉的人物画，高度注重对人物神韵的精准把握。从其画作的神韵、气场与氛围中，你可以参悟出许多的生活哲理，品读出被照亮的人生履历。从技术层面上说，准确生动的人物造型、富有弹性的线条、对色彩的精妙掌控与匠心独运的构图布局，使他的人物画达到了必须经过严格修炼才能达到的高度。

吴东辉古意人物画中的高洁豪侠之士、窈窕美丽的仕女与得道之高僧等古人物，一看就是活脱脱的古人。古人到底是什么模样？他画中的人物形象、神态、衣着装饰与背景处理，就是地地道道的古人古景，那种说不清道不明的古意、古情与古趣，很神妙，也很令人着迷。

他的古意人物画，会轻松地把你带入一种"结庐在人境，而无车马喧""采菊东篱下，悠然见南山"与"不知天上宫阙，今夕是何年"的仙境。行走其画间，满是世外桃源，摇曳绽放着的是宁静适意与逍遥自在之雅趣。高士隐逸，田园情愫，浓得化不开的怀古情结。"望风怀想，能不依依？"顿时，一种温暖适意与百感交集的审美快感从心底挥发开来，仿佛让人一下子觉得自己也是高士，也要成仙了。

吴东辉的现代人物画鲜活生动，别具情怀。近年来，他画了一批震撼人心的藏族系列人物画。他以独特的视角瞩目雪域高原，以满腔的热情，以尊崇的心理，以老辣的笔墨，状写这块神秘土地上藏族人的喜怒哀乐，着力表达他们真实的生活状态。戴眼镜的老人、康巴汉子、小喇嘛……一个个藏族人朝我们走来，他们给我们带来了高原的阳光，带来了真诚与善良，带来了圣洁与感动。你看他们的眼神，纯净得像高原上清澈见底的湖水，不带一点杂质，这种眼神质朴得让人战栗，让人刻骨铭心。在这种眼神面前，容不得你有半点的虚伪与狡黠。市侩与猥琐、卑陋与低下，在这种眼神面前会无地自容。

《天上飞过吉祥鸟》就是一幅特别观照内心、以神韵取胜的人物画。画中藏族女人的眼神祥和而宁静，纯净而质朴，什么人生短长，什么失意与不平，什么烦闷与彷徨，在这种眼神面前，都会瞬间消散。此时，你听那画中飞过的吉祥鸟的叫声，也似音乐一般好听了。画中主人公华丽的藏族服饰，手中拿着的青青松枝，包括人物背景处的淡墨渲染，使整个画面透射着照亮人灵魂的光芒，洋溢着万家生佛的美好意味。读这样的画作，让人心静神定，境界也随之提升了很多，许多人在这幅画作前久久驻足，细细品读，不愿离去。

读吴东辉藏族人物画，你不由得想去那蓝天白云，芬芳着藏域文化奇特光环的地方走一走，接受一下高原阳光的抚慰，完成一个精神上的升华，实现一次心灵的皈依。

读他的画，你会有一种特别的感动和特别的力量，这种感动与放射出来的力量是情不自禁的，是让人心生善意，灵魂得到安妥的，是以其作品中释放出的思想、学养、境界与笔墨内在张力等元素为内核的，故而其具有裂变效应，扩散力与穿透力巨大。

美国未来学家阿尔文·托夫勒认为，力量是由暴力、财富与文化知识三种形式构成的。当下出现空前深刻的力量转移，这就是文化知识的打击力量跃居首位。吴东辉人物画给人的冲击力与震撼力是强大的，这种艺术的感染力更具有艺术杀伤力。

苍秀萧散，冷峭新奇的花鸟画

吴东辉的花鸟画，大都为大写意。写意花鸟是有难度的，形而上层面的难度是格调，格调的高低与个人的气质、学识与品位等诸因素有关。鲁迅先生有语："人的气质是天生的，不是上几天学能改变的。"这里不多谈。形而下的难度，一是笔墨，二是造境。吴东辉广泛吸纳古今花鸟大家之技法，丰富自己的笔墨语言，又通过写生解决造境的问题。

花鸟虫鱼，每画一个品种，吴东辉都力图气局高，雅致耐看。他在苍秀萧散与冷峭新奇上狠下功夫，在写意精神上着力寻求突破，写下了浪尖就写全了整个大海，是他对写意精神的形象阐述，也是他长期以来苦心追求的。

花鸟画中，画牡丹者众多，牡丹却是最易画俗之物。每年牡丹花季，吴东辉都要在牡丹园里反复观察揣摩，研究牡丹的花朵与枝叶的生长形态关系。回到画室，他反复琢磨如何在宣纸上生动地表现出牡丹的雍容与艳丽。画牡丹，必须去甜俗，舍低媚，要真正表现出牡丹高傲、不容亵渎，带有"刺"，甚至还有一点辣味的品性。他认为，这才是表现牡丹特质之利器。

于是，他笔下就有了独具意味的牡丹图。他画的牡丹花，每个花瓣似乎都有光影的迷人变化，颜色艳而不俗。他的牡丹枝叶单从局部看似乎有些乱，这是为了表现黄绿、嫩绿、深绿与墨绿的枝叶颜色因为透视或光线变化相映衬相交织的关系，这样的枝叶处理，乱而有韵致，乱中蕴章法。他画的牡丹，看上去富贵妖娆、浓丽多姿，带着"刺"，有"辣"味，还蓬勃着那么一丝"洋气"。他别样的写意牡丹画，让多少人为之垂涎，更为喜爱。

陌上花已开，君可缓缓归。吴东辉的花鸟画是能让人细细品味与咀嚼的，是独我的，是能长期在厅堂悬挂赏读的。

如青铜器一般可以敲出声音的山水画

吴东辉的山水画，多以积墨法反复皴擦。他画中的山苍润浑厚，画得很结实，如经过几千年沧桑的青铜器一般，其深度、厚度都铭刻在里面，感觉敲它就可以发出沉雄厚重的声音。仔细分析其作品，积墨不知积了多少层，一笔生万笔，笔笔生发，每笔都是带着钙质饱含营养活着的笔墨，这笔墨滋养着大山的身体，强壮着大山的骨骼，塑造着大山的灵魂。

吴东辉山水画在积墨过程中，画中留出的透气的小空白，他很是小心，一点都不去碰它。沉稳厚重的大山因此而幻化出虚灵松透的效果，他是用内心的波动去抚摸大山。当他不断地展示大山细部的时候，他也在不断隐藏着什么，被隐藏的总是更加令人神往。他的山水画中，笔墨有非常清醒的地方，也有糊涂的地方，糊涂里更多见的是清醒。他巧妙地把干湿、隐显与虚实混沌为一体，增加了画面的丰富性与可读性。

吴东辉的山水画很注重对节奏韵律的把握。团块结构里，都是点、线、面的交响乐，云彩、山坡、树石、房子、山路、水口，还有树木的出梢，处处留心，时时留意。他尽情挥洒又小心翼翼，这两种情绪的激烈对抗，笔下就有了张与弛、放与收的奇妙笔墨效果。他心中写意的、巍峨的大山就屹立在了我们面前。他的山水画弥漫着让人沉醉的意象美，很神秘，总有一种看不透的感觉。这种看不透的感觉，更具有艺术想象力与冲撞力，更是将我们引向了艺术的无垠旷野，引向了河流的第三条岸，是美不胜收、美轮美奂的艺术盛宴。

山水画最难画者为树。吴东辉山水画中的树木线条勾得很抒情，很轻松，几笔勾画点染，那浓密繁茂、各种杂木丛生的效果就跃然于画面之上，既体现了笔线之美，又做到了隐迹立形，这种以少胜多，具有高度概括力与表现力的笔墨功夫，让人不由得要赞叹了。

吴东辉的山水画千岩万壑、山峦深厚而棱角分明，远处淡霭轻岚，山中草木青翠茂润，涧泉清溪曲折流淌，这是由奇妙的笔墨语言构成的，是一种难以言说的视角意境美。山深绝俗音，听溪弹素琴。画中满是负氧离子，品这样的山水画，怎么能不让人神清气爽？怎么能不让人产生一种枕山栖谷、寄迹山林之逸情来？

吴东辉的中国画作，不管是鹤发童颜的高士、楚楚动人的美少女，还是卿卿我我的白鹅，回头瞩望的雄鹰，或者是脱去胸中尘埃丘壑纵横，满纸尽是苍润有致，清秀葱郁的青山绿水，他的画中总像是有很好的阳光，有十里春风，有芬芳的诗意，有妙境禅宗，一派的清清朗朗。

画家画画，人磨墨，墨亦磨人，时间长了，几十年后自然就是人墨合一，笔下尽是锦绣铺陈，春花烂漫，即便随心所欲，泼墨挥洒，也如有神助一般，其作品也就当然地这般那般地好看了。

写了这些文字，一抬头，墙上是吴东辉的人物画《天涯》。画中背着斗篷的达摩一袭红衣，肩上挑着葫芦，正一苇渡江呢！想想看，渡过江，面壁十年后的达摩，那是何等的厉害。《天涯》旁的《荷塘清趣》，是吴东辉的一幅花鸟画，画中的荷花，袅袅娜娜，开得正艳呢！

面壁十年，终会成佛。禅者又曰：花若盛开，清风自来。前者是吴东辉常挂在嘴边的一句话。后边一句话，是我引用的。

铆　子

　　铆子属虎，长我一岁。铆子是他的网名。平时，电话中、微信里，我都称他为铆子哥。我是他的兄弟，他也就叫我铆子兄弟。

　　铆子（冒子似乎更接近了陕西话原本的意思。铆子要用铆子，而不用冒子，那就尊重他的意思）是关中方言，是人们口语里常用的一个词，譬如说："我一看你就是个铆子！""这小伙弄啥事咋看着铆得很！""我就问你那么铆的弄啥去呀？"铆子的意思，多指年轻人勇敢而不怕事，性子急还带有那么一点不顾后果的意思。嘿嘿，铆子是一个只可意会、不可言传的词儿。铆子上四年级的儿子曾给出过惊人的解释：铆子就是勇敢得过了头。四年级的一个学生娃给"铆子"下了这么精确的定义，这小子不得了！直至今天，我都认为，对铆子下的这个定义，应该是最精辟最简练、最接近这个词本意的一个解释。

　　铆子给自己起这个网名，应该是有渊源的。想来，他小时候在老家乾县肯定因为勇敢得过了头而被大人们叫作铆子。铆子叫的时间长了，故事也很多，记忆太深刻，起网名时，他就不假思索地用上了"铆子"这个名字。如今的铆子，已没有勇敢得过了头的一点痕迹，他沉稳刚正，处事深思熟虑而周全，具有感恩孝悌之心，待人热情豪爽而又实诚厚道。这么优秀的人，让他周围的朋友，不禁从内心多了对他的钦佩之情。

　　铆子高个子，浓重的剑眉，眼大而亮，眼光划过，似有电光在闪。他的头大而有棱角，脸上一块块肌肉组织明显，这些特征看上去没有一丝的不协调或者不妥当，反倒使他的形象更显得有了个性，更多了俊朗洒脱之英气。

去年冬天，我们去拜访著名秦隶研究专家、陕西师范大学李甫运教授，走错了路，半天到不了相约之地。

铆子在电话里给我说："你从那条路到那条路，再从那条路到那条路，再从那条路到那个巷子的第二个红绿灯，继续往前走到第三个电线杆时拐进那个巷子，从那个巷子东边的第四条街上穿过去，往东一拐，到第一个路口就到了。"

原本就对西安路线不熟悉的我们，被他这么一说，更是糊涂了，如坠五里雾中，越发找不着方向了。他急得在电话里大喊大叫，反复给我说着他上边指引的那条路线，并说这是最近的一条路。他说的这路线，是最近的一条路，但谁能找得到呀！我们按我们的路线边走边问，好不容易找到了地方。站在寒风中的他，脸已被冻得发青发紫，气极了的他咆哮着："我就问你，这么一点路，牙长一截截，爬都爬过来了！这么长时间才给磨蹭过来？"我也顶上了他："你说那七拐八绕九转弯的路，谁能找得着？我又不是天天跑出租车的司机，我能按你说的那东绕西转的路线找过来？"

进了饭店，李甫运教授说："铆子一直站在路边等着，我让他在饭店里等都不行，就要站在路边，说怕你们找不着地方。"我们到后看铆子兄一只手拿着电话喊着，另一只手急得在空中自己比画着。也难为了铆子兄，那么冷的天，他一直站在路边等着我们，叫人不由得感动了，尽管他的脾气大了点。

在单位，他性格刚烈，是眼里容不下沙子的人。对看不惯的人和事，对那些做事少规矩没有底线的人，他那大眼一睁，就直接顶上去，跟对方接上了火，毫不客气，一撑到底，是毫不示弱非要弄出个道道行行、弄出个是非曲直的硬人。以至于那些人惧他、怕他，知他不好惹，见了他远远地躲开走。对那些为人处事差的人，铆子连看都不看他们一眼，用他自己的话说："做人，就得品行好，活得真诚实在，活得干帮硬正，这方面绝对不能差。连这一点都做不到的人，跟他交往、跟他黏啥呀？"

铆子是个孝子。常常看到他为家里的老人跑前跑后忙碌着，没事了，就开着车拉老人出去转转。老人有病身体不舒服了，他四处打听哪个医院哪个医生病看得好，而后带了老人去看病。也时常听他说老人爱吃什么，再远，他也要跑去给买回来。老人今天说啥了，他觉得老人的话有道理，把老人说的话都要学给大家听，老人的喜怒哀乐，时刻挂在他的心里。老人过寿，他请李甫运教授给写了秦隶榜书中堂"寿"字与寿联。老人喜欢吴东辉先生创作的国画老寿星图，他专门到咸阳，托人请吴东辉先生画了一幅手里扶着拐棍、满脸慈祥笑容可掬的老寿星图。当他把这画给老人拿回去后，老人乐呵呵的，喜欢得不得了。看着老人高兴的样子，他也高兴得不行。

铆子是个懂得感恩的人。他不是那种常把感恩的话挂在嘴边而并没有做多少感恩之事的人。恰恰相反，他只是用心地默默地去做而没有多余的话。时间长了，别人问起他对别人为何这么多年来如此这般地好，如此这般地照顾时，他才有了简单的一句话："那些先生们，还有那些朋友们，当年都是有恩于我的人，我怎么敢忘记了他们？一万个不敢忘记！做人，不管啥时候都不能忘恩，不能忘记了帮助过自己的人！做人，啥时候都要有良心！"他做的事与说的话，如玉石一样温润，如春风一样和煦，具有诱人的人格魅力，使人不由得心生欢喜，不由得对他要高看几眼了。

跟铆子认识这么多年，有了什么事，他都是忙前忙后地跑着。李甫运教授每次有了秦隶书法新作，他都要第一时间照了相发给我，使我立即能在网上发出去。实事求是地报恩，脚踏实地地报恩，把报答别人和促进自己结合起来。最好的方法是，努力地写东西、出作品、出名声。前些天，我邀请李甫运教授把路遥老师这段话用秦隶书法写了，作为我的座右铭，要挂在我驰风轩工作室里。李甫运教授说："腾驰说的事，不光要写，还一定要写好！"先生刚一写完，铆子就照了相，立即发给我。没过几天，他就开车和李甫运教授到了咸阳，接过先生赐赠的墨宝，我不由得激动了起来。一旁的铆子说："腾驰兄弟，李老师用心给你写了这幅字，你崇敬路遥老师，路遥老师在铜川写作《平凡的世界》时，你们就相识相熟，这些事我是知道的。李老师这字一挂在驰风轩，你不由得就想起了路遥老师，写作起来肯定就更有劲儿了！"他笑着，接着又开起了玩笑："字是李老师写的，我是陪李老师给你送过来的，你说，你铆子哥好不好？""李老师好！我铆子哥也好！"我笑着接话。

说了半天铆子，这铆子到底是谁呀？那我就郑重介绍一下吧：铆子，大名韩耀文，副教授，现供职于陕西师范大学。

手机响了。哟，是我铆子兄韩耀文先生！快让我接他电话，电话接晚了，他会发起躁来，能想象出来电话那头的他，绝对是睁大了眼睛喊着："咋搞的？不接我电话是咋回事？我一看你就是个铆子兄弟！"好了，不多说了，让我先接他电话吧。

一真堂主

　　人和人相识相交是有缘的。识了、交了，又散了，那是萍水相逢之缘。相识、相交了二十年以上，那就是大缘分，是前世的真缘分了。

　　和史仁立相识、相交二十三年，是大缘分，是前世的真缘分。

　　和他相识，我记得很清楚，是在1994年春天的昆明。我去任一家企业在云南的办事处主任，他是另一家研究所驻云南办事处的负责人，早我一年来了昆明。他，高个子，戴着眼镜，典型的书生形象。我们都来自咸阳，都长住在一栋楼上，又都干着同一个行当的产品销售。也许是投缘，也许是对了脾气，我们就熟络起来而比其他人关系亲近了许多。

　　一本书上说过，人和人见面第一眼就可以看出并决定这人会不会跟你是长久的朋友。第一眼是最毒、最准确的，就在那一刹那间，你的为人处事、性情爱好等全部信息会以光的速度在计算、在交流、在碰撞。对上号，就会成为真诚进而发展成为长久的朋友；对不上号，就会打个礼貌性的招呼而各奔东西。有人说这不准，不可信，但是我信。在我的人生历程中，是百试百验了地准确，怎么能说不准不可信呢？

　　我和史仁立就属于第一眼对上号而成为长久朋友的那一类。我们相识在春城昆明那么繁盛的鲜花盛开的时节，有那么蓝的天那么白的云做底色，在如此明媚美好而令人难忘的时节里认识，又有了七彩云南那么缤纷多姿令人沉醉的风情与景致的扶衬，这不是给我们的相识相交增添了诸多美好吉祥的兆头吗?

在昆明,大家白天各忙各办事处的事,间或,有时也一起骑着自行车或是步行,去销售我们产品的门店里转转。那店里,有我投身其中求一碗饭吃的企业的产品,也有他供职的那家研究所的产品。到了店里,跟售货员聊一聊,问问产品销售的情况,又在店门口与店里显眼处,贴上各自厂家的招贴画,给柜台上放上宣传资料。有时,我们还为了张贴招贴画与放置宣传资料的位置争执几句,在所难免,各为其主嘛。那时,产品营销上把这叫作所谓的"终端包装",只是一些营销专家提出了这个概念,并未有人真正地去实施。去店里转悠得勤,看产品销售中有什么问题,产品招贴画、宣传资料在终端是否跟得上,整天操心着忙着的就是这些事,要说"终端包装",不是吹牛自夸,我们两个厂家是在昆明销售产品的所有企业中做得最好的。

驻外人员,白天忙产品销售的杂事,跑前忙后,晚饭后就没了事,不像在家里,有家务活,还要辅导孩子作业,得空还有熟人约了打纸牌、打麻将。驻外,晚上什么事也没有,也不想看那无聊乏味的电视剧,我俩就顺着楼下昆明最长的那条街道北京路去溜达,边走边聊,天南海北,想到哪儿聊到哪儿。昆明晚上是最热闹的。有时,我们路过滇池电影院,也不看电影,只瞧瞧那电影海报,看看那夜幕下的各色人等,再继续往前走,从那条街走过去十多里地,走到头,再转回来。转完,已是10点多快11点了,便各自回了办事处休息。

交往中,可以感觉到,史仁立是一个极聪慧、极有思想的人。他出生于咸阳渭河以南的安谷村,从小是在苦日子里泡大的。上小学开始,学校放了学,他就撂下书包,帮家里干永远干不完的农活。他们家是蔬菜区,暑假期间,他还得在自行车后边带着两个筐子,装满几百斤的蔬菜,怀里揣着两个冷馍,天不明就吃力地蹬上自行车,赶往西安城里去卖菜。干农活,忙着卖菜,没有影响他的学习,他以优异的成绩考入陕西中医学院(现为陕西中医药大学）。毕业后，他当了多年的医生，有理论，有实践，是一位出色优秀的中医大夫。

中医、中药是他的专业，他在这方面是真正的专家，在医药保健产品销售上出道又早，是理论和实践经验都非常丰富的销售精英。对中医、中药是外行的我，又才踏上医药保健产品销售之路，就把他当作了真正的老师，许多事向他虚心请教，这是产品销售上的事。

为了社会上一些闲得磨牙的事，就不是这样了。一次，为某人是否可以当名誉教授争执了起来，我说可以当，他说不能当。先是辩论，而后是争执，再到后来成了争吵，从晚饭后一直争到了凌晨两三点钟，辩论、争执、争吵，没有结果，不分胜负。气极，互相拍了桌子。我气得拍桌子，他也拍，我用了更大的劲拍，他用了全身的气力去拍。只听他哎哟一声，用另一只手去扶拍桌子的那只手。我气呼呼地说："怎么了？手骨折了？还抬杠不抬杠？'杠长'一个！"我扭头摔门就走了。只听他在后边喊："你才是'杠长'一个！继续抬嘛，离天明还早着哩，你急着走干啥？"

第二天见了他，我问："昨晚上手拍骨折了，今日好了没有？""哪里骨折了？用劲太大，只是把手真给拍疼了！"他笑着说。"没拍骨折了就好！"我接他话，我能感觉出来，我是一脸的坏笑。

后来，还有大雁塔一系列的故事。一位朋友说，亮宝楼展览馆在西安大雁塔东北角的位置。史仁立接话："在大雁塔塔尖尖的东北方向！"旁边有人问："说大雁塔这个位置就行了，为啥还非要说塔尖尖的东北方向？"他回答："塔尖尖在塔最正中间位置，这样说，方向感强！最准确！"

故事很多。说多了，他如果看到了这文章，肯定要来找我的事，那可就麻烦了。

后来一想，这抬杠其实是对某个观点或结论发表自己的意见和观点，在辩论中，使它更加接近并直达事物的本质。爱抬杠、会抬杠的人，往往是有思想、有水平，不人云亦云的人。这没有什么不好，反倒是一种执着的可爱。

我在昆明的第二年，他被他们研究所派往北京。时隔半年，我也离开昆明去了济南。1996年春，我又被所在的企业从济南派到了长沙，心里很是不愉快。其间，几年未见史仁立的面，那时也没有手机，又都不得意地为生活奔波着，就失去了联系。

我到长沙的下半年，他也被他们研究所鬼使神差地派到了长沙。巧得很，竟在长沙的街上碰上了面。"杠长"来了，杠又抬上了，乏味沉闷而不如意的日子，因为他的到来又热闹了起来。

1998年5月，我们都离开了原来的单位，我和他还有另外几个朋友一起合作弄点事。能行人就是能行人，他把他负责的产品开发与产品生产的事项管得清清爽爽、井井有条，又兼了出纳一职，多年里一分钱的差错都没有出过。他善动脑筋，巧于动手，许多叫人头痛而麻烦的事，到了他那里举重若轻，不费什么力气就给解决了。直至现在，谁的手机有了什么问题，几天搞不明白而交到了他手里，三下五除二，你还没弄清楚他是怎么倒腾的，手机就好了。其他一些机械方面的故障与问题，他也是不费吹灰之力，手到擒来就给整治好了，我送了他一个职称：史高工。平时简称他史高。不管什么事情，他都能高水平、高质量地给摆平给解决了。

泥泞识马，患难识人。在长沙，我去医院做手术；我父亲病故回老家大张寨安葬；我几次反复地搬家。许多的事情，他和朋友们一起，给了我很多的关照、帮助与支持，我常从内心感激他和朋友们长久的真情与热心。我父亲在世时常说："小史人好！是个聪明而实诚的人，是你能真心交的朋友！"

那年，他有病住院做手术，我和妻子几次去医院看他。躺在病床上的他骨瘦如柴，身上插满了管子，人昏昏沉沉地躺在那里。看他那样子，我悲从心生，不由得有眼泪想涌出。这么多年情同手足的真正兄弟，突然成了这样，感情上无论如何是接受不了的！身体那么健壮结实的一个人，怎么一下子就成了这样啊？我心里就念叨了起来："老史，你得好起来，坚定地给咱挺住！弟兄们一场，后边的世事、后边的路还长着，还得往前走呀！"从医院回来，我几天心里不是个滋味，难过得不行。

去北京、去上海，经过几次治疗，他渡过了难关，病彻底好了，人也跟以前一样健壮精神了，我和朋友们打心眼里为他高兴。大伙都说："身体比什么都重要，没了好身体，有啥意思！一切的一切不都是空的？"他病愈后，我们几家人一起开车去了甘南、四川与陕南旅游，独特的藏域风光，开阔的草原，佛声回荡的寺庙，一座座青山与一条条碧波荡漾的绿水，让人非常地开心。他心情特好，一路开车，很是辛苦，他说："身体好了，开这车、走这些路算个啥呀！人心里高兴，哪里都不觉得累。"

他是学医的，这么多年，没有丢掉专业，不断钻研提高着医术。前年，他又去北京进修学习，参加了平衡针灸创始人、著名针灸专家王文远教授的高研班，成为他的真传弟子。他结合自己所学的医学专业知识与多年的医疗实践经验，以全新概念研究确有神奇效果的平衡针灸新疗法，从神经系统去找穴位治疗疾病，取得了非常好的效果。他诊治的疑难病症还有颈肩腰腿痛等顽疾，三秒见效，疗效非凡，为许多患者解除或减轻了困扰多年的疾病。他因堂号为"一真堂"而被人们称为"一真先生""一真堂主"。

"一真堂主"史仁立先生（是的，应该称作先生才对），善德善行，免费治疗疾病，明其道而不谋其利，正其谊而不计其功，为人们祛除病痛而有了大的境界，处林泉之下而常怀廊庙经纶，他在我心目中高尚如佛了。经他治疗好的病人或是正在治疗的病人，对他积德行善的行为，都从内心尊敬他。

我血压最高时低压一百一十，高压一百八十，经他针灸治疗一段时间后，低压八十，高压一百二十，一年来，没有反复，如正常人一样，让我从内心感激他。那天，我当着他和那么多病人的面，故意十分严肃还带着几分生气的口气说："史大夫把我高血压扎好了，我不感谢他！"众人不解，惊愕地看着我。"他是有名的'杠长'，那年在昆明跟我抬了一个晚上的杠，他把手在桌子上都拍骨折了，把我也气成了高血压！这么多年了，他才给我把病治好，我凭什么感谢他？"听了我的话，"一真堂主"史仁立先生先笑，众病人听明白后，随之大笑。

"一真堂主"史仁立先生会成大气候的。凭他的善慈与高超的医术，心如莲花一般的他，会散发一路的芬芳去馨香周围的人们。

心底之歌最动人

——评李国璧散文

　　此时，正是2018年秋后二十四个秋老虎出没的时节。整个关中汗在淌、汗在飞，人们被裹在了湿淋淋的汗水里，热得不敢动；动了，似乎就要闭过气去。这也是一年中最难熬的一段日子。

　　前些天，李国璧打电话给我，说他想把这些年写的散文作品整理了，出版一本散文集子，随后再出诗歌与论文集。他说，过几天把书稿给我送过来，叫我给他写一篇评论性的文字。我真诚地祝贺他要出书，接着就委婉而坚决地谢绝了写评论的事。我谢绝他是有原因的：其一，他应该找名家和大家去写，毕竟他们学养深厚，站得高看得远，也能点评到位，会为这本很好的散文集增添光彩。其二，平时我只是爱好文字，也写了一点东西，因为一篇《背馍》及多篇散文引起了较大的反响，使更多的人知道了我，找上门来让我写序、写书评的人不少，我都推辞了，觉得自己水平有限，欠缺那个能力。

　　电话里国璧只是笑，说着你要写、你得写之类的话。通过电话后有一段时间不见他的动静，我想，好，这事就这样推过去了，正想着这事，没想到他直接就从铜川到了我咸阳的工作室。他不容置疑、比我推辞他的态度还要坚决："你写，你得写，想推也推不掉！稿子就放你这儿了！"话没说两句，他还有急事，转身就走了。

　　看来，是推托不掉了，真正推托不掉了。推脱不掉是有原因的：我们是三十多年前铜川矿务局干部学校的同学，关系非同一般，这份情谊一直延续到了今天。两个人，任何时候你的事就是我的事，他有了事，我岂能说不干就不干？既然推辞不掉，那就先读他的作品吧，读完学习完，我想，写个读后感，总该可以给他交差吧。

　　国璧祖籍山东，出生在铜川，矿上生，矿上长，参加工作后一直生活工作在矿上。他人质朴厚道而又聪慧精干，源远流长的齐鲁文化与秦风汉韵的三秦文化之浸润熏陶，使他上班时的工作与业余时间的写作，放射辉映出夺目的非同一般的光彩。他属于典型的能成事的那一种人，这么多年，我从内心里是羡慕并佩服他的。

　　国璧这部厚厚的散文集书稿就放在我案头，我一篇篇细心读过，读他的美文，满屋子里似乎都有了那么一股沁人心脾的清香，又仿佛有或轻快，或低沉的音乐声响起，你不由得或微笑，或蹙眉，或有泪流下，或长吁短叹之后要拍案而起。我，作为一个普通的读者，被他的一篇篇文章牵动着、感动着，适意而投入地读了下去。

　　国璧这部散文集，有对蹉跎岁月的回忆，有对往昔或欢欣或苦涩时光的一个点、一个切面的悠长追怀。他的笔下，时而跳跃着思辨的火焰，那火焰猎猎而舞；时而字里行间柔软体恤着悲天悯人的情怀，那情怀大悲大爱，让人动容。清丽优美与婉约多姿的文字，或娓娓道来，或一唱而三叹，读之如饮甘霖，如饮美酒，思绪不禁翻跹起来而有了许多的感慨。

　　他在《关于说》中"关于人生""关于信仰和目标""关于利欲"的论述与评说，多好，多有新意，你不由得要敬佩他的深刻与犀利了。你看，他是怎么"说"上边这些观点的：

关于人生：内心诅咒生活的苦难，外表微笑世态的炎凉。人生就是收敛，并不是放任自我。人生就是奋斗，并不是随波逐流。人生就是目标，并不是渐行渐远。人生就是所有，并不是应有尽有。

关于信仰和目标：信仰是精神的寄托，精神可以打败生活的苦难，打败人生的薄情，可以优雅，可以丰盛。

信仰让我们的思想坚定、目标明确，也让我们的骨头坚硬。

关于利欲：当一个民族麻木得只剩利益的时候，当一个人麻木得只剩自己的时候，利欲就像雾霾一样不离其身，在"眷顾"着我们每个有血有肉的人。

再看他的哲理散文《谈说话》，作者轻松得似庖丁解牛一般游刃有余了，主题与文字放得开收得拢，干净利落，没有一点多余的文字，他以"时间会让所有的话在岁月里筛选出它的价位，谎话随着时间而淘汰，有价值的会越来越弥足珍贵，其内涵会推动思想和社会的进步"为主旨展开论述，层层剥笋，刀刀有声，步步逼近了"说话"的本真本质，进而得出了"时间是最实的话"的结论。看完这样有思想光芒的文字，怎能不让人会心一笑？《试探》《邀请与再见》《却说麻将》《却说半瓶子咣当》与《却说阿谀奉承》等篇章，都是有理有据，可细读可玩味可深思的精美之作。

如果说，上边的哲理散文蕴含坚实深刻与简练缜密思想的话，那么，他的《我家的窑洞》却柔情满满，触动了人心中最柔软的部位，读之令人难忘。

文章在对小时候生活多情而温馨的叙述与回忆中展开，让人见证了那个艰难的时日，不禁有泪水流下。这两孔铜川煤矿上的窑洞，是作者民国时上过无锡师范并当过地方财政保委会主任的父亲，流落到煤城铜川后，没日没夜用近一年的时间一镐一锨掘挖、一担子一担子挑运出来的。为修这两孔窑洞，他的父亲付出了艰辛非常的劳作，到了老年，他的父亲还是一个肩高一个肩低，胸肌一边凸一边凹。他的父亲是拼上了自己的命，要为一家人建造一个相对安逸舒适的家啊！建好的那个家，在当时的矿上也是少有的，在那个年代，也让一个矿上的很多人羡慕不已。作者就出生在这窑洞里，就在这窑洞里整整生活了十三年，度过了他的童年与少年时代。他满含深情地讲着那个久远的关于窑洞的故事，怀念着他已逝去的父亲。他一定是流着泪写出来的，不然，看文章的我们怎么会泪水不断流下？《我家的窑洞》文字不长，但写得深沉多情，强烈地震撼了人心。作者笔下，一个伟大的父亲，如雕塑一样高大逼真的形象凸现挺立了起来，让我们从内心深处敬仰他。

这是写家事的，还有其他的篇章，看完亦叫人唏嘘不已。有真情的文字，总是能打动人心的。你再看，他写他大半生生活与工作过的矿山时，又是多么地饱含深情，《矿山情怀》六篇，写得顾盼多情，写得开阔浑厚，写得精气神十足。煤矿生活的深厚积淀，又有了敏锐犀利的思想内核。读他这些文章，是多么地有滋有味，多么地让人心驰神往！他对矿山是挚爱的，是有深厚情感的，没有坚实丰富的矿山生活经历，或者不爱矿山的人，绝对写不出这样的文字。李国璧，从一个普通的工人一步一步走上领导岗位，搞好工作的前提下，业余时间能写出这样纯净美好的文章，正是他爱矿山、爱矿山的工作、爱矿山的每一个人的缘故。正因为如此，他才能起笔落笔都是真情真爱，是一个矿山赤子真正的矿山情怀。若没有刻骨铭心的矿山生活经历，若不挚爱矿山那块土地，无论如何，他也写不出这么饱满深情而又有坚硬质感的文字。

李国璧早年是写诗的，故而他的文笔俏丽中有锋芒，跳跃中有意韵，不管是读他的《三秦踪迹（十一篇）》《西欧印记（七篇）》《西藏游记（八篇）》《品评——总也说不尽的风雅志趣》，还是他的《拾味——味道千万，觅真香》，你会跟着他，在于右任故居仰望那参天古槐；一起伫立于无字碑前，遥想大唐帝国许多惊心动魄的故事；又一起从镇北台走向了布达拉宫，虔诚静心地倾听那佛国之天籁妙音。那一刻，他还在但丁故居前幽思一代名人的生前身后事；这一刻，他又回到了铜川，站在这块火热的土地上。这不，他一手拿着石子馍，一手执着筷子，吸溜吸溜吃开了耀州咸汤面。李国璧的散文文采飞扬，深刻隽永，他的笔端，文字如清泉般汩汩而涌，他的心在天际云端真切而全面地看着万千世事，他的胸怀是开阔大气的，他的笔端是从容自在的，故而他的散文不是小家子气而是有了大境界。读他的散文是一种美的享受，是一种人生的自省与游历，是一种身心的快活，是精神生活的一个丰盛的犒劳，因为心底之歌最动人，这本散文集正是李国璧从心底唱出来的美好的歌。

上边这些文字，是我读李国璧散文集的一点感受，是我这些天挥汗阅读后的一个小读后感。回过头来看，这个读后感真没有把这部散文集的好读出来、写出来。至于李国璧看完后能否满意，也只能这样了，我也就是这个能力与水平了。他要赶鸭子上架，没有办法的鸭子只能往前快跑了几步，那么高的架子注定是飞不上去的，这一点，我是心知肚明的。好啦，只能这样了。

后 记

从去年下半年开始，我把搁置了二十多年的笔重新拾了起来，想再续前缘，写点东西出来。为了找出感觉，重新点燃写作激情，寻找并定位适合于自己的文学创作方向和创作题材，我决定先动手写可大开大合，能提振起精神，可以痛快淋漓地抒发胸臆的诗歌。先写诗，首先是一个热身，也是为了具有那么一种仪式感。

三十岁以前我在铜川工作，那时年轻，写了不少诗，在各地报刊发表的也不少，足够出厚厚的几本诗集。后来，也写散文、杂文与小说，出了一本杂文集与一本散文集，一部三十多万字的《生活在召唤》是尝试长篇小说创作的练笔之作，压在了箱底。

之后，弃笔从"市"，1992年底，骨子里不安分的我抛弃了被众人看好的国有大企业秘书工作，市级政协委员与青联委员的身份也不要了，离开铜川，脱离体制，纵身跃进"海"里，去了一家企业打工。在这家企业办公室忙碌了一年之后，我自己要求去云南市场上卖产品。在云南，除每天和客户打交道，送货与结款之外，一天净写些对我来说没有半点意思的广告文字。有那么一点文学底子的我，撰写的一系列广告文案，还真有不小的反响，加之当时人们普遍相信广告，产品就像消雪一样疯卖着。产品虽然卖得好，但我的内心却是万般苦闷，离开了文学创作爱好者这个队伍，是那么孤独与落寞，加之对前途、未来一片迷惘，人就像霜打的茄子一样，少了精神。那一年，是1994年。

掐指算算，一晃二十多年就过去了，其中经过了多少风霜雪雨，经过了多少坎坷艰辛，人生路上不光是我，谁都一样，谁都不容易，现在想来，用老家大张寨人的话说就是：过来的都是好年景。如今，我又能拿起笔静下心来写作，这是多么快活与庆幸的事啊！回归了文学创作爱好者队伍，心里充满幸福之感的我，开始海量阅读国外著名诗人的作品。之所以大量读他们的作品，是为了让自己眼界更开阔，拥有诗意的情怀。诗歌写作中，外国作品的思想与语言更放松、更自然，我想从他们的作品里，以另外一种途径接近诗歌的本原。那些天，满脑子都是诗，白天和晚上都在想着关于诗的问题，一点也不偷懒，接连写了近百首诗出来，写好后发到网上，引起了一些反响。有大声喝彩的，说如何贴近生活，有悲悯情怀，语言有味道，读着解馋，读着感动。也有人说，诗之眼光瞅着普通百姓，写的都是些小人物，缺少大题材，诗的语言不华美等。

我心里明白，我写诗是有目的的，是为了练笔，是为了以一种新的姿态进入散文与后边的小说创作中去，至于当下写的这些诗水平到底如何，见仁见智，各有观点，我心里也有自己的认识与观点。很快，我放下诗，不写了。有几位年长的诗人对我说，你诗正写得好好的，说不写就猛地不写了，很可惜。他们告诉我，不写了也罢，把写的那些诗保存好，后边有机会了出一个集子。

放下诗歌，我立即开始了散文创作。第一篇散文《那些年，我抛却了我的爱》写完后发到手机微信里，引起了比较大的反响，有不少读者被感动，有了很多的留言。也有个别的读者没看内容，刚看完题目就以为是写爱情的。其实，这篇散文就是写我上边说的"跳海"（对我来说，用"跳海"一词比"下海"要准确一些，"下海"是思量后的行为，要比"跳海"从容许多，我是没有想那么多就一头跳进了海里）。"跳海"以后，我为生活所迫，东奔西跑，远离了家乡，有了先去云南而后又被迫去山东与湖南两省讨生活的艰辛往事。

这一出去，就是五年多的时间。这其中有许多的辛酸苦辣，有很多难以言说的艰难与不平。回到陕西后，有很多年仍不稳定，每日焦灼忙碌，求人、看人脸色，在糟糕的外部环境中惴惴不安地熬日子。这篇散文，我写的"抛却了我的爱"，这个"爱"，说的不是爱情，而是我从心里、从骨子里一直痴爱着的文学。

这篇散文，是我在三十岁以前出版杂文集《跋涉者的足迹》与散文集《山的呼唤》之后写的第一篇散文。看着自己写的文字，我开始给自己打气："有这么多的读者喜爱，证明我的文字还能看，还有人看。既然这样，那就扑下身子扎扎实实地写吧，那么多曲折的经历，那么多难忘的日子，够我写一阵子呢！"

散文，一篇篇出来。我以三四天一篇，有时一天一篇的速度写着，写了就让小弟晓驰制作链接，通过手机发到微信上。文章发出后，不断被读者转发着，报刊上也陆续不断登载了出来。一些作家朋友把这称作是"井喷式爆发""腾驰，一旦腾驰起来挡不住"。还有一位我尊敬的老作家说："一般的文章发到网上，也就二三百的点击阅读量，好的也就是两三千，突破一万大关，就是不得了的作品了。"我也没想到，我的散文发到网上后，点击阅读量噌噌噌地往上蹿，不少的文章，一万、三万、五万的量说过就过去了。有了这么大的点击阅读量，给了我很大的自信心与力量，我写得更勤了！

谁也没想到，散文《背篌》2017年11月1日从手机微信里的"美篇"发出后，迅速掀起了一股强劲的"背篌旋风"（这个词不是我说的，是读者说的）。各大网站、网页与个人公众号等网上传播渠道大量转发，十天时间内，仅两个网页的点击阅读量早早就超过了百万。截至目前，这个数字已逾千万，现在有多少点击阅读量，我也没有准确的数字。

一天下午，作家于国良先生有事来我工作室，他说起了《背篌》发表在网上的事，打开手机，看了"美篇"单个网页的阅读量。他跟我聊了一会儿天，等他再看手机时，哟！这一会会儿工夫，点击阅读量就增加了三千！他吃惊地说："太可怕了！不可思议！要不是我亲眼所见，就是别人说给我听，我也不会相信！"

有读者把《背馍》称作网上的"背馍事件"，又有读者由此衍化生发出了一个词："背馍精神"。很多的背馍一族，读《背馍》，追忆自己当年背馍求学的艰苦历程，他们在更深层面上还原着当时真实的场景，并进而得出结论，艰难困苦的年代，那一代甚至几代背馍上学者考上大学走向社会后，如今大都在重要工作岗位上挑着大梁，扮演着中坚力量的角色。背馍求学，这个昔日的艰辛经历，对这批人的学养、品行、人格与奋斗精神等层面产生了深刻深远的影响，使他们能够担大任、成大事，成就斐然，成为人中之龙。

《背馍》一文继续在网上发酵着，点击阅读量继续在飙升，用飙升这个词不是我不谦虚，确实是上升的速度太快太猛，不光我周围的朋友们，也叫我大惊失色，觉得太不可思议了！

于是，网上出现了数不清的跟风文章，这些文章，其点击阅读量大都过万，几万以上的也不在少数，其中一个作者因为写的《背馍》在网上有很高的点击阅读量，还被他们县上发文奖励。我一直认为，众人都来写背馍历程，这是好事呀，证明触动了大家的痛点，这么多人共同追忆那段时光，珍惜来之不易的好日子，这是多好的事，多让人为之欣喜。可气的是，有很多文章竟然大段大段抄袭我写的《背馍》，这中间最有名的抄袭者是甘肃的一名教师与西安的一名公务员，这是眼亮的读者们发现这俩人恶意抄袭，并在手机微信上告诉了我。读者不答应了，他们在网上展开了好长一段时间的"声讨"，弄得他俩灰头土脸，原本想跟着文章扬一下自己的"美名"，没想到弄得下不了台，难堪至极，反倒恶名远扬。爱《背馍》的读者，对他俩在网上有了诸如"老鼠偷馍了，快打老鼠！""馍是别人背的，偷去了，难道就成了自己的馍？"等调侃与戏谑的留言。

　　还有更厉害的，只把《背馍》一文中的"礼泉县"与"老家大张寨"换成了他们县与他们村，还正儿八经配发了他自己的照片，就大大咧咧发到网上去。而网上是清一色的嘲笑、讽刺与挖苦的话，使得他不得不从网上撤下抄袭的文章。有读者说："撤得越晚，挨的骂越多，人丢得越大！"

　　《背馍》一文产生了这么大的影响，极大地增加了我写作的热情，紧随其后，我陆续写了《我的老父亲》《母亲做的棉鞋》《土布包袱》《姨亲》《那些年，我们过年的滋味》《下锅菜》《烧娃》《锅塌塌》《坐席》《交公粮》《背粮》《背娃》《辣子这道菜》与《洋柿子泡馍》等描写故乡生活内容的散文。我还换了写作手法，写了《秦岭看我》《石我》《捕鼠记》与《阿姑泉访梅》等散文，试图丰富自己的表现方式，提升自己的写作能力。

　　《背馍》一文，是通过手机发到网上的（我现在还用着发《背馍》的这部手机，《背馍记》这部集子中所有的文章都是用这个手机写的，都是通过这部手机发到微信上的。因为不断发文章，我也有了自己的微信读者群。一旦这部手机坏了，我会把它收藏起来，留作一个纪念的），我自认为，这本书就是我手机文学的纸质版。手机网络，有其他媒体无法替代的作用：一是大多数人都有手机，"低头族"多，随时都在看着手机，传播速度快，文章发出读者马上就可看到，传播速度与传播数量惊人。二是互动性强，读者随时可以和作者在手机上互动，拉近了读者与作者的距离，容易沟通，情感上更容易接近。三是心细的读者对文章内容，还有文章中个别录错的字都操着心，提着意见与建议。一篇文章，经过不断地互动后，文字上少了很多谬误，要出纸质的书，基本上可以放心些。

　　《背馍记》这本小书，可以称作我回归文学创作爱好者队伍的"归队之书"。在这本书筹划出版期间，我还不断地写作着。我告诫自己，既然是"归队"，"离队"那些日子耽误的时间与误下的事，就要花比别人多几倍、几十倍甚至百倍的力气追补回来。

背馍记

　　《背馍记》能顺利出版，我特别感谢中国作家协会副主席、陕西省作家协会主席、著名作家贾平凹先生。三十多年来读他的作品并深受其影响，先生对我的写作给予了很多的鼓励与提携。出版这本集子时，邀先生题写书名，先生欣然挥毫，为我题写了大气厚重的书名。先生诱掖后进，又在万忙之中拨冗提笔，为本书撰写了序言——《马腾驰和他的散文》，先生的扶植鼓励之情，我会永远铭记心间，化作我努力写作的动力。

　　感谢著名秦隶研究专家、陕西师范大学李甫运教授，感谢李斌先生、高彦民先生、陈德宝先生、吴东辉先生、李立新先生、韩耀文先生、史仁立先生与白延红女士。感谢太白文艺出版社社长党靖先生为本书把关定夺，感谢本书责任编辑刘涛先生、林兰女士辛苦的付出。还有社会上许多许多的朋友们，感谢他们对我写作的鼓励与支持。感谢众多素昧平生，通过手机微信、网上阅读、留言并不断转发我文章的广大读者朋友们。

　　今年4月22日，儿子马博和优秀的吴荣杰喜结良缘，我们家喜添新人，这是我们家的一件大喜事，也是一个新的起点。我年近八十岁的老母亲看到她的长孙结婚，心情好，身体好，这让我们多么地高兴与喜悦啊！吴荣杰说："《背馍记》是我爸的另外一个儿子，祝贺我爸！"不管怎么说，这本小书出版，也算是一件喜事，它使我增强了希望，增加了自信心，有了继续写作、面对大的写作题材进行尝试的决心与力量！

　　《背馍记》难免有不少问题与不足之处，恳请广大读者多多批评指正并提出宝贵意见，以利于我改正与提高。诚致谢忱！

马腾驰

2018年12月23日定稿于驰风轩